»Es war einmal ein alter schwerer Koffer. Aus Galizien kam der Koffer, aus dem ärmsten Kronland des Wiener Kaisers, und enthielt die gesamte Habe des Wanderers, der ihn schleppte.« Diesen Koffer, der in mehreren Werken von Thomas Hürlimann eine wichtige Rolle spielt und sogar den Untergang der Titanic übersteht, gibt es wirklich. Er begleitete den Autor durch seine Klosterschulzeit und darüber hinaus. Als Motiv leistet er Hürlimann immer noch treue Dienste und steht beispielhaft für dessen Kunst, Realität in Fiktion, Erlebtes in Literatur zu verwandeln. Die in diesem Band zusammengestellten, teilweise unveröffentlichten Texte, Bilder und Dokumente aus sechs Jahrzehnten laden ein zu einer Reise durch das Hürlimann-Werk – für Fans und alle, die es werden wollen.

Thomas Hürlimann wurde 1950 in Zug, Schweiz, geboren. Acht Jahre lang besuchte er das Gymnasium im Kloster Einsiedeln, dann studierte er in Zürich und Berlin Philosophie und begann seine Karriere als Autor von Theaterstücken. Seine Werke, darunter die Novelle »Fräulein Stark«, der mit Bruno Ganz verfilmte Roman »Der große Kater« und zuletzt »Der Rote Diamant«, wurden in 21 Sprachen übersetzt. Nach vielen Jahren in Berlin lebt er heute wieder in seiner Heimat.

Fedora Wesseler promovierte an der Sorbonne in Paris. Es folgten Engagements als Dramaturgin u. a. am Opernhaus Zürich, bei den Salzburger Festspielen sowie am Staatstheater am Gärtnerplatz München. 2019 stellte sie mit Thomas Hürlimann das Gottfried-Keller-Lesebuch zusammen. Neben zahlreichen wissenschaftlichen Aufsätzen veröffentlichte sie Übersetzungen ins Deutsche und Französische von Theaterstücken, Opernlibretti, Lyrik und Prosa, darunter die französische Übersetzung von Hürlimanns Roman »Vierzig Rosen«.

Fedora Wesseler (Hg.)

DER WANDERER UND SEIN KOFFER

Eine Reise durch das Werk von Thomas Hürlimann

FISCHER TASCHENBUCH

Mit freundlicher Unterstützung der

ERNST GÖHNER STIFTUNG

MIX
Papier | Fördert gute Waldnutzung
FSC® C083411

Originalausgabe
Erschienen bei FISCHER Taschenbuch

Für diese Ausgabe:

Hedderichstr. 114, 60596 Frankfurt am Main

Satz: Fotosatz Amann, Memmingen
Druck und Bindung: CPI books GmbH, Leck
ISBN 978-3-596-71237-3

Kontaktadresse nach EU-Produktsicherheitsverordnung:
produktsicherheit@fischerverlage.de

Inhalt

Vorwort 9
Es war einmal ein alter schwerer Koffer 16
Spurensuche in Galizien 24

I. Kindheit 37
Mein Lieblingsbuch 39
Was ist Wahrheit? 40
Der Seemüüggel 44
Brief an meinen Häuptling 67
Mein Appenzeller Kinderland 72

II. Die Eltern 77
Die Erst-August-Rede 79
Familienalbum 83
Vierzig Rosen (Der Hosenkauf) 109
Nachruf auf meinen Vater Hans Hürlimann 112
Vierzig Rosen (Marie / Marie; Der Limbus) 123
Nachruf auf Marie-Theres Hürlimann-Duft 136
Wir vom Club der Atheisten 143

III. Die Bücherarche 157
Fräulein Stark (Der Pantoffel-Ministrant) 159
Die Stiftsbibliothek St. Gallen 168
Bemerkungen und Berichtigungen zum Buch »Fräulein Stark«, von Prälat Dr. Johannes Duft 178
Wer könnte das Eine nicht lieben? 186
Fräulein Stark (Der Sockenkoffer) 202

IV. Klosterschule 207
Der Rote Diamant (Einlieferung ins Kloster) 209
Der Zellensaal 221
Der Rote Diamant (Der Schlafsaal) 222
Der Vestiaribruder 224
Die Schwarze und die Weiße Madonna 229
Der Rote Diamant (Unter der Turmuhr) 248
Die digitale Diktatur 252
Der Rote Diamant (Besuch der Kaiserin) 255
L'esprit de l'escalier 260

V. Afrika 275
Vierzig Rosen (Afrika) 277
Die Unsichtbare Stadt (Auf dem Fluss/ Im Kriegsgebiet/Die Camions) 289
Im Militärkonvoi durch die Tete-Provinz Moçambiques 295
Reise-Tagebuch 301
Die Unsichtbare Stadt (Der Skorpion) 302
Heimkehr (Warten) 304

VI. Krankheit und Tod des Bruders 307
Der große Kater (Kater am Bett des Sohnes / Das Staatsbankett) 309
Die Tessinerin 330
Schreiben 338
Nachtfahrt auf den Susten 346
Das Gartenhaus (Anfang) 356
Der Herr des Raumes 359
Matthias Hürlimann. Nachruf 363

VII. Der Kater 375
Abendspaziergang mit dem Kater (Er kam eine Stunde vor der Dämmerung) 377
Das Gartenhaus (Katzenpassagen) 381
Die Katze 391
Heimkehr (Kater Dada) 394
Nietzsches Regenschirm 400
Abendspaziergang mit dem Kater (Es war im späten August) 429

VIII. Leben aus dem Koffer 433
Kreuzberg (Toblers Abstieg) 435
Die Lebensflasche 439
Herr Grünbaum 445
Das Motorrad 452
Applaus für ein Pferd 459

IX. Unmögliche Heimkehr 463
Nachtwanderung durch Zug 465
Gottfried Keller kommt nicht nach Hause 471
Heimkehr (Der lebende Tote) 487
Kurze Story meiner Auferstehung 491
Der Kosmopolit wohnt im Kosmos 500
Heimkehr (Schlussfahrt) 512
Es geschah mitten im Indischen Ozean 514
Lesen 520

Quellenhinweise 524
Bildnachweise 527

Vorwort

»Es war einmal ein alter schwerer Koffer. Aus Galizien kam der Koffer, aus dem ärmsten Kronland des Wiener Kaisers, und enthielt die gesamte Habe des Wanderers, der ihn schleppte.« Diesen Koffer, der in mehreren Werken von Thomas Hürlimann eine wichtige Rolle spielt, gibt es wirklich. Heute steht er im Schweizer Literaturarchiv in Bern zwischen den Wanderschuhen von Kurt Marti und dem Überseekoffer von Hermann Hesse.

Dieser Koffer ist mehr als ein Gepäckstück. Er führt ein Doppelleben: Er war nicht nur Hürlimanns treuer Kamerad in der Klosterschule und Weggefährte auf einem wesentlichen Abschnitt seiner Lebenswanderung. Als »Galizier« geistert er durch seine Texte und erlangt beinah den Rang eines Familienmitglieds. Der »jüdische Fluchtkoffer« wandert mit den Ahnen in die Schweiz ein, übersteht mit dem Großvater zusammen den Untergang der Titanic und begleitet die Mutter ins Konservatorium. Indem er ihn mit einer Geschichte versieht, verleiht der Autor dem Koffer eine eigene, unverwechselbare Persönlichkeit und macht ihn zum Teil einer Fiktion, deren Wahrheitsgehalt wiederum durch den real existierenden

Koffer bezeugt zu werden scheint: Reales und Erfundenes durchdringen einander. Insofern steht der Koffer exemplarisch für Hürlimanns Kunst, Realität in Fiktion, Erlebtes in Literatur zu verwandeln.

Die hier zusammengestellten, teilweise unveröffentlichten Texte, Bilder und Dokumente aus sechs Jahrzehnten möchten einladen zu einer Reise durch das Werk von Thomas Hürlimann und dabei genau diesen Aspekt betonen: sein Spiel mit Fiktion und Realität, das zu seinen Markenzeichen gehört. Hürlimann schildert in seinen autobiographisch gefärbten Texten nicht die reale Vergangenheit im Maßstab 1:1, sondern verändert und verdichtet sie. Dadurch erhebt er sie ins Literarische. Ein Beispiel ist Maries Geburtstag in *Vierzig Rosen*: Marie hat am 29. August Geburtstag, und über dieses jährlich wiederkehrende Ereignis wird ihr gesamtes Schicksal erzählt. Es gibt eindeutige Parallelen zu Hürlimanns Mutter, Marie-Theres Hürlimann-Duft – die Art, sich zu kleiden, die berühmte Maxime »*On a du style*«, die Ehe mit einem aufstrebenden Politiker und vieles mehr. Der 29. August war aber nicht der Geburtstag der Mutter, sondern ihr Todestag. Ähnlich wie bei christlichen Heiligen das Sterbedatum zum Feiertag wird, weil sie an jenem Tag in eine höhere Wirklichkeit eingehen, wird hier das Todesdatum zum Beginn einer neuen Existenz – dem Weiterleben im Literarischen, was wiederum der jüdischen Vorstellung vom Fortleben in den Geschichten entspricht. Fiktion und Realität berühren einander, verbinden sich zu einer anderen, höheren Realität, die mitunter wirklicher scheint als die historische Wirklichkeit. Dabei lässt Hürlimann keinen Zweifel daran, was für ihn stärker ist – die Macht der Erzählung natürlich. So heißt es in *Der Rote Diamant*:

»*Nein, mein Großvater war nicht, wie ich ihm als Knabe geglaubt hatte, auf der Titanic gereist. Er hatte zu den Passagieren der Carpathia gehört, die dem sinkenden Riesendampfer als Erste zu Hilfe geeilt war. Aber meine Erinnerung an seinen Koffer, den Galizier, der auf dem Wasser treibt, und an den Großvater, der sich auf eine Eisscholle retten kann, wird stets lebendiger sein als die historische Wahrheit. Ich blieb dabei: Mein Großvater Katz saß in Frack und Zylinder auf der Eisscholle, und es gelang ihm sogar, den vorbeischwimmenden Galizier aus den eisigen Wellen zu ziehen. Oder war's umgekehrt? Hatte der Koffer den Großvater gerettet?*«

Selbstverständlich spricht hier der Ich-Erzähler Arthi Goldau, nicht der Autor, aber das Bekenntnis zur literarischen Fiktion als eigener Wahrheit werden Sie noch an mehreren Stellen innerhalb dieser Anthologie finden. Wie überraschend die Fiktion manchmal sogar die Wirklichkeit trifft, ohne es zu wissen, erfahren Sie, wenn Sie die ersten beiden Texte dieses Bandes lesen.

Die vorliegende Zusammenstellung verfolgt nicht die Absicht, nachzuweisen, welche Dinge in Hürlimanns Büchern erlebt und welche erfunden sind. Vielmehr soll die Kombination aus Texten und Dokumenten aufzeigen, wie bestimmte Personen oder Erfahrungen den Autor und sein Schreiben nachhaltig geprägt haben: angefangen beim Großvater, der tatsächlich behauptete, den Untergang der Titanic miterlebt zu haben, und mit seinem erzählerischen Talent dasjenige des Enkels maßgeblich beeinflusste. Da ist selbstverständlich das Elternhaus, das in fast allen seinen erzählenden Werken, von *Das Gartenhaus* bis zu *Der Rote Diamant*, eine tragende Rolle spielt, sowie die Jahre in der Stiftsschule Einsiedeln, die sich in einer Reihe von Texten niederschlagen. Da ist aber auch die Afrikareise, die er, Anfang zwanzig, mit Freunden aus der Klosterschule unternahm und die noch in Büchern wie *Vierzig Rosen*, *Heimkehr* oder dem bislang unveröffentlichten Roman *Die Unsichtbare Stadt* nachwirkt. Die Begegnung mit seinem späteren Verleger Egon Ammann war für sein Werk ebenso grundlegend wie Krankheit und Tod des Bruders, die seinen Blick auf die Welt und damit die Wahrnehmung des Schriftstellers bestimmten. Ein eigenes Kapitel kommt dem Kater zu – nicht nur, weil bemerkenswert viele Katzen durch Hürlimanns Texte spazieren, sondern weil das Zusammenleben mit dem zugelaufenen Kater Mufti die Weltsicht des Autors entscheidend veränderte. Der Kater brachte ihm bei, die Dinge staunend zu betrachten, also das Phänomen auf sich wirken zu lassen, wie Hürlimann in *Nietzsches Regenschirm*, seiner großen Annäherung an Friedrich Nietzsche, darlegt. Man könnte auch sagen: Hätte Nietzsche einen Kater gehabt, hätte er den Stein von Surlej nicht gebraucht. Denn was er bei jenem Stein erfuhr, die Macht des Phänomens, das sich selbst entbirgt, wurde Hürlimann durch den Kater zuteil. Man nimmt die Welt nicht aktiv wahr, sondern lässt sie passiv auf sich wirken.

Aus diesen Überlegungen ergab sich die Einteilung des Bandes in neun große Kapitel, deren Reihenfolge weitestgehend den Abschnitten in Hürlimanns Biographie entspricht: »Kindheit«, »Die Eltern«, »Die Bücherarche«, »Klosterschule«, »Afrika«, »Krankheit und Tod des Bruders«, »Der Kater«, »Leben aus dem Koffer« und »Unmögliche Heimkehr«. Den einzelnen Kapiteln sind jeweils mehrere Texte und Dokumente zugeordnet. Dabei wird einem Auszug aus den erzählenden Werken meist ein entsprechender nicht-fiktionaler Text zur Seite gestellt, um einen weiteren wesentlichen Aspekt von Hürlimanns Schreiben hervorzuheben: die Komplementarität seiner erzählenden Prosa und seiner essayistischen Texte, die einander wechselseitig ergänzen und kommentieren. Um das Prinzip an zwei Beispielen zu veranschaulichen: In *Der Rote Diamant* erklimmt Kaiserin Zita bei ihrem Besuch im Kloster mühselig die Treppe – in *L'Esprit de l'escalier* geht Hürlimann dem metaphysischen Wesen der Treppe nach. In *Die Erst-August-Rede* erzählt er literarisch von einer Rede des Vaters Hans Hürlimann. Das *Familienalbum* greift die Rede auf, mitsamt dem dazugehörigen Wahlplakat. Der *Nachruf auf meinen Vater* wiederum zeigt den Menschen, wie er tatsächlich war.

Texte und Dokumente fügen sich im Idealfall wie in

einem Mosaik zu einem Lebensbild zusammen und lassen aufscheinen, wie bestimmte Motive Hürlimanns Werk durchziehen, abgewandelt werden, sich mit anderen Motiven verbinden oder durch einen neuen Kontext eine andere Dimension bekommen. Beispielsweise denkt Hürlimann nicht erst in seinem Roman *Heimkehr* von 2018 über die Unmöglichkeit des Heimkehrens nach. Bereits in dem 1981 verfassten Text *Nachtwanderung durch Zug* spielt der Gedanke der Entfremdung, des Fremdseins im Heimatlichen, eine grundlegende Rolle und taucht später, im Zusammenhang mit der Beschäftigung mit Gottfried Keller, erneut auf – etwa im Essay *Gottfried Keller kommt nicht nach Hause* (2019). So lassen sich über die Jahre hinweg gewisse Muster erkennen – im Leben wie im Schreiben. Denn beide, auch das wird deutlich, sind bei Hürlimann untrennbar miteinander verbunden.

Ziel dieser Anthologie ist, hineinzuführen in das erzählerische Werk von Thomas Hürlimann. Wenn Sie nach der Lektüre neugierig geworden sind, mehr zu entdecken oder als bereits eingefleischter Hürlimann-Fan den Drang verspüren, seine Romane oder Novellen erneut zu lesen, hat dieses Buch seine Aufgabe erfüllt. Jetzt aber öffnen Sie den Koffer und reisen Sie durch die Welt des Thomas Hürlimann.

Fedora Wesseler
München, April 2025

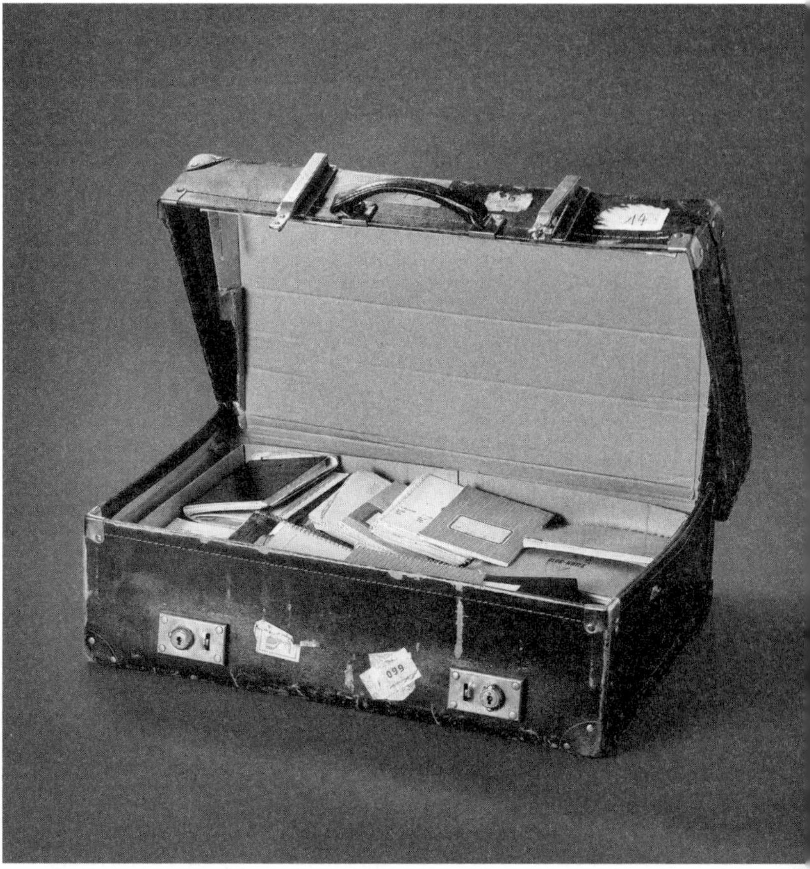
14
099

Es war einmal ein alter schwerer Koffer. Aus Galizien kam der Koffer, aus dem ärmsten Kronland des Wiener Kaisers, und enthielt die gesamte Habe des Wanderers, der ihn schleppte: eine Schere, eine Klarinette, fromme Bücher und Gebetsriemen. Über den Landozean zogen die beiden, der Wanderer und sein Koffer, fuhren im Winter auf Eisschollen und stiegen im Sommer auf Hügel, um dem jammernden Wind zu lauschen, die kapriolenden Lerchen zu bestaunen und in den Nächten das Glitzern der Milchstraßen. Sie kletterten über den gelb-schwarz geringelten Grenzzaun, und drohten sie sich im Wald der Steppengräser zu verlieren, folgten sie den Telegraphendrähten, die den Himmel wie Notenlinien zerschnitten. In der Hitze, in Regenschauern und im Schneegestöber verloren sich die Wege, aber ging fern am Horizont die Sonne unter, erglänzten am Koffer die Messingkappen und erinnerten den müden, ausgezehrten Wanderer, der die eitrigen Füße mit Lappen umwickelt hatte, an seinen Traum vom goldenen Westen.

Es war im dritten Jahr seiner Walz, als sich an einem rotrauchigen Herbstabend drohend, dunkel die Alpen erhoben. Davor lag ein See, und obwohl der Koffer ziemlich leicht geworden war, ließ er sich nicht mehr verrücken. Bleib hier, sagte er zum Wanderer.

Hier ist es sumpfig, antwortete der, hier schwärmen im Sommer die Mücken.

Also werden dich die Menschen in Ruhe lassen, meinte der Koffer.

Und wovon soll ich leben?

Von deiner Schere, Katz, du bist Schneider.

Tatsächlich, im hohlen Koffer klapperte noch die Schere. Also baute der Schneider am Ufer eine Hütte, bedeckte sie mit Schilf, bot im nahen Städtchen seine Dienste an, gewann die ersten Kunden, lernte ein hübsches, schwarzlockiges Mädchen kennen und nahm es zur Frau. Sie waren glücklich miteinander, ein Sohn wurde ihnen geboren, und da sie zu arm waren, um eine Wiege zu kaufen, wurde er in den treuen alten Koffer gelegt. Am liebsten schlief der Knabe auf Seide, und so nannte ihn die Mutter, wenn sie ihn herzte, mein liebes Seidenkätzchen.

Eines Morgens saß der Schneider wie üblich auf dem Tisch, doch war er weiß wie Schnee, und die Hand, die die Schere hielt, war hart wie Stein. Ein Verstorbener, sprach die Mutter zum Sohn, werde gekleidet von seinen Taten, den guten wie den schlechten, und von den Geschichten, die über ihn erzählt würden, den guten wie den schlechten. Also stieg der Sohn in die Stiefel des Vaters, setzte sich dessen Hut auf, der ihm bis zur Nasenspitze rutschte, und stapfte ins Städtchen, wo er jedermann berichten wollte, was geschehen war. Kennt ihr den Schneider, Leute? Draußen im Sumpf hat er die Werkstatt. Meist arbeitet er die ganze Nacht, und liege ich im Koffer, höre ich das Gezwacke der Schere. Heute Morgen jedoch –

Wer bist du?

Sein Sohn.

Dein Name?

Seidenkatz.

Was willst du, Seidenkatz?

Ein Grab für den Vater.

Er bekam es nicht. Der Friedhof, wurde ihm erklärt, sei den Christen vorbehalten, und wenn er ein Grab haben wolle, müsse er in die große Stadt fahren, wo auch die Juden ihren Friedhof hätten. Aber die große Stadt lag fern, und so hob der Sohn neben der Hütte ein Grab aus. Er wälzte einen Stein heran, ritzte den Namen ein und darunter einen sechszackigen Stern. Um zu verhindern, dass das Grab vom Sumpf verschlungen wurde, pflanzte er zusammen mit der Mutter Hunderte von Weidenstrünken ein. Die sogen dem Boden das Wasser ab und verwandelten das Ufer in festen, guten Grund. Bald wuchsen auch Birken, legten ein silbriges Schimmern über das Schilfdach, und von überall flatterten Vögel herbei, um zu nisten, zu brüten, zu singen. Die Stelle, die der Koffer bestimmt hatte, war zum Paradies erblüht.

*

Das Atelier wurde von hohen Fenstern erhellt. Im besten Licht stand das Reißbrett, und neben der Tür, die nach Osten ging, thronte an seinem Pult Herr Arbenz, der Buchhalter. Es gab mehrere Nähmaschinen, zwei lange Schneidertische sowie Werkbänke für die Schirm- und Hutmacher. Alle arbeiteten flink und leise, und wäre das Surren der Singermaschinen nicht gewesen, hätte man meinen können, im Atelier würden fromme Handlungen ausgeführt. Seidenkatz, der die ererbte Schneiderei innerhalb weniger Jahre zum Blühen gebracht hatte, trug zur grünen Plüschweste eine gelbe Krawatte und einen violetten, auf Taille geschnittenen Frack mit großen roten Knöpfen. Trat er auf die Terrasse hinaus, musste ihm ein Diener den Pelzmantel umlegen, und ein Spitzenseidenschirmchen, natürlich aus eigener Produktion, schützte ihn gegen die Sonne. Stets hatte er eine Schere sowie eine Rasierklinge dabei, und meist genügte ihm ein einziger Schnitt, um einem Kleid jene Raffinesse zu geben, die den Damen Ausrufe des Entzückens entlockten. Die Seide beurteilte er nach ihrem Duft, und weiß Gott, er liebte sie mehr als den schönsten Leib, der von seinen Kreationen umhüllt wurde. Einladungen schlug er aus, Spaziergänge machte er höchstens bei Nacht, und zog er den Hut, geschah es hauptsächlich zu Reklamezwecken: Um den Einheimischen zu zeigen, dass ein von ihm gefertigter Zylinder im Schein der Gaslaterne acht Reflexe warf, wie bei einem Gentleman der Londoner City.

In einer hellen Mondnacht ging er über den Friedhof. Der lag oberhalb der Stadt im Hang, und Seidenkatz mag sich gefragt haben, was er hier, wo sie seinem Vater das Grab verweigert hatten, zu suchen habe. Da erblickte er in der Ferne seinen Besitz, das aus roten Fabrikziegeln gemauerte Schlösschen mit dem angebauten Atelier. Einsam lag es draußen vor der Stadt an der nördlichen Bucht, und auf einmal hatte Seidenkatz eine hübsche Idee. In doppelt mannshohen Lettern ließ er den Namen Katz auf die Dachzinne setzen. Gut, vielleicht sah dies ein wenig seltsam aus, aber den Schneider brauchte das Getuschel im Städtchen nicht zu kümmern, wirklich nicht, inzwischen war sein Ruf bis weit in jene Unendlichkeit vorgedrungen, die sein Vater mit dem Koffer einst durchzogen hatte. Wer auf russischen Gütern, in kakanischen Kasernen oder auf polnischen Promenaden *à la mode* sein wollte, trug Kleider, Hüte und Sonnenschirmchen von Seidenkatz.

*

So galt er im Osten als berühmter, mit Orden dekorierter Mann und kam nicht umhin, hie und da mit einer Musterkollektion durch sein Absatzgebiet zu reisen, von Salon zu Salon, von Gutshaus zu Gutshaus. Nach einigen Wochen war sein Auftragsbuch prall gefüllt, er wollte heimkehren, und da der Zug wieder einmal verspätet war, setzte sich Seidenkatz in das Buffet einer abgelegenen Bahnstation, um an einer reichgedeckten Tafel, von mehreren Kellnern umdienert, das ihm verhasste Warten zu überbrücken. Da teilte sich ein Vorhang, Taftsäume rauschten, ein Stiefelabsatz gab den Takt an – und Seidenkatz erschauerte.

Sie sang wie eine Nachtigall und bewegte sich wie eine Elfe. Sie ließ einen goldenen Vorderzahn blitzen, und ihr Haar schwang wie eine weiche, schwarze Glocke über den schmalen Rücken. Sie war nur eine Tingeltangelsängerin, aber wie grandios, dachte Seidenkatz, würde diese Frau seine Schöpfungen präsentieren! Ach was, die hatte weder Hüte noch Kostüme nötig, die machte es mit der Haltung, mit der Stimme, mit den Augen. Sie war ein vollendetes Kunstwerk, ein Bild von einer Frau, mit korallenroten Lippen und einer porzellanweißen Haut. Keine andere, sagte sich Seidenkatz, die!

Er brachte sie mit nach Hause, und auf einer großartigen Hochzeit wurden die schöne Sängerin und der berühmte Seidenkatz ein Paar. Sie wurde schwanger und gebar, wurde schwanger und gebar, wurde schwanger und gebar. Drei Mädchen wurden ihnen geschenkt, später Maries Tanten, die Missionarinnen in Afrika. Bei jeder Geburt hatte Seidenkatz auf einen Sohn und Stammhalter gehofft, und zu guter Letzt erfüllte sich sein Wunsch. Da zog er unter den riesigen Buchstaben, die er nachts von Petroleumscheinwerfern beleuchten ließ, seinen Zylinder und sprach: Herr, ich danke Dir. Du lässt Deine Juden nicht allein. Mein Sohn wird mich eines Tages begraben und den Namen Katz über meinen Tod hinaus erhalten.

Die erste Zeit im Schlösschen dürfte der Nachtigall gefallen haben, den fortwährenden Schwangerschaften zum Trotz. Hier wurden ihr die Mahlzeiten auf Meißner Porzellan gereicht, und eine Domestikin, die beim Betreten des Gemachs einen Knicks vollführte, leerte der Gnädigen den Nachttopf. Aber nach der Geburt des Stammhalters war der Name Fleisch geworden, sie hatte ihre Rolle gespielt, die Pflicht erfüllt, sah das Gastspiel für beendet an und musste zu ihrer Verwunderung feststellen, dass der Vorhang nicht fallen wollte. Was nicht aufhört, sagte sie eines Nachmittags zum Gatten, heißt Russland.

Seidenkatz gab ihr recht. Russland, meinte er, sei sein größter und bester Markt.

Da entstieg der goldenen Kehle ein Lachen, und als Seidenkatz, der in einem bordeauxroten Ledersessel des Rauchzimmers lag, die Zeitung sinken ließ, blähte eine Brise den Vorhang – das Fenster stand offen, die Nachtigall war ausgeflogen.

Ihre drei Töchter gaben die Hoffnung niemals auf, die Mamuschka würde eines Tages zurückkehren, stürzten immer wieder an die Tür und riefen: Da kommt sie! Doch war dies nur ein Nebelchen, das mit der Dämmerung heranwehte und sich wie ein Seidenschleier um einen Busch wand …

Der Knabe, der später Maries Papa werden sollte, ging

nie an die Tür, nie ans Fenster – er spielte Klavier. Seidenkatz hatte es ins Atelier stellen lassen, an die rückwärtige Wand. Er stand vorn, vor seinem Reißbrett, und sein Sohn, Maries späterer Papa, saß auf einem Schemel, sah in den Tasten eine schwarzweiße Straße und stellte sich vor, wie die Nachtigall, seine Mamuschka, den langen Weg zurückging nach Osten, immer nach Osten, wo die Ackerfurchen im Unendlichen verrannen …

2006

Spurensuche in Galizien

»Sonntags-Zeitung«, 16. 09. 2001

Der Nachtzug rollt von Cottbus, der letzten Station auf deutschem Boden, durch heiße Unterwelten nach Kraków. Am Horizont verstrahlen Industriekombinate ein gespenstisches Licht, Katowice, Nowa Huta, nach Schwefel riecht's, nach Diesel, dann wieder nach frisch gemähtem Heu, nach Schlaf, nach Schweiß und gegen Morgen, da sich die Erwachenden vor den Toiletten drängen, nach Kloake. Umsteigen in Kraków.

Der Zug fährt mit Verspätung ein. Seine Endstation, stolz an die Stirn der Lok geschrieben: Odessa. Die Korridore und Abteile füllen sich, und sofort sind wir in einer anderen Welt, nicht mehr unter Reisenden, sondern eingequetscht zwischen Bauern und Marktfrauen, die fröhlich streitend zu essen beginnen. Die Ebene. Galizien. Unter einem hohen Himmel zieht der Zug in ein fahlgrünes Meer hinaus, immer nach Südosten, einem Horizont entgegen, der in der Hitze verrinnt. Ich reise nach Przemysl, um dort eine Straße zu suchen, von der mir meine Großmutter erzählt hat.

Starr stehen die Weizenfelder, der Wind hat sich gelegt. Glaube ich wirklich, irgendwo da draußen, mitten in der flirrend heißen Unendlichkeit, auf die Spuren meiner mütterlichen Vorfahren zu stoßen?

Przemysl, die Hügelstadt, die auf einem Ausläufer der Karpaten über die Ebene wacht, war bis zum Ende des Ersten Weltkriegs eine weltberühmte Festung sowie ein Handelszentrum, in dem alle galizischen Völker sich drängten und mischten, Polen und Ukrainer, Deutsche, Juden, Ruthenen, Lemkos und Huzulen. Im Winter 1915 wurde Przemysl von der zaristischen Armee umzingelt und musste schließlich kapitulieren. 120000 Soldaten der österreichisch-ungarischen Armee gingen in russische Kriegsgefangenschaft, weshalb Przemysl für den Ersten Weltkrieg eine ähnliche Bedeutung hat wie Stalingrad für den Zweiten. Hier wie dort ging nach grausamen Kämpfen eine Kesselschlacht verloren, die den deutschen Glauben an den Sieg zerstörte.

In den Jahren vor dem Krieg war Galizien das zweitärmste Kronland der Donaumonarchie. Arm ist es nach wie vor und seit dem Zweiten Weltkrieg auch noch geteilt: Der Westen Galiziens gehört zu Polen, der Osten zur Ukraine. Seither verläuft die Grenze nur wenige Kilometer vor der Stadt, die in kakanischen Zeiten die Mitte des Kronlandes behauptet hat. Das ist ihr an allen Ecken und Enden anzumerken. Przemysl hat es ins Abseits verschlagen, an den Rand der westlichen Welt. Aber das hat auch sein Gutes: Das Stadtbild vermochte seine kakanische Prägung zu bewahren. Durch die Gassen, die sich ausgetreten über den Hügel krümmen, gehen die Atemzüge eines stillen Sommers und einer längst versunkenen Zeit, die von durchreisenden Operettenensembles, winterlichen Bällen und einer wehmütigen Sehnsucht nach dem fernen Wien erfüllt war. Ob ich eine kleine Chance habe, meine Straße zu finden?

Ja, ich suche eine Straße. Wenn ich mich an die Erzählung der Großmutter richtig erinnere, war sie links und rechts von Kramläden und kleinen Buden bestanden und rieselte wie ein Flüsschen in die Ebene hinaus. Das ist alles, was ich weiß.

Anfänglich sieht es gar nicht schlecht aus. Im alten Przemysl gab es ein großes Judenviertel, und es wäre durchaus möglich, dass die von mir gesuchte Straße die Jagiellonska ist. An ihr lagen bis zum Zweiten Weltkrieg all die jüdischen Geschäfte, die Schneiderwerkstätten, die Tuch- und Kleinwarenhändler, was tatsächlich zu dem Bild passen würde, das ich im Gedächtnis bewahre. Aber dann kommen die Zweifel. Die Jagiellonska verläuft nicht hügelab, wie ich es mir vorgestellt habe, vielmehr steigt sie ein wenig an, um sich über einen Karpatenausläufer zu winden. Die meisten Geschäfte sind geschlossen, die Hinterhöfe verrottet. Die Synagoge ist eine städtische Bibliothek geworden. *Na Bramie*, im Tor, heißt die Gasse: Hier wurden zwischen 1939 und 1944 viertausend Juden ermordet. Nach langem Nachfragen zeigt man mir in der Nummer 9 ein neues Geschäft, einen Ausleih für Videos. Bis vor kurzem soll hier ein »Galanteria«-Laden gewesen sein, mit einer jüdischen

Besitzerin, vielleicht verstorben, vielleicht ausgewandert, niemand scheint es zu wissen, im ehemaligen Judenviertel von Przemysl gibt es keine Juden mehr. Bin ich in der falschen Stadt? Oder suche ich eine Straße, die es nur in den Erzählungen der Großmutter gab, nicht in der Wirklichkeit?

Die Spuren sind da, gewiss, überall meine ich auf Zeugnisse, auf Zeugen einer verschwundenen Welt zu stoßen, da steht auf einer Kachel ein jüdischer Name, dort verweist eine hilflos gemalte Nähmaschine auf eine Schneiderei, ich komme näher, will zugreifen, und dann, als sollte ich genarrt werden, geschieht immer das Gleiche: Die Zeichen und Bilder und Spuren lösen sich auf, als würden sie von der Sommerhitze weggesogen.

Eine Zwischenbemerkung. Als ich durch Galizien reise, war meine Novelle *Fräulein Stark* noch nicht erschienen. Jetzt ist sie auf dem Markt und gibt heftig zu reden. Der Kritiker Marcel Reich-Ranicki erhob den Vorwurf, der Ich-Erzähler würde die jüdische Herkunft seiner Mutter nicht klar und deutlich benennen. Stimmt schon. Der Erzähler kann nur Vermutungen anstellen, Gelesenes und Gehörtes zusammenreimen, Genaues erfährt er nicht, das wird beschwiegen, das ist in seiner katholischen Familie tabu. In jenen Julitagen in Przemysl ging es mir ähnlich. Da ließ sich nichts klären, in dieser Stadt und in diesem Land sind zu viele Lebenswege von der Geschichte ausgemerzt worden. »Wer nicht ermordet wurde, wurde vertrieben«, schrieb der Galizienexperte

Klaus Bachmann. »Wer nicht vertrieben wurde, floh. Wer Hitlers Lager- und Exekutionskommandos überlebte, starb in Stalins Gulag.«

Während des Zweiten Weltkrieges wurde Przemysl von den Deutschen, dann von den Russen, wieder von den Deutschen, wieder von den Russen besetzt. Und die Erinnerungen an die jüdische Welt – noch 1939 lebten in Przemysl 20 000 Juden – sind heute vergessen. Nein, antisemitisch gibt sich niemand. Aber die Fragen nach jüdischen Namen oder Schicksalen hören sie nicht gern. Bei aller Gastfreundschaft, da stößt man auf ein verlegenes, »schwarzberedtes« Schweigen. Ende der Zwischenbemerkung.

Ich kann das Bild, dem ich hinterherjage, die Straße aus den Erzählungen der Großmutter, nicht aufspüren. Auch ein kundiger Rechercheur, der in den Stadtarchiven nach dem Namen Bersinger sucht, dem Mädchennamen meiner Großmutter, muss seine Bemühungen ergebnislos abbrechen. Nirgendwo ein Hinweis, keine Daten, nichts. Ziel verfehlt? Ein paar schwülheiße Stunden lang denke ich daran, den Koffer zu packen. Aber dann ziehe ich doch wieder los und beginne bald zu merken, dass es mir in diesen Gassen mit den zerfallenden grauen Fassaden immer besser gefällt. Da waltet nicht nur eine Macht, die etwas zum Verschwinden bringt, da waltet auch ein Zauber, der die alte, versunkene Zeit auf geheimnisvolle Weise in die Gegenwart hebt.

Eine düstere Halle. Lange gedeckte Tische, außer uns

kein Gast, die Rufe meiner Dolmetscherin verhallen im Leeren der *Restauracja Karpacka*, dem ersten Haus am Platz. Einzig eine hochtoupierte Gastronomiefunktionärin thront hinter einem Tresen, aber ihr Zuständigkeitsbereich beschränkt sich auf die Toilette, ein scharf nach Desinfektionsmitteln riechendes Kellergewölbe, und erst, nachdem die Dolmetscherin und ich je drei Blatt Klopapier erstanden haben, ist die Gastronomiefunktionärin bereit, eine Kollegin aus dem Dornröschenschlaf des real existierenden Gaststättensozialismus herbeizuschrillen. Die wiederum scheint es für eine Zumutung zu halten, dass wir auch noch speisen wollen, und bevor ich einen Bissen vom sehnigen *Kotlet schabowy* zwischen den Zähnen habe, weiß ich, dass unser Essen schon vor Jahrzehnten beschrieben wurde – vom galizischen Schriftsteller Karl Emil Franzos. Dem hatte man in der hiesigen Bahnhofsgaststätte ein Wiener Schnitzel vorgesetzt, in dem eine Stahlfeder, ein rostiger Nagel und ein Büschel Haare eingebacken waren. Wir haben Glück. Unser Fleisch enthält weder Haare noch Nägel, aber ich werde den Eindruck nicht los, dass die missmutig aufgetragenen Speisen gewissermaßen aus zwei Küchen kommen: aus einer real existierenden und aus einer literarischen Küche.

Als wir auf den Rynek treten, den Ringplatz, ist es zehn Uhr nachts. Przemysl schläft. Die Haustore abgeschlossen, die offenen Fenster finster, und hätte uns die Brigade, worum wir vergeblich gebeten hatten, einen

Wodka aufgetragen, würde ich meinen Augen nicht getraut haben. Jetzt aber, nüchtern, gibt es keinen Zweifel – am Fuß einer einsamen Laterne hockt im schwüldunstigen Lichtschein der brave Soldat Schwejk und verscheucht mit seinem Geschnarche die revierenden Katzen. Verdammt nochmal, ist diese verlorene Stadt am Rand der westlichen Welt ein lebendiges Literaturmuseum?

Denn Schwejk, die großartige Figur des tschechischen Dichters Jaroslav Hašek, verschlug es in den letzten Kapiteln tatsächlich hierher. Nach einem unerlaubten Bad in einem Teich hatte er die Uniform eines russischen Gefangenen angezogen, »neugierig, wie sie ihn wohl kleiden würde«, und war, als er im Wasser sein feindliches Spiegelbild studieren wollte, von einer Patrouille der Feldgendarmerie geschnappt worden. Die Folgen kann man sich denken. Der Gefangene wollte nicht zugeben, ein besonders raffinierter russischer Spion zu sein, sondern meldete sich ebenso hartnäckig wie erfolglos als Schwejk Joseph, Kompanieordonnanz bei der 11. Marschkompanie vom 91. Infanterieregiment. »Herr Feldwebel Dolmetsch, ich bin in die eigene Gefangenschaft geraten.«

Ich liebe dieses Buch, lese immer wieder darin, aber kann der Verwandlungszauber von Przemysl so wirksam sein, dass eine literarische Figur schnarchend und volltrunken lebendig wird?

Am andern Morgen gehe ich über den Markt. Die

Landleute, die von der nahen Ukraine ihr Handelsgut heranschleppen, Obst Geflügel Gewürze, werden Ameisen genannt. Es duftet und brutzelt, es brodelt und dampft, und als ich, vom gestrigen Abend immer noch hungrig, eine Kartoffel esse, kommt es mir vor, als sei sie nicht aus der ukrainischen Schwarzerde, sondern aus einem Gedicht von Ossip Mandelstam gegraben worden: »Ich grüß dich, Schwarze Erde.«

Die Kartoffel, Schwejk, das Schnitzel, ja sogar die Stadt selbst erfahre ich als literarische Realität, hier könnte General von Stumm aus Musils *Mann ohne Eigenschaften* zwei Jahre lang garnisoniert haben, in einem dieser »ummauerten Riesenrechtecke, die ein Militärspital, Monturdepots, Mannschaftskasernen und Garnisonsbäckereien enthielten«. Ich komme aus dem Staunen nicht heraus, Przemysl ist für mich eine verwunschene Zauberstadt geworden. Zwar kann ich die mütterlichen Vorfahren nicht finden, aber wo ich gehe, stoße ich auf Bekanntes – ich schlendere durch Gassen und gleichzeitig durch die Literatur.

Ob dies auch für meinen eigenen Text, für die Novelle *Fräulein Stark*, gelten könnte? Darin lasse ich unseren Urahnen Alexander »Sender« Katz aus den Weiten der galizischen Ebene auftauchen. Eines Morgens fahre ich mit Sabina, der Dolmetscherin, hinaus. Ihr Bruder chauffiert uns. Nein, Sender Katz erscheint mir nicht, aber der schöne Verwandlungszauber ergreift mich auch hier draußen – was ich sehe, sehe ich mit den Augen großer, von mir geliebter Dichter. »Diese Ebene ohne Grenzen«, schrieb der galizische Schriftsteller Leopold von Sacher-Masoch, »macht auf den Menschen denselben Eindruck wie das Meer. Der Mensch hat auch hier das Gefühl der Unendlichkeit, die er nicht fassen kann und vor der er sich scheu in sich selbst zurückzieht.« Im hohen Gras zirpen Grillen, Lerchen stoßen herunter, und der gegen Mittag heißer werdende Wind legt in die Buchweizenfelder Wellen, die lautlos zum Horizont hin davonlaufen. In den alten Telefonleitungen, durch die vor Jahr und Tag die Nachricht vom Ausbruch der großen Kriege ging, summt eine Melodie. Nach wie vor sind die Straßen Alleen für geplagte Marschkompanien, doch Menschen sehen wir kaum, mal einen Priester, der sein Kirchlein abschließt, mal einen Bauern, der in der Nähe einer angepflockten Kuh hockt. Man schaut, man träumt, und miteins steht man grundlos traurig unter der »vollen Tiefe des Sommertags« (Musil). Auch hier draußen, wie drinnen in Przemysl, erweisen die Dichterworte ihre Macht, auch hier ist die Literatur lebendig – inzwischen hielte ich es für völlig normal, wenn an einem der Teiche der brave Schwejk sein feindliches Spiegelbild betrachtete oder die goldenen Ebenen, wie es bei Georg Trakl heißt, von »tödlichen Waffen tönen« würden. Nicht weit von uns entfernt muss Grodek liegen. Der Ort gab dem letzten Gedicht von Trakl den Titel. Er war Medikamentenakzessist des k. u. k. Feldspitals 7/14, wo er vor »unsäglicher Trauer« über die Verwundeten, denen er nicht helfen konnte, tödlich erkrankte. »Alle Straßen«, heißt es in »Grodek«, »münden in schwarze Verwesung.«

Als wir uns der Stadt nähern, erhebt sich Przemysl wie ein riesiger Grabhügel aus dem weiten Landmeer. Wir sehen die Türme und Kuppeln der griechisch-orthodoxen und der katholischen Kirchen, und darüber die Bäume, Büsche und Rasenflächen der zahllosen Friedhöfe. In ihrem Großwerk *Naturgemäß I und II* nennt Marianne Fritz diese Stadt, die für sie die Mitte der Welt ist, »ein ewiges Totengebiet«. Am Samstagabend, da unten die Glocken läuten, gehen wir über die Friedhöfe. Der eine ist »Deutschlands Heldensöhnen« zugeschrieben, ein anderer polnischen Offizieren, die im Kampf gegen Budjonnys Reiterarmee gefallen sind, ein dritter, der die Knochen von Zehntausenden bergen soll, den Soldaten des Wiener Kaisers. Hier liegen Russen, hier liegen Deutsche, hier liegen Österreicher, hier liegen Polen, hier liegen ganze Armeen, und man weiß nicht, zwischen den namenlosen Holz-, Eisen- und Steinkreuzen sich verlierend, ob sie im Ersten Krieg gefallen sind, in den Bürgerkriegen danach oder im Zweiten. Nach längerer Suche finden wir weiter unten, wo wilder Wald wuchert, auch den jüdischen Friedhof. Ich gehe zwischen die feuchten Farne. Nach wenigen Schritten stehe ich vor einem Grab, das mich erstarren lässt: »Katz« ist in den verwitterten Stein gemeißelt. Das ist der Name, den ich in der Novelle meinen Vorfahren gegeben habe.

Von diesem Moment an habe ich keine Ahnung mehr,

was hier Wirklichkeit ist, was Literatur – oder könnte es am Ende sein, dass zwischen beiden gar keine Grenze verläuft? In der Nacht nach dem Friedhofsbesuch verschlägt es mich in eine Kellerhöhle, die sich offensichtlich nicht an die Polizeistunde hält. Ich kenne mich aus, als würde ich hier schon öfter verkehrt haben, und im Grunde genommen, denke ich nach dem zweiten Schnaps, ist dies tatsächlich der Fall. Ich hocke in Jadlowkers Grenzschenke aus den Romanen von Joseph Roth. Ukrainische Schmuggler, die morgen früh auf dem Markt ihre Ware anbieten, Zigaretten und Diebesgut, glotzen dösend in ihre Schnapsgläser, und ich bin darauf gefasst, dass Jadlowker, wie bei Roth, mit seinem schmierigen Handtuch uns armen Trinkern den Schweiß von der Stirn wischen wird. Stattdessen springt plötzlich die Tür auf, und über die steile Treppe poltert ein Trupp k. u. k.-Soldaten herab, lauter Schwejks, die lärmig und liederselig die andächtige Trunkstille zerreißen. Nein, kein Sufftraum, kein Phantombild. Alle paar Jahre, wie Sabina inzwischen herausgefunden hat, treffen sich die Liebhaber der Romanfigur des Jaroslav Hašek zu einer Tagung, die ironisch als Manöver ausgerufen wird, als *wielkie manewry szwejkowskie.* Der Zufall fügte es, dass das Manöver heuer in Przemysl stattfindet, zur gleichen Zeit, da ich hier auf Bilder- und Spurensuche bin. Morgen, am Sonntag, wollen sich die Schwejks mit einem Volksfest verabschieden.

Es ist drückend heiß. Über der Ebene ein schwülfahles

Licht. Wir folgen den Scharen, die zu einem Burghof hinaufströmen, und kaum zu glauben, aber wahr, aber wirklich – hier oben lebt sie noch einmal auf, die alte Sehnsucht nach der kakanischen Welt. Flotte Leutnants flanieren, Schwejks rauchen ihre Pfeifen, Damen werden mit Handkuss begrüßt, und die Soubretten eines durchreisenden Operettenensembles, des *Teatr muzyczny w Gliwicach*, schmettern Melodien, die sie unter Tränen ihrem innigst verehrten Papst zu Rom widmen. Aber plötzlich, als müsse die bunte Herrlichkeit ein symbolisches Ende finden, zuckt der erste Blitz, der Donner kracht, und innert Minuten flieht vor dem heftig herabrauschenden Regen alles hügelab, so dass auf dem weiten Burghof nur ein paar Biergläser und Soldatenkappen in trüben Wasserlachen zurückbleiben. Die großen Schlachten sind geschlagen. Przemysl, einst eine weltberühmte Garnison, dämmert wieder vor sich hin.

Die Straße, die ich suchte, konnte ich nicht finden, aber dennoch hat sich die Reise für mich gelohnt. In Przemysl, dieser alten, schönen, vom Sommer durchatmeten Stadt, sind Sätze und Romanfiguren so wunderbar lebendig, dass ich auf einem verwitterten Grabstein sogar auf den Namen Katz stoßen durfte, meine eigene Fiktion. Alle Straßen, das hat mich Galizien spüren lassen, münden in schwarze Verwesung. Und in die Wirklichkeit von Literatur.

2001

I. KINDHEIT

Thomas Hürlimann, geboren 1950 in Zug, einem damals beschaulichen Schweizer Städtchen, wächst am Zugersee als ältestes von drei Kindern auf. Seine Schwester Gabrielle wird 1954 geboren, 1959 folgt der Bruder Matthias. Zu den prägenden Figuren seiner Kindheit gehören die Großeltern mütterlicherseits und der Nachbarsjunge Marcel Bertschi, dem Hürlimann – zur Verzweiflung seiner Eltern – in Treue ergeben ist. Bei der Großmutter in St. Gallen macht der kleine Thomas Ausflüge ins benachbarte Appenzell. Vor allem aber lernt er das Lesen und taucht damit erstmals in die Welt der Bücher ein. Der Großvater, selbst ein begnadeter Erzähler, vermittelt dem Jungen nicht nur die Liebe zu Schiffen (sie werden in seinen Texten immer wieder vorkommen), sondern führt ihn an die Grenze von Wahrheit und Fiktion. Das packende Erzählen, merkt der Junge, entsteht auf dieser Grenze. Bald erlebt er im Familienkreis erste Erfolge als Geschichtenerzähler.

Mein Lieblingsbuch

Antwort auf eine Umfrage des »Tages-Anzeiger«

Mein Lieblingsbuch: *Robinson Crusoe* von Daniel Defoe. Die Großmutter las es mir vor. Sie war damals schon alt und schlummerselig. Schlief sie ein, wollte ich wissen, wie die Geschichte weitergeht, griff ich mir das Buch, bestimmte erst einzelne Buchstaben, das O, dann einzelne Wörter: Robinson! Auf einmal konnte ich lesen und begab mich im Buchstabenmeer auf große Fahrt. Der Sturm warf mich an Land, auf die einsame Insel, wo ich zugleich der König und der einzige Untertan war. Auch Bücher sind Inseln. Deshalb wiederhole ich mit jedem Buch die ursprüngliche Ausfahrt und lerne leben, wie ich mit dem *Robinson* lesen gelernt habe. Ernst Jünger: »Auf der Insel winkt die Entdeckung und hinter ihr das Glück.«

2019

Was ist Wahrheit?

»Die Weltwoche«, 04. 04. 1991

Im Alter von fünf oder sechs Jahren entschloss ich mich, ein Bösewicht zu werden. Es war ein Morgen im frühen April, die Sonne schien, der Himmel war blau. Frau Hegglin, unsere Nachbarin, hatte eben ihre Wäsche in den Garten gehängt, und wie rein, wie heilig, wie persilweiß strahlten ihre Laken aus dem Grün des Frühlings hervor. Ich rührte aus Dreck, Sand, Seeschlamm, Hundekot und Katzenbrunz eine Paste zusammen und beschmierte damit die weiße Wäsche der Frau Hegglin. Das Vatergewitter am Abend war furchtbar. »Warst du der Dreckfink?«, fragte er drohend, ich senkte den Kopf und sagte: »Ja, ich war's.«

Eine Woche danach stahl ich in der Werkstatt eines Schreiners einen Topf voll Leim. Den ließ ich über den Dreirad-Sattel meiner Cousine Joyceline tropfen. Es lief wie geschmiert. Joyceline setzte sich auf den Sattel und klebte fest. Am Abend das nächste Gewitter, und wieder begann es mit einer Frage: »Wer ist auf den satanischen Einfall gekommen«, fragte der Vater verzweifelt, »die arme Joyceline an ihr Dreirad zu leimen?« Ich schluckte. »Ich«, sagte ich, und die Ohrfeige, die der Vater mir verpasst, jagt mir als Blitz durch Hirn, Mark und Bein. Dann wird es dunkel.

In jener Zeit lebte mein Großvater bei uns. Er trank den ganzen Tag Fernet-Branca, las die NZZ und interessierte sich für Schiffsuntergänge, besonders für das Ende der »Andrea Doria«. In nebliger Nacht war dieser Luxus-Liner mit einem Frachter zusammengestoßen und mit all seiner Herrlichkeit versunken. Das ließ den Großvater nicht mehr los. Er malte mir aus, wie die Wasser eindrangen, wie die Dampfkessel zischend erloschen, er ließ mich verzweifelte Schreie hören, das Ersterben der Geigen des Bordorchesters, zum letzten Mal tutet die Sirene, ein klagender, ein wehmütiger Hilfe- und Abschiedsruf, und auf der leeren Tanzbühne im Salondeck kullert ein einzelner Herrenschuh aus Lackleder hin und her, her und hin. Zum Schluss kippt er auf die Sohle. Er tanzt, zitternd wie eine Kompassnadel, seinen letzten Tanz allein. Mein Großvater, wie ich heute weiß, wollte nicht sterben – er wollte untergehen.

Nach meiner dritten bösen Tat – ich hatte eine Ameisenstraße umgeleitet – nahm mich der Großvater auf einen Spaziergang mit. Wir saßen auf einer Parkbank am Zugersee und sahen hinaus in den durchsonnten Dunst. Er habe, meinte er, meine Streiche mit Sympathie verfolgt. Schön, sagte er, sehr schön. »Warum aber gibst du alles zu?«, fragte er kopfschüttelnd. »Mit der Wahrheit«, fügte er hinzu, »kommt man leider nicht durchs Leben, nur mit Lügen.«

»Großvater«, fragte ich, »was ist eine Lüge?«

Am Tag darauf geschahen herrliche Dinge. Der Großvater hängte das Dreirad der kleinen Joyceline in den Apfelbaum hinauf, zerschnitt die Wäscheleine der Frau Hegglin und versenkte den Schlüpfer unseres Dienstmädchens in Vaters Aquarium. Am Abend, wie vom Großvater vorausgesagt, entlud sich mit einer Wucht, die die Kristallgläser im Glasschrank erzittern ließ, die Weltwut des Vaters. Ich grinste fröhlich. Nein, sagte ich, diesmal trifft mich keine Schuld. »Er war's«, sagte ich, »der Großvater.« Eine Sekunde lang ist es still. Dann beginnt meine Mutter zu schluchzen, das Dienstmädchen beginnt zu beten, und der Vater, totaschenfahl im Gesicht, sagt scharf: »Du lügst! Lüg nicht!«

Da dämmerte mir, was der Großvater gemeint hatte. Mit der Wahrheit gab es kein Durchkommen mehr, nur noch mit einer Lüge. »Ja«, sagte ich weinend, »ich habe das Dreirad in den Baum gehängt; ich habe die Leine zerschnitten, und Fräulein Rosas Hose habe ich ins Aquarium gesteckt.« Im Augenblick war das Wüten und Klagen verstummt. Die Mutter lächelte mir zu, und der Vater legte mir seine schwere Hand auf die Schulter. »Immerhin ist der Bub kein Lügner«, sagte er stolz.

Ein paar Tage danach packte der Großvater seinen Überseekoffer. Er plane, sagte er, auf große Fahrt zu gehen. Eines Morgens war er verschwunden, und wenn ich mich richtig erinnere, so ist aus Triest, der Hafenstadt, Großvaters letzte Karte gekommen. Sie zeigt ein Schiff, das sich zum Horizont hin entfernt. Bin an Bord. Adieu.

1991

Der Seemüüggel

Verfasst zum 175-Jahr-Jubiläum der Schmiede von Walchwil für die Festschrift »Heimliches und Unheimliches vom Zugersee«

Damals, vor vielen Jahren, wohnten wir im Mehrfamilienhaus Ägerisaumweg 2, und denke ich daran zurück, taucht vor meinem inneren Auge eine große Küche auf, wo ich zu Füßen von Hedi mit bunten Klötzen Schiffe gebaut habe. Hedi war unser Dienstmädchen. Heute weiß ich, dass sie in jener Zeit sehr jung war, 15 oder 16, aber mir, dem vierjährigen Knaben, erschien Hedi als große und schöne Frau. Zu ihren Aufgaben gehörte es, einmal in der Woche auf den Markt zu gehen, und jedes Mal wartete ich sehnsüchtig, bis sie mit zwei prall gefüllten Einkaufstaschen zurückkehrte, unter dem linken Arm ein frisch gebackenes, in weißes Papier gewickeltes Brot.

Es war ein schwülheißer Sommer. Erst kurz vor dem Mittagessen kam Hedi die Treppe hoch gekeucht, unter dem Arm das Brot, die beiden Taschen prall gefüllt. Bei dieser Hitze, sagte sie, halte sich der Fisch nicht lang. Dann griff sie in eine der Taschen, entnahm ihr ein schlaffes, längliches Paket und ließ es auf die Spülablage klatschen, wo es sich zu meinem Erstaunen ganz von selbst aus einer fettgefleckten Zeitungsseite rollte – ein

Fisch. Er lebte noch. Die Kiemen bewegten sich, die Schwanzflosse schlug aus, und mit seinem runden, rot gerandeten Auge sah mich der Fisch ängstlich an. Hedi setzte sich auf den Hocker, stellte einen Kübel zwischen ihre Beine und schabte mit dem Messer die Schuppen ab. Sie spritzten auf Hedis Füße und mein Holzschiff und erloschen wie Sterne. In der Nacht schreckte ich hoch. Ich hatte vom Fisch geträumt, und kaum schlief ich wieder ein, schwamm er weiter. Ob er mich auch in den nächsten Nächten besucht hat, weiß ich nicht mehr, aber von dieser Zeit an schmeckte alles, was ich essen sollte, nach Fisch. Sein immerwährendes Glotzen und Schnappen verschloss mir den Mund. Außer Brot, in Ovomaltine getunkt, brachte ich nichts mehr hinunter. Da hatte Hedi die Idee, meinen Teller auf den Sims vom Küchenfenster zu stellen. Im Haus gegenüber, auf der anderen Seite der Straße, wohnte Ruthli, das jüngste Kind von Förster Nägeli. Für Ruthli, sie war etwa so alt wie ich, baute ich im Sandkasten vieltürmige Burgen und sauste auf dem Dreirad wie ein Rennfahrer die Straße hinunter. Jetzt saß ich auf Hedis Schoß am offenen Küchenfenster vor dem vollen Teller, einen Löffel in der Hand, und Hedi rief zu Nägelis hinüber: Ruthli, Ruthli, komm, zeig dich! Schau, wie tüchtig er isst!

Ruthli trat auf den Balkon hinaus – und was blieb mir anderes übrig? Ich aß. Zum Schluss hielt ich den blanken Teller stolz in die Höhe, wie ein Velorennfahrer, der den großen Preis gewonnen hat. Dann winkten wir einander zu, Hedi lachte, und das kleine, blond gelockte Mädchen verschwand ins Innere.

Die Bruthitze hielt an. Das sei, seufzte Hedi, ein schwerer Sommer, und es würde sie nicht wundern, wenn mit den Wespen ER aus der Tiefe käme.

Wer?

Psst!

Am Sonntagnachmittag saß Hedi auf der Wiese unseres Gartens, ich stand am Zaun, und beide sahen wir zu, wie der Förster mit seinen drei Kindern das Haus verließ. Sie besaßen ein Boot mit Außenbordmotor, und wie gern hätte ich Ruthli auf ihrer Seereise begleitet. Die Sonne schien tot am Himmel zu hängen, und aus den Häusern hörte man die Stimme eines Sportreporters. Hedi kaute an einem Grashalm. Immer wieder ging ihr Blick nach oben, in ein gelbliches Gleißen hinauf, und ich meine mich zu erinnern, wie wir plötzlich ins Haus rannten. Sekunden später zackte der erste Blitz aus einem pechschwarzen Himmel, Fensterglas zersplitterte, und von der Stadt herauf war zwischen den krachenden Donnern und trotz des Regengeprassels das Sturmläuten aller Kirchen zu hören. Hedi hatte auf dem Küchentisch eine Wetterkerze entzündet. Das Läuten, sagte sie traurig, komme zu spät.

Jeden Mittag setzten wir uns zur selben Zeit an den Stubentisch. Pünktlich zu den Nachrichten saßen wir vor den Tellern. Um halb eins ertönte das Zeitzeichen, scharfe Tonstriche, die gegen Ende kürzer wurden. Auch am Tag nach dem großen Gewitter. Aber heute blieb das Radio stumm, die Suppe in der Schüssel. Hedi war auf dem Markt gewesen und sollte meinen Eltern berichten, was sie erfahren hatte.

Wir hätten den Förster und seine drei Kinder noch gesehen, begann Hedi, stockend, von Schluchzen geschüttelt. Ruthli habe ein weißes Kleid getragen, der Förster die grüne Uniform, und eigentlich hätte er wissen müssen, dass ER die Wespen ausgeschickt habe, als Vorboten, den Fischern und allen Seefahrern zur Warnung. Man habe das Hochschnellen der Fische gesehen, ihr Schnappen nach den Mücken, und die Wespen. Dann, von einer Sekunde zur andern, sei das böse Wetter herangebraust, vom Gotthard her, ein Föhnsturm. Wir, sie und ich, hätten gerade noch das Haus erreicht. Wieder schluchzte Hedi auf. Meine Mama verbarg ihr Gesicht in den Händen, und selbst der Vater wurde bleich.

Der Förster, sagte Hedi, soll wie ein Löwe gekämpft haben. Vergeblich. Schon mit den ersten Wellen sei das Holzboot abgesoffen, vom Außenbordmotor in die Tiefe gezogen. Der Förster habe gewusst: Alle drei Kinder kann ich nicht ans Ufer bringen. Er habe sich entscheiden müssen. Seine Wahl sei auf die beiden Söhne gefallen. Er habe sie mit letzter Kraft durch das Tosen geschleppt, bis zum Steg vor dem Restaurant Hecht. Dort soll er dann liegen geblieben sein, mit den Stiefeln und in Uniform. Die Söhne habe man ins Spital gebracht. Sie seien heil. Der Förster auch.

Nach einem langen Schweigen sagte der Vater: »Da rast der See und will sein Opfer«, Schiller im Tell, fügte er hinzu, zur Schöpfkelle greifend, zu allem finde man im Tell das treffende Wort.

Ich ahnte zwar, dass ER das Ruthli verschlungen hatte, aber was das bedeutete, verstand ich nicht. Hedi verlor ihr Lachen, und saßen wir in der Küche, stand sie am Herd, um ewig lang in den Töpfen zu rühren. In den Fenstern gegenüber gab es keine Vorhänge mehr, die Geranienkästen hatte man vom Balkongeländer genommen, und auf dem Klingelschild fehlte ein Name, da war nun ein blinder Fleck. Nägelis, flüsterte mir Hedi eines Tages zu, seien nach Bern gezogen, dort gäbe es keinen See, nur einen Fluss, die Aare. Dann öffnete sie das Küchenfenster. Kühle Luft drang ein, es war Herbst geworden.

Wenn du aufgegessen hast, sagte Hedi, kannst du den Teller dem Himmel zeigen.

*

In der Wohnung unter uns wohnten Bertschis. Bertschis Marcel war größer, stärker und älter als ich und herrschte über den Sandkasten wie ein König. Wollte ich eine Burg bauen, musste ich ihn um Erlaubnis bitten, und wenn er sich langweilte, warf er mit Steinchen nach den Türmen oder pinkelte in meinen Burggraben, dass das Wasser schäumte. Marcel träumte davon, eines Tages so reich zu sein, dass er in Frau Sidlers Kolonialwaren-Handlung den gesamten Schokoladenbestand aufkaufen und »auf einen Tätsch« wegputzen könne. Ich hatte mit dem Essen immer noch Mühe, und es machte mir nichts aus, jedes Täfelchen Lindt & Sprüngli, das mir Hedi zusteckte, meinem König darzubringen. Er nahm die Gabe zwar an, doch gab er mir jedes Mal zu verstehen, sie sei zu gering und seiner Herrlichkeit nicht würdig. Ich fand den König großartig. Ich wäre gern wie er gewesen – ein gekröntes Fass, das unentwegt Appetit hatte und von allen Kindern und Müttern und Dienstmädchen des Mehrfamilienhauses gefüttert wurde.

Eines Abends brachte mich der Vater ins Bett. Das tat er zum ersten Mal, ich fürchtete mich vor ihm, kroch rasch unter die Decke. An der Tür blieb er stehen, dann knipste er das Licht aus und sprach aus dem Dunkel, wenn ich es schaffen würde, wie andere Kinder am Stubentisch zu essen, bekäme ich bald ein Schwesterchen geschenkt. Ein Schwesterchen? Ich wusste nicht so recht, ob ich eins wollte, und der Ekel vor den Speisen nahm eher noch zu. Mein neuester Trick bestand darin, Hedi zu versprechen, ich würde die Banane im Garten essen, Hedi vertraute mir, und die Banane verschwand im Fass, über dem wie ein Sönnlein die Krone schwebte. Mehr davon, befahl mein König, wo bleibt die Schokolade?

In der Wohnung wurde es still.

Ganze Nachmittage lag die Mutter in der Stube auf dem Kanapee, neben sich, auf dem niederen Glastisch, ein Buch, eine Schale voller Orangen und eine Tasse Tee, die sie hie und da an die geschminkten Lippen hielt. Klingelte es, fuhr Mama auf, und Hedi rief: Keine Angst, Madame, es ist der Pöstler!

Der Pöstler brachte die »Zuger Nachrichten«, das »Vaterland« und stets einen Haufen Briefe, manche mit schwarzem Rand, sowie Prospekte, die Hedi am Küchentisch mit roten Ohren studierte. Eines Tages präsentierte der Pöstler ein flaches Paket. Für Madame, sagte er, von der Konditorei Roggwiler aus St. Gallen.

Meine Gotte hatte Mama eine Schachtel Pralinés geschickt, und es dauerte nicht lang, bis Marcel von der kostbaren Sendung Wind bekam. Wenn du mir die Pralinés bringst, raunte er, sollst du ein Geheimnis erfahren.

Ein Geheimnis?

Je runder er wurde, desto seltener hielt es der König für nötig, mit seinem Untertan zu sprechen. Stumm rollte er davon. Er konnte sich auf mich verlassen. Er wusste, dass mir jedes Zwinkern seiner Augen ein Befehl war, das Runzeln seiner Stirn ein Verbot, und rümpfte Seine Hoheit die Nase, krümmte ich mich vor Abscheu, über was auch immer. Gewiss, gewiss, ich gehorchte dem König, und die Aussicht, huldvoll in ein durchlauchtes Geheimnis eingeweiht zu werden, erfüllte mich mit Stolz, Dankbarkeit und einer kaum aushaltbaren Neugier. Aber! Aber in diesem Fall gab es leider ein Problem. Die Schachtel wurde im Schrank des Elternschlafzimmers aufbewahrt, wie das Geld für den Haushalt, und dieser Schrank war abgeschlossen, den konnten Hedi und ich nicht öffnen, nur Mama.

Der König wurde ungeduldig.

Morgen, versprach ich ihm, morgen bestimmt!

Es ist deine letzte Chance.

Sehr wohl, Majestät.

Jeweils am Ende des Monats musste der Milchmann bezahlt werden, und gewitzt, wie ich war, gelang es mir, durch den Türspalt zu beobachten, wie Mama den Schrank aufschloss – sie entnahm den Schlüssel der Nachttischlade des Vaters. Nun wusste ich, wie ich die Schachtel stehlen könnte, und kaum war Mama auf dem Kanapee eingeschlummert, drang ich auf Zehenspitzen ins Elternschlafzimmer ein.

Ich war mutig.

Ich zog die Lade auf, griff unter die Nastücher – und ums Haar hätte ich aufgeschrien. Auf meinem Daumen zitterte rot und rund ein Blutstropfen. Unter den Nastüchern lag nicht nur der Schlüssel, da lag auch eine goldene Krawattennadel, und an ihr hatte ich mich gestochen. Ein Blick zur Tür, niemand hatte mich beobachtet, ich öffnete den Schrank, stellte einen Stuhl davor, kletterte hinauf und klaubte so viele Pralinés aus der Schachtel, bis beide Hosentaschen gefüllt waren.

Ist das alles, fragte der König.

Ja, log ich, am blutigen Daumen saugend, mehr waren nicht mehr drin.

Dann musste ich zusehen, wie ein Praliné nach dem andern in den königlichen Mund geschoben, vom Kiefer gemahlen, vom Rachen geschluckt wurde, und als ich schon meinte, der Mächtige habe mich hereingelegt, sagte er mit vollem Mund, seinerzeit, im vergangenen Sommer, beim Begräbnis – und wieder wurde genüsslich gekaut, gemahlen, geschluckt – sei der weiße Kindersarg leer gewesen.

Leer?

Die Taucher, bemerkte der immer noch volle Mund, hätten die Leiche nie gefunden. Was keineswegs verwunderlich wäre. (Leise, nur gehaucht:) ER habe das Ruthli geholt und halte sie nun gefangen, in seinem Grotten-Palast, ganz unten, am Grund.

Wer?

Sein Name, sagte Seine Majestät mit hoher, leiser, gefährlicher Stimme, darf nicht genannt werden.

Abends hockte Hedi heftig schluchzend in der Küche, und statt wie üblich auf dem Kanapee zu liegen, floh Mama von einem Schrank zum andern, von einer Kommode zur nächsten, zog überall die Schubladen auf, zählte die Sockenpaare, Vaters Krawatten, meine Nastücher, ihre Nylons, und im Augenblick, da mit Hut, Mantel und Mappe der Vater die Wohnung betrat, warf sich Mama an seine Brust und berichtete ihm, was sich ereignet hatte. Sie berichtete es auf Französisch. Mir war diese Sprache fremd. Trotzdem habe ich Wort für Wort verstanden. Mama war bestohlen worden. Jemand hatte in Vaters Nachttischlade gegriffen, mit dem Schlüssel den Schrank geöffnet und mehr als die Hälfte der Pralinés entwendet. Ich befürchtete, der Stich der Krawattennadel könnte mich verraten und hörte mit einem bewusst aufgesetzten Grinsen zu, die Hand mit dem Daumen vorsichtshalber in die Hosentasche gestopft. Aber als Dieb kam ich nicht in Betracht – die Eltern wussten ja, dass ich außer Weißbrot (dessen Kruste nach Hedis Achselschweiß riechen musste) nichts essen mochte, weder Suppe noch Orangen noch Schokolade.

Der Lohn bis zum Monatsletzten, sagte streng der Vater, steht Hedi noch zu. Den soll sie erhalten. Aber morgen früh will ich sie nicht mehr sehen.

Nachts bekam ich hohes Fieber, ich wurde krank, und als ich nach zwei oder drei Wochen wieder in den Garten durfte, zum Sandkasten, war der König gerade dabei, einer fauchenden Katze eine Blechbüchse an den Schwanz zu binden. Sie wirbelte über den Plattenweg davon, vom Geschepper, das sie nicht loswurde, unter die Büsche gehetzt. Komm, sagte der König, verschwinden wir.

Gehorsam folgte ich ihm in die Stadt hinunter, an den See. Vor dem Restaurant Hecht hockten wir uns auf den Steg, ließen die Beine baumeln und starrten in die von gebrochenen Sonnenstrahlen erhellte Tiefe. Tuckerte ein Fischerboot vorüber, klatschten Wellen gegen die Ufermauer, und die Schlingpflanzen unter uns schwangen wie Haare hin und her. Ist er das, fragte ich.

Ja, das ist er.

Komm, sagte ich, verschwinden wir.

Aber der mutige König blieb sitzen, beugte sich wieder vor, öffnete seine Beine und ließ zwischen den Füßen einen Klumpen Spucke ins Wasser fallen. Ein Schwarm winziger Fische schoss herauf, änderte blitzgeschwind die Richtung und war im grünen Dunkel des geheimnisvollen Reichs verschwunden.

Die Jahre gingen ins Land. Ich war Ministrant, und da ich als guter Schüler galt, durfte ich an den Vormittagen an offenen Gräbern das Weihrauchfass schwingen. Da werde ich wohl hie und da an Ruthlis Stein vorbeigekommen sein, aber daran kann ich mich nicht erinnern. Für meine frühere Furcht vor dem Seemüüggel hatte ich höchstens noch ein Grinsen übrig, und begegnete ich Hedi, die stets einen Kinderwagen vor sich herschob, worin Jahr für Jahr ein neues Baby lag, grüßte ich sie mit gezogener Mütze. Wir verließen den Ägerisaumweg und zogen im Schönbühl in ein eigenes Haus. Aus den Fenstern des oberen Stocks sah man über die Stadt, das Land und den See, der neuerdings von einer Reihe von Warnlampen umringt war. Nun hatten sich die Stürme durch ein orangenes Blinken anzumelden, wie höfliche Gäste, und das Schiller-Wort verlor seine Gültigkeit. Raste der See, hatten sich die Boote und Schwimmer rechtzeitig ans Ufer gerettet. Es gab keine Opfer mehr. Der Seemüüggel war besiegt, endgültig.

Meine Schwester konnte schwimmen wie ein Fisch.

Schon mit vier oder fünf Jahren kletterte sie im Strandbad auf den Dreimeterturm, hielt sich die Nase zu und sprang mutig in die Tiefe. Einmal gelang es mir, der rostverwucherten Ankerkette des Floßes entlang an den Grund zu kommen. Marcel und meine kleine Schwester waren oben geblieben, und als ich auftauchte, stolz nach Luft japsend, erklärte der feiste Ex-König mit seiner Fistelstimme, ich hätte gelogen, da komme man nicht hinunter.

Im Herbst wechselte er auf die Sekundarschule, und wir verloren uns aus den Augen.

*

Der Lehrer der sechsten Primarklasse hieß Bachmann, von uns Baschi genannt. Unter Baschis Anleitung entzifferten wir im Stadtarchiv mittelalterliche Urkunden und schlugen die schweren, riesengroßen Bücher auf, worin die Jahrgänge der »Zuger Nachrichten« eingebunden waren. So bin ich auf den im Zugersee versunkenen Bomber gestoßen:

Zuger Nachrichten, konservatives Organ des Kantons Zug, Anzeigenblatt für Stadt und Land. 58. Jahrgang. Nr. 33. Freitag, 17. März 1944. Absturz eines amerikanischen Bombers in den Zugersee.

Gestern Mittag, als man sich gerade zum Essen hinsetzen wollte, flog in südlicher Richtung über die Stadt, in etwa 4000 Meter Höhe, ein fremdes Flugzeug, das dann 12.40 Uhr –

inzwischen war Alarm gegeben worden – eskortiert von schweizerischen Jagdflugzeugen sehr niedrig über die Stadt zurückkehrte. Einer der Motoren arbeitete nicht mehr, die Maschine flog schief. Während sie über der Baarer Ebene kreiste, sprangen nacheinander neun Mann mit dem Fallschirm ab. Der eine Schirm öffnete sich zu spät, erst kurz vor dem Boden tat er sich auf. Das Flugzeug, eine viermotorige amerikanische Liberatormaschine, machte einen Bogen über Steinhausen, Cham und über der Bucht, ging auf der Linie Holzhäusern – Casino Zug allmählich tiefer und setzte schließlich etwa fünfhundert Meter vor dem Stadtufer glatt auf dem Wasser auf. Unmittelbar danach sah man den Piloten, der allein in der Maschine verblieben war, auf den Flügel hinausklettern. Die Maschine verschwand vornüber in der Tiefe. Am Ufer hatte sich inzwischen eine größere Menge eingefunden, darunter Militär und Luftschutz, und betrachtete das erschütternde Schauspiel, denn es dauerte einige Zeit, bis eines der Boote am Ufer losgebunden werden konnte, um dem Amerikaner zu Hilfe zu eilen. So hat sich wieder einmal der Mangel eines für polizeiliche Dienste zur Verfügung stehenden, immer fahrbereiten Motorschiffes gezeigt. Der Pilot wurde von einem Privatboot an Land gebracht und zwecks Erhebungen auf den städtischen Polizeiposten überstellt. Seinen durchnässten Fliegerdress, den man in die Trocknungsanstalt brachte, vertauschte er mit dem Trainingsanzug eines Stadtpolizisten und genoss dann mit sichtlichem Behagen über die gute Schweizerküche eine Mahlzeit aus dem benachbarten Restaurant Aklin. Der Pilot sagte aus, er sei Oberleutnant der amerikanischen Luftwaffe, 21 Jahre alt, heiße Robert Meyer und hätte gern in Heidelberg studiert, seine Großeltern seien Deutsche gewesen.

Im Gebiete von Baar waren inzwischen die übrigen, mit dem Fallschirm Gelandeten eingebracht worden. Einer davon war über Feindgebiet durch Schüsse verletzt worden und wurde sofort im Asyl Baar operiert. Ein anderer hatte einen Beinschuss. Ein Dritter, Bordschütze Williams, dessen Fallschirm nicht funktioniert hatte, erlitt beim Aufprall schwere Brüche sowie innere Verletzungen. Er starb bald nach der Einlieferung ins Krankenasyl Baar. Die andern sind heil.

Wahrheit heißt im griechischen Aletheia. Das Wort besagt: Wahrheit ist das, was dem Strom des Vergessens, der Lethe, entrissen wird – was bleibt, wenn die Toten die Ereignisse ihres Lebens im Trunk verloren haben. Deshalb kennen nur Erzähler die Wahrheit, und vielleicht sind ihre Geschichten gerade dann am wahrsten, wenn sie wie erfunden klingen, wie erlogen.

Von Zeit zu Zeit kamen bei Onkel Thomas und Tante Maria im Vaterhaus zu Walchwil die Familien der drei Schmittenbrüder zusammen. Damals, Anfang der sechziger Jahre des letzten Jahrhunderts, wollten die Erwachsenen bei ihren Gesprächen nicht gestört werden, und so sperrten sie uns Kinder, meine Schwester, meine Cousins, meine Cousinen und mich, im oberen Stock ins Spielzimmer ein. Es hat uns nicht gestört. Hier konnten wir tun und lassen, was wir wollten, und waren uns die Spiele verleidet, wurde ich, mit zwölf Jahren der Älteste, aufgefordert, eine Geschichte zu erzählen. Ich habe den

Wunsch immer gern erfüllt, denn Christoph und Tobias, die Söhne von Onkel Thomas, bauten dem Erzähler mit einer umgestürzten Holzkiste und einem darüber gelegten Teppich einen Thron, auf dem ich würdevoll Platz nehmen konnte. Endlich trug auch ich eine unsichtbare Krone, und anders als Marcel Bertschi, der nur einen einzigen Untertan gehabt hatte, gebot ich über eine ganze Schar, die erwartungsvoll zu mir aufblickte.

Ihr werdet es nicht glauben, pflegte ich zu beginnen, ich erzähle es trotzdem.

Aber seinen Namen darfst du nicht aussprechen, flehte Tobias.

Sonst taucht er auf, ergänzte Christoph.

Da sie direkt am Ufer lebten, hatte man den Kindern eine heilige Angst vor dem Seemüüggel eingeimpft – sie sollte sie davor bewahren, sich leichtfertig ins Wasser zu wagen, und zugegeben, diese Angst, die ich nur allzu gut kannte, nutzte ich jeweils aus, um mein Publikum zu bannen. Fang endlich an, verlangte meine Schwester.

Zieht mir den rechten Schuh aus, befahl ich, auch die Socke.

Sie gehorchten.

Was seht ihr auf dem kleinen Zeh?

Sie krochen heran.

Eine Warze, sagte Claudia, die schöne Tochter von Onkel Franz (sie ist später Krankenschwester geworden).

Warzen, verkündete ich von oben herab, haben nur Erwachsene, und so ist euch mein kleiner Zeh der sichtbare Beweis, dass ich älter bin, als ich aussehe. Ich habe noch den Krieg erlebt, wie der Großvater und unsere Eltern, und zwar als Bordschütze eines amerikanischen Bombers.

Tobias schüttelte den Kopf. Das glaub ich nicht, flüsterte er seinem Bruder Christoph zu.

Die Maschine hatte vier Motoren, fuhr ich ungerührt fort, und so gerne ich euch berichten würde, wie ich damals zu den Amerikanern gekommen bin – es ist mir leider verboten. Meine liebe Schwester ahnt, warum.

Du hast ihnen versprechen müssen, dass du nicht darüber redest.

Richtig. Es handelt sich um ein militärisches Geheimnis.

Ach so, sagte Tobias. Aber was hat der Bomber mit dem See –

Psst, zischten sie von allen Seiten.

Eine Weile ließ ich sie in der Stille verharren, und schon war der Unaussprechliche im Raum, schon hing alles an meinen Lippen. Es sei, sagte ich, mein zweiter oder dritter Einsatz gewesen. Hauptziel des Angriffs: Friedrichshafen. Wer von euch bei der Gotte in den Ferien war, könnte von ihrem Küchenfenster aus die Stadt bei gutem Wetter gesehen haben. Sie liegt am deutschen Ufer des Bodensees, ganz oben am Horizont, halb schon im Himmel.

Dornier, sagte Christoph, die Flugzeugfabrik.

Dornier, nahm ich das Stichwort auf, die Flugzeugfabrik, habe lichterloh gebrannt, von unseren Bomben getroffen, und bis zu diesem Zeitpunkt sei der Angriff nach Plan verlaufen. Aber nach dem letzten Anflug, der dem Hafen gegolten habe, seien auf einmal deutsche Abfangjäger aufgetaucht. Als Bordschütze hätte ich ganz vorne gesessen, in der Bombernase, in einem gläsernen Behälter unter der Pilotenkanzel, und natürlich sei es mir gelungen, den einen und andern der wendigen Jäger abzuknallen, worauf sie sich mit einer schwarzen Rauchsäule in die Tiefe gebohrt hätten, mitten hinein in die brennenden Fabrikhallen von Dornier. Aber leider, sagte ich seufzend, leider hat es uns dann doch noch erwischt. Der Pilot, Meyer sein Name, im Rang eines Oberleutnants, hat bereits den Befehl zum Fallschirmabsprung erteilt, da hab ich mich über Bordfunk gemeldet und unserem Kommandanten vorgeschlagen, im fernen Zugersee eine Notwasserung zu versuchen. Sollten wir heil ans Ufer kommen, würde ich sie alle unterbringen können. Zug, erklärte ich über Funk, sei meine Heimat. Meyer, unser Pilot, fand den Vorschlag vernünftig. Er war ein Milchgesicht, erst 21, aber ein verdammt guter Flieger, und da ich euch nicht langweilen will, mache ich's kurz. Wir haben es geschafft. Es war die Mittagszeit. Unten im Land haben sie gerade gegessen, und so werden nur die wenigsten bemerkt haben, wie wir gegen 12.40 Uhr über den Albis und die Baarer Ebene angebrummt kamen, mit einer brennenden Schwanzflosse, die einen schwarzen Schweif hinter uns herzog. Alle außer Meyer und mir haben die Maschine über Baar verlassen, und ihr könnt euch meinen Schrecken vorstellen, als ich aus meinem Glasbehälter zusehen musste, dass sich einer der Schirme viel zu spät geöffnet hat, erst kurz vor dem Boden. Williams, sollte ich später erfahren, hat es nicht überlebt. Er ist an schweren Brüchen und inneren Verletzungen im Baarer Krankenasyl verschieden, etwa eine Stunde nach der Einlieferung. Wenn ihr mal nach Baar kommt, könnt ihr auf dem Friedhof sein Grab sehen. Seine Witwe schickt mir jeweils auf Neujahr einen Kartengruß. Aber lassen wir das, Meyer und ich waren ja immer noch in der Luft, und unsere Lage wurde brenzliger von Minute zu Minute. Ein Motor nach dem andern fiel aus, die Flügel hingen schief, und so habe ich Meyer geraten, wieder über Bordfunk, die Stadt Zug in südlicher Richtung zu überfliegen, über der Bucht eine Schleife zu drehen und auf der Linie Holzhäusern – Casino niederzugehen. Auch das hat er geschafft. Trotz Föhnsturm. Tobias wurde bleich. Jetzt, stieß er hervor, jetzt taucht er auf.

Alle sahen mich an.

Durch das offene Fenster war das Schwappen der Wellen zu hören, aus der Werkstatt roch es nach Rauch, und die Tanksäule vor dem Haus ließ einen scharfen Benzindunst eindringen. Ich war kurz vor der Wasserung. Ich saß auf meiner Kiste und zugleich im gläsernen Behälter, dem der sturmgepeitschte See entgegenschoss. Meyer, rief ich, grüß mir meine Familie am Ägerisaumweg 2, vom Kolinplatz die Bohlstraße hoch. Und vergiss nicht, auch bei den Bertschis zu klingeln. Bertschis Marcel soll ruhig erfahren, dass ich verdammt nochmal kein Feigling war.

Meine Schwester schluchzte.

Keine Angst, wurde sie von Claudia getröstet, Tomeli hat's überlebt, sonst wäre er doch gar nicht hier.

Danke, Claudia, hauchte ich. Aber das Schlimmste, fügte ich mit gerunzelter Stirn hinzu, das Schlimmste kommt erst, und vielleicht ist es das Beste, wenn die Mädchen jetzt weghören.

Wir könnten ihnen die Ohren zuhalten, schlug Tobias vor.

Es geschah. Knabenhände an Mädchenköpfen. Atemlose Spannung. Auch mir, dem königlichen Erzähler, war es mulmig geworden, denn alle hatten wir einen explosiven Geruch in der Nase: der Benzindunst des Liberator-Bombers mischte sich mit dem Fisch- und Tanggestank des Unaussprechlichen.

Stopp, schreit Tobias, aufhören! – doch zu spät, schon tauchen aus dem Gebrodel zwei glühende Monde auf, seine Riesenaugen, eine schwarz beschuppte Brust, das bis zu den Hüften herabfließende Schlingpflanzenhaar, dann greifen die beiden Tatzen, an denen der halbe See hängenbleibt, nach dem Bomber und reißen uns hinab in eine tiefe, grüne, von staunenden Hechten durchschwommene Nacht. Stille. Pochen der Herzen. Aufgerissene Münder. Zitternde Lippen. Christoph hat seine

Arme um Tobias geschlungen, und Claudia, als einzige bei klarem Verstand, streicht den beiden wimmernden Brüdern tröstend über die aneinandergeschmiegten Köpfe.

Ich konnte die Wirkung meiner Worte nicht genießen. Der Seemüüggel hielt uns gefangen, uns alle, auch mich. Niemand wagte sich zu rühren. Alle verharrten in Panik. Wie ich nach oben gekommen bin, gelang es mir schließlich zu flüstern, weiß ich nicht mehr. Wir hatten ja unsere Uniform und die Fliegerstiefel an, da hilft einem die Schwimmweste kaum. Vom Luftriesen hat man nichts mehr gesehen. Auch Meyer war verschwunden. Aber was zeigt sich dort im Wellengebirge, was tanzt auf den Kämmen? Ein gekentertes Boot. Mit Außenbordmotor. Und ein wunderschönes Mädchen – jetzt könnt ihr die Ohren wieder freigeben –, ein wunderschönes Mädchen kämpft ganz allein gegen den Sog des Bösen aus der Tiefe, gegen das Eingesperrtwerden in den vergitterten Grotten des unterirdischen Palastes.

Ist das wahr?

So wahr ich hier sitze.

Sie glaubten mir, ich glaubte mir selber, denn es war tatsächlich die Wahrheit. Der Sturm hatte das Mädchen überrascht und aus dem Boot geworfen. Sie wäre verloren gewesen, fuhr ich fort, stockend, Tränen in den Augen, aber wie es der Zufall gefügt hat, sind wir mit unserem Bomber ganz in ihrer Nähe abgesoffen. Durch das ölige Wasser kraule ich auf sie zu, kämpfe mich die Wellenhalden hoch, komme bis auf einen halben Meter an sie heran, stemme mich auf den Kamm, will ihre flehend ausgestreckte Hand ergreifen, da winkt ein kleines Ärmchen hilflos aus der Wellenschlucht zu mir herauf, ich wie der Blitz hinunter, sie wieder in die Höhe, stets aneinander vorbei, hoch und nieder, hoch und nieder, hoch und nieder, denn ER, der Großmächtige, gibt sich noch nicht geschlagen, er will sein Opfer, und bös wie er ist, macht ihm die Sache auch noch Spaß. Direkt vor meinen Augen lässt er einen Fußball aus den Wassermassen hüpfen und auf den schwankenden Bahnen hin- und herrollen. Christoph, du kennst dich mit Fliegeruniformen aus. Du kannst uns bestimmt sagen, was dieser Fußball in Wirklichkeit war.

Ein Kopf?

Der Pilot, stieß Tobias hervor.

Jawohl, es war der Kopf meines Freundes Meyer, mit Fliegerkappe, Brille und ölverschmiertem Milchgesicht. Ihm war natürlich klar, dass ich es unmöglich schaffen würde, beide zu retten, ihn und das schöne Mädchen. Und auch das hat er gewusst: für wen ich mich entscheiden würde. Wir haben uns noch zugewunken. Aus Cincinnati. Gefallen für sein Vaterland und begraben da draußen, in unserem schönen See. Aber damit war das geforderte Opfer dargebracht, die Elemente beruhigten sich, und so ist es mir mit letzter Kraft gelungen, das ohnmächtige Mädchen ans Ufer zu schleppen. Dort hatte sich inzwischen eine größere Menge eingefunden, darunter Militär und Luftschutz, und alle betrachteten das erschütternde Schauspiel. Damals gab es noch kein Polizeischiff, unsere Väter können euch das bestätigen, und bevor sie den Motornauen losgebunden hatten, erreichte ich beim Restaurant Hecht den Steg. Auf dem Polizeiposten hab ich meine triefendnasse Uniform mit einem Trainingsanzug vertauscht. Die Uniform, hab ich ihnen gesagt, bringt ihr am besten in die Trocknungsanstalt. Vom Restaurant Aklin haben sie mir ein Mahl herübergebracht, gute Schweizerküche, Bratwürste mit Rösti, aber ich habe keinen Bissen angerührt, trotz langer Kriegs- und Hungerjahre im Ausland. Meine Gedanken waren beim toten Meyer. Er hätte gern in Heidelberg studiert, seine Großeltern sind Deutsche gewesen.

Und das Mädchen, fragten alle, was ist mit dem Mädchen passiert?

Ich trat ans offene Fenster, sah schweigend auf den abendlichen See hinaus. Dann sagte ich, ohne mich umzudrehen: Heute ist Ruth eine verheiratete Frau. In Bern, wenn ich richtig informiert bin. Dort gibt es keinen See, nur einen Fluss, die Aare. Mehr weiß ich nicht. Wir haben uns nie mehr gesehen, und Gott je, ich habe mich damit abgefunden. Für meine Taten verlange ich keinen Dank, keinen Applaus. Dennoch hat es mich gefreut, dass mir ihr Vater, ein gewisser Nägeli, Förster von Beruf, für die Rettung seiner Tochter eine Krawattennadel geschenkt hat. Wenn mich meine Schwester daran erinnert, bringe ich die Nadel das nächste Mal mit. Ich bewahre sie in der Nachttischlade auf, unter den Nastüchern versteckt.

2009

Brief an meinen Häuptling

Thomas Hürlimann
Löwestr. 8
D-10249 Berlin

Berlin, den 5. September 2015

Lieber Marcel,

was für eine Überraschung, als Du beim Literaturfestival auf dem Monte Verità plötzlich in der Saaltür erschienen bist, mit breitkrempigem Trapperhut, im langen schwarzen Lodenmantel, eine den Türrahmen füllende, sofort den Raum beherrschende, alle Augen des Publikums auf sich ziehende Gestalt. Mir – ich hatte über Nietzsches Regenschirm doziert – verschlug's die Sprache. Du. Marcel. Nach fast fünfzig Jahren.

Du warst in meinen frühen Jahren mein Freund, und nie mehr bin ich in meinem späteren Leben einem Häuptling begegnet, einer Autorität, die ich so bewunderte wie Dich und der ich bedingungslos gehorchte. Meine Mutter sagte: Entweder gehorchst Du Marcel oder mir, worauf ich stolz erklärte: Ich gehorche Marcel. Auf Deinen Befehl hin spielte ich bei der Entführung des braven Philippli S. eine entscheidende Rolle – wir haben ihn gefesselt in Eurer Garage eingesperrt. Als das ganze Quartier in Panik nach Philippli suchte und ich vom Vater streng verhört wurde, hielt ich dicht. Nie hätte der eine den anderen verraten. Omertà, das galt nicht nur für die Mafia, es galt auch für uns. Wir erpressten von den Nachbarkindern Schutzgeld; wir kontrollierten die Briefkästen, und weißt Du noch, wie wir Madame Lédère, Parterre rechts, angehimmelt haben (heimlich, versteht sich)? Madame war jung und hübsch und ging zum Entsetzen der Hausfrauen in der Mietskaserne Ägerisaumweg 2 erst gegen Mittag, obendrein im Morgenrock, zum Briefkasten. Wir beobachteten, dass der Milchmann sie täglich um ein paar Milliliter betrog, weshalb wir von der Batterie, die seinen Elektrokarren antrieb, die Drähte abkluppten.

Wir verbargen uns Tage und Nächte lang in der »Räuberhöhle« im Bohlwald über der Stadt, fischten im Bergbach nach Forellen und legten aus zu Hause stibitzten Nahrungsmitteln Vorräte an, um auf einem Lager aus Laub und Heu zu überwintern. Geplant war, im ersten Frühlingswehen aufzubrechen nach Afrika. Was wir darüber wussten, entnahm ich meinen Abenteuerbüchern, etwa Stanleys Kongofahrt, und dem kleinen Tropenmuseum der St. Petrus-Claver-Missionsschwestern an der St. Oswaldsgasse. Inmitten der zusammengerümpelten Fundstücke stand dort mit traurigem Stolz eine ausgestopfte Löwin.

Unsere wilde Räuberzeit im Wald dauerte nicht lang. Als der erste Schnee fiel, erlagen wir der Übermacht unserer Väter, Stadtschreiber Hürlimann, damals im Rang eines Hauptmanns, und Malermeister Bertschi, der vom Obergesellen Friedrich und der gesamten Belegschaft unterstützt wurde. Sie umzingelten uns mit Fangnetzen, Haselruten und Knotenstöcken, und ich darf sagen: Wir fielen wie Helden, heulend zwar, übersät von blauen Flecken, aber ungebrochen. Eines Tages würden wir das Ziel unserer Sehnsucht, Afrika, erreichen. Dich, mein lieber armer Marcel, haben sie in ein stacheldrahtumzäuntes Lager für Schwererziehbare gesteckt, ich wurde den Patres der Klosterschule Einsiedeln zur Abrichtung übergeben. Wir sahen uns nie wieder, bis zu Deinem überraschenden Erscheinen auf dem Monte Verità, wo wir beide spürten: Die Verbindung ist immer noch da, fast so stark wie in unserer Räuberzeit.

Ich hatte in all den Jahren hie und da von Dir gehört, von Deinen Abenteuern in Afrika, wo Du als Söldner gekämpft, als Großwildjäger gejagt und als Wildhüter die Elefantenherden beschützt hast. Seit einigen Jahren lebst Du als Hirt und Farmer mit einem Rudel frei revierender Löwen zusammen, und damit komme ich zum Zweck meines Schreibens. Nach der Lesung auf dem Monte Verità hast Du mich eingeladen, Dich und Deine Löwen in Afrika zu besuchen, und da es weniger eine Einladung, eher ein Befehl war, habe ich selbstverständlich zugesagt. Marcel, ich komme.

Der Brief endet einige Sätze später (sie betreffen Fragen der Reise, der nötigen Impfungen, des Treffpunkts – Malakal –, wo Bertschi mich abholen würde). Aber bevor ich ihn im hellblauen, blau-rot geränderten Luftpost-Couvert abschicken konnte, musste ich notfallmäßig nach Zürich fliegen – der wuchernde Tumor machte eine zweite OP und eine zweite Bestrahlungsserie notwendig. Was ich nicht wusste: Zur selben Zeit lag in der Onkologie des Unispitals Zürich mein Freund und Häuptling. Er war mit seiner Frau in die Schweiz gereist, um ihr die Schönheiten des herbstlichen Landes zu zeigen, dann sprach er im Unispital vor, und schon nach wenigen Tagen erlag er dort dem Hautkrebs, den ihm die afrikanische Sonne eingebrannt hatte. Wie mir seine Witwe schrieb, trat Marcel dem Tod so mannhaft entgegen wie seinerzeit der Phalanx der Väter. Noch in seinen letzten Stunden soll er unsere Freundschaft beschworen haben, vielleicht, weil er sich erinnerte, dass ich als Bub einen ganzen Nachmittag für ihn zur Madonna gebetet habe, auf den Knien vor ihrem Seitenaltar in der Kirche St. Oswald. Im Kommunionsunterricht hatte uns Pfarrhelfer Stocklin, ein jähzorniger Wüterich vor dem Herrn, erklärt, Protestanten und Juden kämen samt und sonders in die Hölle, ins Ewige Feuer. Ich bat die Madonna mit inbrünstig heruntergeleierten Rosenkränzen, bei Marcel Bertschi eine Ausnahme zu machen. Als Mutter der Gnaden wird sie mein Flehen erhört haben.

T. H.

2015/2024

Der Häuptling und sein treuer Gefolgsmann, fünfzig Jahre später

Mein Appenzeller Kinderland

»Neue Zürcher Zeitung«, 28. 09. 2023

Das Appenzellerland gehört zu meinem Kinderland, das ich in den Jahren vor der Primarschule mit meinem Onkel hügelauf, hügelab durchwandert habe. Wir trugen die gleiche Kluft. Auf dem Kopf, als Sonnenschutz, ein an den Ecken verzipfeltes Nastuch, Knickerbocker, Nagelschuhe, einen Rucksack, einen Wanderstock. Meinen Stock hatte der Onkel auf die halbe Länge verkürzt; in seinem Gesicht qualmte ein Rössli-Stumpen, in meinem platzte von Zeit zu Zeit die rote Blase eines Bazooka-Kaugummis.

So tippelten wir von »Säntisblick« zu »Säntisblick«, mein Onkel genehmigte sich jedes Mal einen Schnaps, und häufig nahm seine Leidenschaft, mich in die Geheimnisse der Mathematik einzuführen, im Lauf des langen Wandertags bedrohliche Formen an. Damals brachte ich mir anhand eines bebilderten *Robinson*-Buchs und mit der sanften Hilfe der Großmutter das Lesen bei; ich begeisterte mich für abenteuerliche Meerfahrten und hatte für die »heilige Klarheit der Mathematik«, wie sie der Onkel mit glasigen Augen beschwor, nichts übrig.

Eines Nachmittags ging es um die Wahrscheinlichkeitsrechnung. Nach deren Gesetzen, behauptete der Onkel, würde uns hier, auf der Landstraße nach Gontenbad, nur im »unwahrscheinlichsten Fall« ein Automobil mit einem Zuger Nummernschild begegnen. In meinem Heimatstolz verletzt, rief ich empört: »Das stimmt nicht!«

Erst wurde der Onkel wütend, dann meinte er siegesgewiss: »Auf die Mathematik ist Verlass. Sollte tatsächlich ein Zuger Wagen vorbeikommen, kassierst du einen Fünfliber.«

Nach bangen Minuten des Wartens kroch eine Kolonne von drei vornehmen Cabrios heran, alle mit sportlich kostümierter Besatzung, Weißwandreifen und der vorderste Wagen mit einem gut sichtbaren Nummernschild: ZG, Zug, blau-weißes Wappen. Bevor sich der Onkel von seinem Schreck erholte, passierte der zweite Wagen: ZG, Zug, das blau-weiße Wappen. Gleich dahinter Wagen Nummer drei: ZG, Zug, das blau-weiße Wappen. Und glauben Sie mir, wichtiger als das gewonnene Vermögen war das Erlebnis des Spielers, der von seinem Treffer ins Glück gestürzt wurde.

Viele Jahre später, ich war im Studium gescheitert, hatte ich in einem düsteren Lokal am Stuttgarter Bahnhof beim Pokern alles verloren. Hungrig, durstig, verzweifelt warf ich mich in der schäbigen Pension, wo ich ein Zimmer gemietet, allerdings noch nicht bezahlt hatte, auf die Matratze, nahm die verstaubte Bibel vom Nachttisch, schlug sie über mir auf – und herab flatterte ein ganzes Bündel schöner, grüner Dollarscheine. Den Impuls, meinen Fund zu melden, unterdrückte ich ebenso wie die Versuchung, in die Pokerrunde zurückzukehren.

Stattdessen besorgte ich mir Bier und Zigaretten und vertiefte mich ins Alte Testament, in die Bücher der Propheten. Wie ein Spieler auf das Glück setzt, sagte ich mir, setzt der Prophet auf das Unglück. Also musste da eine Art Verwandtschaft bestehen, und da Jesaja, Amos und Habakuk eine erstaunliche Trefferquote vorzuweisen hatten, ließ sich bei ihnen bestimmt etwas lernen.

Nun war ich nicht so naiv, ernsthaft zu glauben, durch das Bibelstudium zum Superspieler zu werden, der im Voraus weiß, auf welche Zahl die Roulettekugel klackern wird. Wenn dies möglich wäre, würden die Kasinos von Rabbis und Pastoren, die dauernd die Bank sprengten, wohl nur so wimmeln. Nein, so läuft es nicht. Aber was verlieh einem einfachen Hirten wie Jeremia die Sicht über den Rand der Gegenwart hinaus? Was war sein Geheimnis, sein Trick?

Eines Nachmittags weidete er unter stechender Sonne seine Herde. Miese Stimmung bei Hunden und Schafen. Der Boden versandet, nur einige dornige Büsche, an denen sie sich die Schnauzen blutig knabberten. Dass über ihnen der Herr war, stand außer Zweifel, schließlich befand man sich in seiner Schöpfung, aber könnte es sein, fragte sich Jeremia, dass der Herr schläft? Und siehe da, in dem Augenblick, da er diesen Gedanken dachte, zeigte sich ihm ein Wacholderzweig. So wurde Jeremia offenbart: Gott ist wach.

Spielen, jeder Spieler weiß es, ist unvernünftig. So unvernünftig wie meine Behauptung, auf der Landstraße nach Gontenbad werde ein Zuger Automobil auftauchen, so unvernünftig wie der Spruch des Propheten, demnächst werde es Schwefel regnen über Sodom. »Was ist, ist vernünftig«, hält Hegel dagegen, und sämtliche Funktionäre dieser Welt dürften seine Ansicht teilen.

Die Vernunft, am deutlichsten spricht es Kant aus, deckt nur jenen Teil der Wirklichkeit ab, die sie selbst geschaffen hat. Das betrifft weite Teile unseres Denkens, auch des Planeten, und im naturwissenschaftlichen Bereich, wo berechnet, vermessen, analysiert, seziert wird, ist die Methode angebracht. »Das wahre Sein des Menschen«, sagt Hegel, »ist seine Tat.« Täterlogik, vernunftbestimmt. Aber den Wacholderzweig würde man so niemals erkennen. In der zupackenden Hand würde der Zweig verwelken; er ist ein Vorschein des Absoluten, er erblüht im staunenden Auge des stillen, des passiven Betrachters.

Etwas Ähnliches erfährt der Spieler, wenn er gegen jede mathematische Wahrscheinlichkeit wettet und aus Fortunas Füllhorn eine volle Ladung abbekommt. Dann ist das wahre Sein des Menschen nicht Tätigkeit, sondern Staunen. Hinnehmen. Annehmen. Demütig und dankbar auf die Knie sinken, wenn aus der aufgeklappten Bibel der Geldsegen niedergeht. Oder wenn das dritte

Cabrio mit dem Nummernschild ZG, Zug, blau-weißes Wappen, vorüberschnurrt. Da hat die Vernunft nichts mehr zu sagen. Da taumelt sie angesäuselt in den Straßengraben.

2023

II. DIE ELTERN

Das Leben der Familie Hürlimann wird von der politischen Karriere des Vaters Hans Hürlimann bestimmt. Öffentliches und Privates vermischen sich, etwa wenn der Vater seine Rede zum Nationalfeiertag vor der Familie im Wohnzimmer probt. Ebenso prägend ist der Katholizismus, der zu jener Zeit in der Innerschweiz – auch in Abgrenzung zu den protestantischen Kantonen – noch sehr stark ist. Der erste Teil des Kapitels ist dem Vater gewidmet, der zweite Teil der Mutter.

DER VATER

Die Erst-August-Rede

Aus »Die Satellitenstadt«

Mitte der fünfziger Jahre erhielt mein Vater, damals Regierungsrat im Kanton Zug, den ehrenvollen Ruf, auf dem Rathausplatz zu Schwyz die Erst-August-Rede zu halten. Stille zog ins Haus, die Mutter ging auf Strümpfen, wir auf Socken, »leise!«, zischte sie, »stört nur ja den Vater nicht!«, auch in der Küche: Getuschel, das Pfannengeschepper: gedämpft, und hinter der ledergepolsterten Tür seines Büros saß am Schreibtisch der Vater und schrieb. Eines Abends war es so weit. Wir setzten uns in die Stube, wo der Redner, wie er sagte, die Wirkung seiner Worte an uns, seinen Liebsten, erproben wollte. Wir nickten stolz, nur Onkel Egon, der ewige Anarchist, zog mit großartiger Geste seine Uhr aus dem Gilet und klappte sie auf. Der Vater schoss ihm einen Blick zu, von oben herab, »Herr Landammann«, rief er, »Herren Regierungsräte, Eidgenossen!«.

Er hielt seine Rede, Onkel Egon ließ die Taschenuhr pendeln, und dann, plötzlich, hatte uns der Vater gepackt. Mit bebender Stimme wurden wir auf die Rütliwiese geführt, »diesen Hain zwischen Fels und See«, und jetzt, wahrhaftig, sah ich, von Feuerschein beflackert, die Männer vor mir, die sich in lauer Nacht versammelt hatten, um die große Tat zu wagen. Auch der Vater hob die Hand. »Unter diesen Sternen«, rief er, »im Glanz dieser Gestirne, Miteidgenossen, ist der Bund geschlossen worden. So wollen auch wir voller Dankbarkeit aufblicken und den Schwur mit der Hilfe Gottes, des Allmächtigen, kraftvoll erneuern.«

Als der große Tag endlich da war, brütete über dem Land eine schwüle Hitze. Onkel Egon konnte seine Freude kaum verbergen. Immer wieder grinste er hinauf ins diesige Licht. Es werde, sagte er, ein böses Wetter geben. Ach was! – der Bund war unter Sternen geschlossen worden und würde heute Abend im Sternenglanz erneuert werden. Das war Vaters Wort, so würde es sein, ich war sicher, dass der Onkel sich irrte.

Auf der Fahrt nach Schwyz musste meine Schwester sich erbrechen. Ein aufgeregter Standesweibel erwartete uns; die Feier, erklärte er, habe bereits begonnen, umständehalber, und: »Platz da!« rufend, »Platz für den Redner!«, führte uns der Weibel durch die Menge nach vorn, zu den Ehrengästen. Hier, auf langen Holzbänken, hockten die Räte und Offiziere; Schweiß rann in ihre Kragen, die Nacken waren ausrasiert und glänzten wie Furunkel.

Auf der Bühne tuteten drei Alphörner eine schwermütige Melodie. Dann warf ein Senn, seine Linke in die Hüfte gestützt, eine Fahne in die Luft – der Himmel über dem Rathausplatz war schwarz geworden, schwarz wie die Nacht. Ich war den Tränen nahe. Schon wummerte ein Donner. Wie endete die Rede? Mit der Beschwörung der Sterne! Nachdem die Musik einen Marsch intoniert hatte, klatschten ein paar erste Tropfen herab. Der Vater sprang auf die Bühne: »Herr Landammann«, rief er, »Herren Regierungsräte, Eidgenossen!«

Onkel Egon studierte seelenruhig seine Fingernägel – offensichtlich freute er sich auf die Katastrophe, die mit poltrigen Donnerstößen aus den Tälern auf uns zurollte. Ich betete, ich bebte. Der Vater sprach und sprach, Staub fluderte durch die Luft, der Wind nahm zu, schon explodierten die Donner so nah, dass die Ehrengäste zusammenzuckten. Aber der Vater gab nicht auf, noch nicht. Er rief seine Sätze gegen den brausenden Wind, über die Schirme hin, die aufschossen, mir die Sicht verdeckten, von der Kirche ein Viertelschlag, vom Wind, vom Sturm zerjault, da, endlich, die Rütliwiese, »dieser Hain zwischen Fels und See«, die Verschwörer eilen herbei, werfen ihre Köpfe in den Nacken, stoßen die Schwurfinger in den Himmel, auch der Vater tuts, fuchtelt, als fechte er gegen schwarz heranjagende Wolken, Schwärme von Wolken: jetzt, jäh, der Blitz, ein Strahl, ein Schrei, der Donner kracht, und der Vater: Unter solchen Blitzen«, schreit er, »im Glanz solcher Blitze, Miteidgenossen, ist der Bund geschlossen worden!«

Der Rest seiner Worte ging unter, der Himmel platzte herab, alles sprang auf, »Großer Gott wir lo-oben dich«, und es sangen, obwohl innert Sekunden triefendnass, die Ehrengäste, die Turner, die Trachten, meine Mutter und die kleine Schwester. Nur Onkel Egon drückte sich durch die Reihen davon. Er hatte den Kittel über den Arm gehängt, das Hemd war vom Regen durchsichtig geworden, und auf dem gebeugten, hautfarbenen Rücken des Onkels bildeten seine Hosenträger ein Y. Wir haben ihn nie mehr gesehen.

1992

Familienalbum

»NZZ Geschichte«, Juli 2015

Der Vater hielt seine Reden auswendig, doch wurden sie am Pult seines Büros geschrieben und an uns, seiner Familie, ausprobiert. Dann saßen wir im Wohnzimmer, und er, das Manuskript in der Linken, rief mit Donnerstimme: »Herr Landammann, Herren Regierungsräte, Miteidgenossen!« Die Reden waren übersichtlich strukturiert: durch drei Punkte. Bei jedem Punkt riss der Vater den Arm hoch, Handrücken zum Publikum, und markierte den Punkt mit einem gereckten Finger, zum Beispiel: »Erstens, der Bauer als Brotgeber« – Daumen. »Zweitens, der Bauer als Bewahrer des Brauchtums« – Daumen und Zeigefinger. »Drittens, der Bauer als Bannwald der Werte« – Daumen, Zeigefinger, Mittelfinger. Jetzt drehte er die Hand um, und schaudernd erkannte das Publikum:

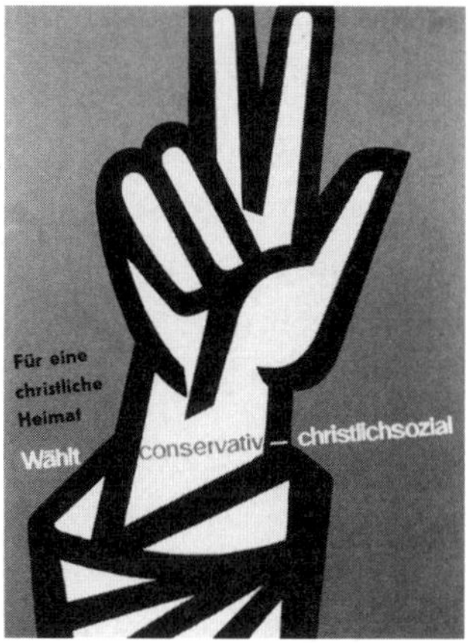

Schwurhand
»Wählt conservativ-christlichsozial!«

Mein Vater schloss den Schwur stets mit den Worten: »So wahr uns Gott helfe!«, und niemand, weder die Familie bei der Hauptprobe im Wohnzimmer noch die Gemeinde auf der Festwiese, bezweifelte, dass dies geschehen würde. Im Kreuz war Gott anwesend, präziser gesagt: in drei Kreuzen.

Der Altar ist mit der Schweizer Fahne drapiert; auf dem Tabernakel steht ein kleines Kreuz, und alle Menschen überragend, vom Wald umrauscht, zugleich Zeichen und Natur, erhebt sich das große Kreuz, an dem der Gottessohn für uns gestorben war. Die Verbindung von Himmel und Erde stellte auch die Schwurhand dar. Mit beiden Beinen im Boden der Heimat verwurzelt, zeigten die drei Finger nach oben, auf einen Gott, der ebenfalls die heilige Zahl verkörperte: als Dreifaltigkeit. So war die Wiese, auf der der Vater rhetorisch brillierte, immer auch ins Metaphysische erhoben. Sie war die Festwiese, sie war das Rütli, sie war das Paradies.

Rückblende. Als das letzte Pulver der Religionskriege verschossen war, sah der Friede ungefähr so aus: Den Protestanten gehörte die Industrie, im Kanton Zug etwa die Landis & Gyr, auch stellten sie die Kader, die die protestantisch dominierte Kantonsschule durchlaufen hatten. Die Arbeiter hingegen waren katholisch, ebenso die Gewerbler und Handwerker, und erwiesen sich deren Söhne als aufgeweckt, war meist ein Geistlicher dafür besorgt, sie in einer Klosterschule unterzubringen – auch meinen Vater. Er wurde Zögling der Stiftsschule Einsiedeln, trug eine schwarze Soutane, besuchte jeden Tag die Messe und bekam in den weiß gekalkten, auch im Sommer kalten Gewölben des Klosters von gelehrten Patres jene Vertikale eingetrichtert, die sich aus der Tiefe des Alten Testaments und der griechischen Philosophie durch Ciceros Rom ins Mittelalter des Thomas von Aquin erhob. An einer praktischen Anwendung dieses Wissens war man nicht interessiert; das war die Sache der Protestanten. Indem sie ihre Bildungsanstalten naturwissenschaftlich ausrichteten, produzierten sie jene Elite, die die Industrie, die Banken, das Militär, also das Land beherrschte. Der Protestantismus hatte den Kulturkampf gewonnen. Die Straßen der Innerschweizer Kantone waren holprige Pisten, und fuhren Katholiken auf glattem Asphalt, fühlten sie sich stets ein wenig unwohl. In solchen Gegenden rochen die Leute nach Seife, nicht nach Schweiß. In den blitzblanken Städten sah man weder Nonnen noch Lazzaroni (wie die Penner damals genannt wurden), und auf den Kirchtürmen, deren Uhren stets richtig gingen, stand nicht das Kreuz, da hockte der Hahn. Aber seit dem Aktivdienst, da protestantische Offiziere die katholischen Soldaten geschleift hatten, begann sich die katholische Intelligenz gegen die protestantische Vorherrschaft zu wehren. Es war eine Art Studentenbewegung. Farbentragende Verbindungen, wie die Fryburgia meines Vaters, riefen zum Gang durch die Institutionen auf – mit Erfolg! Auf ihren Paukböden hatten sie sich den Schneid, in den Kommersen die Rheto-

rik erworben, auf den Bällen führten sie einander ihre Schwestern zu, und da man sich auch nach dem Universitätsabschluss regelmäßig traf, zum Stamm oder zu landesweit beachteten Zentralfesten, gehörte man zu einem Netz, das, von den Protestanten vorerst kaum bemerkt, über das gesamte Land geworfen wurde. Mein Vater verstand seinen Studentennamen als Programm: Tiger.

Durch einen Verbindungsbruder der Fryburgia (am Kopfende der Tafel, rechts) lernte der erfolgreiche Jura-Student die richtige Frau kennen (das Paar sitzt links vorn, er fröhlich, sie glücklich) und gedachte, mit ihr in seine Zuger Heimat zurückzukehren. Der Tiger, jung und hungrig, setzte zum Sprung an.

Im paradiesischen Garten seiner Schwiegereltern, im sankt-gallischen St. Georgen, ließ es der Bräutigam ver-

liebt lächelnd zu, dass der Fotograf die Braut auf ein Mäuerchen stellte. Im »Wunder der Liebe« – damit eröffnete sie das Familienalbum – waren ihre Augen auf gleicher Höhe.

Die Braut war bei der Heirat zwanzig, der Bräutigam acht Jahre älter. Sie wollte Klavierlehrerin werden; ihn hatten sie in Zug bereits zum Stadtschreiber gewählt, und im Tempo des Tigers kletterte er die militärischen Ränge hoch: Leutnant Oberleutnant Hauptmann.

Die Hochzeitsreise führte das junge Paar nach Florenz und in den ersten Krach. Er teilte ihr mit, dass er in ihr erstens die Mutter seiner künftigen Kinder sehe, zweitens die Politikergattin und drittens – man sieht die Schwurhand aufflammen! – die Sekretärin einer Anwaltskanzlei, die er demnächst eröffnen werde.

Sie hat die Klaviertasten nie mehr berührt, nicht ein einziges Mal. Das Wunder verwandelte sie in die Dreifrau, die er brauchte: Mutter, Gattin, Sekretärin. Sie gebar zwei tote Kinder, wäre bei jeder Geburt fast gestorben, und so war ich, der Erste, eigentlich der Dritte.

Bei der Geburt meiner Schwester Gabrielle kam der Tiger, manöverbedingt, zu spät, dafür mit Fotograf. Die junge Mutter zeigt auf diesem Bild zum ersten Mal jenes Lächeln, das sie dann durch ihr ganzes Leben vor sich hertragen sollte, ein Lächeln, das in zwei verschiedene Richtungen geht, nach innen und in die Ferne, aber meistens an den Menschen vorbei. Er, der junge Vater und Hauptmann, war da von anderem Geblüt. Wie er in

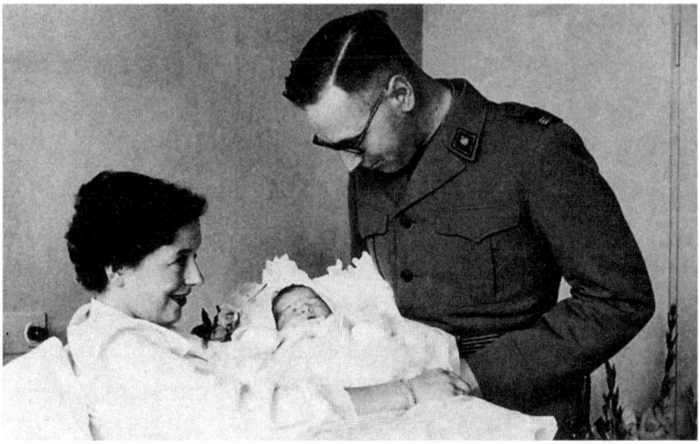

Geburt meiner Schwester Gabrielle, am 28. August 1954

der Maternité der Klinik Liebfrauenhof die Tochter anschaut, ihr ganz hingegeben, zeigt seine Empathie. Er war, für einen Politiker ungewöhnlich, kein Egozentriker. Das lag zum einen an seiner Herkunft. Er kam aus einer Handwerkerfamilie, die in den wirtschaftlich schwierigen dreißiger Jahren mit ihren Gesellen jeden Löffel Suppe geteilt hatte, und blieb dann selbst als Bundesrat, der von einem Sechzehn-Stunden-Tag aufgerieben wurde, jederzeit aufmerksam für die Sorgen und Nöte seiner Mitmenschen. Zum andern erklärte sich sein empathisches Wesen aus einer demütigen Einordnung in jene Vertikale, die er als Redner mit der Schwurhand beschwor. In seiner Person, davon war er überzeugt, diente er einem Allgemeinen: erstens Gott, zweitens dem Vaterland, drittens der Partei. Sie schrieb sich mit C, um so auf den alphabetisch geordneten Wahlzetteln über der bürgerlichen Konkurrenz zu stehen, den Freisinnigen. Aber dieser Trick wäre gar nicht nötig gewesen, die Katholiken wussten schon, welche Partei sie anzukreuzen hatten.

1954 wird Dr. jur. Hans Hürlimann Regierungsrat und legt in einem Referat sein Programm dar. Er fordert dazu auf, die Zeichen der Zeit zu erkennen, und wird sie beim Vortrag auf gewohnte Weise gestisch markiert haben. Erstens (Daumen): »Das Zeichen der sich ändernden Heimat«, zweitens (Zeigefinger dazu): »Das Zeichen eines neuen Zeitalters«, drittens (Mittelfinger dazu): »Das Zeichen der großen Kirche«. Dann hat er dem Publikum die Schwurhand gezeigt und sich bereit erklärt »zur richtigen Tat«. Natürlich sind es »drei Aufgabengruppen«, die sich für die kommende Legislaturperiode stellen … erstens zweitens drittens, Hand drehen, schwören, pathetisch: »So wahr uns Gott helfe!« Worauf ein Applaus aufbrandet, den das Luzerner »Vaterland« und die »Zuger Nachrichten« einmütig als »donnernd« beschreiben werden. Interessant am Referat ist der Titel:

Wir meistern die Zukunft!

Aus einem Referat von Regierungsrat Dr. Hans Hürlimann anlässlich der kant. Delegiertenversammlung in Zug.

Mit der Beschwörung der Zukunft setzt der Tiger wieder zum Sprung an, doch springt er nicht als Erster, zwei andere sind ihm zuvorgekommen. Der eine ist sein ehemaliger Schulkamerad aus Walchwil: Alois Hürlimann. Alois und Hans sind nicht miteinander verwandt, doch wurden beide in Klosterschulen erzogen (Hans bei den Benediktinern in Einsiedeln, Alois bei den Kapuzinern in Stans), und beide haben als Verbindungsstudenten zu politisieren begonnen. Alois, ein Christlich-Sozialer, trug den Verbindungsnamen Soz. Soz, mit einer schönen Tessinerin verheiratet, war forscher, lauter und lebenslustiger als Hans und begriff früh, dass sich die allgemeine Mobilmachung des Weltkriegs im Frieden fortsetzte. Als Baudirektor bescherte er dem Kanton Zug neue Straßen, Brücken, Tunnels, und um das Tempo zu zeigen, das er vorlegte, sei eine Anekdote angeführt, für deren Wahrheit ich bürge. Nach einer Sitzung des Kantonsrats fuhren mehrere Autobusse sämtliche Delegierte zu einem fixfertigen Betonviadukt, der Baudirektor ließ Weißwein ausschenken, hob das Glas und krähte: »Meine Herren Kantonsräte, Sie stehen auf der Brücke, die Sie heute Vormittag bewilligt haben.« Für die Wiederwahl in den Regierungsrat (1962) zeigt der Wahlprospekt die vier Conservativ-Christlichsozialen auf einem Bild. Rechts steht der Tiger, mit ausfahrender Pranke. Es gelingt ihm zwar, die Blicke des gemütlichen Carl Staub und des eleganten Silvan Nussbaumer (mit Zigarillo) auf sich zu ziehen, aber auf dem Präsidentenplatz ballt der schlau grinsende

Wahlprospekt

Soz seine Fäuste. Noch vor Hans zog er nach Bern und wurde schon bald eine nationale Größe.

Als Nationalrat entwarf Soz die »Gesamtverkehrskonzeption« und spannte über das Land ein Netz von Autobahnen. Den Beton mischten italienische Gastarbeiter, und die lokalen Unternehmer, die überall ins Geschäft drängten, hatten in der Regel die Religion ihres Kantons. Im Wallis, im Welschland und in der Innerschweiz waren es Katholiken, und spätestens mit der feierlichen Einweihung des ersten Bauabschnitts (am Lopper, zwischen Luzern und Stans) war die histo-

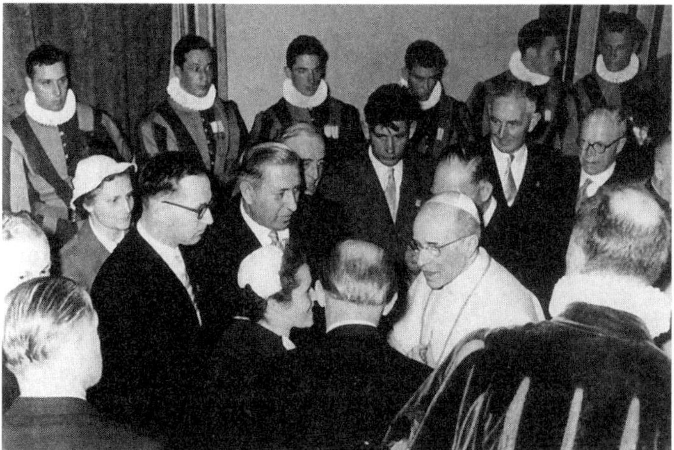

Der Tiger, auf dem Bild oben links hinter Papst Pius XII., hat sich auf dem Bild unten in eine bessere Position gebracht

rische Wende vollzogen. Die religiösen, kulturellen und ökonomischen Unterschiede wurden zubetoniert. Wer nun über Land fuhr, merkte nicht mehr, ob er katholisches oder protestantisches Pflaster unter den sirrenden Reifen hatte. In jenen Jahren, Anfang der Sechziger, überrannten die Katholiken eine protestantische Stellung nach der andern, vor allem auch in der Armee, und das erklärt, weshalb der Tiger Partei- und Verbindungsfreund Soz auf der nationalen Bühne den Vortritt ließ. Soz hatte militärisch nicht den geringsten Ehrgeiz – und hartnäckig hielt sich das Gerücht, er habe sein Netz am Lopper beginnen lassen, weil er in Stans eine Geliebte hatte. Vor ihr hat er die ersten Kilometer unserer Nationalstraße wie einen Asphaltteppich ausgerollt. Der Tiger kämpfte sich indessen bis zur totalen Erschöpfung durch Generalstabskurse und Wintermanöver und erhielt, von Kirchenglocken umjubelt, von Fahnen umflattert, als erster Katholik und Zuger das Kommando über das kantonale Gebirgs-Infanterie-Bataillon 48. Später wurde er zum Oberst befördert, und auch als Kommandant des Gebirgs-Infanterie-Regiments 29 war er der erste Einheimische. Die protestantischen Kolonisatoren waren besiegt.

Die Wunde ist nie ganz vernarbt. Bei der Wahl zum CP, Centralpräsidenten, der katholischen Studentenverbindungen war der Tiger von einem sechs Jahre jüngeren St. Galler geschlagen worden. Dessen Studentenname, Müli, war doppeldeutig. Müli war ein begnadeter Redner, der mit seinen Argumenten und Analysen jeden

Mein Vater im Manöver

Défilée

aus dem Feld schlug (das sollte in einem legendären TV-Duell selbst Max Frisch erfahren), doch bezeichnete das Vulgo auch das etwas verkniffene Aussehen: Kurt Furgler hatte ein Müli. In unserer Familie nannten wir ihn Kufu, und irgendwie schien dieser Kufu einfach besser zu sein als Papa. Kufu war als Handballer Schweizer Meister und Cup-Sieger. Kufu war vermögend, saß im Nationalrat, wurde früh als Bundesrat gehandelt und machte auch im Militär Karriere, schneller als der Tiger. Kufu erklomm in der Hierarchie der Armee den für einen Katholiken schwindelerregend hohen Rang eines Brigadiers. Mit Soz, der sich durch seine heimliche Liebschaft den Aufstieg in die höchsten Ämter verbaut hatte, konnte sich der Tiger arrangieren. Sie blieben sogar Freunde. Aber nun war er auf dem Sprung nach Bern, in den Ständerat, und natürlich war ihm bewusst, dass er die Partei brauchte, um Macht und Einfluss zu gewinnen. Doch die Partei war dem Tiger fremd geworden. Auf Betreiben Kufus hatte man die Vertikale verlassen und sich in corpore (allerdings ohne Frauen) auf den abzischenden Zeitpfeil gehockt. Nun ging es den Ex-Farbenbrüdern nicht mehr um das Bewahren tradierter Werte. Sie kappten die religiösen Bindungen, orientierten sich am überall grassierenden Sozialdemokratismus und hofften, noch vor den Linken einen Planeten namens Utopia Helvetica zu erreichen. Aus den Conservativ-Christlichsozialen war die CVP geworden, die Christliche Volkspartei. »Wir«, schrie Kufu, der auf dem

Mein kleiner Bruder mit Uniformteilen des Vaters

Zeitpfeil ganz vorn saß, im Ledermantel des Brigadiers und mit einem Kleinbürger-Hütchen à la Obergenosse Honecker, DDR, »sind die dynamische Mitte.«

Ich bin in einem Dreiklang aufgewachsen. Land, Religion und Familie bildeten eine harmonische Einheit. Als ich Ministrant war, gab es am Sonntag mehrere Messen, und alle Kirchen waren voll. Auf Kirchtürmen,

Vereidigung als Ständerat

Hügeln, Gipfeln und auf dem roten Grund der Flagge stand das Kreuz. Es stand, als würde es immer stehen. Und dann, über Nacht, begann es zu sinken …

Auf dem Foto der Fronleichnamsprozession 1959 schreitet vorneweg der Standesweibel. Der Herr mit der Glatze, direkt hinter ihm, ist Alt-Bundesrat Philipp Etter, der Flügelmann rechts mein Vater. Die Prozession bewegt sich in gemessenem Schritt, und zu Ehren der Altäre, die ihren Gang säumen, tragen die Herren den Zylinder in der Hand. Einer dieser Altäre ist im Hintergrund erkennbar. Im Durchgang der brandneuen Zuger Kantonalbank steht die Madonna, von Laubbäumen flankiert, die Architektur des Gebäudes jedoch drückt unmissverständ-

Fronleichnamsprozession

lich aus, dass das Kapital die schnucklige Devotionalie demnächst verschlingen wird. Während die Prozession noch gemütlich durch die Stadt zog, hatte hinter der geleckten Bankenfassade bereits ein anderes Tempo eingesetzt. Zunehmend rasanter drehte sich da das Rouletterad der Börsen. Die Fronleichnamsprozession wurde als Hindernis empfunden und beiseitegeräumt. Die Zylinder blieben im Schrank, und sogar aus dem Verkehr sollte das Kreuz bald verschwinden. Aus den Kreuzungen wurden Kreisel. Aber völlig unbemerkt geschah es nicht. Kufu und meine Mutter hatten es kommen sehen.

Was ist eine dynamische Mitte? Eine Mitte, die sich selbst auflöst. Kufu machte es vor. Mit (damals) radikalen

Linken wie Adolf Muschg wollte er eine neue Bundesverfassung schreiben und als radikaler Rechter die Busipo schaffen, eine national operierende Sicherheitspolizei. Diese Truppe – zum Glück wurde sie vom Parlament verhindert – hätte just jenes Milieu bekämpfen sollen, das gemeinsam mit dem frommen Justizminister Gott aus der Präambel der Bundesverfassung zu eliminieren gedachte, und so stellt sich die Frage, ob Kufu überhaupt ein Ich hatte, das seine Extreme verwaltete. Ja. Eines Abends saß er im Burgtheater Wien in der Kaiserloge, aufgelöst in Tränen. Seine Tochter Brigitta spielte an der Seite von Klaus Maria Brandauer die Emilia Galotti. Sie spielte sie hinreißend. Am liebsten hätte Kufu jeder Vorstellung beigewohnt, er allein in der Loge, auf der Bühne seine Schöne im Licht, aber Gattin Ursula muss es dann doch gelungen sein, den Gatten energisch zurückzupfeifen in Amt und Würden. Das war umso nötiger, als in den St. Galler Garten ein nicht ungefährlicher Bock eingebrochen war: der ehemalige Klosterschüler Niklaus Meienberg. Jetzt gab er den flammenden Marxisten und rief Kufus Töchter liebesbrünstig zur Revolution auf. War es eine Tragödie? War es eine Komödie? Jedenfalls Burgtheater-tauglich: Ein Justizminister, der aus Wahnangst vor linken Wühlern eine neue Sicherheitspolizei in Planung hat, muss es aus Familienliebe akzeptieren, dass mit Meienberg ein gnadenloser Enthüllungsjournalist in seinem Haus verkehrt. Die dynamische Mitte war zu Dynamit geworden – und Kufu geriet mehr und mehr ins Abseits. Er hatte den

Ferien in Florenz

Mein kleiner Bruder reitet auf einem Löwen

Tiger nicht verhindern können. Nun gehörte dieser, wie Kufu, der Regierung an und bildete zusammen mit zwei andern, ebenfalls gegen ihre Parteien gewählten Bundesräten, ein Triumvirat, das zwar Kufus jesuitische Intelligenz nutzte, aber dessen Höhenflüge nach links und rechts ins Leere lenkte. Unter diesem Gremium – sechs gestandene Landesväter und ein heller Kopf – ging es dem Land zum letzten Mal richtig gut. Nach außen war es Neutralien, nach innen die Schweiz der zwei Geschwindigkeiten: politisch langsam und bedächtig, ökonomisch rasant und risikofreudig.

Anno 1967 habe ich von der Mutter die Chronistenpflicht übernommen und gestalte fortan das Familienalbum. In diesem Sommer reisen wir nach Florenz und sitzen auf demselben Mäuerchen wie vor zwanzig Jahren das junge Paar auf der Hochzeitsreise. Von rechts nach links: Gabrielle, die Mutter, Matthias, der Vater, ich. Auch der Fotograf, meint die Mutter, sei noch derselbe wie damals. Und dann sagt sie noch etwas, traurig und leise: »Ich fürchte, es sind unsere letzten schönen Ferien.«

Als mein Vater überraschend in den Bundesrat gewählt wurde, war meine Schwester Gabrielle gerade dabei, die Fahrprüfung zu absolvieren. Sie war schon mit siebzehn in die USA gegangen, hatte im damals noch gefährlichen New York gelebt und fuhr ausgezeichnet Auto. Aber nun feierten die Zuger Kirchenglocken den neuen Bundesrat, und der Prüfungsexperte erklärte ihr treuherzig: »Fräulein Hürlimann, ich muss Sie leider

Mama und meine Schwester Gabrielle. Sie hat die Fotos, die ich ins Album klebe, geschossen

durchfallen lassen, sonst heißt es überall, Sie hätten die Prüfung nur deshalb bestanden, weil Sie die Tochter Ihres Vaters sind. Lassen Sie ihn herzlich grüßen. Bis zum nächsten Mal!« Gabrielle nahm es lächelnd, aber wir Kinder ahnten, was auf uns zukam. Die Mutter auch. Als erste Bundesratsgattin weigerte sie sich, den Haushalt nach Bern zu verlegen. Mit Matthias, ihrem jüngsten Sohn, der die Kantonsschule besuchte, blieb sie in Zug. Ich setzte mich nach Berlin ab, an die Freie Universität, die jener Farbenbruder, der die Ehe meiner Eltern gestiftet hatte, als »rote Kaderschmiede« bezeichnete und so sehr fürchtete, dass er im Büro des neuen Innenministers meine umgehende Rückführung in die Heimat verlangte. Zwei Bundesweibel waren nötig, um den Tobenden aus Papas Büro zu werfen. Eine bühnenreife Szene – wie bei Kufus zu Hause. Aber dann hieß es bei uns: Finita la Commedia, incipit tragoedia!

Bundesrat Hans Hürlimann sorgte sich nach dem Pillenknick um die Zukunft des Rentensystems und lancierte eine Kampagne, um der Alterspyramide eine solide Basis zu erhalten. Seit eh und je der Dreizahl verpflichtet, propagierte er »drei Kinder pro Familie«, und zwar so vehement, dass er es als »Drülimann« zum Witz- und Fasnachts-Sujet brachte. Erst lachte er mit. Dann verging ihm das Lachen. Sein jüngster Sohn erkrankte an Knochenkrebs, und von Anfang an wusste die Familie, dass es die Krankheit zum Tod war. Matthias erlag ihr nach vierjährigem Kampf, kurz nach bestandener Matura. Während dieser Zeit nahmen meine Eltern ihre Verpflichtungen weiterhin wahr, ohne sich etwas anmerken zu lassen. Der Tiger beschwor in seinen dreipunktigen Reden die Zukunft, und mit ihrer Maske, die

Die beiden Hürlimänner (links Hans, rechts Soz) mit ihren Gattinnen in ihrer Heimat Walchwil

sie im Lauf der Jahre mit Crème, Puder, Lid- und Lippenstiften perfektioniert hatte, lächelte seine Gattin in die Kameras. Beide waren sehr tapfer, und ich fand es bemerkenswert, dass der Vater seine Frömmigkeit nie verlor. »Der Herr hat's gegeben«, sprach er, »der Herr hat's genommen.« Als er sein Amt nach zehn Jahren verließ,

Das Familiengrab heute

von seiner Gattin dazu gedrängt, war er innerlich ein gebrochener Mann. Er hatte eine Partei und ein Land repräsentiert, die beide im Siegeszeichen des Kreuzes gestanden hatten, und musste nun feststellen, dass dieses Zeichen verblasst war. Die Flaggen wurden eingerollt. Die Kirchen leerten sich. Das Kreuz – nun stand es auf dem Grab von Matthias.

Solang sich die Schweiz an die Vertikale gehalten hatte, war sie in den Mythos gestellt. Frei nach Heidegger: Der Mythos ist. Er war nicht, er wird nicht sein, er ist, und so landet, wer sich aus dem Überzeitlichen des

Kufu und ich (mit Anarchistenbart) beim Empfang des neugewählten Bundesrats Hans Hürlimann, am 7. November 1974. Rechts meine Mutter

Mythos verabschiedet, nicht in der Utopia, sondern im Outopos, im Nirgendwo. Die Schweiz wurde zu Monaco, Zug zu Abu Dhabi. Aus der historisch gewachsenen Fülle in die globale Leere – es war nur ein Schritt. Einige Bräuche konnten sich erstaunlicherweise halten, etwa die Wahlen, da man in den Turnhallen zu den Urnen ging. Marie-Theres Hürlimann, die Witwe des Bundesrats, erschien wie früher comme il faut geschminkt, auf hohen Absätzen, mit großem Hut, aber ihre Stimme bekamen nun Jo Lang und Hanspeter Uster, die Gründer der RML, der Revolutionären Marxistischen Liga. Sie starb am 29. August 2001. Im Sarg entpuppte sich das wehmütig lächelnde Gesicht als Totenmaske. Eine Corona alter Herren, von noch erstaunlich rüstigen Gattinnen gestützt, erschien zu ihrem Begräbnis. Meine Schwester Gabrielle hatte es organisiert, und zwar so perfekt, wie dies dem Vater, trotz Generalstabskursen, nie gelungen wäre. Gabrielle verfügte, dass ich beim Trauermahl neben Kufu Platz nahm, wie seinerzeit, nach Vaters Wahl, auf dem Landsgemeindeplatz in Zug.

Natürlich war beim Trauermahl auch jener Farbenbruder anwesend, der die Geschicke unserer Familie seit Jahr und Tag treu begleitete. Mit dem Greisenfinger deutete er auf mich und sagte mit zittrigem Stimmlein, doch voller Verachtung: »Herr Bundesrat, dieser Schmierfink hat in der *Weltwoche* geschrieben, die Zukunft der CVP bestehe in der Organisation ihrer Beerdigung.« Kufu sah mich von der Seite an. »Haben Sie das tatsächlich geschrieben?« »Ja, Herr Bundesrat.« Kufu legte mir seine Linke auf den Unterarm und wartete, bis es still geworden war an der Tafel. Dann schmetterte er in die Runde der müden Greise: »Zu meiner Zeit, liebe Freunde, hätten wir so einen zum Parteisekretär gemacht.« Vorhang. Finis.

2015

Vierzig Rosen

Auszug aus dem Roman
(Der Hosenkauf)

Nun kannten sie einander. Marie kannte Meiers Geräusche: das Kauen bei Tisch, das Schnaufen im Bett, das Schnarchen im Tiefschlaf, das Gegurgel im Bad, und Max kannte ihre Marotten: das ewige Zuspätkommen, die Schwäche für Hüte, Nylons, hohe Absätze oder Sonnenbrillen à la Hollywood. Sie litt unter seinen Launen und er unter ihrer Kühle. Er warf ihr vor, zu viel Wert auf Äußerlichkeiten zu legen, und sie unterstellte ihm, kein Gespür für Ästhetik zu haben. Er schimpfte sie eine Modepuppe, und sie lästerte bei Luise über seine Stillosigkeit. Sie liebte es, bei einer Modistin die neue Herbstkollektion auszuprobieren, und er bestand darauf, Hosen oder Schuhe so lange als irgend möglich zu tragen.

Furchtbar, nicht wahr? Derselbe Meier, der das Land regieren wollte, schien außerstande zu sein, eine neue Hose zu kaufen. Also begleitete sie ihn, doch kaum hatten sie das Konfektionsgeschäft betreten, nahm das Unglück seinen Lauf. Während sie, die Enkelin des großen Seidenkatz, den Ladenbesitzer begrüßte, riss Meier eine x-beliebige Hose von der Stange und verschwand damit, den Vorhang hinter sich zuzerrend, in der Umkleidekabine, als würde er verfolgt. Bitte, zur Not verstand sie noch, dass sich ein demokratischer Politiker der Maßanfertigung verweigerte. Ihm ging es um ein Bekenntnis zur Mehrheit, zum Stangengeschmack. Sie verstand auch, dass der etwas zu enge Bund Meiers Würde tangierte – das war menschlich, das sah sie ihm nach. Aber dass er nach einer knappen Minute mit dem Anprobieren, dem netten Konfektionär und dem gesamten Laden fertig war, nein, bei aller Zuneigung, da hörte ihr Verständnis auf.

Was für ein Stimmungsmensch, dieser Meier!

Da die erstbeste, zufällig gegriffene Hose nicht gepasst hatte, war er auf das Tiefste beleidigt – Raus! Weg hier! Und bilde dir ja nicht ein, ich lasse mir die Hochnäsigkeit dieses Sitzpinklers noch einmal gefallen!

Er hat doch gar nichts gesagt, wandte sie ein.

Hast du seine Visage nicht bemerkt? Wie er mich gemustert hat! Lieber gehe ich in Lumpen …

In diesem Moment bog der Herr Stadtpfarrer um die Ecke, und Meier, der ihn förmlich gewittert haben musste, stand mit gezücktem Hut bereit, um sich dem Vorüberwandelnden zu präsentieren. Ah, der Herr Stadtpfarrer! Grüßgott, Grüßgott! Großartige Predigt am letzten Sonntag! Sehr beeindruckend!

Und da sich Hochwürden zu einem Lächeln bequemte, hielt Meier seinen Hut noch lange tief gezogen und flüsterte selig: Hast du gesehen, wie er mir zugenickt hat? Glaub mir, Liebling, auch unser Stadtpfarrer hält mich für den geborenen Parteipräsidenten.

Entweder himmelhoch jauchzend oder zu Tode betrübt. Entweder von der Welt verachtet oder von jedermann geliebt. Und wie rasch das wechseln konnte! Ein winziger Anlass genügte, schon fand bei Meier ein Wetterumschlag statt, den Marie in der Art eines Barometers vorauszuspüren hatte. Kroch er, von einer Vorstandssitzung kommend, waidwund über die Schwelle, kam es *en détail* darauf an, wie sie ihn empfing. In der Regel hatte Luise einen Braten im Ofen, und sie, die Gattin, sagte zuckersüß: Komm, Darling, lass uns einen Drink nehmen!

Dann gab es zwei Möglichkeiten. Entweder war er durch den Küchenduft besänftigt und ließ sich erleichtert auf das Kanapee fallen, wo er über die Dummheit seiner Parteifreunde zu klagen begann. Oder er schleppte sich, ihr einen vorwurfsvollen Blick zuwerfend, mit letzter Kraft nach oben, sank sterbend auf sein Lager – aber Vorsicht! Vorsicht! Meier starb nie besonders lange, und sie tat gut daran, bei seiner Auferstehung das Essen parat zu haben.

An den Freitagabenden jedoch war er stets bester Laune, denn anderntags ging er in die Landschaft seiner Kindheit, ins Gebirge, und dort oben – Marie hatte es inzwischen begriffen – gab es keine Halbheiten, nur Niederlagen und Triumphe, nur Abgründe und Gipfel, vor allem Gipfel, auf denen sich Meier mit seiner Leica per Selbstauslöser festhalten konnte.

2006

Nachruf auf meinen Vater Hans Hürlimann

Hans Hürlimann wurde am 6. April 1918 in seinem Bürgerort Walchwil im Kanton Zug als ältester Sohn des Johann Hürlimann und der Katharina Hürlimann-Rust geboren. Der Vater war Schmied und musste seine vier Kinder, Annemarie, Hans, Franz und Thomas, sowie die Arbeiter der »Schmitte« durch schwierige Jahre der Wirtschaftskrise bringen. Als es keine Arbeiter mehr gab, erzählte Hans Hürlimann in seinen letzten Lebenswochen, habe der Vater Hufeisen auf Vorrat schmieden lassen, gleichzeitig jedoch erkennen müssen, dass auf der geschotterten Seestraße, die von Zug Richtung Gotthard führt, die Pferde immer seltener, die Autos jedoch zahlreicher wurden. Trotzdem erlebte Hans mit seinen Geschwistern eine glückliche Kindheit im Dorf am See. Mit zwölf Jahren trat er in die Stiftsschule Einsiedeln ein, die er acht Jahre später mit einer glänzenden Matura abschloss. Den Patres von Einsiedeln, seinen Klassenkameraden und den Farbenbrüdern der Gymnasiastenverbindung Corvina blieb Hans, vulgo Tiger, ein Leben lang treu. Die Stiftsschule, betonte er immer wieder, habe sein Denken und Handeln bestimmt, sein Weltbild geprägt. Nach der Matura studierte Hans Hürlimann Jurisprudenz in Fribourg und Bern und promovierte zum Dr. iur. Durch Leo Duft, mit dem er sich für die Examina vorbereitet hatte, lernte Hans Hürlimann Marie-Theres Duft kennen, das jüngste Kind von Rechtsanwalt und Nationalrat Duft. Als der große, schlanke, blonde Innerschweizer in die St. Galler Stube trat, hatte er das Herz der sechzehnjährigen Marie-Theres gewonnen. Im September 1947 – Marie-Theres war gerade zwanzig geworden – haben die beiden geheiratet, von Johannes Duft, dem ältesten Bruder von Marie-Theres, getraut. Das junge Paar zog in die Stadt Zug, die Hans Hürlimann mittlerweile zum Rechtskonsulenten ernannt hatte. 1950 wurde Sohn Thomas geboren, 1954 Tochter Gabrielle und 1959 Matthias, der Jüngste. Hans Hürlimann arbeitete neben seiner politischen Tätigkeit als Rechtsanwalt. Marie-Theres unterstützte ihn dabei; sie erledigte die gesamte Post, entwarf und tippte alle Verträge – um ihren Schreibtisch herum sind die drei Kinder aufgewachsen.

*

Im Alter von 27 Jahren hatte die politische Laufbahn von Hans Hürlimann begonnen – auf eigenartige Weise. »Ich wurde Kantonsrat ohne Wahlkampf«, erzählte er in einem Interview, »das wurde damals in der Familie ausgemacht. Mein Vorgänger war mein Onkel, der bestimmte mich zu seinem Nachfolger, und die Partei hat diesen Entscheid akzeptiert.« Im kantonalen Parlament fielen die rhetorische Begabung und das politische Talent des jungen Rechtsanwaltes sofort auf. Bereits 1954, er war jetzt 36 Jahre alt, wurde Hans Hürlimann in den Regierungsrat gewählt, wo er zuerst als Justiz-, Polizei- und Militärdirektor, später als Erziehungs- und Kultusdirektor tätig war. 1966 kam ein Mandat als Ständerat hinzu, und am 5. Dezember 1973 wählte die Vereinigte Bundesversammlung Hans Hürlimann in den Bundesrat.

»Ich danke Ihnen ganz aufrichtig und bewegt für diese Wahl und das Vertrauen, das Sie mir entgegenbringen«, sagte Hans Hürlimann im glücklichsten Moment seines Lebens vor der Bundesversammlung. »Sie ehren damit meine Familie, meine Heimatgemeinde Walchwil, die Stadt und den Stand Zug, meine Partei sowie die CVP-Fraktion der Bundesversammlung. Ich weiß, dass Sie mir mit dieser Wahl eine schwere Aufgabe übertragen. Ich verspreche Ihnen, bei der Ausübung meines Amtes nur meinem Gewissen verpflichtet zu sein und vom Willen beseelt zu bleiben, weiterhin unserem Land und seinen Gemeinschaften zu dienen. Dabei hoffe ich auf Ihre Unterstützung und auf die Hilfe Gottes. In diesem Sinn, Herr Präsident, erkläre ich Annahme der Wahl.«

*

Parallel zu Hans Hürlimanns politischer Karriere verlief bis zu seiner Wahl in den Bundesrat die militärische. Der junge Gestellungspflichtige wollte um jeden Preis zur Militärmusik, wurde aber, es war im Sommer 39, Infanterist und Lmg-Schütze. Bei der dritten Kompanie des Zuger Bataillons 48 erlebte der Jurastudent die ersten Kriegsmonate gemeinsam mit gestandenen Männern und Familienvätern im morastigen Schützenloch, bei Schanzarbeiten und auf der Wache. Für ihn, sagte er später, sei dies eine wichtige Schule gewesen – er habe gelernt, dass jeder Mensch eine ganze Welt mit sich herumtrage, ein großes, oft tragisches Schicksal. Noch während der Kriegszeit absolvierte Hans Hürlimann die Offiziersschule, 1945 wurde er Kompaniekommandant, dann Kommandant des Bataillons 48, und schließlich übernahm er im Rang eines Obersten das Regiment 29. Da er jeden Soldaten persönlich kennen wollte, trat er immer wieder vor die Leute hin und fragte sie nach Einheit, Beruf und Familie. Sogar seinen Sohn Thomas sprach er im Feld auf diese Weise an. »Bim Hürlimaa«, hieß es, »müend all durchs gliich Loch dure.«

*

Ob als Regimentskommandant, der seine Bataillone begrüßte, ob als Ständerat, der, wie es hieß, zum juristischen Gewissen der kleinen Kammer geworden war, ob als Bundesrat, der vor dem Parlament Rede und Antwort zu stehen hatte – immer war Hans Hürlimann ein begeisternder, am klassischen Schema geschulter Redner. Er liebte es, einen Gedanken über These und Antithese einer Synthese zuzuführen und die strenge Einteilung mit barocken Girlanden zu schmücken. Mit der Zeit allerdings begann er seinem Pathos zu misstrauen. Matthias, sein jüngster Sohn, war an Krebs erkrankt. Der Vater stand politisch im Zenit. Er, der Vorsteher des Innern, hatte bei allen Parteien einen Konsens für die 2. Säule gefunden; er schaffte eine Revision der Unfall- und Krankenversicherung, entwarf ein neues Gesetz für den Umweltschutz und konnte dazu beitragen, den Numerus clausus an den Universitäten zu verhindern. Und immer häufiger stürzte er zwischen all seinen Terminen an das Krankenbett seines Sohnes – und immer deutlicher musste er erkennen, dass es eine Krankheit zum Tod war, ein entsetzliches Ringen seines Jüngsten um jede Minute, ja jede Sekunde des Lebens. Hans Hürlimann wurde ein anderer. Der frühere Lebensmut verwich, Zweifel kamen, der Abend hatte begonnen. Am 7. Februar 1980 ist Matthias im Kreis der Familie gestorben. Am 7. Dezember 1982 trat Bundesrat Hürlimann vor die vereinigte Bundesversammlung und gab das Mandat zurück. Mit einem Dank an seine Kollegen im Bundesrat, an die Bundeskanzler Huber und Buser sowie an seine Mitarbeiterinnen und Mitarbeiter im Departement des Innern sagte Hans Hürlimann wörtlich:

»36 Jahre durfte ich – neben meinen Diensten in der

Armee – diesem Land auf drei Stufen dienen: der Stadt Zug, meinem Heimatkanton und unserer Eidgenossenschaft. Dabei ließ ich mich vom tiefsten Sinn unseres eidgenössischen Bundes leiten: von der historischen Kraft des Ausgleichs zwischen Starken und Schwachen, von der sozialen Gerechtigkeit und der Sicherung eines ganzheitlichen Friedens. Wenn ich zum Jahreswechsel dieses Haus verlasse, ist damit der Wunsch verbunden, unser Bund der Eidgenossen möge mit Gottes Hilfe ewig dauern.«

*

Hans Hürlimann gab zu, dass ihm der Abgang schwer gefallen ist. Er, der im Militär gelernt hatte, mitten im Manöver für genau sieben Minuten in den Tiefschlaf zu sinken, hatte auf einmal gegen die Schlaflosigkeit zu kämpfen, oft war er krank, mehrmals musste er operiert werden, und es gehört zum Glück seines Alters, dass er in Professor Dr. Keiser, dem Chefarzt des Zuger Kantonsspitals, nicht nur einen hervorragenden Arzt, sondern einen Freund zu finden vermochte. Hans Hürlimann war zur Freundschaft begabt. So hatte er gemeinsam mit Alois Hürlimann zu politisieren begonnen, und es ist ein offenes Geheimnis, dass die beiden Hürlimänner – verwandt waren sie nicht – im Regierungsrat während 19 Jahren ein veritables Duumvirat errichtet hatten. In ähnlicher Weise verstand sich Hans Hürlimann mit seinem Bundesratskollegen Fritz Honegger. Der Zürcher und der Zuger, der freisinnige Wirtschaftspolitiker und der katholische Sozialminister wohnten unter der Woche im Berner Hotel Bellevue, sie pflegten miteinander zu frühstücken und – nach einem 16- oder 18-Stunden-Tag – an der Bar einen sogenannten Omnibus zu trinken – das ist Zuger Kirsch mit Sirupwasser verdünnt. Gemeinsam traten die beiden zurück, und bis in die leidvollen Tage von Hans Hürlimann hinein blieb Fritz Honegger der sorgende Freund. Auch sein Bruder Franz und Dr. Gottfried Bernhart hielten Hans bis zuletzt die Treue. Das große Glück seines Alters jedoch und seine letzte große Freundschaft erlebte Hans Hürlimann mit Lucien, seinem Enkel. Lucien, der Sohn seiner Tochter Gabrielle und seines Schwiegersohnes Christoph Haering, erschien dem Großvater, dem das Sehen, das Gehen und das Denken von Tag zu Tag schwerer fiel, wie ein kleiner, lustiger, ihn über alle Tiefen des Leids hinwegführender Engel. Oft saß der Großvater mit geschlossenen Augen im Lehnstuhl, sich mehr und mehr von den Menschen entfernend, und auf seinen Knien krabbelte Lucien, der die Rätsel der Welt eben zu entdecken begann. Hie und da huschte über die beiden Gesichter ein Lächeln. Worüber – das können wir andern nicht wissen.

*

Als der kleine Hans zum ersten Mal in die große Stadt gekommen war, nach Zürich, schritt er an der Hand seiner Mutter Katharina durch die Bahnhofstraße. Er, der Bub vom Land, nahm vor jedem Passanten und jeder Passantin höflich grüßend die Mütze ab. Kaum jemand hat seinen Gruß erwidert. Jahrzehnte später ging er wieder durch die Zürcher Bahnhofstraße, nun als Bundespräsident, und stellte lächelnd fest, dass er von vielen Leuten erkannt wurde. Also zog er, höflich wie er war, unzählige Male den Hut. In den letzten Monaten seines Lebens wurde sein Augenlicht so schwach, dass Hans Hürlimann Mühe hatte, Gesichter zu erkennen und sich zu orientieren. Auf seinen Gängen durch die Stadt nahm er die Menschen nur noch als Schatten wahr. Deshalb habe er sich entschlossen, erzählte er Kathrin Brenk, seiner Schwiegertochter, jeden Schatten, der ihm begegne, zu grüßen. Er spüre sehr wohl, dass man über ihn lächle, sagte er, aber lieber grüße er ein paar Mal zu viel und ins Leere, als dass er seinen Wählerinnen und Wählern oder gar einem alten Dienstkameraden das Gefühl gebe, sie nicht mehr zu kennen.

*

Das Sterben fiel Hans Hürlimann schwer. Er konnte nicht mehr gehen, nicht mehr lesen, und der Tod, den er vor sich sah, machte ihm Angst. Er stehe vor der härtesten Prüfung, sagte er, und er fürchte, sie nicht so gut und so tapfer zu bestehen wie Matthias, sein Jüngster, der ihm vorangegangen sei in jeder Hinsicht. Schwester Frieda, Oberschwester im Zuger Kantonsspital, Schwester Rigalda, die Pflegerin, und Marie-Theres, seine Frau, rangen mit dem Sterbenden um sein Leben. Marie-Theres blieb Tag und Nacht an seiner Seite. In dieser langen, schweren Zeit, da seine Kräfte geschwunden waren, hatte sie ihm durch alle Bitternis hindurch geholfen, das Unerträgliche zu tragen. Sie litt für und mit ihm, und sie war, in den Stunden der tiefsten Nacht, mit ihrem Mann im Schmerz und in der Liebe vereint. Er starb in ihren Armen, im selben Monat wie Matthias, am 22. Februar, um zwölf Uhr nachts. Im Gedächtnis seiner Familie, seiner Freunde und wohl auch im Gedächtnis des Landes, dem er gedient hat, wird Hans Hürlimann weiterleben. Wir alle haben ihm für Großes und für Vieles zu danken.

1994

DIE MUTTER

Vierzig Rosen

Auszug aus dem Roman
(Marie/Marie)

Marie/Marie, notierte sie am 29. August 1956, ihrem dreißigsten Geburtstag, ins Tagebuch, nur ihren Namen, nicht mehr: *Marie/Marie*. Ein Leben nach außen, eins nach innen, und eigentlich lief es wunderbar. Die Innere schlenderte mit Mamans Seidensonnenschirmchen durch den Park und winkte im Vorüberschweben Papa zu, der glückselig inmitten seiner Rosen kauerte. Die Innere diskutierte mit Eisler über Stalin, die Kunst und die Moderne und gab, wie eine Prinzessin aus Tausendundeiner Nacht in durchsichtige Schleier gehüllt, ein Konzert in Kairo. Die Innere verbrachte ihre Abende in aller Welt, am Turmfenster des Hotel Moderne über dem Ligurischen Golf oder auf einer Veranda im afrikanischen Busch, und immer öfter kam es vor, dass sie fernab an Deck eines Tropendampfers weilte, während die Äußere zwischen Offizieren, Gemeinderäten, Geistlichen und Trachtenfrauen in der vordersten Reihe eines Festzeltes saß, das rechte Bein über das linke gelegt, das Tweedkostüm beigebraun, die Bluse aus schwarzer Twillseide, der Glockenhut aus weißem Filz, und gehorsam hochlächelte zu ihrem Gatten, der Turnerinnen und

Turner begrüßte, Kleingärtner oder Rabattmarkenvereine. Wenn der schöne Italiener nach einem langen Winter mit dem Gelatimobil erschien, führte sie dem staunenden Städtchen als Erste die neue Sommerkollektion vor, und selbst die Müller, bisher die Eleganteste weit und breit, musste zugeben, dass die Meier ein *hübscher Käfer* sei. Max war überglücklich. Endlich besaß er die Gattin, die er sich schon immer gewünscht hatte. Eine, die an seiner Seite glänzte. Eine, die ihn bewunderte. Eine, die ihn stützte und stärkte und unentwegt dafür sorgte, dass er mit sich und seinen Stimmungen zurechtkam. Suchte er Trost, wurde er getröstet; brauchte er Lob, wurde er gelobt; mit dem Seligen war sie selig, und den Erniedrigten konnte sie aufrichten: Darling, sagte sie, du bist großartig.

Marie/Marie.

Ihr Doppelleben nahm eine schöne, feste Form an.

Auf dem Sommerball des Yachtclubs trug sie das gleiche Satin-Organza-Kleid, das Audrey in *Ein süßer Fratz* getragen hatte, und kurz danach tauchte sie auf einer privaten Party der Müllers in einem Jardinière-Samt-Kostüm auf, in dessen tief facettiertem Blaugrün der abgeholzte Park zauberhaft weiterlebte. Die Meier machte Furore, sie gefiel, sie kam an. Im Pensionat hatte sie gelernt, wie man konversierte, und von Seidenkatz, ihrem Großvater, hatte sie eine gierige Lust nach Kleidern und Hüten, nach Schuhen, Schleiern und Stoffen geerbt. Weichem Material verlieh sie Kontur; selbst billiges Parfum brachte sie zum Blühen, ihre Duftnote war blumig, ihr Auftritt klassisch, dennoch originell, englischer Adel mit einer Prise Hollywood, und wenn Percy behauptete, eigentlich würde die Meier auf eine interpopuläre Soiree gehören, zwischen die Herzogin von Windsor, Mrs. Whitney und die Callas, hatte er nicht ganz unrecht. Marie hatte Charme und Charakter, Stil und Haltung, und da sie es trotz der Bannworte des Stadtpfarrers wagte, in aller Öffentlichkeit Hosen zu tragen, konnte sie sich jeweils am Samstagabend, eng an Meier geschmiegt, auf der Vespa ins Kino chauffieren lassen.

Betraten sie den Saal, wurden sie von allen Seiten gegrüßt. Dann nahmen sie in der vordersten Reihe des Balkons die beiden Mittelplätze ein, Meier nickte über die Schulter zum Operateur hinauf, ein warmer Gong erklang, die Leuchter glommen ab, die Stimmen erstarben, ein silberner Vorhang flog hoch, ein goldener zu den Seiten, blendend hell erglitzerte eine Eiswand, Musik erscholl, ein Trompetenstoß, und schon war sie da, innen und außen: die Welt. Die Welt! Im Kino gab es Audrey auf beiden Seiten, auf der Leinwand und im Saal, und zum Ende hin wurde alles, alles gut. Meist gingen sie danach in den Yachtclub, wo auf der zebragemusterten Fläche keine zu tanzen verstand wie Marie, ohne Partner, in der Linken ein Cocktailglas, im Mundwinkel eine glimmende Gauloise.

*

Am Freitag um elf saßen die beiden Damen in den hochgepumpten Lederthronen Seite an Seite. Beide widmeten ihre gesamte Aufmerksamkeit den Illustrierten, dann kam der Maestro angeschwebt, begrüßte erst die Müller, dann die Meier, klatschte in die Hände, teilte Suzette der Meier, Sophie der Müller zu, und kaum zu glauben: Percy schaffte es, seine Kunst so raffiniert zu verteilen, dass jede der beiden Kundinnen glaubte, der Meister habe sich ausschließlich um sie gekümmert.

Die zwei Königinnen, einander einen ersten, misstrauischen Blick zuwerfend, verschwanden unter den Fönhauben.

Während die Wickler entfernt wurden, hechelten sie bereits den Yachtclub durch, vor allem die Hüte der Frau Oberrichter (furchtbar! scheußlich! katastrophal!), und dann, sich ein wenig herüberbeugend, die Meier zu sich heranwinkend, sagte die Müller: Was wollen wir lange um den heißen Brei herumreden? Ich wüsste, wer Ihnen helfen könnte. Mein Gatte ist im Bankgeschäft tätig. Seit einigen Jahren betreut er einen Klienten, der ihm sehr am Herzen liegt, und stellen Sie sich vor, dieser Klient wäre unter Umständen bereit, Meier zu einem wählbaren Mann zu machen.

Aber das ist ja …

Ein Deal, meine Liebe.

*

Eines Tages, da sie im Frisiervarieté wieder Seite an Seite thronten, fragte die Müller die Meier: Haben Sie schon mal Garnelen gegessen? Die Sauce scharf, dennoch würzig.

Sie stellen amüsante Fragen, Frau Direktor!

Spielen Sie Klavier?

Das ist vorbei.

Haben Sie wenigstens einen Plattenspieler?

Ein älteres Modell.

Kennen Sie Buxtehude?

Buxtehude?

Noch nie von Dietrich Buxtehude gehört, dem großartigen Komponisten?

Doch doch, ich wundere mich nur, warum Sie mir diese Fragen stellen, Frau Direktor.

Schätzchen, es wird allmählich Zeit, dass wir unser Geschäft zum Abschluss bringen. Die Partei hat gewisse Altlasten abgewälzt und ist nun dabei, den Generationswechsel einzuläuten.

Marie horchte auf.

Das Lieblingswort der Gruppe Eins, fuhr die Müller konspirativ fort, ist Mobilität.

Verzeihung, Frau Direktor, ich muss schon wieder passen. Gruppe Eins, sagten Sie?

So wird in unseren Kreisen der oberste Parteiboss genannt.

Die Meier stieß einen leisen Pfiff aus. Der nationale Parteiboss?!

Ja, der Mann an der Spitze. Er schätzt junge Männer, die finanziell auf sicherer Basis stehen und den Mut, die Kraft und den Willen haben, sich in den Dienst der Partei zu stellen. Haben wir uns verstanden?

Im Prinzip schon. Aber soll ich der Gruppe Eins wirklich Garnelen servieren? Es heißt doch, der nationale Parteipräsident liebe die Bratwurst über alles.

Die Bratwurst ist für die Öffentlichkeit bestimmt.

Sie sind sehr liebenswürdig, Frau Direktor.

Ich halte mich an Abmachungen. Die Herren erscheinen am nächsten Montag, rechtzeitig zum Mittagessen. Noch Fragen?

Nein, Frau Direktor.

Aber pst! Der große Boss soll sich ein objektives Bild vom Kandidaten machen können – und von seiner reizenden Gattin!

*

Dass sie ihre Vorbereitungen hinter Meiers Rücken treffen musste, verletzte Maries Stilempfinden, doch hatte sie vor der Müller eine zu große Achtung, um sich über deren Gebot hinwegzusetzen. In aller Heimlichkeit putzte sie mit Luise das Haus, stellte ein Porträt von Churchill auf das Buffet und hängte sich einen Tag lang ans Telefon, um schließlich auf eine Großtante der Gruppe Eins zu stoßen, die ihr weitere Informationen lieferte.

Die Ankündigung der Müller erwies sich als richtig.

Am 7. Mai 1956 rollten mehrere Wagen auf das Haus zu. Meier hatten sie in seiner Kanzlei aufgestört – auf seiner Vespa war er der Kolonne vorangesaust, stürzte jetzt in die Küche und schrie: Hast du Bratwürste im Haus? Keine einzige? Ja, weißt du denn nicht, *dass die Bratwurst sein Lieblingsgericht ist?!?*

Die Herren füllten bereits das Entree. Marie, den aufgeregten Gatten nicht weiter beachtend, schwebte auf die Gruppe Eins zu und hauchte, indem sie ihre Küchenschürze auszog: Was für eine wunderbare Überraschung! Herzlich willkommen! Leider – darf ich Sie in den Salon bitten? – habe ich nur Garnelen anzubieten.

Garnelen?

Und zum Dessert ein Schokoladetörtchen, fügte sie bescheiden hinzu.

Der Präsident war baff. Das ist doch – rief er und strebte samt Gefolge in den Salon, wo zufällig der Plattenspieler lief – Buxtehude!

Ergriffen schloss der große Mann die Augen, sank auf das Kanapee, faltete die Hände. Wenn Sie wüssten, stieß er hervor, was mir Buxtehude bedeutet! Mein Vater, ein einfacher Primarlehrer, hat eine Biographie über Buxtehude verfasst. *Cheers*!

Cheers, stammelte Meier, *Cheers* …

Zu seinem Erstaunen stand auf dem ziegeldicken Glastisch eine Kristallschale voller ihm unbekannter weißrosiger Meertierchen, und von der Terrasse her duftete es nach Käsepasteten. Also begab sich der Tross nach draußen, um sich im Stehen zu verköstigen, und die Gruppe Eins fiel mit unbändiger Lust über die Garnelen her. Mein Lieblingsgericht, gestand er mit vollem Mund, pries die Sauce (scharf, dennoch würzig!), beklagte das Schicksal seines Vaters (ein Leben für Buxtehude, zweitausend Seiten, ungedruckt!), kippte drei Whiskys (genau meine Sorte!), schüttete zwei Tassen Kaffee hinterher, verschlang die sahnegekrönte Torte, und als sein Sekretär, ein eikahler, hart blickender Mann, nach genau dreißig Minuten zum Aufbruch blies, kniff der oberste Boss die Gastgeberin in die Wange und flüsterte: Es war der Schokoladekuchen meiner Kindheit, das Rezept meiner über alles geliebten Mutter.

Ah ja, wirklich? Herr Präsident, flüsterte Marie, ihn am Arm zu seinem Cabrio führend, Max Meier, mein Gatte, bewundert Sie. Max Meier bewundert Sie sehr. Unser Churchill, pflegt er zu sagen.

Die Parteigewaltigen drängten auf die Sitze. Der eikahle Sekretär stellte sich im vordersten Wagen an die Frontscheibe und gab mit schlaff nach vorn kippender Hand das Zeichen zum Start. Die Motoren heulten auf, die Kolonne brauste davon. Du, Max, fragte sie, wer war der kahle Sekretär, etwa dein früherer Förderer, der Dr. Fox?

Aber Meier konnte ihr keine Antwort geben. Er war wie in Trance. Darling, stammelte er, ich habe es geschafft!

2006

*Auf dem Weg nach oben: Das erfolgreiche Paar
Marie-Theres und Hans Hürlimann 1965*

Vierzig Rosen

Auszug aus dem Roman
(Der Limbus)

Eine Weile aßen sie schweigend, wobei der Bruder beim Kauen so gezielt in Maries Richtung sah, dass sie vom Monokel, in dem der Schein der Tischkerzen schimmerte, etwas geblendet wurde. Monsignore war durch und durch schwarz, doch schien er von allen Seiten das Licht anzuziehen – sogar das Seidenband seines Monokels zog ihm einen glänzenden Streifen über die Brust. Er sagte: Weder Max noch ich können akzeptieren, dass du nicht zur Messe gehst. Ich aus religiösen Gründen, er aus politischen. Als Repräsentant einer christlichen Partei ist dein Gemahl auf eine Gefährtin angewiesen, die ihre Pflichten erfüllt. Habe ich recht, Max?

Im Prinzip schon, gewiss …

Der Bruder hob das Glas: Gesegnete Weihnachten, lieber Schwager, liebe Schwester, und herzlichen Dank für die Einladung.

Marie wartete, bis sich die Tür hinter Luise wieder geschlossen hatte, und sagte dann: Weißt du, Bruder, lieber als in die Kirche gehe ich mit Max ins Kino.

Das Monokel kullerte herunter. Ich nehme an, versetzte er süffisant, dort gibt es spannende Filme zu sehen.

Ja, die Wochenschau. Letzthin wurde zum x-ten Mal ein Bericht über die Kazetts gebracht, über Auschwitz.

Darling, intervenierte Max, dieses Thema ist ein alter Hut. Heute bedroht uns der Weltkommunismus, nicht mehr der Hirnverbrannte mit dem Schnäuzchen.

Ganz recht, fügte der Bruder hinzu, Weihnachten ist das Fest des Friedens.

Ich versuche doch nur, fuhr sie lächelnd fort, mir den Jüngsten Tag vorzustellen.

Marie, bitte!

Sorry, Max, nicht ich bin meschugge. Meschugge sind die Herren Theologen, die allen Ernstes behaupten, beim Erschallen der Posaunen kehre jedes Leben zum Schöpfer zurück, jedes Bein, jeder Arm, jede Zunge – außer den totgeborenen Babys natürlich. Die sind für alle Zeiten in den Limbus verbannt.

Marie, es reicht!

Ah ja, wirklich? Ich denke, mein Bruder erwartet von uns, dass wir die Dogmen ernst nehmen. Bitte, ich bemühe mich darum. Ich glaube an Gott. Er tut mir sogar ein bisschen leid. Unschuldigen Kindern verweigert er die Auferstehung, und was hat er davon? Beim Letzten Gericht werden ihm die Hautlampen aus Auschwitz um die Ohren fliegen.

Max wurde weiß. Marie, sagte er leise, dein Benehmen ist widerlich.

Der Bruder blieb die Ruhe selbst. Wieder bearbeitete er mit der Serviette die beiden Mundwinkel, wobei er es beim linken besonders sorgfältig tat – als gelte es, einen Blutfaden wegzutupfen –, und sagte dann: Wenn ich dich richtig verstanden habe, ist dir der Glaube unseres Vaters sympathischer.

Wenigstens haben die Juden keinen Limbus.

Ganz recht. Ihr Jenseits besteht aus Geschichten. Nur fürchte ich, dass du damit keinen Deut weiterkommst. Du hast Zwillinge geboren, Marie. Zwei Mädchen.

Danke, Bruder, danke!

Wofür?

Ich höre zum ersten Mal, dass es Mädchen waren.

Tut mir leid, das wusste ich nicht. Erneut warf er seinem Schwager einen strafenden Blick zu, klemmte das Monokel wieder ein und meinte ungerührt: Möglicherweise ist es für eine Mutter schwer zu ertragen, dass das Reich Gottes der Frucht ihres Leibes verschlossen bleibt. Aber Hand aufs Herz, meine Liebe: Hätten sie's bei den Juden denn besser? Sie waren Totgeburten. Also haben sie kein Leben gehabt, und niemand wäre imstande, etwas über sie zu erzählen. Mit andern Worten: Bei den Juden hätten sie gar nichts, bei uns haben sie immerhin ein Jenseits. Limbus heißt im Deutschen Rand. Das bedeutet: Der Limbus ist ein Un-Ort, griechisch Ou-Topos, Utopie. Denn er liegt genau auf der Grenze, am Rand des Tages und der Nacht, am Rand von Sein und Nichts, im Zwischen, im Vielleicht. Er ist ein Schattenreich, liebe Schwester, und dennoch voller Glanz, voller Licht.

Marie fing plötzlich an zu lachen. Du hast recht, Bruder, meine Mädchen lebten nicht eine einzige Sekunde – und trotzdem haben sie eine Geschichte. An ihren Geburtstagen werden sie nicht älter.

2006

Nachruf auf Marie-Theres Hürlimann-Duft

Marie-Theres Duft wurde am 2. Juni 1926 als jüngstes von sechs Kindern geboren. Sie liebte ihre Mutter und ehrfürchtig den Vater, der seine beiden Söhne und die vier Töchter mit patriarchaler Strenge zu Gehorsam und Frömmigkeit erzog. Vermutlich hatte sie, die Jüngste, als Einzige den Mut, lebensfroh und sinnenfreudig zu sein. Sie lachte gern, las viel, rannte oft ins Theater und bewirkte einen kleinen Aufruhr, als sie in einem Sekundarschulaufsatz ihre erste Liebe bekannte. Sie galt dem Darsteller des Don Carlos im St. Galler Stadttheater. In Fribourg besuchte Marie-Theres das Internat, ihren Wunsch jedoch, am Konservatorium Klavier zu studieren, lehnte die Familie ab. Marie-Theres litt darunter. Sie beschloss, nie mehr zu spielen. Als sie sechzehn war, brachte ihr Bruder Leo seinen Freund und Verbindungsbruder Hans Hürlimann ins Haus. Er war groß, schlank, blond, setzte sich unbekümmert ans Klavier und klimperte, zum Erstaunen der Familie Duft, Studentenlieder, Ländler und Schlager. Es war Liebe auf den ersten Blick. Als Marie-Theres achtzehn war, verlobten sie sich. Am 9. September 1947 empfing sie durch ihren älteren Bruder, Johannes, das Sakrament der Ehe. »Der Wunder größtes ist die Liebe!«, schrieb sie auf die erste Seite des Familienalbums, unter eine Fotografie, die eine Braut in glückstrahlender Schönheit zeigt, mit geschminkten Lippen, was damals, wie sie noch kurz vor ihrem Tod erzählte, als ungehörig empfunden wurde. Aber die junge Marie-Theres hatte die Kraft, frei zu denken, eigen zu handeln, und zeit seines Lebens hat ihr Mann sie für diese Haltung geliebt. An seiner Seite ging sie ihren Weg. Hans wusste immer, dass er in Marie-Theres seine klügste Beraterin hatte. Dank und mit ihr gelang ihm die politische Karriere, die ihn erst in die Zuger-, dann in die Landesregierung brachte. Sie dachte für und mit ihm, und bis zur Wahl in den Bundesrat war es hauptsächlich Marie-Theres, die für die Familie das Geld verdiente. Während ihr Gatte, im Nebenberuf Notar und Anwalt, militärisch Rang um Rang und politisch Stufe um Stufe erklomm, entwarf und tippte sie juristische Verträge und besorgte das Alltagsgeschäft der Kanzlei. Für sie war es selbstverständlich, diese Aufgaben in stiller Bescheidenheit zu erfüllen, meist bis tief in die Nacht hinein, wenn die Kinder schliefen, und brachte Hans, von einer Parteiversammlung kommend oder unerwartet aus einem Manöver auftauchend, politische Gesinnungsfreunde oder einen ganzen Generalstab ins Schönbühl, wurden sie von einer eleganten Gastgeberin liebenswürdig empfangen, comme il faut kostümiert und frisiert. Sie verstand es, nächtliche Feste zu gestalten. Sie liebte es, wenn sich Hans ans Klavier setzte und improvisierend aufspielte wie seinerzeit im Haus in St. Georgen, als der Student ihr Herz gewonnen hatte. Marie-Theres war eine fröhliche, wunderschöne Frau. Ins Familienalbum klebte sie ein Photo, sie und Hans auf einem Ball, und schrieb dazu: »Wenn die Augen locken – Herr, lass es nie zu Ende gehn!«

Ihr erstes Kind wurde tot geboren. Als sie in einer Blutlache lag, erklärte ihr ein strenger Spitalpriester, da das Kind ohne Taufe verschieden sei, bleibe ihm der Himmel auf ewig verschlossen. Fortan wurde Marie-Theres von einer Frage gequält, die sie nie mehr losließ. Unde malum. Wie kann aus Gott, dem allgütigen Schöpfer, eine Welt entstehen, die voller Leid ist, voller Not, Verzweiflung und schuldloser Schuld. Im Dezember 1950 wurde ihr Sohn Thomas geboren und 1954, »am 28. August«, wie sie im Album festhielt, »als die Glocken der Stadt den Sonntag einläuteten«, ihre Tochter Gabrielle. Matthias, der Jüngste, wurde ihr im September 1959 geschenkt, ein Kind, das kurz nach der Geburt operiert werden musste und monatelang um sein Leben rang. Die Mutter blieb Tag und Nacht an seinem Bettchen. Sie entwand es dem Tod. Matthias wurde ihr Liebling, ihr fröhlichstes, ihr klügstes Kind, das große Glück ihres Lebens. Als Hans Hürlimann in den Bundesrat gewählt wurde, bestand sie darauf, den Wohnsitz in Zug zu behalten. Es war in der Geschichte des Landes das erste Mal, dass dies geschah. Matthias sollte weiterhin die

Zuger Kantonsschule besuchen und in der Nähe seiner Freundin Barbara bleiben können. Hans gab widerstrebend nach, doch sollte er Marie-Theres für ihren Eigensinn schon bald sehr dankbar sein. Gerade sechzehn Jahre alt, erkrankte Matthias an Krebs. Es war die Krankheit zum Tod, und das Leid der Mutter, die zusehen musste, wie ihr jüngster Sohn vier qualvolle Jahre lang kämpfte und litt und starb, stieg ins Unermessliche. Trotzdem erfüllte sie in Bern ihre diplomatischen Pflichten. Innerlich von Mitschmerz um ihr leidendes Kind zerrissen, gelang es ihr, nach außen die Gattin zu repräsentieren, wie es vom Protokoll verlangt wurde, liebenswürdig, parkettsicher, charmant, comme il faut frisiert, kostümiert und geschminkt. Matthias starb im Februar 1980 in ihren Armen, bei ihr zu Hause. Die Mutter starb mit ihrem Kind – und forderte sich dennoch die Kraft ab, ihrem Mann, Gabrielle und Thomas zuliebe, diesen Tod zu überleben. Sie hielt die Familie zusammen, führte ein gastliches Haus, kümmerte sich um die Nöte von Bedürftigen, und mit Stil und Noblesse begleitete sie Hans durch die letzten Jahre seines hohen Amtes. Dass Gabrielle und Thomas indes ihre eigenen Lebenswege gefunden hatten, erfüllte sie mit Freude und Stolz. Bei den Theaterpremieren, sei es in Basel, wo ihre Tochter inszenierte, sei es in Zürich, wo die Stücke ihres Sohnes gespielt wurden, fieberte sie mit, feiernd beim Gelingen, tröstend bei Misserfolgen, und immer, zuletzt beim Einsiedler Welttheater, war sie selbstlos bestrebt, ihren kritischen Verstand und ihr Organisationsgeschick zum Nutzen ihrer Kinder einzusetzen. Sie stand zu ihnen, genau wie der Vater, und nahm es mit würdevoller Grandezza hin, wenn sie wegen der Stücke und Bücher ihres Sohnes Thomas beschimpft oder geschnitten wurde. Auch half sie ihrem Gatten durch seine schwierigen, von Krankheit und Altersnöten gezeichneten letzten Jahre. Sie pflegte ihn, sie stützte ihn, und sie tat dies nun, da der einst mächtige, allseits beliebte Politiker zunehmend schwächer und einsamer wurde, mit derselben Liebe und Achtung, die sie ihm in den Zeiten des Erfolgs entgegengebracht hatte. Wie zuvor ihr jüngstes Kind, durfte Hans in ihren Armen sterben, versehen mit den Tränen einer Liebe, die ein Leben lang gehalten hatte, in großen und in dunklen Tagen, im Leid und in der Freude.

Marie-Theres Hürlimann war eine starke Frau. On a du style, sagte sie gern, aber unter ihrer Façon, die sie stets zu wahren verstand, schlug ein heißes, zu großen Gefühlen begabtes Herz. Ihre Familie, ihre schwerkranke Schwester Hildegard, mit der sie seit früher Kindheit eine tiefe Freundschaft verband, ihr Schwiegersohn Christoph Haering, ihre Schwiegertochter Kathrin Brenk, Freunde, Bekannte und viele, die bei ihr Zuspruch suchten, durften diesem Herzen begegnen. Und einer, Lucien, ihr einziger Enkel, der Sohn von Christoph und Gabrielle, hat es noch einmal erobert, so stürmisch und absolut wie der junge Hans oder ihr Sohn Matthias. Lucien liebte seine Goga, und sie liebte ihn.

Bei einer zufälligen Begegnung auf dem Zürcher Hauptbahnhof rannten sie so heftig aufeinander zu, dass sie miteinander auf das Perron purzelten und der breitrandige Modellhut der eleganten Großmutter auf die Geleise schwebte. Nur wenige Wochen vor ihrem Tod, da sie von diesem schon überschattet war, kletterte sie mit Lucien auf ihren Stöckelschuhen im Luzerner Gletschergarten herum und zeigte dem kleinen Basler per Schiff und Bus die sommerlich heitere Innerschweiz, die ihr, der St. Gallerin, zur Heimat geworden war. Lucien war das Glück ihres Alters, noch einmal die große Liebe – wenn er sie umarmte und küsste, war Marie-Theres ganz und gar Herz und Gefühl.

Seit einem Jahr nahmen die Lebenskräfte ab. Oft war sie krank, kleine Unfälle erschwerten ihren Alltag. Alles hat seine Zeit, sagte Marie-Theres und gab lächelnd zu verstehen, dass ihre Zeit vorbei, ihr Leben gelebt sei. Sie aß kaum noch, war aber trotz heftiger Magen- und Gliederschmerzen bemüht, für ihre Lieben, vor allem für Lucien, da zu sein. Als ihr Sohn Thomas von einer Reise ins nächtliche Schönbühl einkehrte, fand er einen Zettel vor. »Bin ein bisschen krank«, hatte die Mutter geschrieben. Das Haus war geordnet, jedes Ding an seinem Platz. Gabrielle verbrachte die letzte Nacht im Zimmer ihrer Mutter. Doktor Pfluger, der wusste, dass eine Operation nicht mehr helfen konnte, tat sein Möglichstes, um die Schmerzen zu lindern, und wie sie es bei Marie-Theres gelernt hatten, wachten Gabrielle und Thomas bei der bewusst und angstlos Sterbenden. Zusammen mit Doktor Pfluger und Schwester Rigalda wurden sie Zeugen eines großen Todes. Sie gehe nun zu Hans und Matthias, sagte Marie-Theres, gefasst und würdevoll bis zuletzt. Ein Leben lang hatte sie in gläubiger Weise mit der Frage nach dem Sinn von Leid und Angst gerungen, und wir dürfen annehmen, dass Gott dieser Frau durch den Zeitpunkt ihres Sterbens die Gnade einer Antwort zukommen ließ. Marie-Theres Hürlimann verschied am 29. August um drei Uhr nachmittags, zur Stunde des Karfreitags, da der gekreuzigte Sohn Gottes seine verzweifelte Verlassenheit in die plötzliche Nacht geschrien hatte. Ihre Gesichtszüge hinterlassen uns eine selige Schönheit. Sie wurde von ihren Schmerzen, von ihrer Frage erlöst. Gott hat sie in seine Antwort aufgenommen.

2001

Wir vom Club der Atheisten

»Die Zeit«, 31. 03. 2010

Am Altar brannten die Kerzen gelbe Kleckse ins Dunkel, dann flammte in der Apsis die Rosette auf und legte über den eisigen Chorboden einen rötlichen Schimmer. Die schwarz bemalten Bänke bekamen einen narbigen Glanz. Engelsflügel und Marmorbeine wurden lebendig, Gold leuchtete auf, Perlen blinkten, grünblaue und rotgelbe Lichtflüsse stürzten aus gotischen Fenstern ins Innere, und das Kirchenschiff, ein Schiff aus Stein, legte ab. Es war der schönste Raum der Welt, denn hier kniete der Knabe neben seiner Mutter, die ein weißes Hütchen trug, wie eine Pillenschachtel, und die betenden Lippen hinter einem Schleierchen verbarg.

Die Mutter lehrte den Knaben reden und beten. Er glaubte ihr aufs Wort. Wenn sie sagte, auch die Kirche sei eine Mutter, erst noch eine heilige Mutter, war das keine unverständliche Behauptung, sondern eine Verheißung voller Geheimnisse und heiliger Worte: Kyrie eleison, Christe eleison, et cum spiritu tuo. Das Parfüm der heiligen Mutter, die Mixtur aus Weihrauch, heißem Kerzenwachs und blühenden Blumen, roch der Knabe sogar lieber als das Chanel der richtigen Mutter. Und wer trug in diesem Raum, der auch an einem Wintermorgen einen Sommerzauber entfaltete, die prächtigsten Gewänder? Nicht sie, die ihre Kostüme in Luzern kaufte, bei einer berühmten Modistin, sondern der Priester am Altar.

Bald war der Knabe zu groß, um wie früher neben der Mutter zu knien. Betraten sie das Schiff, musste sie nach links gehen, auf die Frauenseite, er nach rechts, zu den Männern. Der Priester nahm am Altar die Mitte ein. Zwischen den beiden Bankreihen, zwischen den beiden Geschlechtern, war er ein Mann im Rock, Mann und Frau zugleich, also etwas Drittes, Schwebendes, von den Stufen Erhöhtes, der im Namen der versammelten Gemeinde zu Gott sprach: Hochwürden Stocklin, der Herr Pfarrhelfer.

Hochwürden Stocklin lehrte uns im Religionsunterricht, wie man zu beichten habe. Nachdem er das Verfahren und den Sündenkatalog erklärt hatte, sollte sich einer melden und vor der Klasse probehalber eine Beichte ablegen. Ich meldete mich, und da es ja nur eine Probe war, keineswegs der Ernstfall, fabulierte ich ein buntes Sündenregister zusammen. Als ich bekannte: Ich habe insgesamt dreimal die Frau Malermeister Bertschi begehrt, brannte Hochwürden Stocklin die Sicherung durch. Er zerrte mich an den Haaren, bis ich blutete. Heulend bin ich zu meiner Mutter gerannt, aber als tapferer Bub präsentierte man seine Wunden mit einem gewissen Stolz, und niemandem wäre es damals in den Sinn gekommen, Stocklins Jähzorn mit dem Zölibat oder sexuellen Frustrationen zu erklären. Vor fünfzig Jahren war es selbstverständlich, dass Hochwürden Stocklin am Altar ein anderer war, ein Herr der Wandlung, der aus Wein Blut, aus Brot den Leib machte. Als Wandler wandelte er über uns, auch über der eigenen Sündhaftigkeit, und es war der Wandler, nicht der Jähzornige, der am Altar die Hand zum Segen hob. Ite missa est. Deo gratias.

Mit elfeinhalb Jahren wurde ich Zögling der Stiftsschule Einsiedeln. Wir trugen bodenlange Kutten, die wir von Vorgängern übernahmen, und bildeten, nach Größe geordnet, ein namenloses Carré. Wir waren Glieder eines Massenkörpers und sollten in der Wiederholung des stets gleichen Tages einen Vorschein der Ewigkeit erfahren. Wir schliefen in Schlafsälen, Gitterbett an Gitterbett, und nachts nahm man teil an einem Traum, den der Massenkörper träumte: von Titten, von Autos, von Schokolade und Schnitzeln. Damals, in den sechziger Jahren des letzten Jahrhunderts, lebten zweihundert Mönche im Kloster, dreihundert Zöglinge und fünfzig Brüder. Jeweils nach der Vesper zogen wir vor die Schwarze Madonna, die im hinteren Teil der barocken Stiftskirche einen gotischen Tempel aus schwarzem Marmor bewohnte. Jeden Morgen wurde sie vom Vestiaribruder, ihrem Kammerdiener, eingekleidet, und ihre Gewänder hatten jene Glockenform, die im Escorial Philipps II. bei den ersten Damen Mode gewesen war. Das Carré verneigte sich in Ehrfurcht, von den

Jüngsten, die noch Kinder waren, bis zu den Ältesten, greisen Mönchen, hinter denen, wie geflüstert wurde, der Tod lauerte mit Stundenglas und Sense. Das Carré bestand nur aus Männern, aber über den gebeugten Nacken schwebte die Madonna, die Heilige Mutter mit dem Kind, umkränzt von einem Gewitter aus Blattgold, das flache, aus Ebenholz geschnitzte Gesicht eine Maske des lächelnden Schweigens. Salve Regina, mater misericordiae, sei gegrüßt, Königin, Mutter der Barmherzigkeit.

Mit fünfzehn Jahren gehörte ich zu den Gründern eines Atheisten-Clubs. Wer Mitglied werden wollte, musste eine Prüfung ablegen. Während des sonntäglichen Pontifikalamtes hatte man in den Dachstuhl der Klosterkirche zu steigen und durch ein Loch in der Weihnachtskuppel einen Papierflieger hinuntersegeln zu lassen, mit einem atheistischen Satz beschriftet. Auf meinem Flieger stand: »Religion ist der Wille zum Winterschlaf, Nietzsche«, und Sie können sich vorstellen, wie dieser Satz in der frommen Wallfahrtskirche einschlug. Entsetzen machte sich breit, und natürlich hatte es der nächste Zögling, der, um in den Club aufgenommen zu werden, seinerseits einen Flieger mit Sprengsatz absenden musste, schwerer als der Präsident, der den Anfang gemacht hatte, oder ich, der Aktuar, dem diese Prüfung eingefallen war. Das Sonntags-Amt wurde spannend wie ein Krimi. Unter den Gläubigen waren lauter Sub-Präfekten postiert, die wie Flak-Schützen in die

Höhe starrten, zum Gewölbe hinauf, aus dem früher oder später etwas Weißes herausflügelte. Der Heilige Geist war es nicht, aber wieder ein geistvoller Satz, denn unter der Anleitung unseres Präsidenten lasen wir fleißig Feuerbach und Sartre. Als ich diese Lektüre in den Sommerferien fortsetzte, verschlug es dem Vater die Sprache. Doch nicht genug damit. Die Satzung des Atheisten-Clubs verbot es mir, zu Hause die Messe zu besuchen, und natürlich hielt ich mich daran, schließlich hatte ich die Satzung gemeinsam mit dem Präsidenten entworfen. Die Mutter weinte bittere Tränen. Sie leide an einer großen Schuld, gestand sie mir, sie habe zwei tote Kinder geboren. Da ungetauft, seien sie von der Auferstehung der Toten ausgeschlossen und müssten ewig im Limbus verharren. Das Wort kannte ich. Der Limbus war nicht Himmel, nicht Hölle, nicht Fegefeuer, aber erst durch die schluchzende Mutter nahm der Nicht-Ort Form und Gestalt an. Nun war er auch für mich wie für die Mutter ein im Jenseits gelegenes Embryonen-KZ. »Als Freigeist kommst du in die Hölle«, schrie die Mutter, »das Fleisch von meinem Fleisch ist verdorben.« Um sie zu beruhigen, versprach ich, am Samstag zur Beichte zu gehen. Mein Vater, der das Unglück kommen sah, machte den Vorschlag, ich möge meine Beichte wie er und seine politischen Freunde bei Pater Othmar ablegen – Pater Othmar, ein uralter Kapuziner mit wallendem Bart, war vollkommen taub und der bevorzugte Beichtvater der oberen Funktionäre der Christlichen Volkspartei. Aber in meinem pubertären Stolz ging ich zu Hochwürden Stäuble, dem Dekan und Stadtpfarrer. Ich beichtete, ich hätte einen Atheisten-Club gegründet und würde für einen Gott, der schuldlose Embryonen bestrafe, nichts als Verachtung übrig haben. Hinter dem Gitter, das ich beflüsterte, hörte ich Laute der Entrüstung. Dann fragte mich Hochwürden Stäuble, ob ich mir ernsthaft einbilde, dass man für seinen Abfall von Gott von diesem absolviert werden könne. Ich antwortete, Atheisten-Club-geschult: »Wenn er tatsächlich allgütig und allmächtig ist, dann kann er das.« Hochwürden Stäuble warf mich raus, und nie werde ich den Kopf vergessen, aus dem Beichtstuhl hervorgereckt, eine violette Stola um den Hals, der mir mit großen, vom Entsetzen geweiteten Augen nachgestarrt hat.

1974 wurde ich Student an der Freien Universität Berlin. Religion existierte hier nur noch als vergleichende Religionswissenschaft, Philosophie nur noch als Gesellschaftswissenschaft – Gott, Metaphysik, Transzendenz: lauter alte Hüte. Ich rettete mich in eine Platon-Vorlesung von Professor Michael Landmann. Landmanns Mutter hatte zum George-Kreis gehört; er war jüdisch, Schweizer, ein vornehmer Herr, den seine Kollegen und die Studenten wie Dreck behandelten. Um mich für diesen Vortrag an ihn zu erinnern, habe ich einen Essay gelesen, den Landmann in der von Mircea Eliade und Ernst Jünger herausgegebenen Zeitschrift *Antaios* veröffentlicht hatte. In diesem Essay beschreibt Michael Landmann hellsichtig den Riss, der damals durch die Welt gefahren ist. In seiner Vorlesung und seinen Seminaren wird er sich ähnlich geäußert haben, aber ich war damals, vier- und fünfundzwanzig Jahre alt, weder willens noch fähig, ihn zu verstehen. Denn die Studentenrebellion, die Landmann als Satyrspiel einer großen Tragödie empfand, als Konsequenz aus der Vernichtung der griechisch-biblischen Welt, war für mich ein Aufbruch, eine sexuelle Befreiung, das Startsignal, wie ich in meiner studentischen Naivität meinte, in eine gerechtere Gesellschaft. Nur: Glücklich machte er mich nicht, dieser Aufbruch. Eher war das Gegenteil der Fall. Ich hatte Heimweh nach den verlorenen Ober- und Überwelten, meine metaphysischen Antennen zappelten ins Leere, deshalb saß ich ja als einer von drei oder vier Hörern bei Landmann und plagte mich mit Platon ab. Ich glaubte nach wie vor, es müsse ein Ewiges geben, und verliebte ich mich, war die Liebe, um es mit Jean Paul zu sagen, »angewandte Unendlichkeit«. Warum verliebe ich mich gerade in diese Frau? Und warum geschieht es auf den ersten Blick? Weil die Begegnung, nach Platon, ein Wiedererkennen ist. Weil diese Frau, gerade diese, meiner Anima entspricht – durch Ute hindurch küsste ich das Absolute, mein Urbild der Frau. In der Liebe, stellte ich damals fest, war ich immer noch religiös. Ich betete die Frauen an, wie ich es an der Seite der Mutter und später als Glied des Massenkörpers vor der Schwarzen Madonna gelernt hatte. Ja, zum letzten Mal befand ich mich in einem heiligen Bezirk. Er war so groß wie die Matratze meiner Kreuzberger Wohnung. Hier wurde der Mutterglaube wieder wach. Hier war ich mit Platon und Landmann überzeugt, dass unsere Seele vor der Geburt alles in seinem Wesen geschaut hat. Wird die Seele geboren, vergisst sie das Geschaute. Aber das Vergessen, so hat es Thomas von Aquin gelehrt, hat der Seele die *inquietudo desiderii* eingepflanzt, die Unruhe des Verlangens. Jedes Lebewesen, ob Mensch, Tier oder Pflanze, möchte sich ins Unwandelbare zurückverwandeln, möchte heimkehren in die Schau des Ganzen, ins Absolute, und da wir der Zeit verhaftet sind – auch das steht beim Aquinaten –, richtet sich das Begehren eben auf das Konkrete, auf Ute.

Das Begehren blieb, das Absolute verschwand.

Warum es geschah, weiß ich nicht, aber dass es geschah, weiß ich, ich habe es miterlebt. Viele von uns haben es miterlebt, und wie die meisten habe auch ich kaum gemerkt, dass überhaupt etwas geschah. Es war an der Zeit, wie man sagt, und erst heute, als älterer Mann, vermag ich zu ermessen, dass der Riss, den Landmann seinerzeit diagnostiziert hat, nicht nur durch mein Leben ging, sondern durch die gesamte Welt. Landmann verweist in seinem *Antaios*-Essay auf eine Geschichte, die von Plutarch stammt. Im 17. Kapitel seiner Schrift *Vom Untergang der Orakel* erzählt Plutarch eine sonderbare Begebenheit. Ein Schiff unter dem Kommando des ägyptischen Kapitäns Thamus fuhr eines Tages an der

Insel Paxoi vorbei. Da riefen sie vom Ufer herüber: »Thamus, Thamus, wenn du gegenüber Palodes kommst, dann verkünde dorten: Der große Pan ist tot.« Alle erschraken und berieten, ob sie den Auftrag ausführen sollten. Thamus fasste den Entschluss, bei Wind an der Insel vorüberzufahren, bei Windstille jedoch zu melden, was er gehört habe. »Als man gegenüber Palodes ankam, war weder Wind noch Wellengang. Thamus stellte sich an die Reling, blickte zum Land hin und rief: ›Der große Pan ist tot.‹ Da erhob sich auf der Insel ein lautes Wehgeschrei, nicht eines Einzelnen, sondern vieler, vermischt mit Ausrufen des Entsetzens.« Laut Landmann hat man die Geschichte des Plutarch schon früh christlich gedeutet. In diesem Verständnis ist der Tod des Pan, der nicht zufällig in der Zeit des Kaisers Tiberius eintrat, also in der Zeit des Erscheinens Christi, das Symbol für den Untergang der heidnischen Antike. Aber die Geschichte, schließt Landmann den Essay, zeigt auch: Götter sind sterblich.

Vor einigen Jahren fuhr ich auf einem alten Auswandererkahn von Durban, Südafrika, nach Indien. Die Passage dauerte mehrere Tage, und die ganze Zeit schien das Schiff am Pol der uns umgebenden, anscheinend immer gleichen Meerwölbung zu kleben. Um festzustellen, dass wir Fahrt machten, musste man die aufgewühlte Hecksee betrachten oder an der Reling in die Tiefe blicken, wo die Wellen an der Bordwand entlangschossen. Und dann gab es da noch ein Zeichen, das zunehmend deutlicher zeigte, dass wir unterwegs waren: wenn die Moslems an Deck kamen, ihre Gebetsteppiche entrollten und sich gegen Mekka verneigten. Ein Schiffsoffizier mit gezücktem Kompass gab ihnen jeweils die Richtung vor, und da sich Mekka mit jeder Seemeile weiter nach Westen verschob, drehten sich die Betenden wie Kompassnadeln mit, von ihrem Heiligtum magnetisch angezogen. Meist stand ich mit einem Major Philips, übrig geblieben aus britischen Kolonialzeiten, an der Bar, leicht angesoffen, ein wenig fiebrig, und beide verstummten wir, wenn das ganze Schiff zum Gebetsraum wurde: Allah-il-Allah auf dem Oberdeck, auf den Unterdecks, in den Sälen, in den Korridoren.

Auf jenem Schiff wurde ich mit der Frage konfrontiert, wie ich es mit der Religion halte. Ich war nie aus der Kirche ausgetreten, aber war ich noch katholisch? Oder eine Karteileiche des Atheisten-Clubs? Mitten auf dem Indischen Ozean wurde mir klar, dass die Frage nach meiner Religionszugehörigkeit möglicherweise nicht mehr mir gehörte.

Vor einiger Zeit suchte ich wegen eines Bandscheibenvorfalls einige Male die Praxis eines türkischen Arztes in Berlin Kreuzberg auf. Der Arzt bot mir jeweils Tee an, wir kamen ins Gespräch, ich erfuhr, dass er seine beiden Kinder in die Heimat geschickt hatte, zur Großmutter. Sie sollten das Gymnasium in Istanbul besuchen – in Kreuzberg sei ihm das Klima zu fundamentalistisch, zu fanatisch. Dass ich den Namen des Arztes verschweigen muss, um ihn nicht zu gefährden, mag zeigen, wo wir angekommen sind. Viele Türken und Araber, vor allem jene, die im Westen aufgewachsen sind, haben Heimweh nach einer Heimat, in der sie noch niemals waren. Es ist eine metaphysische Heimat, doch besitzt dieses überirdische Land ihrer Sehnsucht auch sehr irdische Fernsehsender, die via Satellit in die Kreuzberger Wohnungen und Teestuben hineinpredigen. Uns halten diese jungen Männer für gottlose, verdorbene Leute, und jeder Kiosk gibt ihnen recht, jede leere Kirche, jedes Grab, das auf vergessenen Friedhöfen verlottert. Es ist die alte Geschichte. Pan, jetzt auf unserer Seite, stirbt wieder.

Ich habe Ihnen meine religiöse Biographie erzählt, weil sie zeigt, was und wie viel sich in wenigen Jahren verändert hat. Die Kirche, in meinem Fall ist es die katholische, hat in unseren Breitengraden ihre Mütterlichkeit verloren. Mit dieser Mutter habe ich sehen, reden, glauben, beten, denken gelernt. Muttersprache, Mutterglaube, das war für mich dasselbe. In der Pubertät wehrte ich mich dagegen, ich wollte eine eigene Sprache sprechen und musste wenig später feststellen: Die Worte, die früher der Kirche gehört hatten, lagen jetzt frei herum, durften nach Belieben in den Mund genommen und auf alles Mögliche angewendet werden. Zum Beispiel das Wort Opfer. Während sich Theologen auf einmal scheuten, vom Messopfer zu reden, gab sich alle Welt als Opfer aus, als Opfer der Eltern, der Verhältnisse, des Kapitalismus et cetera. Andere Mutterwörter, die eben noch heilig gewesen waren, galten über Nacht als giftig. Das Wort Wandlung wurde durch Veränderung ersetzt, das Wort Auserwähltheit als rassistisch empfunden. Ich könnte die Liste beliebig fortsetzen. Epiphanie, so was gehört heutzutage in die Klinik. Der Satan, das Wunder, die Heiligen sind in die Literatur emigriert. Auch ich, muss an dieser Stelle gebeichtet werden, habe den allgemeinen Missbrauch der Worte mitgemacht. In Calderóns *Welttheater* heißt eine Figur »Das Gesetz der Gnade«. Angestachelt von Voltaire, der vom »Gnadenterror« spricht, habe ich in meiner Bearbeitung des Dramas das Gnaden-Gesetz gestrichen.

Wie kam es zum Riss? Ich weiß es nicht. Ich konnte Ihnen nur erzählen, dass ich ihn am eigenen Leib erlebt habe. Und vielleicht darf ich Ihnen sagen, was er für uns bedeutet. Wieder fährt das Schiff des Kapitän Thamus an einer Insel vorüber – es ist die Insel, die Shakespeare in seinem letzten Stück, im *Sturm*, zur Bühne gemacht hat. Am Strand steht Prospero, ein alter Mann, und entledigt sich jener Gewänder, die el autor, der Schöpfer, zu Beginn von Calderóns *Welttheater* angezogen hat. Prospero spricht: »So brech ich meinen Stab, / Begrab ihn manche Klafter in der Erde, / Und tiefer als die Fische je geschwommen / Will ich mein Buch ertränken.«

So endet in Shakespeares *Sturm* Calderóns *Welttheater*. Ohne Zaubermantel ist Prospero nackt, ohne Buch wehrlos, Vorhang.

Nachtragen möchte ich, dass Papst Benedikt die Lehre

vom *limbus infantium* zurückgenommen hat. Für meine Mutter kam die Korrektur zu spät, sie hat sie nicht mehr erlebt und musste noch auf ihrem Sterbebett fürchterliche Ängste ausstehen. Sie fürchtete, für die Geburt eines Kindes, das nicht getauft werden konnte, im Feuer bestraft zu werden. Meine Versuche, ihr diese Angst zu nehmen, sind gescheitert – so gut war die Ausbildung im Atheisten-Club eben doch nicht gewesen.

Papst Benedikt gebührt das große Verdienst, durch seine Lehre und sein Wirken die Angst aus der Kirche verbannt zu haben. Ich lebte in Berlin, als er die Hauptstadt seiner Heimat besucht hat, und über sechzig Institutionen, Vereine, Gruppen gegen den Heiligen Vater ein gewaltiges Protesttheater inszeniert haben, von den Medien mit vollen Breitseiten unterstützt. Spätestens in diesem Moment bin ich wieder in die Opposition gegangen, wie damals, als Aktuar des Atheisten-Clubs. Nur diesmal auf der andern Seite. Zu denen, die den Tod des Pan fordern, möchte ich nicht gehören. Denn eins scheint mir klar zu sein: Das Abendland war und ist ein Christentum, das aus jüdischer Religion und griechischer Philosophie geboren wurde, und wird diese Kultur vernichtet, vernichten wir damit uns selbst. Die Glocken jubeln nicht mehr. Sie künden von Gefahr und Untergang.

Warum hat die Heilige Mutter, der noch vor fünfzig Jahren die Worte und die Welt gehört haben, ihre Sprache, das Latein, aufgegeben? Warum hat sie sich in den alten, nackten, von der Meute gehetzten Prospero verwandelt und mutwillig ihr Buch versenkt? Vielleicht geschah es im Vertrauen auf die Wandlung, im Glauben daran, dass dem Tod die Auferstehung folgt. Vielleicht halten wir dank dieser Hoffnung das Leben aus – und das Sterben auch.

Nach einem Autounfall saß ich schwerverletzt am Straßenrand. Wie sich später herausstellen sollte, hatte ich fast die Hälfte meines Bluts verloren. Ich betastete das taufeuchte Gras und dachte: Wie schön ist das Gras. Dann sah ich einen Straßenpfosten und weinte vor Glück: Hatte ich je eine derart vollendete Form gesehen? Es war eine Nacht im Mai, dem Marienmonat. Ich hatte es geschafft, nachdem ich aus dem zertrümmert auf dem Dach liegenden Wagen gekrochen war, bei einem nahen Mehrfamilienhaus die Klingeln zu drücken, doch vergeblich, alles schlief. Nein, ein fünf Monate altes Baby war erwacht. Sein Weinen weckte die Mutter. Sie legte das Kind an ihre Brust und trat mit ihm ins Fenster. Ich war bereits hinüber. Ich habe sie nicht mehr gesehen. Aber sie sah mich – und veranlasste meine Rettung. Sie, eine junge Frau, die in dieser Nacht zugleich die Mutter der Barmherzigkeit war, die Königin mit dem Kind, von Sternen umkranzt.

2010

III. DIE BÜCHERARCHE

Der kleine Thomas ist oft und gern zu Besuch bei den Großeltern in St. Gallen. Sein Onkel Johannes (der ältere Bruder des Mathematiker-Onkels im »Appenzeller Kinderland«, siehe oben) ist dort Bibliothekar der weltberühmten Klosterbibliothek und wird später vor allem als »Monsignore« in der Novelle »Fräulein Stark« verewigt. Unzufrieden über die dichterische Darstellung der Ereignisse und vor allem seiner selbst, reagiert Johannes Duft mit einer Denkschrift zur Berichtigung – und bestätigt damit teilweise das Bild, das sein Neffe von ihm zeichnet: »Der Stiftsbibliothekar schrieb eine Broschüre nach der andern.«

Für den hochgebildeten Onkel, promovierten Theologen und Träger mehrfacher Ehrendoktortitel ist es eine Schmach, dass der Neffe an einer »roten Kaderschmiede« wie der FU Berlin studiert, noch dazu, ohne je einen Abschluss zu machen. Was würde er wohl dazu sagen, dass sein Neffe 2016 zum Ehrendoktor der Theologischen Fakultät Basel ernannt wird und ihn, den Stiftsbibliothekar, in der bei diesem Anlass gehaltenen Rede erneut auftreten lässt?

Fräulein Stark

Auszug aus der Novelle
(Der Pantoffel-Ministrant)

Mein Onkel war Stiftsbibliothekar und Prälat, seine Hüte hatten eine breite, runde Krempe, und gedachte er die Blätter einer tausendjährigen Bibel zu berühren, zog er Handschuhe an, schwarz wie die Dessous meiner Mama. An Bord unserer Bücherarche, sagte der Onkel, haben wir schlicht und einfach alles, von Aristoteles bis Zyste.

Wie ein Zirkusclown hatte er einige Nummern einstudiert, und seine Lieblingsnummer ging so: Im Anfang war das Wort, sprach der hochwürdige Stiftsbibliothekar, dann kam die Bibliothek, und erst an dritter und letzter Stelle stehen wir, wir Menschen und die Dinge. Dabei zeigte er zur Decke, wohl auf Gott, dann auf sich, die Bibliothek, und war vom Dritten und Letzten die Rede, ließ er den Blick in die Runde schweifen, von einer Besucherin zur anderen.

Keiner erklomm so elegant wie mein Onkel die Altarstufen, die Messgewänder mit der Linken raffend, wobei seine Schnallenschuhe unter den rotseiden aufleuchtenden Rocksäumen hervortanzten, und wer je erlebt hat, wie er als Messpriester das Wandlungswort jubelnd, ja verzückt zum Altarbild hinaufschmetterte, senkte erschrocken, fast ein wenig angewidert den Blick. Am Schluss der Messe wurde man mit einem donnernden Itemissa-est! aus dem Dösen gerissen, dann mit Weihwasser nassgespritzt, und war der Herr Stiftsbibliothekar in Frohlaune, rauschte er gleich nach dem Segen quer durch das Schiff zur Orgel empor, die Pfeifen tuteten los, der Boden erzitterte, und weder das Fräulein Stark, seine Haushälterin, noch die Hilfsbibliothekare wären erstaunt gewesen, wenn der gewaltige Orgelsturm die Kuppeln der Kathedrale abgehoben und wie Ballone über das Alpsteingebirge davongeweht hätte.

*

Da sein Vorgänger von einer bösen Gicht geplagt worden war, hatte mein Onkel seine privaten Gemächer dick mit Teppichen ausstaffiert und das Studierzimmer, wo er sich nach dem Essen auf den Diwan legte, in eine plüschrote, nach Zigarettenrauch, Rasierwasser und alten Folianten riechende Höhle verwandelt. Ein geschnitzter Elephant hatte Stoßzähne aus Elfenbein und trug auf dem abgeplatteten Schädel eine Krone aus Whisky- und Cognacflaschen. In der Ecke summte ein Samowar, und vor jeder Ikone und jedem Marienbild flackerten Tag und Nacht die vielen Flämmchen wachsverklumpter Kerzen. Im Esszimmer, wo er am Kopf einer langen Tafel zu speisen pflegte, herrschte die Strenge des

Klosters, das hohe Gewölbe war kahl vergipst, schwarz glänzten die Türen, und die Bilder zeigten überlebensgroß ehemalige Fürstäbte und Stiftsbibliothekare mit wachsbleichen, lippenlosen Geisteshäuptern. Aber vor dem Onkel war der Tisch mit Damast bedeckt, der Porzellanteller passte zum Silberbesteck, und seinen Trollinger ließ er sich aus einer Kristallkaraffe eingießen.

Dies besorgte das Fräulein Stark.

*

Der Stiftsbibliothekar schrieb eine Broschüre nach der andern, und sie, die in einer buchstabenfeindlichen, bilderlosen Stube aufgewachsen war, malte in einer girlandenartig die Linie umrankenden Kinderschrift höchstens mal ihren Namen: Frl. Stark. Sie sprach ein näsliges, hinter der Stirn verhockendes Appenzellerisch, und er parlierte in allen Weltsprachen, lateinisch, französisch, italienisch, spanisch, englisch, angeblich auch russisch, pass auf, Nepos, rief er dröhnend, jetzt lache ich wie Iwan Abramowitsch, ho ho ho, he he he!

Der Stiftsbibliothekar ließ ihr Taschen aus Krokoleder, modische Hüte, Regenschirme, Kölnischwasser und einmal sogar einen Rasierapparat für Damen schicken, und sie, die seine Geschenke hinter den Bücherreihen der unteren Gestelle versenkte, briet ihm Enten, braute zur Ochsenzunge eine Rotweinsauce, und während der Fastenzeit, wenn er zwanzig Kilo abspecken wollte, servierte sie ihm mit Waldkräutern gewürzte Bachforellen. Im Winter stopfte sie Wärmflaschen unter seine Decken, und im Sommer, wenn er stöhnend unter der Hitze litt, zog sie ihm eine rotgefütterte, knisternd leichte Soutane über, angeblich eine Maßanfertigung, die eine Römer Exklusiv-Boutique für Monsignore geschneidert hatte.

Echte Seide, sagte das Fräulein Stark, etwas Feineres gibt es nicht.

Doch, sagte ich, und dachte an die Bücherhandschuhe des Onkels.

*

Der Onkel hatte mir einen Posten anvertraut, ich gehörte zur Mannschaft, ich war einer von ihnen. Du *arbeitest* nicht, hatte mir der Onkel eingeschärft, du bekleidest ein Amt. Ich hörte es gern, ich fühlte mich gut. Geld verdiente ich nicht, aber von Tag zu Tag, von Frau zu Frau wurde mein Dienst ein wenig spannender, ein wenig geheimnisvoller …

doch bevor ich sagen kann, was meine Aufgabe war, muss ich vom Boden reden, vom Parkett der barocken Bücherkirche. Dieser Boden war aus Kirschbaum- und Tannenholz zusammengefügt, erhaben wie ein Schiffsdeck, wohlklingender als ein Geigenkasten, bref, wie der Onkel sagen würde, ohne sich dann im mindesten um diese Ankündigung zu kümmern, bref, also in Kürze: Eine heilige Bühne wars, die sich in der hölzernen Verkleidung der Wände, in den sanft gewellten Bücherschränken und rokokodünnen Wandpfeilern aufstrebend fortsetzte, die mal hell, mal dunkel in Rippen und Auszierungen hinauf- und hinauswuchs, sich aber auch um die Gewölbespiegel und Deckengemälde schmiegte, was dem Himmel, vom Kirschbaumholz umrankt, etwas Bodenständiges gab und dem Boden, übergossen von Sonnenlicht, etwas Himmlisches.

Die Gummischuhe halten an, bleiben stehen.

Ich stelle ein Paar Überzieh-Pantoffeln vor sie hin, und die Bibliotheksbesucherin, von hoch oben herablächelnd, lässt ihre Füße hineinschlüpfen. Die Nächste bitte!

Auch sie bekommt die Pantoffeln, rutscht über die Schwelle, schlarpt ins Innere – und damit ist meine Aufgabe genannt: Ich hatte an jede Besucherin, jeden Besucher die passenden Schutzpantoffeln auszuteilen: klein, mittel, weit. Ich durfte keinen Schuh ohne Filzummantelung passieren lassen, ich musste dafür sorgen, dass man nur mit Finken, wie bei uns die Pantoffeln heißen, über die Schwelle, in den Barocksaal und zu den Büchern schwebte. Die Nächste bitte!

Sicher, ich trug eine hohe Verantwortung, denn der Geigenholzboden mit seinen Intarsien galt als derart wertvoll, dass schon die winzigste Schädigung, beispielsweise ein Hüflein, vom Spitzenabsatz eines Stöckelschuhs in das hautweiche Kirschholz gedrückt, beim Onkel und seinen Hilfsbibliothekaren ein entsetztes Aufjaulen ausgelöst hätte, aber vor Probleme wurde ich kaum gestellt, unsere Besucher waren anständig, die meisten gebildet und stießen ihre Schuhkappen folgsam in die Filzhauben hinein. Ich war, wie der Onkel sagte, der Pantoffelministrant am Portal zur Bücherkirche. Ich konzentrierte mich von neun Uhr vormittags bis sechs Uhr abends – mit einer Stunde Mittagspause – auf Beine und Füße, ließ sie kommen, hielt sie an – danke, mein Junge!, die Nächste bitte! –, und hatten sie die Ausstellung, wie viele von ihnen sagten, »gemacht«, stellte ich die abgeschüttelten Paare in meine sauber geordneten Reihen zurück. An Bord der Bücherarche, sagte der Onkel, sei die Vernunft, also die Ordnung, das oberste Prinzip.

*

Am letzten Samstag im Juli, das Datum stimmt, ich habe im Gästebuch nachgesehen, hatten wir großen Andrang, allein der Vormittag brachte Bus um Bus, zuerst zwei Frauenchöre aus Schwaben, dann den Männerverein Passau, christliche Gewerkschafterinnen aus Gelsenkirchen, den Lesezirkel Hottingen, Nonnen aus St. Maria am Berg, den Pfarreiausflug Ravensburg »mit Gebetsführerin Dr. Hilbig«, den Kirchenchor Schopfloch, Wanderfreunde aus Karlsruhe und andere mehr. Da jeder Verein, wie mir inzwischen aufgefallen war, eine ähnliche Figur an seine Spitze setzte, nämlich eine Resolute mit hochtoupiertem Haar, kam es mir vor, als würde dieselbe Person immer wieder gegen mich und mein Pantoffellager anrennen. Natürlich war es nicht dieselbe, sondern mit jeder Gruppe eine andere, da aber jede dieser Resoluten in der gleichen Funktion, in der gleichen Haltung, mit den gleichen Gesten und Schritten und Gummischuhen durch den langen Flur dahergeknirscht kam, streng der Blick, steif der Rücken, die Frisur ein Turm, die Bluse weiß, Krausen an den Ärmeln, Krausen am Hals, Krausen am Busen, glockig und grün der Faltenrock, die Waden kräftig, die Nylons dunkelbraun, war ich überzeugt, mehrmals am Tag ein- und dieselbe Gruppenführerin mit einem Paar Schutzpantoffeln ausrüsten zu müssen. Die Nächste bitte!

Wieder dieselbe! Nein, nicht ganz. Heute *rochen* sie, und jede Hochtoupierte roch anders als ihre Vorgängerin, bref, wie der Onkel sagen würde, ohne sich dann im mindesten daran zu halten: Die vielfältige Person, die in allen Varianten stets die gleichen Gummischuhe und die gleichen braunen Nylons trug, brachte an diesem schwüldumpfen Morgen verschiedene Gerüche mit. Die Hochtoupierte aus Passau ließ mich merken, dass sie die Nacht im Plastiksessel eines Busses verbracht hatte, und die aus Kellmünz an der Iller, dass sie sich soeben mit Eau de Cologne überschüttet haben musste. Die winterlich vermummten Nonnen aus St. Maria am Berg zogen in einer milchdampfigen Wolke daher, und die Gebetsführerin Frau Dr. Hilbig schien sich auf der Herfahrt in einen säuerlich riechenden Schweiß gebetet zu haben.

Unter den Achseln hatte sie graunasse Flecken, groß wie Elephantenohren. Hatte sie also doch recht, die Stark? War meine Nase – anders?

Kurz vor zwölf: lackierte Zehennägel einer Italienerin riechen nach Vanille.

Halb zwei: ein Nylonfuß streift den Schuh ab, und zum ersten Mal erlebe ich das Wunder eines aufblühenden Geruchs, diesen Frauenfußduft, eine Spezialmischung aus frischem Schweiß, Flieder und Leder. Darf ich bitten?

Ich halte ihr die Pantoffeln hin, die schwarze Naht schlüpft in den Schuh zurück, der Schuh in die Filzhaube, die Filzhaube über die Schwelle, mit schleifenden Schritten, wiegenden Hüften verschwindet die Schöne im Saal. Die Nächste bitte!

Gegen drei Uhr nachmittags dreht sich die Bücherarche mit einem leisen Knarren ins Abendlicht, und unmittelbar danach beginnt die schlimmste Flaute, die wir je erlebt haben. Ich glotze in mein Buch, versuche zu lesen, doch gleite ich auf verschwimmenden Buchstaben immer wieder ins Träumen hinüber, in ein müdes, trauriges Brüten. Dahocken. Dösen. Dämmern. Aber dann, nach dem Kaffee, wurde es an Bord wieder lebendig, die Zirkusmützen erwachten, im Scriptorium tippten sie weiter, und im Büchersaal, der jetzt scharfe, wie aus Nacht geschnitzte Schatten warf, beugten sich die Besucherinnen über die Glasvitrinen mit den Urkunden aus dem karolingischen 9. Jahrhundert.

Um 16 Uhr 15 ein letzter Bus, eine auffällig schwatzhafte Schar von Lehrerinnen aus Villingen-Schwenningen. In der Bibliothek hatten wir vom Gewitter nichts gemerkt, die schwatzhaften Lehrerinnen jedoch musste es voll erwischt haben, feucht waren ihre Socken, feucht ihre Strümpfe, nass die Sohlen, und wie reizend, wie wunderbar roch dieser Wald aus lauter Beinen nach nasser Wolle, nassen Fellen! Da wusste ich: Die Stark hatte recht. Ich hatte eine Nase, und diese Nase wollte riechen, riechen! Aber ging es nicht allen so?

2001

Die Stiftsbibliothek St. Gallen

Magazin der 5plus- Buchhandlungen, Februar 2021

Ah, da kommt die Abendschöne! Sie ist die letzte Besucherin der St. Galler Stiftsbibliothek, und bevor sie den barocken Büchersaal betreten darf, muss sie sich von mir, der vor dem Portal kauert, Filzpantoffeln über ihre Schuhe schieben lassen. Ich bin der Pantoffelministrant und sorge dafür, dass die kostbaren Intarsien des Holzbodens nicht beschädigt werden.

Es war der erste Job meines Lebens, fünfzig Rappen pro Stunde, drei Franken fünfzig pro Tag, und abgesehen davon, dass es mein erstes selbstverdientes Geld war (ich kaufte damit *Micky-Maus-* und *Sigurd*-Hefte), konnte ich so das Erwachen von bisher unbekannten Gefühlen befriedigen. Ich war noch keine zwölf, ein Knabe an der Schwelle zur Pubertät, und da kam es mir natürlich gelegen, dass ich an der Schwelle zum Portal des Büchersaals vor den schönsten Frauenbeinen knien und ihnen die Pantoffeln überziehen durfte – einen ganzen Sommer lang tagtäglich, auch an Sonn- und Feiertagen, von neun Uhr vormittags bis fünf Uhr abends. Wenn eine Besucherin besonders verlockend war, hob ich den Pantoffel, in den sie den Schuh hineinzuschieben hatte, ein wenig an, sie musste ihr Knie heben, der Rocksaum rutschte hoch, und mit einer Verrenkung von Hals und Kopf gelang es mir hie und da, einen scheuen Blick unter die geheimnisvolle Glocke zu werfen.

Die Abendschöne kam täglich, und mittlerweile war ich überzeugt, dass sie das von ihr längst durchschaute Spiel mir zuliebe mitspielte. Sie schwebte in wallenden Tüchern heran, machte halt, lächelte zu mir herab, und ich servierte ihr den Pantoffel – heute ein paar Millimeter höher als gestern. Der Stöckelschuh aus rotem Leder schloff verführerisch langsam in die Filzhaube, und staunend, erregt, verstört tauchte der Pantoffelministrant in eine Dämmerung ein, die ihn mit ihren Düften nach Vanille und Sommer, nach Puder, Schminke und Frau unwiderstehlich anzog.

Es war ein Ritual. Indem die Abendschöne aus meiner leicht zittrigen Hand die Pantoffeln empfing, gewährte sie mir einen Einblick in all die Geheimnisse, all die Lüste und Abenteuer, die mich hinter der Schwelle wie ein noch unentdeckter Kontinent erwarteten.

Während die Abendschöne im Saal eine lautlose Runde drehte, verstaute das Fräulein Stark, die tagsüber die Eintrittsbilletts, Postkarten und Broschüren verkauft hatte, die Kassette mit den Einnahmen in ihrer Einkaufstasche, klopfte an die Bürotür des Stiftsbibliothekars und rief im näselnden Appenzeller Dialekt: »Monsignore, wir schließen. Essen in einer halben Stunde!«

Nun wurde es Abend in der Bibliothek, ich sammelte vor dem Portal die von den Füßen geschüttelten Pantoffelpaare ein und ordnete sie für den nächsten Tag in fünf saubere Reihen. Das Fräulein Stark marschierte herbei, schwang eine Glocke und bat die letzte Besucherin, die auf ihren Filzsohlen wie eine Eisläuferin über den knisternden Holzboden glitt, die Bibliothek zu verlassen. »Wir schließen!«

Bis zum Essen – es wurde in der Wohnung des Stiftsbibliothekars eingenommen, auf der anderen Seite des Klosterplatzes – blieb noch etwas Zeit, und so schlich ich neugierig in den nun leeren, vollkommen stillen Saal hinein, den die sinkende Sonne mit einem glühenden Dunst erfüllte. Da geschah's. Die Wandpfeilerhalle mit ihren fünf Jochen verwandelte sich in ein Segelschiff mit fünf Masten: in die »Bücherarche«, wie der Stiftsbibliothekar, mein Onkel, zu sagen pflegte. Unter Deck, in den sogenannten Skriptorien, zogen Vize-Chef Ochsenbein und die Hilfsbibliothekare die Gummihüllen über die Schreibmaschinen, dann packten sie die Thermosflasche in die Mappe und gingen von Bord. Ich jedoch, der Schiffsjunge, kletterte geschwind in den Mastkorb hinauf, oben auf die Galerie, und glaubte wahrhaftig, mit unserem Clipper auf hoher See unter glitzernden Sternen hart am Wind zu liegen.

Nach kurzer Überfahrt landeten wir in der Wüste Ägyptens, wo ich mich halb angewidert, halb fasziniert über den Schrein mit der ledrigen Mumie beugte. »Statt in den Vitrinen die Handschriften zu studieren, mein lieber Nepos«, hörte ich plötzlich über meine Schulter schimpfen, »interessierst du dich wieder für unsere Ägypterin!«

Mein Onkel, der Archekapitän, hatte recht. Alles Weibliche zog mich an, selbst in der Gestalt einer fünftausendjährigen Mumie, und wie gern wäre ich einmal jener Nares begegnet, von der Vize Ochsenbein behauptete, sie sei die Geliebte des Onkels. Sie war allgegenwärtig, diese Nares. Immer wieder fiel ihr Name, und als ich schließlich erfuhr, dass damit die Abkürzung einer philosophischen Formel gemeint war, *Nomina ante res*, war ich fast ein wenig enttäuscht. Nomina ante res: Zuerst sind die Wörter, erst dann kommen die Dinge – manchmal, wie etwa bei den Begriffen Luftschiff oder Schreibautomat, hatte mir der Onkel erklärt, mussten Jahrtausende vergehen, bis das, was im Wort immer schon da war, zum Ding wurde.

Vom Schreibautomaten hatten als Erste die Schreibknechte in den Skriptorien gesprochen. Sie waren dazu verdammt, ein ganzes Leben lang Bücher zu kopieren, etwa die Bibel oder die Werke der Kirchenväter, und wenn ihnen die Hand über dem Pergament zu erlahmen drohte, kritzelten sie mit letzter Kraft einen Seufzer an den Rand: »Herr des Himmels und der Bücher, ersetze deinen Knecht Kerimold durch einen Schreibautomaten!« Aber nur die Mutigsten wagten es, in die Bücher eigene Sätze zu schmuggeln, und ihr Widerstand gegen das dumpfe Abschreiben erschöpfte sich darin, dem Text bewusst einen Fehler einzuschreiben. Das führte dazu, dass man gewisse Kopisten Jahrhunderte später namentlich ausfindig machen konnte. Nicht an ihrer Kalligraphie, an ihren Fehlern wurden sie erkannt.

Über meinen Sommer in der Bibliothek schrieb ich vor gut zwanzig Jahren die Novelle *Fräulein Stark*. Damals war ich Autor des wunderbaren Ammann Verlags, und da mein erstes Buch das erste Buch des Verlags war, genoss ich das Privileg, dass der Chef selbst meine Texte lektorierte. Egon war ein wunderbarer Freund und ein begnadeter Verleger, aber nicht der zuverlässigste Lektor. Wir hatten uns entschieden, dass Fräulein Stark im Buch Fräulein Stark heißen musste, wie im wirklichen Leben, denn es war uns beim besten Willen nicht gelungen, einen Namen zu erfinden, der den schönen Widerspruch zwischen Fräulein und Stark hörbar machte. Aber Herr Ochsenbein, der Vize-Chef, sollte im Buch Herr Storchenbein heißen – eine Anspielung auf seine langen dünnen Beine, mit denen er in den Segeln der Bücherarche herumkletterte. Als ich das erste gedruckte Exemplar aufschlug, sah ich mit Entsetzen, dass ein »Ochsenbein« stehengeblieben war – Ammann und ich hatten es glatt übersehen. Die Reaktion erfolgte prompt. Verlag und Autor erhielten einen Brief vom St. Galler Stiftsbibliothekar, mittlerweile der Nachfolger meines Onkels – und möglicherweise ist dieser Brief eines der schönsten Echos, das ich auf meine Bücher je erhielt.

Herr Ochsenbein beglückwünschte mich zum Fehler. »Auf diese subtile Weise«, schrieb er, »teilen Sie den Eingeweihten mit, dass Sie tatsächlich etwas von Bibliotheken und Skriptorien verstehen. Sie haben sich wie ein Kopist des frühen Mittelalters durch Ihren Fehler kenntlich gemacht – und mich dazu. Ich wünsche Ihnen und dem Buch alles Gute, mit herzlichen Grüßen Ihr storchenbeiniger Ochsenbein.«

Mein Onkel, der beim Erscheinen des Buchs noch lebte, reagierte weniger gnädig als sein Nachfolger. Er veröffentlichte umgehend eine Broschüre, worin er den »fahrlässigen Umgang des Autors« mit der Realität heftig kritisierte. So schrieb er: »Mein Neffe behauptet, ich würde Seidensoutanen aus einer Römer Exklusiv-Boutique tragen. Das ist falsch. Richtig ist vielmehr, dass meine seidenen Soutanen nicht in Rom, sondern von einem St. Galler Schneider angefertigt werden.« Zugegeben, die Römer Exklusiv-Boutique hatte ich erfunden, respektive Fellinis Film *Roma* entnommen – mit dem Hinweis auf Rom und den Wörtern »Boutique« und »exklusiv« wollte ich die Soutane im Text so kostbar machen, wie sie mir als Knabe erschienen war. Aber die Korrektur des Onkels gab dann eher mir recht. Zumindest bei meiner Mutter. Als sie die Broschüre ihres Bruders las, rief sie überrascht: »Also doch! Du hast recht, Bub. Er trägt Soutanen aus Seide!«

Nein, das schönste Echo bekam ich nicht von Herrn Ochsenbein, das kam von der Titelfigur der Novelle.

Eines Tages nahm meine Schwester in St. Gallen an einem Begräbnis-Gottesdienst teil. Die Trauergemeinde war bereits versammelt, als eine ältere, etwas füllige Person die Kathedrale betrat und durch den Mittelgang nach vorn schritt. In den Bänken drehten alle die Köpfe. »Das ist sie«, wurde geflüstert, »das berühmte Fräulein Stark!« – »Und du wirst es nicht glauben«, erzählte mir meine Schwester am Telefon, »sie war genauso kostümiert, wie du sie beschrieben hast, mit einem kecken Hütchen – und wie eine Dame geschminkt!«

Nomina ante res. Im Anfang war das Wort, daraus entstand die Welt. Im Anfang waren die Bücher, und manchmal gefällt es dem Leben, sie zu kopieren. Fräulein Stark richtete sich im Alter mehr und mehr nach meiner Beschreibung und vermachte mir zum Dank einen Teil ihres Erbes.

Damals, vor gut sechzig Jahren, als sie von der Kasse aus beobachtet hatte, wie ich mein Ministranten-Amt missbrauchte, um den Schönen unter die Röcke zu schielen, befand ich mich in der Morgenröte meines Lebens. Alles war Erwartung, alles war Zukunft … und schon will es Abend werden, schon hat sich der Tag geneigt. Schon ist der Schiffsjunge von damals ein alter knurriger Seebär geworden, und die am Horizont heraufziehenden Sterne zeigen ihm die letzte Passage an.

Im Büchersaal der St. Galler Stiftsbibliothek habe ich das Vergehen der Zeit zum ersten Mal empfunden, das Erlöschen des Lichts, das Einnachten, den Übergang des einen in ein anderes. Platon nennt diesen Übergang *metaxú*. Metaxú hat Anteil an zwei Gegensätzen, ist aber dennoch keine Mischung – oder höchstens für einen winzigen Augenblick, für den Bruchteil einer Sekunde. In der Dämmerung wäre es die fugenlose Tagundnachtgleiche, und leider werden wir diesen Punkt niemals erhaschen.

»Jetzt! Jetzt! Jetzt!«, ruft der Onkel in der Novelle *Fräulein Stark* und hüpft mit geraffter Seidensoutane durch den Gang von der Kasse zum Portal der Bücherarche. »Jetzt! Jetzt! Jetzt!« – so hatte er mir, dem begriffsstutzigen Neffen, beizubringen versucht, was Augustinus meint, wenn er die Gegenwart nur Gott zugesteht und uns Menschen rundweg abspricht. Augustinus unternahm diese kühne Operation im elften Buch der *Bekenntnisse*, und es gehört zu den grandiosen Paradoxa der Bücher, dass in ihnen auch das stehen bleibt, was laut Text stets im Fluss und eigentlich ein Traumgespinst ist. Wenn der Monsignore seine »Jetzt! Jetzt! Jetzt!«-Hüpfer machte, war das Jetzt, kaum ausgerufen, bereits vorbei. Zu Hause, ganz bei uns, sind wir nie, denn stets kommen wir aus dem Woher einer erinnerten Vergangenheit und nähern uns dem Woraufhin einer imaginierten Zukunft. Heidegger definiert das Dasein als ein »Vorlaufen« in den eigenen Tod, also zu einer Grenze hin, die uns bewusst macht, dass wir existieren. Insofern ist der Vorlauf zum Tod ein Anlass zur Heiterkeit, nicht zur Verzweiflung: Zwischen einem sich ständig entziehenden »Jetzt« und der nahenden Zeitgrenze ereignet sich das Wunder des Lebens. Unser Zwischenstand ist ein Ausnahmezustand, und darin, in diesem stets verweichenden Jetzt, vollzog sich, von mir kaum bemerkt, der Übergang vom Pantoffelministranten zum Seebären, der rasche Wechsel von der Morgen- in die Abenddämmerung. Die Zeit hüpfte, sie raste – die Grenze kommt näher. Doch wie gesagt: Das stimmt mich heiter. Im Abendlicht zeigt sich die Welt, die uns nicht loslassen will, von ihrer schönsten Seite, und da die Dämmerung Vergangenheit und Zukunft ungetrennt ineinanderfließen lässt, verliert die Zeitgrenze ihren Schrecken. Gewiss, vergeblich sagen wir zum Augenblick: Verweile doch. Er verweilt nicht. Oder höchstens in den Bibliotheken, in den Büchern.

Als Historiker hatte mein Onkel in der Vergangenheit gelebt, und es war seine Haushälterin, die sich um die Dinge der Gegenwart kümmerte (die Kasse, das Essen, die pubertären Blicke des Pantoffelministranten). Aber mein Onkel, Monsignore Dr. Johannes Duft, war auch Bibliothekar, Bibliothekar mit Leib und Seele, und so machte er mir klar: Dieser Raum, der durch seine Stimmung die Vergänglichkeit feiert, enthält eine Fracht, die unvergänglich ist: die Bücher. Hier wird das Abendland aufbewahrt, und wenn wir eines Tages alle so ledrig sind wie die Mumie, wird unser Denken und Empfinden in gewissen Texten immer noch vorhanden sein und das Interesse der Künftigen wecken.

Zuletzt eine kurze Rückkehr in den Morgen, in den

Morgen meines Lebens und in den Morgen im Alltag der Bibliothek.

Wir kamen jeweils von der anderen Seite des Platzes: Monsignore Duft mit einer Parisienne im Mundwinkel, in rauschender Seidensoutane; Fräulein Stark in gestärkter Bluse, mit Hütchen, nach Seife und Bohnenkaffee riechend, den sie bei Waldhorn in der Multergasse gekauft hatte; ich noch etwas verschlafen, fröstelnd im herbstkühlen Treppenhaus des aufgelassenen Klosters. Dann ging die Stark hinter die Kasse, der Monsignore in sein Büro, und ich, zwischen meinen Pantoffelreihen vor der Schwelle des Portals kauernd, wartete sehnsüchtig auf das Erscheinen der Morgenschönen.

Ah, da kommt sie schon. Sie schwebt auf mich zu, sie hebt ihr nylonbestrumpftes Bein, erst das rechte, dann das linke, und ich, vor ihrer Schönheit auf den Knien, schiebe ihr zärtlich die Filzpantoffeln über die Füße, erst über den rechten, dann über den linken.

2021

Bemerkungen und Berichtigungen zum Buch »Fräulein Stark«, von Prälat Dr. Johannes Duft

Es kann der Frömmste nicht im Frieden bleiben,
wenn es dem bösen Nachbar – dem
schriftstellernden Neffen – nicht gefällt.

Nachdem Thomas Hürlimann 1980 seinen Großvater (meinen Vater) und 1998 seinen Vater (meinen Schwager) zusammen mit seiner Mutter (meiner Schwester) in angeblich »dichterischer Freiheit« literarisch hergenommen hat, kam nun neuestens (2001) ich, der ich sein Onkel mütterlicherseits bin, an die Reihe. Es geschieht unter dem Buchtitel »Fräulein Stark« – sie ist seit 55 Jahren meine treue und besorgte Haushälterin. Von Persönlichkeitsschutz scheint der Schriftsteller nichts zu wissen, sofern es nicht um seinen eigenen Namen geht. Dabei scheut er sich allerdings nicht, von seiner im Buch geschilderten Ich-Person eine peinlich anmutende Pubertät freizügig-verschämt in wechselnden Varianten aufzuzeigen. »Habeat sibi!«, würde sein Onkel im Buch erneut bemerken und beifügen: »De gustibus non est disputandum« – nicht wahr, »Nepos librorum praefecti«?

Zu meiner Person wage ich gleich schon zu bemerken, dass ich trotz meiner weltweiten Beziehungen und meiner vielen edlen Freundschaften meines Erachtens niemals ein Bonvivant war, ferner dass ich kein eitler Geck bin (ich besaß und trug keine seidenen Prälaten-Soutanen, gar solche, die von Schneidern in Rom hergestellt worden wären). Dass ich zum päpstlichen Hausprälaten ernannt worden bin, hatte ich meiner beruflichen Bekanntschaft mit dem späteren Papst Johannes XXIII. zu verdanken. Er interessierte sich als Historiker für unsere Quellen zu St. Karl Borromäus, worüber auch ich geschrieben hatte. Er schenkte schließlich, zum Papst gewählt, der Stiftsbibliothek sein fünfbändiges Quellenwerk »S. Carlo Borromeo a Bergamo«, das ich 1961 in Empfang nehmen durfte. Aber Prälat hin oder her: Ich war mit Vertretern verschiedener Konfessionen wohlbekannt und galt geradezu als Vermittler und Versöhner in den alten Auseinandersetzungen zwischen dem katholischen Stift und der protestantischen Stadt St. Gallen. So haftete nichts Provokatives oder Exklusives an meiner Person, wie ich – halb amüsiert, halb irritiert – festzustellen wage. Der Leser dieser »Bemerkungen« möge meine Aussagen entschuldigen; sie stehen hier nicht aus »Eigendünkel«, sondern zu meinem Selbstschutz.

Zur angeblichen Familie »Katz«: Sowohl dieser Name als auch die ganze dramatische und teilweise tragische Familiensaga Hürlimanns sind bloße Erfindungen des Schriftstellers – so beispielsweise die Herkunft aus

Polen, so der Zug der Mutter mit ihren sieben Kindern – angeführt vom Ältesten namens Joseph Katz, der den Leiterwagen gezogen habe – in die Linthebene, wo später die Mutter im Sumpf ertrunken sein soll, so auch das angebliche Verschwinden zweier Geschwister. In Wirklichkeit stammt die Familie Duft (nicht Katz), aus welcher der geschilderte Stiftsbibliothekar in St. Gallen und Onkel seines Neffen Thomas hervorgegangen ist, aus dem Dorf Kaltbrunn im St.-gallischen Bezirk Gaster, oberhalb der Linthebene, wo sie während Jahrhunderten den sogenannten Duftenhof bewirtschaftet hat. Die Mutter, von welcher die Rede ist, entstammte der dortigen angesehenen und vermöglichen Familie Brunner. Als ihr Gatte vorzeitig starb, übersiedelte sie schließlich in die Stadt St. Gallen, wo ihre fünf (nicht sieben) Kinder beste Bildungsmöglichkeiten wahrnahmen. Erwähnt sei der Sohn »Joseph« (in Wirklichkeit Johannes, mein Vater), der nach einer postalischen Tätigkeit sich an der Handelsakademie in St. Gallen und an der Universität Zürich zum Doctor iuris utriusque ausbildete. Ferner der jüngere Sohn Emil, Dr. rer. pol., der Gründer und Leiter einer Bank in Zürich, dort Parteipräsident und Nationalrat, schließlich Präsident des Nationalrates in Bern. Ferner die Tochter Alice, die segensreiche Fürsorgerin für alkoholgefährdete Frauen und Männer in St. Gallen. Niemand musste als armengenössig verschwiegen werden, niemand unwiederbringlich untertauchen.

Zu »Joseph Katz« (in Wirklichkeit ist damit mein Vater Dr. iur. Johannes Duft gemeint, ein Ehrenmann in jeder Beziehung). Bloße bösartige Behauptungen Hürlimanns, seines Enkels: zweimalige Heirat, das zweite Mal mit einer Zollikofer, deren Textilfirma er in den Konkurs geführt habe; Erwerbung der drei städtischen Weiher in St. Georgen oberhalb der Stadt St. Gallen, angeblich um sie zum Schutz des Stiftes St. Gallen in kriegsbedrohten Feuersbrünsten umzubauen, wobei er auch wieder falliert sei; hernach dort Bademeister und Kioskbetreuer. Dass man von der Anhöhe dieser Weiher die grausame Bombardierung der nahen, befreundeten Stadt Friedrichshafen mit leiser Schadenfreude mitangesehen habe, ist eine bösartige Unterstellung des Autors, der damals noch nicht am Leben war. Die einzige »Beziehung« zu diesen Weihern bestand darin, dass Johannes Duft für seine Familie ein Haus erwarb, das unterhalb dieser Weiher im »Wiesengrund« liegt und zum geliebten Familiensitz geworden ist.

Johannes Duft senior, Doktor der Rechte, glücklich verheiratet mit Anna Bersinger, der Tochter des Kantonsingenieurs, die ihm fünf Kinder gebar, war angesehener Rechtsanwalt in St. Gallen. Als Vertreter der von ihm mitgegründeten christlich-sozialen Partei wirkte er während zwanzig Jahren als Nationalrat. Seine Praxis in St. Gallen wurde weitergeführt von seinem jüngeren Sohn Leo, der Oberst der Artillerie und schließlich Kantonsrat, ja Präsident des Kantonsrates war. Der ältere

Sohn, Johannes (nicht »Jacobus«), studierte in Freiburg Theologie und Kirchengeschichte (Dr. theol.). An der Vatikanischen Bibliothek bildete er sich im Bibliotheksfach aus. Nach fünfjähriger Tätigkeit als Kaplan wurde er zum Stiftsbibliothekar in St. Gallen gewählt, was er während 33 Jahren trotz mancher Berufungen geblieben ist. Die Universität Innsbruck übertrug ihm einen Lehrauftrag für mittelalterliche Geistes- und Bildungsgeschichte, der zur Honorarprofessur wurde, die er neben seiner Aufgabe in St. Gallen zu erfüllen vermochte. Während über vierzig Jahren feierte er in der Kathedrale St. Gallen sozusagen freiwillig eine der täglichen offiziellen Messen, was im Buch leicht karikierend angedeutet wird. Die jüngste Schwester des Stiftsbibliothekars, Marie-Theres, verehelichte sich mit Dr. iur. Hans Hürlimann in Zug, dem späteren Bundesrat, Vater des Schriftstellers Hans-Thomas.

Zu »Fräulein Magdalena Stark« (in Wirklichkeit Maria-Theresia). Wie das verwöhnte »Herrensöhnchen« Hürlimann ihren Vater schildert, ohne ihn und sein Lebensschicksal überhaupt gekannt zu haben, grenzt an Perfidie.

Die älteste Tochter Maria ersetzte dem schwergeprüften Vater im Haushalt die Mutter und im Stall einen Knecht. Auf weitere Schulbildung musste sie verzichten, erlebte aber eine Lebensschule, die sie zu außerordentlicher Lebenserfahrung erzog – im Glauben an Gott, ohne jegliche Frömmelei, wovon damals der junge, selbstverliebte Thomas mit seinen zwölf Jahren nichts verstand.

Zu unserem Verhältnis sei die Feststellung erlaubt, dass es von Achtung und Hilfsbereitschaft geleitet war. Wir, die wir beide jetzt im 87. Lebensjahr stehen (im Buch liegen wir »seit längerem im Grab«!), sprachen uns bis zu unserem 80. Geburtstag per »Sie« an – und noch heute benutzen wir nach alter Gewohnheit im gegenseitigen Gespräch das »Sie« häufiger als das »Du«. Wir beide sind im Buch von Hürlimann nur die äußere Fassade, hinter welcher der Autor noch nach Jahrzehnten seine völlig belanglose Pubertät zelebrieren kann.

Die Stiftsbibliothek, die der Schriftsteller Hürlimann romantisch schildert, hatte niemals unerforschte unterirdische Gänge und Gewölbe. Sie war und sie ist, besonders seit der Renovation des Gebäudes in den Jahren um 1950/51 (Einbau des Lesesaales) und 1954/55 (Einbau eines neuen großen Büchermagazines und Umgestaltung der alten Bibliothekarswohnung in Verwaltungsräume) vollauf einsichtig und durchsichtig. Türhüter (»verschlafene Greise«) gab es dort nicht. Maria Stark betreute während 33 Jahren die Pforte mit Zehntausenden von Besuchern aus aller Welt. Sie verwaltete die Eintrittskasse, erledigte aber auch die tägliche Reinigung und besorgte daneben den Haushalt des Stiftsbibliothekars – in den ersten fünf Jahren noch in der veralteten Wohnung in der Bibliothek, dann aber außerhalb derselben im Haus »Zur Wahrheit« am nahen Gallusplatz.

Wann der junge Hans-Thomas Hürlimann seinen »Pantoffeldienst« versehen hat, ist uns nicht mehr bekannt. Jedenfalls wohnte er nicht bei uns, sondern bei seinen Großeltern in St. Georgen, wo er auch seine sagenhaften Weiher kennenlernte. In den Sommermonaten beschäftigten wir Schüler wie ihn mit dem Dienst an den Filzpantoffeln, in welche die Saalbesucher schlüpfen mussten, sowie Studenten mit Führungen. Sie alle waren erfreut über die Aufbesserung ihres Taschengeldes durch die bescheidene Entlohnung und manches zugeschobene Trinkgeld. Sexuelle Probleme mit dem Blick unter die Weiberröcke hatte keiner außer dem verklemmten Hürlimann. Und dass man mit einem kleinen Handspiegel »nachhelfen« könne, merkte keiner außer ihm, wie er noch nach vierzig Jahren genüsslich erzählen kann … Dass »die Stark« kritische Blicke auf ihn warf, ist begreiflich und in Anbetracht der Beanstandungen verständlich. Und doch anerkennt er nun im Rückblick, dass er vom Onkel Verständnis und Aufklärung anstatt Tadel erfuhr – sowie ganz besonders, dass er von »Fräulein Stark« ein geradezu selbstverständliches frauliches Verstehen und stillschweigendes, liebevolles Helfen und Trösten erlebte. So fand das scheinbar gespannte Verhältnis einen für alle Beteiligten friedvollen Abschluss.

Diese Erkenntnis sei nun auch am Ende der Kritik des zwiespältig geschriebenen und zwiespältig anmutenden Buches nicht verschweigen. Was hätte der Onkel Stiftsbibliothekar dazu gesagt? Er hätte vermutlich – im Bedauern mancher unnötigen Boshaftigkeiten, die er zu lesen bekommen hat – in seiner sentenzenreichen Sprache gesagt: »Deus sit propitius huic scriptori« – Gott sei dem Schreiber gnädig!

St. Gallen, zum 1. August des Jahres 2001
Johannes Duft
Dr. theol. Dr. phil. h. c., Dr. rer. publ. h. c.

Weitere Exemplare dieser »Bemerkungen und Berichtigungen« können erbeten werden bei Johannes Duft, Spisergasse 30, CH-9000 St. Gallen.

Wer könnte das Eine nicht lieben?

14 Stationen
Vortrag zur Verleihung des Ehrendoktortitels der Theologischen Fakultät Basel, 24. 11. 2016

Unter Universum verstehen wir heutzutage das Ganze, das Gesamte, das Weltall. Ursprünglich war es eine Wortschöpfung von Augustinus, aus dem Lateinischen *versus*: gegen, in Richtung auf, und *unum*: das Eine. Universum: Auf das Eine zu, ins Eine gewendet. Augustinus wollte damit sagen, dass Denken und Philosophieren eine Suche nach dem Einen ist, wobei das Eine Gott, aber auch die Seele sein kann.

Mein Thema lautet: Gibt es eine Verwandtschaft zwischen Theologie und Literatur? Die Antwort sei vorweggenommen: Ja. Beide Disziplinen sind universell. Sie suchen Gott und die Seele. Deshalb eignet sich die Wortschöpfung des Augustinus als Richtungsweiser für unseren Gedankengang. Er führt über 14 Stationen, und wie es hierzulande üblich ist, gibt das gelbe Wegschild nicht nur das Ziel an, *unum*, sondern auch die Zeit, die es braucht, um es im Wanderschritt zu erreichen: 30 Minuten.

I

Die erste Reise *versus unum* unternahm Parmenides. Ihm wiesen Jungfrauen den Weg, und »vielverständige Stuten« zogen seinen Wagen mit gewaltiger Kraft. Parmenides berichtet, wie die Achse in den Naben pfeift, wie seine Fahrt vor ein großes Tor führt, wie eine Göttin dessen Riegel aufschiebt und ihn, den jungen Mann, mit einem Lichterguss willkommen heißt. Parmenides ist Philosoph, seine Auffahrt zur Göttin jedoch teilt er literarisch mit, im Gedicht, und so zeigt sich von Anfang an, dass das, worüber man nicht sprechen kann, nicht unbedingt, wie Wittgenstein meint, ins Schweigen münden muss.

Wo die begründende Sprache des Philosophen aufhört, beginnt der Dichter zu dichten. Er begründet nicht, er erzählt, er zeigt auf. Deshalb offenbart Parmenides die Offenbarung, die ihm durch die Göttin widerfährt, als Lyriker. Wir müssen ihm den göttlichen Ursprung seiner Offenbarung glauben, er liefert keine Beweise, er sagt nur: Durch das göttliche Licht habe ich erfahren, dass das Sein *ist*. Und dass es, da von ihm gedacht, mit dem Denken identisch sei.

Sein und Denken, ergibt sich aus der Offenbarung, sind eins, und so wurde das *unum* auch für Platon, den großen Deuter des lyrischen Reiseberichts von Parmenides, zum »Seinsgrund«. Beide Philosophen verkünden ihr Axiom poetisch. Parmenides wird vom Licht, das aus dem offenen Tor brandet, zugleich geblendet und erleuchtet, und im berühmten Sonnengleichnis in der *Politeia* sagt Platon, dass über allem Seienden die Sonne des Seins glüht, das *unum*, die *forma formarum*, die Einzelformen nicht aufsaugt, sondern überhaupt erst ermöglicht. Das Sein ist. Und es ist absolut. Äon. Ewig. Unteilbar. Aber die Seinssonne strahlt auf eine Sinnenwelt herab, die nach Begründungen verlangt, und damit sind wir bei der 2.

2

Ihr sagt: Die 1 ist die kleinste Ziffer. Ich sage mit Parmenides, Platon und den Platonikern: Am Anfang war die 1, und die 1 zerfiel in zwei Hälften, wodurch die 2 entstand und mit ihr der Zwiespalt, der Zweifel, der Zerfall in immer kleinere Einheiten. Für mich ist die 3 ein Drittel des Ganzen, die 4 ein Viertel, die 5 ein Fünftel, weshalb mich Umsätze und Abrechnungen nicht interessieren, was sind schon Millionen, gar Milliarden – ich bleibe auf das Eine gerichtet. Einszahl = Seinszahl.

Ich behaupte außerdem: Zahlen können Eigenschaften haben, wie die 7, die mir Glück bringt, oder die 13 (in Italien die 17), die Unglück verheißt. Dagegen sagt ihr: Glücklicherweise hat Aristoteles die platonische Zahlenwelt wie ein Kartenhaus zum Einsturz gebracht – mit dem Argument, jede Zahl müsse homogen und mathematisch gleich groß sein, sonst sei Rechnen unmöglich.

Klar, damit hatte Aristoteles den Quantitäten die Qualität abgesprochen, und ihr seid euch sicher: zu Recht. Auf dieser Basis werden Brücken berechnet, Fahrpläne aufgestellt, Preise ausgehandelt, Zeiten fixiert, Bilanzen frisiert, Umfrageergebnisse publiziert. Messbar soll sie sein, unsere Welt, und unser Verhältnis zu ihr rational.

3

Carter »Doc« McCoy war ein Rationalist, für den ein Banküberfall »eine Arbeit war wie jede andere«. Doc McCoy ist die männliche Hauptfigur im Kriminalroman *Getaway* von Jim Thompson, erschienen 1958, berühmt geworden durch Sam Peckinpahs Verfilmung mit Steve McQueen. Gemeinsam mit Carol, seiner Frau, einer ehemaligen Bibliothekarin, hat Doc die Bank von Beacon City überfallen, dabei geht einiges schief, und es beginnt eine rasante Flucht, Getaway, quer durch die USA, der mexikanischen Grenze entgegen.

Wie die Auffahrt des Parmenides ist auch dieser hartgesottene Krimi der Bericht einer Reise, und nicht zufällig, vermute ich, benutzt das Gangsterpaar neben anderen Fahrzeugen auch einen Planwagen, der von einem Gaul gezogen wird. Ja, auch Doc McCoy und Carol, seine Frau, folgen einem Wegweiser, den Augustinus aufgepflanzt hat: *versus unum*. Auf das Eine zu.

4

Die 4 galt den Pythagoräern als heilig, denn es war die Zahl der Elemente (Feuer, Wasser, Erde, Luft), der Himmelsrichtungen, der Jahreszeiten, und obwohl ihr mit Aristoteles einig seid, Zahlen seien nur Quantitäten, werdet ihr zugeben müssen, dass die 4 bis zum heutigen Tag ihre magische Kraft entfaltet. Die Turmuhren schlagen die Viertelstunden, wir wohnen in einem Viertel, trinken abends ein Vierteli Roten, allerdings nicht als Quartalssäufer, tanzen im Dreivierteltakt, und freuen uns, wenn das Geschäft von Quartal zu Quartal besser läuft. Zugegeben, wenn ihr eine Brücke baut, ist es mir lieber, ihr haltet euch an homogene Zahlen. Aber ist die Magie wirklich erloschen?

Nehmen wir als Beispiel den Boss der Firma, die die Brücke errichtet. Selbstverständlich berechnet er die Statik mit einer Zahlenordnung, worin die 1 hundertmal kleiner ist als die 100, doch wie sähe er sich im Organigramm seines Betriebs? Als die Nummer 1. Mit andern Worten: Rechenoperationen werden selbstverständlich aristotelisch durchgeführt, das Zahlengefüge des Lebens jedoch blieb durch alle Jahrhunderte platonisch. Die 1 ist die Bestnote, und der Sieger steht auf dem Podest mit der Nummer 1.

Eines Abends, als beim Essen der Fernseher lief, musste ich feststellen, dass ich ein herzloses Monstrum bin. Während Bilder eines Erdbebens über den Schirm flackerten, kaute ich ungerührt weiter. Heute weiß ich, warum. Wird mir das Leid eines einzelnen Menschen gezeigt, kann ich nicht hinschauen, geschweige denn weiteressen. Auch die Qualen eines einzelnen Kätzchens würde ich nicht aushalten, keine Sekunde, die große Zahl jedoch tangiert mich kaum. Leid im Plural spricht nicht zur Seele. Das heißt: In unserem Gefühlsleben sind wir Platoniker und stets versus unum, auf das Eine, gerichtet. Die Einszahl ist die Seinszahl. Den Plural kann man nicht lieben. »Wer Menschheit sagt«, so ein scharfes Diktum von Carl Schmitt, »der will betrügen.«

5

Die Literatur erzählt anhand eines Einzelschicksals, was uns alle betrifft. Dies belegen Abertausende von Titeln, die aus Eigennamen bestehen: Angefangen von der Odyssee des Odysseus über den Grünen Heinrich, Madame Bovary, Anna Karenina bis zu Lolita. Der Plural findet in der Literatur nicht statt.

Sie ist fiktiv, aber sie betrügt nicht. Niemals faselt sie von der Menschheit, und weil sie uns von einem Einzelwesen erzählt, wird es zu unserm Spiegel – selbst dann, wenn es sich, wie bei Doc McCoy, um einen skrupellosen Gangster handelt. Mit ihm fürchten wir die Bullen, ballern wir uns den Fluchtweg frei und merken kaum, dass wir die Ordnung, auf die wir als Bürger einigen Wert legen, kaltschnäuzig verachten.

6

Noch leichter fällt die Identifikation, wenn die Geschichte zur Liebesgeschichte wird. Mit Carol lieben wir Doc, mit Doc lieben wir Carol – und damit sind wir wieder bei Platon. Platon zeigt in wundervollen Dialogen auf, dass es auch uns Sterblichen möglich ist, aus dem Irdischen versus unum zu transzendieren: in der Liebe. Da erleben wir, lässt er Sokrates erläutern, dass unsere Seele unteilbar ist, ewig. Denn jenseits der Zeit, in vorgeburtlichen Räumen, hat die Seele schon alles geschaut, auch die Anima, das Urbild der Frau, oder den Animus, das männliche Urbild.

Die Urbilder nimmt die Seele mit in den Leib, und so hofft der beseelte Mensch von Geburt an, im Irdischen ein Abbild seiner Urbilder wiederzufinden. Die Seele sehnt sich nach dem Schönen, das sie im Ewigen geschaut hat. Diese Sehnsucht ist ein immerwährendes Begehren, und nicht zufällig wird Amor als Pfeilschütze dargestellt. Wahre Liebe ist Liebe auf den ersten Blick. Carol erkennt in Doc McCoy, den es zufällig in ihre Bibliothek verschlagen hat, ihren Animus – Jim Thompson erzählt diesen Vorgang in einer Retrospektive so erstaunt, als könnte er ihn selbst nicht verstehen.

Wie soll man begreifen, dass eine bereits etwas jungferige Bibliothekarin, die erbauliche Bücher ausleiht, alles stehen und liegen lässt, scharfe Klamotten anzieht, sich hinter das Steuer eines Cabrios klemmt und einem

Gangster folgt? So etwas kann man nicht begründen, man kann es nur berichten. Es geschieht. Wenn Doc McCoy die Tür zur Bibliothek öffnet, widerfährt Carol das Gleiche wie Parmenides vor dem Tor der Göttin. Indem Carol in Doc den Animus wiedererkennt, den Einen, transzendiert sie aus dem Irdischen ins Überzeitliche, ins Ewige.

7

Einen Aufsturz ins Ewige, ein Transzendieren, besingt auch das Hohelied Salomonis. Gott erschuf die Geschöpfe, und indem sich Braut und Bräutigam vereinen, kehren sie zurück in die *consortium dei*, in die Gemeinschaft mit dem Schöpfer.

Thomas von Aquin, der wohl bedeutendste Theologe aller Zeiten, wollte am Ende seines Lebens einen Kommentar zum Hohelied verfassen; dazu ist er leider nicht mehr gekommen, aber aus seinem Werk können wir schließen, was ihn am Lobgesang Salomons fasziniert haben muss. Die große Frage des Aquinaten lautete: Wie kann die unteilbare Seele eins werden mit dem *unum dei*?

Um diese Frage zu lösen, hat er sich sowohl an Platon wie an Aristoteles gehalten. Als Gottgläubiger war er Platoniker. Er hatte ein zirkuläres Weltbild und war überzeugt, dass die Flüsse gemäß dem Schriftwort zu ihren Quellen zurückkehren. Alles kommt aus Gott und kehrt in Gott zurück. Diese Kehre jedoch führt durch eine aristotelische Welt, was die *Summa* schon im Titel verheißt: Es wird summiert, gezählt. Das Leben Jesu zum Beispiel unterteilt der Aquinat in vier Stufen.

Sie führen vom *ingressus*, dem Eintritt des Gottessohns in die Welt, über den Lebensablauf, *progressus*, und den Abschied, *exitus*, in die *exaltatio*, in die Erhöhung. Das Leben Jesu, ergibt sich aus diesen Stufen, ist eine Rückreise durch die aristotelische, also durch die messbare, die begründbare Wirklichkeit zum platonischen *unum*, zum Vater.

Eine Rückreise, dürfen wir anmerken, ist auch die Liebe von Braut und Bräutigam im Hohelied – und ebenso, auf der Flucht quer durch Amerika, die Liebe von Doc und Carol. Allerdings wird das, was bei Salomon ein Lobgesang ist, bei Thompson zur Schilderung eines Höllentrips. Damit erweist er sich als Schüler des Aquinaten. Denn auch der *doctor angelicus* ist der Meinung, dass wir nicht ungeprüft von der aristotelischen Welt in den platonischen Himmel gelangen. Unser Leben kann ein Gang durch die Finsternis sein, eine *via crucis*, ein Kreuzweg.

8

Thomas von Aquin war schmerzempfindlich und entwickelte, etwa bei Zahnweh, einen hohen Grad an *abstractio mentis*. Er entdeckte für sich, dass er die Schmerzen vergisst, wenn er sich ganz dem logischen Denken überlässt. Vor einigen Monaten wurde ich zur Untersuchung in eine MRT-Röhre geschoben, und da ich wusste, was mich erwartete, hielt ich mich an die Methode des Aquinaten. Zu diesem Zweck wollte ich mir eine bestimmte Wegstrecke einprägen, die ich dann, in der Röhre steckend, so konzentriert memorieren würde, dass mein Verstand ganz und gar mit dem Memorieren beschäftigt wäre und nicht in die Panik abstürzen würde.

Ich fand diesen Weg in einem Stationenweg über Walchwil. Ich lernte ihn auswendig, und tatsächlich, die Methode half mir, den Trip zu überstehen. Ich trug einen Helm, war mit Bleigürteln festgeschnallt und hatte an der Nasenspitze die Decke. Man wird eingedost wie eine Zigarre. Dauer: So lang wie dieser Text. Und ich schwöre euch, einzig und allein durch die *abstractio mentis*, die volle Konzentration auf den auswendig gelernten Weg, habe ich den Trip überstanden. Während der Körper die horizontale Zigarre war, durchwanderte mein Geist als Pilger den Stationenweg im Frühlingswald am Walchwiler Berg.

9

Die *via crucis* führt von Station I, Jesus wird zum Tod verurteilt, bis zu Station XIV, der Grablegung. Dreimal kommt Jesus zu Fall, dreimal begegnet er Frauen: seiner Mutter, Veronika mit dem Schweißtuch und den weinenden Töchtern Jerusalems. Die drei Stationen X, XI und XII stellen die Kreuzigung dar, und die Station XIII ist die Pietà, eine Szene, die die Evangelien nicht enthalten.

Jede Station ist archetypisch, jedes Bild eine Ikone, und die Steigerung zum tragischen Höhepunkt, der von zwei letzten Szenen gefolgt wird, der Pietà und der Grablegung, ist klassische Dramaturgie: antikes Drama; Shakespeare; Racine. Insofern hatte ich instinktiv die richtige Wahl getroffen. So ein Kunstwerk kann man sich ohne weiteres merken. Jeder *passus* der *passio* ergibt sich aus dem andern. Man durchschreitet ein gestuftes Gefüge und merkt im Durchschreiten, wie gültig, wie schön, wie logisch diese Stufen gebaut sind.

10

Wieso hat die *via crucis* 14 Stationen? Vermutlich hängt es mit der Geheimzahl der Pythagoräer zusammen, der 10. Sie ergibt sich aus dem Zusammenzählen der vier heiligen Zahlen: 1 + 2 + 3 + 4 = 10. Die 10 und die 4 sind in der antiken Philosophie, im Judentum und im Christentum omnipräsent. 10 Gebote, 4 Evangelien, 14 Römerbriefe. Das Land der Apokalypse hat vier Ecken, das Kreuz vier Enden, und der Aquinat teilt seine Werke, die Summen, in vier Teile. Der Kreuzweg, haben wir eben gesehen, hält sich ebenfalls an das Schema 10 + 4. Mit der zehnten Stufe ist Golgotha erreicht, da endet der Weg, das Kreuz wird errichtet.

Ernst Bloch, der marxistische Hegelianer, war über die 14 Stationen des Kreuzwegs keineswegs erstaunt – ihr ahnt, warum: Hegels Weltgeist rollt über 14 Stufen aufwärts zum absoluten Wissen. Bloch: »Hegels Stufen und Stadien halten sich von magischen Bezügen fern, obwohl nicht ganz so von mystischen. Seine Stufen sind die vierzehn memorierten Stationen auf der Reise des Bewusstseins durch Geschichte und Welt zur Selbsterkenntnis.« Am Schluss steht bei Hegel die große Absolution: die Versöhnung des Geistes mit seinem Weg zu sich selbst. Auf Golgotha, so Bloch, endet die »durchdialektisierte Subjekt-Objekt-Beziehung im idealistischen Ziel, in der Aufhebung des Objekts«. Gottes Sohn kehrt heim zum Vater, ins *unum*.

II

Theologie und Literatur, sagte ich am Anfang, seien nicht begründende, vielmehr aufzeigende Disziplinen. Was zeigen sie auf? Mircea Eliade weist in seinem Werk *Das Mysterium der Wiedergeburt* anhand vieler Religionen und Kulte nach, dass der Gang *versus unum* eine Initiation ist und häufig nach demselben Muster abläuft. Wir müssen einen Tod erleben, um in der Erleuchtung wiedergeboren zu werden.

Eine Initiation ist die Reise des Parmenides zum Seinstor, das die Göttin ihm öffnet. Eine Initiation ist der Weg Christi in den Tod und die Auferstehung. Eine Initiation ist auch die Flucht von Carol und Doc McCoy in *Getaway*. Kurz vor der Grenze zu Mexiko werden sie von den Bullen eingekreist. Da erscheint am Straßenrand Mae Santis, eine ledrige Gangsterchefin, holt die beiden aus dem Wagen und führt sie zu einem vorbereiteten Versteck: zwei Erdlöcher, jedes etwa so lang und schmal wie ein Sarg, tief unter der Wasseroberfläche eines sumpfigen Teichs.

Eine Röhre für Doc, eine Röhre für Carol. Wie Zigarren werden sie eingedost. Geringer Luftvorrat. Ersticken. Ohnmacht. Aber die Hunde verlieren am Ufer die Spur, die Bullen suchen den Teich vergeblich nach Leichen ab, und als sie abgezogen sind, kann Mae Santis das Paar aus seinen Gräbern befreien. An der Luft kommen sie wieder zu sich und gelangen übers Meer in ein Reich, irgendwo in Südamerika gelegen, das eine Art Gangster-Himmel ist. Bei El Rey, dem Boss der Bosse, erhalten sie Asyl. Lauter Villen, Palmen und Pools und ein ganzer Haufen von Rentnern, die mit ehrlicher Arbeit, wie sie gern erzählen, mit Morden und Überfällen und Betrügereien im aristotelischen Zahlengefüge zu einem platonischen Otium gelangt sind. Es riecht ein bisschen nach Monaco. Und nach meiner Heimat, dem steuergünstigen Kanton Zug.

12

In der Röhre machte ich eine seltsame Erfahrung. Es war eine Art Initiation. Ich musste einen kleinen Tod sterben, um in ein neues Licht zu kommen. Dieses Licht war tatsächlich eine Erkenntnis: Man hatte einen Tumor erkannt, der nun behandelt werden konnte. Damit erwies sich die Eindosung als sinnvoll, aber nach meinem Trip, den ich ja als geistiger Pilger absolvierte, ging mir noch ein anderer Sinn auf. Die Bilder waren wie ein Fluss durch mein Hirn gezogen, ohne dass ich mich anstrengen musste, mit anderen Worten: Das vollendete Kunstwerk der *via crucis* hatte mich geführt, mehr noch: Es hatte mich getragen.

Wie war das möglich gewesen? Ganz einfach. Indem der *homo viator* seinen Weg ging, ging die Erkenntnis in ihn ein, dass der Weg ein Gefüge sichtbar macht, das auf das *unum* ausgerichtet ist. Aber keine Angst, um diesem Gefüge zu begegnen, müssen Sie sich nicht in die Röhre schieben lassen. Die Königin der Kunst und der Wissenschaften, die Musik, wurde uns von den Göttern, den Winden und den Vögeln geschenkt, damit wir im lustigen Lärm das Gefüge vernehmen können.

Etwas Ähnliches erlebt der Mathematiker, wenn plötzlich eine schwierige Gleichung aufgeht. Und in meiner Novelle *Fräulein Stark* gibt sich der Stiftsbibliothekar von St. Gallen eine Heidenmühe, seinem Neffen beizubringen, dass die Einteilung einer Bibliothek weitaus bedeutender sei als der Inhalt der einzelnen Werke. Der Neffe versteht nur Bahnhof. Mittlerweile ist der Neffe selber ein Onkel und weiß: Wir Onkel haben recht. Lesend oder Musik hörend, Mathematik treibend oder theologischen Rätseln nachsinnend und mal glücklich, mal unglücklich die Eine liebend, sind wir auf einer Suche, die den heiligen Zahlen gilt. Sie verbergen sich im Chaos, aber manchmal schimmern sie durch, manchmal erglüht im Dunkel das Gefüge, die Hierarchie, *id est*: die heilige Ordnung, die zurückreicht in den Anfang, *versus unum*.

14

Endstation. Sie haben es bemerkt, ich halte es wie die Deutsche Bahn. Im ICE fehlt der Wagen 13. Die Deutsche Bahn, könnte Ernst Bloch sagen, »ist nicht ganz frei von mystischen Bezügen«. Wir, obwohl in die messbare Welt des Aristoteles verbannt, sind es auch nicht. Deshalb fasziniert uns die Theologie. Deshalb sind Bücher, wie mein Verleger Egon Ammann zu sagen pflegt, Lebensmittel – Überlebensmittel, Anleitungen zur Transzendenz.

Ich betone: Wir sind auf der Suche. Denn das Wort des Augustinus gilt immer noch: *versus*. Es bleibt bei der Richtung, bei der Annäherung, das *unum* selbst ist Mysterium, ist Offenbarung. Das ist wohl auch der Grund, weshalb Thomas von Aquin den Kommentar zum Hohelied nicht mehr geschrieben hat. Der König von Neapel hatte ihm eine neue Schule und genügend Sekretäre zur Verfügung gestellt, damit er endlich den vierten und letzten Teil der *Summa* fertig diktieren könne.

Nehmen wir an, es waren 14 Sekretäre. Sie standen stundenlang, tagelang, wochenlang bereit, jeder an seinem Pult, mit gezückten Federn. Ihr Warten war vergeblich. Am Morgen des 6. Dezember hatte der *doctor angelicus* während der Messe eine Erleuchtung – wie Parmenides vor dem Tor. Es war der Countdown. Wenn wir rückwärts zählen bis zur 1, dann knallt's. Der Rest war Schweigen. Einen einzigen Satz soll Thomas von Aquin vor seinem Tod im März noch gemurmelt haben, von 4 der 14 Sekretäre festgehalten: »*Omnis quae scripsi videtur mihi palee*« – alles, was ich schrieb, kommt mir vor wie Stroh. Klar, wenn sich über dem Seienden die Glutpfanne der Seinszahl offenbart, dann wird alles andere zu Stroh.

2016

Fräulein Stark

Auszug aus der Novelle
(Der Sockenkoffer)

Hier, im sogenannten Studierzimmer, das er sich als bunte Plüschhöhle eingerichtet hatte, fühlte er sich am wohlsten. Hier empfing der Stiftsbibliothekar die Gelehrten aus aller Welt, hier verbrachte er die Abende, hier oblag er, wie er sagte, seiner eigentlichen Tätigkeit, dem Lesen. Unter den Ikonen flackerten Tag und Nacht die vielen Flämmchen, an den Wänden hingen Teppiche, die Fenster blieben verhängt, und da das rötlichgoldene Zwielicht von heißem Wachs, Weihrauch, Parfüm und Rasierwasser süß und schwer gesättigt war, hätte man meinen können, der dicke, die Schritte schluckende Perser sei ein fliegender Teppich, der uns im Hui in den Orient versetzt habe. Vom Fräulein war nichts mehr zu sehen. Drüben in der Küche erstarrten die Geräusche. Ad lectionem, sagte der Onkel.

Er hatte sich wie ein fetter Scheich auf den Diwan gebettet, ich lag in einem Lehnstuhl, nun schloffen wir beide in die Seidenhandschuhe und öffneten unsere Bücher. Er beschäftigte sich seit einiger Zeit mit einem Wüstenvater, der nur von Skorpionen und der Liebe Gottes lebte und mehr und mehr dem Wahnsinn verfiel.

Aber im Wahnsinn war der Wüstenvater zur Gewissheit gelangt, er habe mitten im Sandozean einen Palast vor sich, von hohen Mauern umschlossen, voller Blüten und Blumen, sanft plätschert der Brunnen, lau rieseln die Winde, und wenn die Sonne hinter dem Horizont verglüht sein würde, stünden über den Mauerzinnen des geheimnisvollen Gartens die Palmen wie schwarze Sensenbündel in die Nacht hinaus. Hörst du mir überhaupt zu?

Selbstverständlich, Onkel. Das ist eine Fata Morgana.

Richtig, bemerkte er, das ist eine Fata Morgana. Der arme Wüstenvater betritt ein himmlisches Jerusalem, das sein wahnkrankes Hirn in den Sandozean hinausgewundert hat. Gestattest du, dass ich ihn begleite?

Ja, Onkel, natürlich.

Er zückte die tellergroße Lupe, schob die Brille in die Stirn, tauchte ab.

Ich hatte ein Buch in den Händen, auf das ich seit Tagen gewartet hatte, aber über den Titel – Aufstieg und Rückgang der Schweizer Textilindustrie – kam ich nicht hinaus. Ich lauschte in die Stille. Ich fürchtete mich vor dem Fräulein. Der Onkel hatte sie abgeschmettert, aber ich wusste: Sie nahm mein Seelenheil, genauer: den Katechismus, zu ernst, um mir den Blick unter das Linzer Fleischgebirge verzeihen zu können. Da kommt noch was, dachte ich.

Es kam tatsächlich, schon am andern Morgen, beim Frühstück.

Klick, machte sie, klickidi-klick!

Sie strickte!

Ja, sie strickte, die Stark, Socken strickte sie, schwarzwollene Kniesocken, wie ich sie für die Klosterschule brauchen würde, passend zur Kutte, und ich hätte ein Stein sein müssen, um nicht zu verstehen, was diese Strickerei zu bedeuten hatte: Mach dich auf die Socken, sagten ihre Nadeln, hau ab, du sündiger Pantoffel, geh in deine Klosterschule, dort werden sie dir die Flausen schon austreiben!

Klick, klickidi-klick!

Strickend machte sie ihre Rundgänge, strickend stand sie als Aufseherin der Aufseher im Saal, und am nächsten Abend, als wir wieder in der Plüschhöhle lagen, saß neben dem Samowar das Fräulein und konzentrierte sich auf ihre Handarbeit, als gebe es im gesamten Weltraum nur diese Nadeln, diese Finger, diese schwarze, über die Nadelspitze schlüpfende Schlaufe, klickidi-klick, klickidi-klick, klickidi-klick zerklickte sie mit dicken Wollnadeln die Stille, und wiewohl ich nicht, wie der arme Wüstenvater, zum Wahnsinn neige, hatte ich schließlich doch das Gefühl, von ihren Nadelstichen verletzt zu werden. Warum ließ der Onkel das geschehen? Warum warf er sie nicht hinaus? Der Grund lag auf der Hand. Die Hilfsbibliothekare hatten recht – sogar Katz, der ehrwürdige Kapitän der Bücherarche, hatte Schiss vor der Stark.

Am andern Morgen strickte sie weiter, klickidi-klick,

klickidi-klick, klickidi-klick, und jedes Mal, wenn sie ein Paar dieser verdammten Kniestrümpfe fertig hatte, wurden sie in einem Koffer, den sie in meiner Kammer aufgeklappt hatte, verstaut. Die Kofferlade wurde schwarz und schwärzer. Die Klosterschule kam nah und näher. Auf leisen Socken, hätte der Onkel wohl gesagt, schlich sich die Zukunft in meine Kammer, klickidi-klick, klickidi-klick, klickidi-klick …

*

Das Fräulein saß allein am Tisch.

Sie trug eine Bluse, Krausen am Hals, Krausen am Ärmel, und auf dem Kopf, keck vor den Dutt gesetzt, das Hütchen mit der Feder. Eine Weile sagten wir kein Wort. Ich trank einen Schluck. Dann sagte das Fräulein: Ich gehe.

Wie bitte?!

Trotziges Nicken, ein kurzer Schniefer, offenbar hatte sie vorher geheult.

Sie verströmte den billigen Parfümduft, vermutlich das Geschenk eines Altherrn, und wie ein prall gepackter Rucksack und ihr Täschchen aus Krokoleder zeigten, schien sie wirklich und wahrhaftig entschlossen zu sein, die Bibliothek bei Nacht und Nebel zu verlassen.

Mein Gott, durchfuhr es mich, hatte sie etwa meine Kniestrümpfe untersucht? Gut, zugegeben, besonders intelligent war es nicht, mich Abend für Abend aus dem

Koffer zu bedienen, aber der Weg zum Abort führte durch das nachtdunkle Labyrinth des Katalogsaals, wo ich mich immer ein wenig fürchtete, und das Laken durfte ich nicht mehr beflecken. Ein kaum lösbares Problem, denn was raus muss, muss raus, und leider verlor der Klosterschüler, kaum war er eingeschlafen, die Kontrolle über den Katzenschwanz. Was tun? Er konnte höchstens versuchen, den nächtlichen Erguss *vorwegzunehmen*, und da er zu den Kniesocken ein besseres Verhältnis hatte als der kleine Katz, fischte der Klosterschüler vor dem Einschlafen noch geschwind einen Kniestrumpf aus dem Koffer, zog ihn über den Katzenschwanz und rieb daran, bis die Spermatikoi in die Wolle schossen.

Sie schniefte wieder. War ich tatsächlich aufgeflogen? Hatte sie meine Kammer durchsucht und aus dem Koffer einen spermatikoi-verklebten Kniestrumpf gezogen?

*

Ich wollte meinen Sommer in der Bibliothek erzählen, nicht mehr, und da er nun zu Ende ging, musste ich meine restlichen Sachen in den kniesockengefüllten Koffer legen und den Deckel zupressen. Das Fräulein half mir dabei. Als wir es endlich geschafft hatten, sah sie mich von der Seite an, lächelte und sagte: Keine Angst, dummer Bub. Die Socken sind gewaschen.

2001

IV. KLOSTERSCHULE

1963 wird Thomas Hürlimann Zögling in der Stiftsschule Einsiedeln, die auch sein Vater besucht hat. Dort herrscht ein strenges Regiment. Was wie eine Strafe anmutet, war damals eine gängige Praxis: Man gab katholische Söhne und Töchter in kirchliche Schulen, um sie dem protestantischen Lehrkörper der öffentlichen Gymnasien zu entziehen. Die acht Jahre bis zur Matura 1971 prägen den Autor ein Leben lang.

Der Rote Diamant

Auszug aus dem Roman
(Einlieferung ins Kloster)

Zu meiner Überraschung lag der Koffer bereits parat, Mimi hatte ihn eigenhändig vom Dachboden geholt und in die silbernen Schlösser etwas Salatöl geträufelt. Die Lederkappen hingen lose an den Ecken, und der Henkel war abgegriffen, aber dieser Koffer stellte ein Stück Familiengeschichte dar: Mit ihm war Sender Katz, unser Urahn, zu Beginn des 19. Jahrhunderts aus Galizien, dem ärmsten Kronland der Donaumonarchie, in die Schweiz eingewandert. Später hatte ihn mein Großvater auf viele Reisen mitgenommen und stolz dafür gesorgt, dass der Koffer, den man in der Familie den »Galizier« nannte, mit allerlei Hotel- und Zolletiketten bepflastert wurde. Am abgegriffenen Henkel flatterte der Bordzettel einer Schiffspassage von Southampton nach New York, und in einem roten Anhänger steckten unter einer Klarsichtfolie der Name und die Adresse von Mimi Katz – der Galizier hatte meine Maman ins Pensionat und später nach Bern begleitet, ins Konservatorium, wo sie als Meisterschülerin des berühmten Fadejew brilliert hatte. Dann verliebte sich Mimi auf den ersten Blick – es war ein Aufblick mit klimpernden Wimpern – in einen jungen Leutnant, der hoch zu Ross an ihr vorüberritt, drei Wochen später war man verlobt, nach drei Monaten verheiratet, und Mimis Absicht, mit dem Galizier auf Konzerttournee zu gehen, löste sich in Luft auf.

Dass mein Vater, der Oberst, aufgetaucht war, hatte mich überrascht. Er schärfte Mimi ein, sich morgen ja nicht zu schminken, einen kniebedeckenden Rock und Wollstrümpfe anzuziehen, auf den Hut zu verzichten und unter allen Umständen rechtzeitig loszufahren. Der Präfekt der Stiftsschule, fügte er mit ergriffen tremolierender Stimme hinzu, habe am Russlandfeldzug des Deutschen Reichs teilgenommen und sei aus dem Weltkrieg als Heiliger hervorgegangen. Er werde im ganzen Schweizerland verehrt, ich möge mich glücklich schätzen, von einem Knabenerzieher und Seelenführer dieses Formats zum Mann gemacht zu werden.

Vor dem Haus stand mit laufendem Motor und röchelndem Funkgerät der Jeep, am Steuer der Major, behelmt, gefechtsbereit und startklar zum Manöver – der Oberst erreichte seine Ziele auf die Minute pünktlich. Er erteilte mir noch die eine oder andere Ermahnung – die Fingernägel mit der Messerspitze reinigen, die Anweisungen des Heiligen befolgen, in den Gottesdiensten das Gähnen unterdrücken –, dann trat er vor den Garderobenspiegel, ließ sich von Mimi den schwarzen Ledermantel über die Schultern legen, klappte sich die Offiziersmütze auf den Scheitel und sprach zu seinem

Spiegelbild: »Mein lieber Filius, ich kenne keine Versager.«

Mit wippender Antenne brauste der Jeep davon.

*

Auf der Fähre über den See blieben die meisten Passagiere im Auto sitzen, aber ich und ein paar andere standen wie blutlose Schatten an der Reling, und indem sich das Ufer, wo wir abgelegt hatten, entfernte, fiel mir auf, dass die Passage anders verlief als bei früheren Fahrten. Der See lag im Glast eines schwülen Nachmittags, und als beide Ufer in einer bleichen Ferne lagen, war es mir, als würden wir über den Acheron dampfen. *Die klassischen Sagen des Altertums* waren mein Lieblingsbuch, ich hatte es in den Galizier gelegt, zusammen mit dem Tagebuch des Captain Scott, und unter einem Schwarm von Möwen fragte ich mich bang, ob ich auf dieser Überfahrt etwas Ähnliches erlebte wie die Verstorbenen, die zwischen den Ufern die Erinnerung an ihr Leben verloren.

Als wir dann durch schattendunkle Täler in die Berge fuhren, ging es bereits auf den Abend zu. Mimi schlug vor, in einem der Dörfer an der Strecke eine Kleinigkeit zu essen, wieder verloren wir Zeit, und beim Verlassen der Gastwirtschaft empfing uns eine merkwürdige Stille. Kein Auto war unterwegs, kein Vogel pfiff. Am Talende lagen die Firne im Abendglühen, im Osten glitzerten über den schwarzen Wänden schon erste Sterne. Die

Straße wurde steiler; in den Kehren hätte Mimi mit Zwischengas vom zweiten Gang in den ersten, vom ersten wieder in den zweiten schalten sollen, doch Stöckelschuhe mit spitzen Absätzen, da hatte sie recht, waren für dieses Manöver ungeeignet. Viel zu hochtourig, fast immer im ersten Gang, quälte sie den Ford bergauf, die Arme seitlich abgespreizt, die Büste nah am Steuer, und man brauchte kein Prophet zu sein, um vorhersagen zu können, dass sich der kochende Kühler, der jähe Temperaturabfall sowie das plötzliche Verschwinden des Firnglühens unaufhaltsam zu einer Katastrophe zusammenballten.

Es knallte dann erstaunlich sanft –

Der Ford glitt in einer Steilkurve von der Fahrbahn und rutschte in den Graben, wo der Motor mit einer dicken Rauchfahne aus der Kühlerhaube verröchelte. Endete meine Klosterschulzeit, bevor sie begonnen hatte? Gegen den Widerstand eines gefrorenen Buschs stieß ich die Tür auf und kraxelte auf allen Vieren zur Straße hoch. Hier merkte ich gleich, was die Vögel zum Verstummen, den Verkehr zum Erliegen gebracht hatte: der Winter. Der Winter war da. Aus der Stille winselte leise der Wind, ein Gebirgswind mit wirbelnden Flocken, in den Innerschweizer Bergen fiel schon jetzt, im späten Sommer, der erste Schnee. Das Kloster schien irgendwo weiter oben in den dunklen Wolken zu schweben, und während ich dabei war, den Schaden abzuschätzen, begannen in der Ferne Glocken zu läuten. Das

Kühlwasser schien sich in der kalten Luft zu beruhigen, und die Ölwanne, stellte ich schnuppernd fest, war nicht leck geschlagen. Das Heck ragte schräg empor, wie bei der untergehenden Titanic (auf der Großvater Katz, Mimis Vater, und der Galizier durch eine Kette unglaublicher Zufälle überlebt hatten), und mit bereits klammen Fingern klappte ich den Kofferraum auf. Ich hätte es mir denken können. Das Pannendreieck fehlte.

»Wolltest du nicht einen Wagen anhalten, Arthi-Darling?«

Mimi hatte ihr Beauty-Case ausgepackt und war dabei, die vom überhitzten Motor aufgewärmte Wagenkabine in einen Schönheitssalon zu verwandeln. Sie zog die Lippen nach, tupfte Puder auf die Wange, gab dann etwas Spucke in ein Döschen mit schwarzer Tusche und malte damit ihre langen, gekrümmten Wimpern an.

»Wir kommen zu spät«, sagte ich.

»Mit mir kommt man immer zu spät«, sagte Mimi, konzentriert in den Rückspiegel blickend. »Hast du das Pannendreieck aufgestellt?«

»Das hast du irgendwo stehen lassen.«

»Zu dumm, nicht wahr? Ich müsste mir bei Gelegenheit ein Dutzend von diesen Dingern anschaffen.«

Woher Mimi ihre Seelenruhe nahm, war mir klar. Eigentlich hieß sie Maria, nach der Gottesmutter, und wenn sie in Not gerieten, diese Marien, erschien meist ein jüngerer Herr und bot seine Hilfe an. Auf Golgotha war es Johannes gewesen, und vermutlich hatte die Gottesmutter unter dem Kreuz ähnlich reagiert wie jetzt Mimi, als ein Sportwagenfahrer an ihr Seitenfenster klopfte: »Oh, haben Sie ein wenig Zeit für mich«, flötete sie, »das wäre zu liebenswürdig.«

*

Das Kloster Maria zum Schnee hatte mit seiner grauen, breiten, den Himmel stauenden Front die Wirklichkeit eines Traums. Erbaut für alle Ewigkeit. Ein Gebirge, doch mit Hunderten von Fenstern, viele beleuchtet. Selbst Mimi verschlug es die Sprache. In der Mitte, gerahmt von den beiden Türmen, empfing die Kathedrale mit drei Toren die Pilger. Gesang tönte heraus, von einer Orgel begleitet, doch wie von fern, aus dem Innern des Himmels. Mimi, die es sogar im Sommer fror, schien unter der erhaben düsteren Steinmasse dieser Fassade vergessen zu haben, dass es Winter geworden war. Flocken fielen auf ihren Sommerhut. Der Gesang setzte aus, setzte wieder ein, und jetzt ertönten hoch oben, wo sich die Kuppeln der Türme in der Winternacht verloren, vier Viertelschläge, dann ging über dem Klosterplatz eine Folge präziser Donner nieder, die volle Stunde, acht Uhr abends.

»Arthi-Darling«, sagte Mimi mit einem bezaubernden Lächeln, »ich fürchte, wir haben uns ein wenig verspätet.«

*

Die aus schwarzen Marmorquadern gefügte Kapelle, die im hinteren Teil des Kirchenschiffs fremd und gotisch in der süßen Barockwelt stand, war wie ein Bühnenkasten zum Publikum hin offen. Über dem schmalen Altar schwebte inmitten eines flachen Gewitters aus Blattgold die Schwarze Madonna, ein Krönchen auf dem Haupt, in der rechten Hand ein Zepter, auf dem linken Arm das Kind, ebenfalls dunkel, ebenfalls gekrönt.

»Heilige Maria Mutter Gottes«, beteten Mimi und ich und waren im Angesicht der Himmelskönigin zum letzten Mal ein Herz, eine Seele, eine Zunge. »Heilige Maria Mutter Gottes, wir finden dich wunderschön, bitte gib uns etwas von der Liebe, die wir für dich hegen, zurück. Steh uns bei, wenn wir allein sind. Nimm uns an die Hand, wenn es dunkel wird. Und bitte, liebste heilige Mutter Gottes, sorge dafür, dass wir nicht weinen (oder höchstens ein bisschen), wenn der Moment kommt, da wir uns voneinander verabschieden müssen, Amen.«

Sie sah mit ihren Holzaugen über Mimi und mich hinweg in eine Ferne, die vielleicht das Land meiner Kindheit war, das nun unterging. Mimis Parfum hatte bereits einen leichten Hautgout, als wäre es ein Duft von gestern.

»Ihre Röcke und Mäntel waren im Escorial Philipps II. bei den Ersten Damen en mode«, flüsterte sie mir zu. »Dies ist ein Glockenrock.«

»Mich erinnert er an ein Pannendreieck.«

»Man hat eben seinen Stil«, sagte sie beleidigt. »Ich,

wie du weißt, orientiere mich an Coco Chanel. Komm jetzt. Wir müssen uns beeilen.«

... aber vor dem Ausgang blieben wir noch einmal stehen, drehten uns um und blickten empor in die flaumige Dämmerung eines Raums, wie ich ihn noch nie gesehen hatte, weit und hoch und voller Zierrat, alles in einem wuchtigen Durcheinander, da Massiges, da Weiches Ragendes Tragendes Fallendes Fließendes Fliehendes ...

»Barock«, sagte Mimi zur hohen, schon dunkelnden Kuppel hinauf, »im Übergang zum Rokoko.«

»Alle Formen«, flüsterte ich, den Kopf ebenfalls in den Nacken gedrückt, »und von allem zu viel.«

»Arthi-Darling«, sagte sie spitz, »solche Sottisen solltest du künftig unterlassen.«

Wir standen wie bei einer Flugschau, und um mich in all den Symbolen nicht zu verlieren, zeigte ich auf einen Wappenschild im Zenit des höchsten Bogens. Auf dem Wappen sah ein schwarzer Vogel mit zwei Köpfen nach links und rechts und trug eine Krone mit einem kleinen Kreuz. Das sei der Doppeladler, erklärte Mimi, das Wappen der Donaumonarchie.

»Hat es dir der Vater nicht gesagt? Maria zum Schnee ist eine habsburgische Stiftung. Ihr Zöglinge seid die letzten Untertanen der Kaiserin. Stell dir vor«, flüsterte sie ehrfürchtig, »früher hat den Habsburgern die halbe Welt gehört, ganz Mexiko und der halbe Osten, bis weit nach Russland hinein. Sender Katz, unser Urahn, war

Monate unterwegs, um von Drohobytsch, wo er bei Svatopluk & Kohn eine Pelzmütze und den Koffer gekauft hat, in die Schweiz zu kommen.«

»Monate?«, fragte ich ungläubig.

»Jahre«, antwortete Mimi, »Sender hat zu Fuß den ganzen Landozean durchquert. Im Galizier hatte er nichts als die Gebetsriemen, ein paar geklaute Kartoffeln und seine Schneiderschere.«

Mimi zog ihre Autohandschuhe aus, tunkte zwei Finger ins Weihwasserbecken, und ein Zucken ihrer frisch rougierten Lippen verriet, dass das Wasser eiskalt sein musste, nah am Gefrieren.

»Arthi-Darling, trag Sorge zu dir. Und bitte«, Mimis Augen wurden feucht, »vergiss mich nicht.«

Als sie das Knie beugte, sah ich auf ihrem breitrandigen Sommerhut schmelzende Schneekristalle glitzern, und plötzlich war mir klar, dass die Überquerung des Acheron doch die bekannten Folgen hatte. Im Stift Maria zum Schnee würde ich Mimi verlieren, wir ahnten es beide.

»Ich denke, du wirst die Kaiserin demnächst kennenlernen«, wechselte sie in den Ton der Fremdenführerin und entkam so ihrer Wehmut. »Am Todestag des Kaisers nimmt sie jeweils an der Seelenmesse teil, die die Patres für ihn lesen.« Jetzt versuchte sie sogar zu lächeln. »Aber sie könnte noch einen anderen Grund für ihre Besuche haben. Sagt man jedenfalls.«

Das Portal fiel donnernd hinter uns zu, und wieder

drohte uns die Fassade, die bestimmt so lang war wie die Titanic, zu erschlagen.

»Bei den Patres«, fuhr Mimi fort, »wirst du über das Geheimnis der Kaiserin mehr erfahren. Vielleicht teilst du es mir par occasion mit – brieflich. Oder im nächsten Sommer, wenn wir uns wiedersehen. Ich wüsste gern, ob es ihn tatsächlich gibt, den berühmten Diamanten.«

»Was für ein Diamant?«, fragte ich gereizt.

»Rot soll er sein. Ein roter Kristall. Und strahlen soll er, sogar im Dunkeln, wie ein Stern. Früher war er im Besitz der Habsburger, aber beim Zusammenbruch der Monarchie ging er verloren.«

»Hä?«

»Der Rote Diamant gilt als verschollen«, sagte Mimi träumerisch. »Angeblich wird er hier im Kloster aufbewahrt. Schau dir nur diese Fassade an! Oder die Türme! Hier wimmelt es von Verstecken.«

»Maman«, entgegnete ich, »wir sind hoffnungslos zu spät. Und ich fürchte, ich werde anderes zu tun haben, als einen … Diamanten zu suchen!«

*

Mimi zog an der Gymnasiumspforte ein zweites, ein drittes, ein viertes Mal den Stab. Irgendwo im Innern bimmelte eine Glocke, doch nichts geschah. Die hohe Klosterfront blieb stumm, das Portal zu. Es schneite stärker. Pilger, unter Schirme gebückt, tappten über den leicht abschüssigen, bereits weißen Klosterplatz zum Dorf hinab, von ihren schwarzen Fußabdrücken gefolgt.

»Eine Dame warten zu lassen«, schimpfte Mimi, »was erlauben sich diese Mönche!«

Da tat sich in der Tür ein Spalt auf, und aus gespitzten Lippen, über denen sich ein Schnauz kräuselte, kam täuschend echt ein Vogelzwitschern.

»Sind Sie der Pförtner?«

Der männliche Vogel war kaum größer als ich, trug ein Hütchen mit langen Federn und eine Brille mit dick gerillten Gläsern. Er erinnerte mich an den zerzausten Doppeladler.

»Ja, Maman«, übersetzte ich für Mimi das Gezwitscher, »das ist der Pförtner.«

»Bitte ihn, den Koffer aus dem Wagen zu holen, dann bekommt er einen Obolus.«

Sie suchte in ihrem Unterarmtäschchen die Zigarre, die uns der Vater für den Pförtner mitgegeben hatte, und ich führte ihn über den Platz zu unserem Ford, wobei er mir mit einem Kopfrucken zur Turmuhr bedeutete, das Schuljahr habe bereits am Nachmittag begonnen. Der Galizier enthielt die vorgeschriebene Wäsche für ein ganzes Trimester: zwei Dutzend schwarze Wollsocken, baumwollene Unterhosen, Frottiertücher, Waschlappen, das Necessaire, die Serviette sowie die Dose mit dem Essbesteck, in das die Nummer 230 eingraviert war. Ich zeigte dem Vogelmann das in den Kragen meines Wintermantels eingenähte Stoffschildchen, worauf er mir trillernd zu verstehen gab, die 230 sei eine ziemlich gute Nummer.

Der pfeifende Vogelmann nahm den Koffer auf die linke Schulter, und indem ich hinter ihm herging, fiel mir ein, dass der Galizier Mimi nicht nur ins Berner Konservatorium begleitet hatte, sondern auch zu ihren Geburten ins Spital, wie ein Talisman. Mir hatte er damals tatsächlich Glück gebracht. Nach zwei Totgeburten war ich der Erste, der durchkam, und ich konnte nur hoffen, dass mir der Talisman auch im Kloster zu überleben half.

2022

Der Zellensaal

Aus: »Help 3b«, Schülerzeitung Stiftsschule Einsiedeln, Januar 1966

ein gestank
zwei sind krank
und auch du
gute ruh

einer spricht
er erbricht
fenster zu
gute ruh

schokoladen
mäuse faden
fussballschuh
gute ruh

diese luft
ist zu lüften
dieser boden
ist zu roden

Der Rote Diamant

Auszug aus dem Roman
(Der Schlafsaal)

Frieders Jagdhund war eigentlich Subpräfekt Walafried, doch machten dem die schlauen Spitzel, die fast ausnahmslos ein Doppelspiel spielten, die Erfolge streitig. Wenn in tiefer Nacht irgendwo in den Schlafsälen die Stahlfedern einer Eisenpritsche quietschten, kam Walafried meistens zu spät, um einen von uns in flagranti beim Onanieren zu erwischen, und dass die Schlaueren unter uns die Federn mit Salatöl einschmierten (Mimi hatte es mir an den Silberschlössern des Galiziers vorgemacht), entging Walafried. Ebenso simpel tricksten wir ihn aus, wenn wir nachts die verbotenen Bücher lasen. Dann ließen wir in der großen Latrine bei den Schlafsälen die Tür der Klokabine einen Spalt weit offen, und da Walafried konsequent nur den roten Riegeln nachschnürte, war er in all den Jahren nie auf die Idee gekommen, hinter den angelehnten Türen könnten Leser hocken, frierende gierige Leser, die mit heißen Ohren verschlangen, was ihnen in die Finger kam. Andere Zöglinge lauschten heimlich ihren selbstgebastelten Radios und erfuhren, was sich draußen anbahnte. »The Times They Are a-Changin'«, sang im fernen Kalifornien mit einer hoffnungsfrohen Melancholie Bob Dylan, und Abertausende barbusiger Hippiegirls jubelten ihm zu.

*

Ja, schon drangen in die abgeschlossene Welt neue Töne ein, aber noch herrschte über das Stift der machtbewusste Präfekt und Psychopompos, noch drehte sich der Ewige Tag, noch galt die alte Ordnung, noch standen wir im sonntäglichen Pontifikalamt stramm im Karree, ein Jünglingsbataillon in schwarzen Kutten, vorn die Kleinsten, hinten die Größten, Blick nach vorn, zum Altar, wo der beweihräucherte Messpriester die Hostie emporstreckte. Man aß, was alle aßen; man lernte, was hier schon immer gelehrt wurde, und in der schwülen Luft der Schlafsäle, wo die Betten im Mondlicht wie verschneite Grabhügel aussahen, träumten dreihundert pubertierende Zöglinge den gleichen Traum: von Titten Schnitzeln Hintern Fritten. Festgelegt war auch der Menüplan: Am Dienstag war Kohl-Tag, Weißkohl Grünkohl Rotkohl, und hätte einer versucht, wenigstens in den Eingeweiden einen Rest von Individualität zu verteidigen, am Kohl wäre er gescheitert. Der Ewige Tag siegte mit Blähungen. Man furzte, wenn alle furzten, und man musste dringend, wenn alle dringend mussten, die meisten nach dem Frühstück, schwache Lateiner vor Schulbeginn.

2022

Der Vestiaribruder

Aus »Die Satellitenstadt«

Mitten in der Nacht, um drei Uhr früh, steht er auf, steigt in die Kutte und verlässt seine Zelle. Er ist es gewohnt, sein Werk leise und einsam wie ein Dieb zu verrichten – das Kloster liegt im Tiefschlaf, die Türme stehen schwarz in der eisigen Nacht.

Durch lange Gänge, über zahllose Treppen, um Säulen und Orgelpfeifen herum gelangt er in ein düsteres Gewölbe, in die Sakristei. Hier öffnet er in einer Wand, die nur aus Schränken besteht, eine Doppeltür, und jetzt, als habe er Gicht und Alter plötzlich abgeworfen, betritt er elegant wie ein Kavalier einen Raum, der vollkommen leer erscheint, ein Tanzboden ohne Tänzer.

Nein! Da sind sie ja, da schweben sie, Hunderte von Frauenkleidern, in langen Reihen unter die Decke gehängt, farbig wie Blumen, hohl wie Glocken. Nach Kampfer riechts, nach Weihrauch und Kerzenwachs. Er nimmt eine Stange, und damit, den Blick nach oben gerichtet, geht er unter die Röcke, diese steifen, aus Leinwand, Brokat und Samt gewirkten Behänge. Das ist sein Reich, hier kennt er sich aus – er, der Vestiaribruder, der Kammerdiener des Einsiedler Gnadenbildes.

Mit einer Stange pflückt er unter all den barocken Prachtgewändern das einzig erlaubte herunter: Zum Tag muss es passen, zu den liturgischen Farben. Ein kritischer Blick, wie sehen wir aus, aber Vorsicht, sagt er sich, allerhöchste Vorsicht, die Jahrhunderte haben seine Stoffe alt und mürbe gemacht.

Manchmal muss er geschwind noch ein paar eingepresste Perlen behauchen, und heute, vor dem Hohen Fest, greift der Vestiaribruder wie ein Frisör zum Fön und bläst den Staub aus den aufgestickten Vogel- und Fischornamenten.

Um halb vier ist er mit der Putzarbeit fertig und trägt das Kleid durch das nächtig leere Kirchenschiff zur Gnadenkapelle. Diese, ein Tempelchen aus schwarzem Marmor, steht im Innern der Kirche, und sonderbar, die Madonna, die seit alters die Waller und Büßer nach Einsiedeln lockt, sie steht fremd und gotisch in der herbstlich süßen Barockwelt. Vom Künstler, der die Statue geschaffen hat, weiß man nichts, aber es gilt als sicher, dass sich die Schnitzer in jenen Pestjahren nur als Handlanger verstanden: Die wahre Künstlerin, so wussten sie, ist die Zeit, die Vergänglichkeit. Tatsächlich hat sie am Gnadenbild gearbeitet. Die Kerzen und Ampeln, die ihr zu Ehren leuchten, haben das Madonnengesicht geschwärzt, und im Hinterkopf, munkelt man, klaffe ein Loch, etwa apfelgroß.

Schwarze Madonna im Kloster Einsiedeln

Wie ein Kind, das eben das Gehen lernt, hat der Bruder den Altar erklettert, erst das eine Knie, dann das andere hochnehmend, weiß Gott, es ist Morgen für Morgen ein schweres Stück Arbeit, mit seinen alten gichtigen Knochen auf den Tisch zu gelangen. Er rappelt sich hoch, auf die Beine, und nun geschieht die allerhöchste, die heiligste Wandlung: Die Himmelskönigin wechselt ihre Garderobe. Dabei ist ihr der Vestiaribruder, ihr geheimster Kammerdiener, behilflich. Er bewegt sich, in Socken natürlich, auf dem Altar wie ein uralter Balletttänzer, kein Schritt ist überflüssig, keine Verbeugung geziert. Fast hätte er ein Liedlein gepfiffen, so leicht, so flott geht ihm der Dienst von der Hand, da noch ein Stäubchen gezupft, dort eine Perle behaucht, wie sehen wir aus, wie fällt der Rock, die Glockenform steht, und zwar steht sie so, wie es im Escorial Philipps II. gegen Ende des 16. Jahrhunderts bei den Ersten Damen Mode war. Nach einem letzten, über die spitze Schulter geworfenen Blick, steigt der Alte vom Altar ab, seine Beinchen knicken ein, aber über ihm, was ihn für alle Mühen entlohnt, sieht er die Herrin schön gewandet schweben, vom Gewitter aus Kupfergold umkränzt. Er verbeugt sich – man bewahrt die Würde, indem man sie der Herrschaft entbietet.

Mit dem Kleid von gestern geht er den Weg zurück und hängt es in der Kleiderkammer unter der Decke wieder ein. Plötzlich ein Schlag, ein Schwall, das Frühgeläute, und siehe da, jetzt kommen, von mächtigen

Glocken in Schwung gebracht, all die alten Stoffe in ein leises Zittern. Der Vestiaribruder grinst zu den Röcken hinauf. Treibt es nicht zu wild, ihr Lieben!

Dann schlarpt er davon, gekrümmt vom Alter, von der Gicht und vom schweren Dienst an der Hohen Frau.

1992

Die Schwarze und die Weiße Madonna

Vortrag, gehalten am 11. 10. 2011 im Bode-Museum, Berlin

I

Am 1. November 1950 verkündete Papst Pius XII. in Rom das Dogma von der leiblichen Aufnahme Mariens in den Himmel, das bislang letzte Dogma der katholischen Glaubenslehre.

Am 21. Dezember jenes Jahres, das in der katholischen Kirche als heilig galt, bin ich geboren worden. Meine Mutter hieß Maria-Theresia. Damals trugen alle katholischen Frauen den Namen Maria, wenn nicht an erster, so doch an zweiter Stelle. Die Klinik des Innerschweizer Städtchens, wo meine junge Mama nach meiner Geburt auf der Maternité lag, hieß »Liebfrauenhof«. Sie war, der Name sagt es, »Unserer Lieben Frau« geweiht und wurde von Ordensschwestern geführt. Die Schwestern vom »Liebfrauenhof«, die ebenfalls alle Maria hießen, Maria Gabriela, Maria Wiborada, Maria Bernarda, waren der frommen Meinung, die Patientin Maria-Theresia müsse überglücklich sein, dass ihr Kind im Heiligen Jahr und erst noch kurz vor Weihnachten auf die Welt gekommen war, aber meiner jungen Mama, von allen Mimi genannt, ging es miserabel. Sie blutete und hatte Fieber. Am Abend des 24. holten die Schwestern einen Priester, damit er Mimi mit den Sterbesakramenten versehe. Mimi atmete schwer, das Fieber stieg, ihr Blut floss noch immer. Doktor Marder, der Chefarzt, sagte: »Die junge Mimi wird die Welt verlassen müssen.« – »Dann soll mein Sohn wenigstens einmal seine Mutter spüren«, entschied der Vater. Chefarzt Marder gab seine Einwilligung, eine Schwester holte mich aus dem Babysaal und legte mich ins Sterbebett, an Mimis Wange. Dann gingen alle hinaus, zum Schluss auch eine alte Nonne, die seit Stunden bei Mimi gewacht und leise wispernd den Schmerzensreichen Rosenkranz gebetet hatte. Im Fenster fielen Flocken. Mimi wollte sterben, ich wollte trinken.

Als Kind habe ich hartnäckig geglaubt, meinetwegen würden in den Gassen Sterne aufgehängt und an den Christbäumen Kerzen brennen. Die Weihnachtsgeschichte war meine Geschichte, und immer wieder habe ich Mimi gebeten, sie mit den gleichen Sätzen, den gleichen Worten zu erzählen. Die Stelle, da wir im Spitalbett miteinander allein waren, fand ich am schönsten. Denn hier machte Mimi eine Pause, klimperte mit ihren künstlichen Wimpern und sagte lächelnd: »Weißt du, Tomeli, ich habe eine fatale Tendenz zu Pannen – nicht nur beim Autofahren, auch im Leben, und sogar bei meinen Geburten. Du meinst, dass du der älteste bist. Aber in Wahrheit bist du der dritte. Die andern beiden sind vor der Zeit gegangen.« – »Ich habe überlebt«, sagte ich dann, »erzähl weiter!«

»Auf einmal standen Engel um unser Bett herum«, fuhr Mimi fort, »und wir beide dachten, nun seien wir in der Ewigkeit angekommen.« Mimis Blutfluss hörte auf, das Fieber sank, und das leichte Ziehen in ihren Brüsten konnte ich ihr mit meinen winzigen Lippen wegtrinken. Alles war gut und schön. Auch mir wird es im Himmel gefallen haben. Aber dann begann sich Mimi über diesen Himmel doch zu wundern. Der Oberengel hatte vorstehende Zähne und glich trotz seiner Flügel der Oberschwester vom »Liebfrauenhof«. Als die Engel »Stille Nacht, Heilige Nacht« anstimmten, sangen sie ein wenig falsch, und vor dem Fenster schneite es. Du meine Güte, dachte Mimi, ist drüben alles wie hüben? Unterscheidet sich das Reich der heiligen Muttergottes in nichts von der Welt, die wir gerade verlassen haben?

In diesem Augenblick stürzten Menschen herein. Der Vater fiel vor dem Bett in die Knie, Dr. Marder maß Mimi den Puls, und die alte Nonne setzte sich wieder auf ihren Stuhl, wie vorher, aber jetzt betete sie den Freudenreichen Rosenkranz. Sämtliche Nonnen und Engel strahlten. »Ein Wunder«, riefen sie, »von der Mutter Gottes bewirkt!« Mimi war von der allgemeinen Freude ganz verwirrt. Man musste ihr einen Spiegel reichen, damit sie sich betrachten und ihre Frisur überprüfen konnte. Dann schickte sie alle hinaus, nur die alte Nonne durfte bleiben.

»Tomeli«, sagte Mimi halb traurig, halb amüsiert, »ich fürchte, da ist wieder eine kleine Panne passiert. Wir sind nicht im Himmel. Wir sind immer noch auf der Welt und müssen weiterleben.«

II

Noch in meiner Kindheit haben alle katholischen Frauen Maria geheißen, sie war die unumschränkte Königin, der Himmel und Erde gehörten. Man erflehte ihren Beistand, man vertraute ihr, sie war die große Mutter, die half, wo sie konnte. Maria sorgte für das Gute, hielt das Böse ab, leitete Blitze um, beendete mit Regengüssen die Dürre und korrigierte mit Wundern den Gang der Dinge. Auf Weg und Steg waren ihr Kapellen und Bildstöcke geweiht, sie stand in Häusernischen und lächelte von Bildern und Medaillons, im Mai zogen Prozessionen mit Marienfahnen über die Wiesen, und die meisten katholischen Familien reisten einmal im Jahr zu einem Wallfahrtsort, um an einem Marienaltar Kerzen anzuzünden, für jedes Kind eine. Aber in den Kirchen gehörte ihr nur ein Nebenaltar, und das hatte, sollte mir später bewusst werden, System.

Von den Evangelisten, hat Klaus Schreiner, emeritierter Historiker an der Universität Bielefeld, festgestellt, ist Maria stiefmütterlich behandelt worden. Der Bibelleser erfährt nichts »über ihre geistigen Interessen und persönlichen Vorlieben, nichts über ihre Gefühle. Die überlieferten Fragmente reichen nicht aus«, meint Schreiner, »um mit deren Hilfe ein geschlossenes Bild über die wirkliche Maria zu entwerfen. Paulus, in dessen Brief an die Galater sich der älteste Hinweis auf die Mutter Jesu findet, nennt nicht einmal ihren Namen.«

Ja. Stimmt. Aber. Aber gerade durch die Lücken in Marias biblischer Biographie haben sich ungeahnte Möglichkeiten eröffnet – für die abendländische Kunst und für das fromme Volk. Die größten Maler haben mit ihrer Phantasie die Leerstellen gefüllt, und bis zum heutigen Tag schließen Gläubige ihre eigenen Sorgen und Nöte, ihre Hoffnungen und Wünsche in die Lücken von Marias Leben ein.

Diese Präsenz Marias, wie ich sie in meiner Kindheit noch erlebte, hat zwei Gründe. Zum einen, wie gesagt, die Lücken in den Evangelien – sie boten den Künstlern Projektionsflächen an. Zum andern: Die Nebenfigur Maria ist in den Evangelien in zentrale und fundamentale Ereignisse der menschlichen Existenz gestellt. Wenn sie im Neuen Testament auftritt, geht es fast ausschließlich um eine Grenz- oder Ausnahmesituation, also um Ereignisse, die die menschliche Existenz bestimmen. Einfach gesagt: Es geht um Leben und Tod. Es geht um die Erlösergeburt im Stall, die Flucht nach Ägypten, die Entfremdung vom Kind, das Staunen über den Lebensweg des Sohnes, und der Höhepunkt dieses Lebens, die eigentliche Ekstase, das Hinausstehen in die Nacht des Nichts, ist das Karfreitagsgeschehen, da die Mutter das qualvolle Sterben ihres Sohnes erleben muss. Einzig Johannes beschreibt diese Szene, die andern drei Evangelisten erwähnen Maria am Kreuzweg nicht, in diesen wenigen Sätzen jedoch ist das Höchste an Verzweiflung, das Tiefste an Schmerz ausgedrückt, weshalb Marias Ausharren in der Nachmittagsfinsternis zu einer Ikone der abendländischen Kunst wurde. Die Pietà, eine Erfindung des 14. Jahrhunderts, ist ein schlagendes Beispiel für die Kraft, deren Quelle eine Leerstelle in Marias Biographie war.

Da der Protestantismus einzig das Wort gelten lässt, »sola scriptura«, ist ihm die katholische Marienfrömmigkeit fremd. Evangelische Theologen sprechen von »Wucherungen«, und in der Tat, was durch die abendländische Kunst in die Lücken eingedrungen ist, hat sich aus Geschwulstkeimen zu eigenen Körpern entwickelt, das beginnt bei Marias Geburt und endet mit ihrer Aufnahme in den Himmel. Manches daran mag naiv und geschmacklos sein, die Wallfahrer aller Zeiten jedoch empfinden das anders. Ähnlich wie die Künstler lieben sie an ihrer Madonna nicht nur die großen Szenen von Erlösergeburt und Kreuzestod, sondern fast noch mehr die Räume dazwischen, in denen sie die eigenen Geschwüre, die eigenen Sünden und Wünsche abladen können. Denn Maria versteht uns. Maria teilt unsere Erfahrungen. Sie hat durch ihr Kind die hellsten Freuden und die dunkelsten Schmerzen erfahren, sie kennt das Leid von Flucht und Vertreibung und das Zusammenleben mit einem Mann, der es beim besten Willen nicht schafft, seine Frau zu verstehen.

Giotto wurde eines Tages gefragt, warum die Maler Josef immer so schwermütig darstellten, oft sogar als Säufer. Giottos Antwort: »Hat er denn nicht Ursache dazu, da er seine Frau schwanger sieht und nicht weiß von wem?« Josef tritt in den Evangelien nur als Statist auf, aber so konnte auch er, wie Maria, zu einer weißen Fläche werden, die die Phantasie der Maler, Bildhauer, Freskanten, Novellisten, Legendenerzähler und Dramatiker aller Zeiten angeregt hat. Nicht die Bibel, die Kunst hat Marias Ehegatten eine ernsthafte Rolle zugeteilt. Zum Glück! Für uns alle, die wir hie und da ob dem komplizierten Wesen unserer Liebsten ins Grübeln kommen, wurde Josef zu einem verständnisvollen Leidkumpan.

III

In Maria stoßen zwei Welten, zwei Kulturen, zwei Testamente zusammen. Hebräisch heißt sie Mirjam, und von über sechzig Deutungen dieses Namens sind die wichtigsten: »Bitteres Meer« und »Meerestropfen«, lateinisch »stilla maris«. Daraus machte die christliche Anbetung »Stella maris«, das I wurde zum E, der Tropfen zum Stern, die salzige Bitternis zum Leuchten in der Nacht über der Wasserwüste. Diese umdeutende Erhebung ergab sich aus der Verehrung, die die Gottesmutter schon in frühchristlicher Zeit und in den apokryphen Evangelien erfuhr. Indem das fromme Volk und die Künstler aus der Neben- eine Zentralfigur machten, löste sich Maria aus der Schrift, weshalb sich die Kirchenväter ihrerseits gezwungen sahen, die Lücken im Marienleben zu füllen – mit Rückgriffen auf das Alte Testament. Vor allem das Hohe Lied wurde mariologisch gedeutet, und dessen Frage: »Wer ist sie, die da herabschaut wie die Morgenröte, / schön wie der Vollmond, / rein wie die Sonne« fand eine klare Antwort: Es ist Maria, die Himmelskönigin, »die schönste unter den Frauen«. Die Theologie der frühen Jahrhunderte war Philologie, die die von den Evangelien karg ausgestattete Gottesgebärerin mit der Poesie und der Sprachgewalt des Alten Testaments ergänzt hat. So wurde Maria zur »Lilie unter den Dornen« und das gläubige Volk zum »Geliebten, der die Lilienauen weidet«.

Auch in diesem Zusammenhang stimmt das protestantische Lästerwort vom Metastasieren des Marienglaubens. Mit manchem Kirchenvater und Wüstenmönch, mit vielen Mystikern und Generationen von Lyrikern ging die Phantasie ins Perverse durch, aber was macht das schon! – aus der Umdeutung der Braut des Hohen Liedes in die Mutter Gottes erwuchs große Kunst und eine tröstliche Theologie, die Marias Brüste als »Quelle des Heils und der Weisheit« und die sprudelnde Milch als »Nahrung für die Kinder Gottes« interpretierte.

Die Exegeten der frühen Jahrhunderte haben die neutestamentarische Gestalt Marias aus dem Bildvorrat des Alten Testaments vollendet, ja neu geschaffen, und natürlich geschah dies nicht nur deshalb, um mit den Sehnsüchten der Gläubigen und den Schöpfungen der Künstler mitzuhalten. Der wahre Grund für die Einbindung Marias ins Alte Testament war vielmehr der Versuch, den Riss, der die jüdische Mutter des christlichen Gottes zu einem geteilten Wesen macht, im Hegel'schen Sinn aufzuheben, das heißt: Der Riss wurde in Maria zugleich verfugt und bewahrt, sie ist eine synthetische Schöpfung aus Altem und Neuem Testament, aus ihrer jüdischen Herkunft und einer christlichen Zukunft, die sie geboren hatte.

Gewiss, Lukas, der Weihnachtsevangelist, hat für Maria nur wenige Worte übrig, sie bergen jedoch den Kern der Spaltung von Judentum und Christentum, und damit ist jenes Geheimnis angesprochen, das heute selbst bei katholischen Theologen ein degoutiertes Unverständnis auslöst: die Empfängnis durch das Wort und die zugleich spirituelle und leibliche Schwangerschaft. Ja: ein Geheimnis. Seine Enthüllung würde es zerstören, und ich bin froh, Ihnen dank Klaus Schreiner, dem wirklich alles über die Madonna wissenden Madonnenforscher, einen Hinweis geben zu können, der geeignet ist, dem Geheimnis das ihm gebührende Verständnis entgegenzubringen.

An den Umständen der Geburt ist Lukas nicht interessiert. Wichtig, so Schreiner, erscheine ihm allein die Tatsache, dass die Geburt in dem von den Propheten geweissagten Bethlehem, der Stadt Davids, stattgefunden habe. Auch von Ochs und Esel weiß Lukas nichts, allerdings erwähnt er die fehlende Unterkunft und die Krippe, in die das Neugeborene gelegt wurde. Dadurch fiel es den späteren Exegeten leicht, die göttliche Geburt mit der Verheißung des Propheten Jesaja zu verbinden, wonach »Ochs und Esel die Krippe des Herrn kennen«, und ebenso das Wort des Propheten Habakuk erfüllt zu sehen, bei dem geschrieben steht: »Du wirst dich offenbaren inmitten zweier Tiere, wenn die Zeit gekommen ist.« Lukas gelingt es, mit der »Krippe in der Stadt Davids« die Erlösergeburt ins Alte Testament, also in die jüdische Heilsgeschichte einzuschreiben – einerseits. Andererseits, legt Schreiner dar, ist dem Evangelisten bewusst, dass er eine gewaltige Spaltung vornimmt, die Abtrennung vom Judentum und dessen Reinheitsgeboten. Denn die Botschaft, der Messias sei aus dem Unreinen einer Schwangerschaft in die Welt gekommen, empfand das Judentum als Provokation. Der gewindelte Messias in der Krippe, von einer Frau geboren, das war wahrhaftig die Geburt einer neuen Religion, die sich von der alten, aus der sie entstand, wuchtig abstieß.

Hier ist nur vom Hintergrund die Rede, nicht vom Geheimnis selbst. Allerdings gilt es heutzutage als chic, die Parthenogenese als eine »Tabuisierung der Sexualität« abzuwerten, und da halte ich mich gern an den Historiker, der die Bruchstelle zwischen Judentum und Christentum aufsucht und uns so zur Einsicht verhilft, die Transzendierung des Unreinen ins Geheimnis könnte dem Respekt vor den jüdischen Reinheitsgeboten geschuldet sein. Kam das Geheimnis aus dem Heiligen Geist? Entsprang es den historischen Umständen? Das ist eine Frage des Glaubens und der Interpretation, daran will ich nicht rühren, nur anmerken, dass aus dem Gegensatz von Rein und Unrein das Doppelte von Marias Wesen deutlich hervortritt. Sie ist die Unbefleckte, die nicht von Josef, dem greisen Gatten, sondern von »logoi spermatikoi«, von Geistesspermien, befruchtet wurde, und zugleich eine gewöhnliche Frau, die unter Schmerzen gebar. Wie sie es ertrug, dass sie durch die Erfüllung ihres heilsgeschichtlichen Auftrags die Gebote der eigenen Religion verletzt hatte, wie sie es ertrug, dass aus dieser Wunde ein neuer Glaube, ja eine neue Zeit aufbrach, wie sie damit fertig wurde, die Auserkorene und die Ausgestoßene zu sein – darüber steht nichts geschrieben. Das blieb offen, fruchtbar offen und offenbarte aus dieser Öffnung die wohl größte Frauengestalt der Geschichte: Maria Regina Coeli und Ancilla Domini, eine Himmelskönigin und eine Magd, eine Dienerin, eine »Sklavin«, wie es bei Lukas heißt.

IV

An einem düsteren Oktobertag anno 1963 fuhr mich Mimi in unserem Ford Taunus in die Klosterschule Einsiedeln. Einsiedeln liegt in einem Innerschweizer Hochtal, und Mimi mit ihrer Tendenz zu Pannen und einer

Scheu vor dem Zwischengasgeben schoss derart hochtourig durch die steilen Kurven, dass Rauch aus dem Motor quoll und ein netter Herr, der auf Mimis Winken hin anhielt, den Wagen mit Wasser aus einem Gebirgsfluss wieder flott machen musste. Als wir vor der gewaltigen Barockfassade der Klosterkirche ankamen, war die Pforte bereits geschlossen. Der Präfekt, eine massige Gestalt in schwarzer Kutte, empfing mich mit einem bedenklich geneigten Haupt: Zögling, du bist zu spät! Wie ich bald merken sollte, war der Neigungswinkel seines Kopfes Maria nachempfunden – so wurde sie immer wieder gestaltet und abgebildet: dem auf ihrem Schoß sitzenden Jesusknaben zugeneigt, milde lächelnd und schweren Herzens vorausempfindend, dass der Schädel des Sohnes eines Tages leicht schräg vom Kreuz hängen würde. Der Präfekt war ein überzeugter Marianist. Er hatte einen gewaltigen Ausstoß an Marien-Gebeten, Marien-Litaneien, Marien-Gedichten, die wir Zöglinge Abend für Abend mit brüchigen Stimmen aufsagen mussten. Nachts schlich er durch die Schlafsäle und leuchtete mit einer Taschenlampe das Innenfutter unserer an den Spinden hängenden Kutten auf mögliche Flecken ab – sie stellten in den Augen des Präfekten Sünden wider die Unbefleckte dar, was er uns mit marianisch geneigtem Haupt und züchtig gesenkten Augenlidern vorhielt.

In der Steinstadt des Klosters lebten damals sechshundert Mönche, Fratres, Brüder, Zöglinge, und die

Madonna war die einzige Frau. Sie bewohnte im hinteren Teil der Wallfahrtskirche ein aus schwarzem Marmor errichtetes Tempelchen, das fremd und gotisch in der süßen Barockwelt stand. Zur Vesper zogen wir alle vor sie hin, die beiden jüngsten Zöglinge an der Spitze der Kolonne, an deren Ende die beiden ältesten Mönche, kahl, gebeugt und nah dem Tod, der ihnen folgte mit Stundenglas und Sense. Dann versammelten wir uns vor dem Gnadenaltar und sangen vierstimmig ihr Lob, »Salve, Regina«, Königin, sei gegrüßt! Wenn das Minnelied in den hohen Gewölben verhallte, beugten sich sechshundert ausrasierte Knaben- und Männernacken, und sie, die Regina, die Reine, sah über uns hinweg in eine unbestimmte Ferne. Ihre glockenförmigen Röcke waren im Escorial Philipps II. gegen Ende des 16. Jahrhunderts bei den Ersten Damen Mode gewesen, und vor allem im Mai, dem Marienmonat, da sie ihre entzückendsten Modelle vorführte, erinnerte mich die Einsiedler Madonna ein wenig an Mimi. Beide schienen dasselbe Motto zu haben: On a du style – was sie leider nicht daran hinderte, stets und ständig in Pannen verwickelt zu werden. Aber wie im Leben von Mimi, tauchten auch im Leben der Madonna immer wieder nette Herren auf, die ihr im Schlamassel beistanden. Josef übernahm gütig die Vaterschaft, und unterm Kreuz war es Johannes, der Lieblingsjünger, der sich bei Maria höflich erkundigte, ob er ihr behilflich sein dürfe. Ah ja, wirklich? Würden Sie das tun? Haben Sie ein wenig Zeit für mich?

V

Das Gnadenbild von Einsiedeln ist schwarz – wie jenes von Tschenstochau, Altötting, Montserrat oder Brünn. Warum? Religionshistoriker haben diese Frage immer wieder gestellt und bieten zahllose Erklärungen an. Die einen sagen: Die ersten Madonnenstatuen seien aus dunklem Zedernholz geschnitzt worden und hätten diese Tradition begründet. Andere führen die Schwärze auf den Umstand zurück, dass die ersten Darstellungen Marias aus den Katakomben ans Licht kamen, vom Ruß der Ampeln und dem Staub der Erde befleckt. In Einsiedeln geht man davon aus, dass die im Mittelalter mehrmals abgebrannte Holzkirche das Gnadenbild verkohlen ließ, und aufgrund von Pilgerbewegungen kann nachgewiesen werden, dass jeder Versuch, die Verkohlte durch eine Weiße zu ersetzen, gescheitert ist. War die Reine nicht mehr dunkel, blieben die Wallfahrer aus – und legt das nicht die Vermutung nahe, das schwarze Standbild könnte nicht nur aus den Katakomben, nicht nur aus der Asche, sondern aus der Tiefe der Zeiten emporgestiegen und in seinen Ursprüngen eine chthonische Göttin gewesen sein? Neuere Auslegungen, beeinflusst von C. G. Jungs Archetypenlehre, halten dies für wahrscheinlich, denn mittlerweile haben Ausgrabungen gezeigt, dass die antike Welt von dunklen Muttergottheiten nur so wimmelt. Dunkel war Demeter. Dunkel war Persephone, die Gemahlin des Hades, die übrigens das Epitheton ornans »die schöne Jungfrau« trägt. Dunkel war auch Artemis, von den Römern Diana genannt, und wie später Maria erschien diese Göttin als Doppelwesen. Ihre Pfeile brachten den Tod, ihre Hände halfen bei der Geburt. Artemis/Diana verkörperte die konträre Einheit von Jungfrau und Mutter, sie wurde als »Tierwürgerin und Schlächterin« gefürchtet und angerufen als »Heilerin und Retterin«. Platon leitete den Namen Artemis vom Wort »artemes«, integer, ab und hat so ein Deutungsmuster vorgegeben, an das sich dann auch die Kirchenväter gehalten haben. Indem sie aus den »bitteren Meeren« im Namen Mirjam einen »leuchtenden Stern« extrahierten, versuchten sie, die Mutter Gottes in ähnlicher Weise reinzuwaschen, wie das Platon mit Artemis gemacht hat – integer heißt ohne Makel, unversehrt, sauber. Artemis wurde hauptsächlich in Ephesos verehrt, und dort, so die Legende, soll Maria ihren Lebensabend verbracht haben. Aufgrund solcher Bezüge zog Jacob Grimm in seiner »Deutschen Mythologie« den Schluss, in der »heiligen Jungfrau würden antike Gottheiten fortleben«. Goethe, entnehme ich Klaus Schreiner, ging Grimm mit dieser Meinung auf die Nerven. Der Dichter der Klassik und des vornehmen Geschmacks hielt die aus »ägyptischen und abessinischen Anlässen« auf die Mutter Gottes übertragene »Mohrenfarbe« für die »tristeste aller Erscheinungen«. Zumindest mit seinem Verweis auf Ägypten und Abessinien könnte Goethe recht haben. Schon Origines, der wie alle Kirchenväter bemüht war, die im Neuen Testament karg erzählte Maria mit Insignien aus dem Alten Testament zu veredeln, zog eine Linie von der Regina Äthiopissa, der Königin von Saba, die König Salomon besucht hat, über die dunkle Braut im Hohen Lied bis zu Maria, der Gottesmutter. Eine ähnliche Linie, so Schreiner, führt von der Gottesmutter auf die ägyptische Göttin Isis zurück. Im Besitz der Staatlichen Museen Berlins ist eine Isis-Gestalt, die ihrem Sohn Horus die Brust gibt. Ihre Hörner wurden weggeschliffen. Isis, könnte man mit Platon sagen, wurde aus dem Ägyptischen ins christliche Abendland *integriert*.

Als Platoniker neige ich dazu, Urbilder für wahr zu halten. Urbilder haben im Reich der Ideen ihre Wirklichkeit und berühren uns in Erscheinungen, das heißt: Sie entfließen einer menschlichen Seele, die sich die Sehnsucht an vorgeburtliche Räume erhalten hat. Dort haben wir alles in seinem Wesen geschaut, und so dürfte auch die Muttergöttin mit ihren zwei Gesichtern, einem hellen und einem dunklen, *Anamnesis* sein, eine Wieder-Erinnerung an die ewige Anima. Die Anima ist ein Doppelwesen aus finsterer Nacht und reinem Licht, sie ist rabenschwarz wie das Einsiedler Gnadenbild und blütenweiß wie die von Engeln und Lilien gerahmte Madonna Botticellis.

Thomas von Aquin hat Maria in eine gültige These gefasst: »Mater Dei est pura creatura.« Die Mutter Gottes ist reine Natur. Rein im Sinn von makellos? Oder das

Gegenteil davon, nämlich pure Natur, reines Diesseits? Beides eben. Ganz schwarz, ganz weiß. Eine Geteilte, die die Teilung in sich überwunden hat.

VI

CRASH! Es knallt, scheppert, kracht, und während der Wagen fliegt, immer noch fliegt, wickelt sich die Frontscheibe mit einem zärtlichen Knistern um meinen Schädel. Dann Stille. Eine große heilige Stille, in der mir allmählich bewusst wird: Du bist verunfallt. Es gelingt mir, mich aus dem zerstörten Wagen zu befreien und über eine lange, schmale Brücke das nächste Dorf zu erreichen – damals lebte ich in der Nähe von Einsiedeln und war, wie man hinterher messen sollte, mit 1,2 Promille unterwegs nach Hause. Zwei Uhr nachts. Alles schlief, nirgendwo Licht. Ich schleppte mich in eine Telefonzelle, um Hilfe zu rufen – meine einzige Sorge galt dem Wrack, das draußen auf der Brücke lag, den Rest glaubte ich unter Kontrolle zu haben. Als ich den Hörer vom Haken nahm, sah ich in der Scheibe der Kabinentür einen Mann, der den Hörer hielt, und wurde von einem tödlichen Schrecken gepackt: Das bin ich nicht! – aus der Schläfe des Mannes steht eine Glasscherbe, die Stirn ist aufgequollen, das Gesicht eine blutige Fratze mit großen, entsetzt starrenden Augen. Ich stürzte aus der Zelle zum nächsten Haus, wo ich in wachsender Panik sämtliche Klingeln drückte, dann erlahmten die Kräfte, und in meinem Delirium hielt ich es für richtig, die paar Schritte zum Friedhof zu gehen und mich an dessen Mauer hinzusetzen. Schmerzen spürte ich keine. Es war eine Maiennacht, die Luft kühl, das Gras feucht vom Tau. Ich hatte stets befürchtet, an der Grenze von religiösen Ängsten heimgesucht zu werden, aber nein, nichts dergleichen – heiter und gelassen war ich einverstanden mit meinem Leben und dessen Ende.

Mein Klingeln hatte im zweiten Stock des Mietshauses ein Baby geweckt. Es fing an zu weinen, seine junge Mama nahm es aus dem Bettchen und trat an das offene Fenster, um ihm die Brust zu geben. Wer war diese Frau? Ganz klar, das war die ägyptische Isis, die den kleinen Horus stillte. Aber dann entdeckte sie unten auf der Straße im Licht einer Laterne eine glitzernde Tropfenspur, und jetzt muss erwähnt werden, dass der Vater der Frau Jäger und ihr Mann Metzger war. Also verwandelte sich Isis in die griechische Artemis oder die römische Diana, die mit Kennerblick vermutete, die Blutspur stamme von einem angefahrenen Reh. Sofort weckte Artemis/Diana den Metzger und befahl ihm, mit einem Küchenmesser nach unten zu gehen, um das verletzte Tier zu töten. Er gehorchte. Verschlafen folgte er der Spur bis zum Friedhof, und hätte die junge Frau nicht im Fenster gestanden, so dass der Mann zu ihr hochschreien konnte, hier sterbe einer, wäre die Hilfe zu spät gekommen. Doch das Wunder geschah, sie stand im Fenster, erfasste die Situation und schaffte es, mit drei

Anrufen an die richtigen Stellen mein Leben zu retten. In allerletzter Sekunde bekam ich vom Notarzt an der Friedhofmauer eine erste Bluttransfusion, und der arme Metzger, der immer noch das Küchenmesser in der Faust hatte und tatsächlich Giuseppe hieß, wurde von einem Polizisten verhört. Während der Krankenwagen mit heulender Sirene dem Bezirksspital Einsiedeln entgegenbrauste und im fernen Zürich ein Helikopter aufstieg, um mich im Fall eines Schädelbruchs in die Universitätsklinik fliegen zu können, stand die junge Frau wieder im Fenster und wird mit betauten Augen in eine unbestimmte Ferne geschaut haben, das Haupt leicht geneigt, auf den Armen das gestillte Kind, über sich den Strahlenkranz der Sterne: die Madonna.

2011

Der Rote Diamant

Auszug aus dem Roman
(Unter der Turmuhr)

Aus der hohen Nacht sanken lautlos die hellen Flocken. Der Pfortenvogel zog den Kopf aus dem sich schließenden Türspalt, und es traf mich wie Schläge in den Rücken: das Einrasten des Portalflügels; das Umdrehen des Schlüssels; das Einhaken der Kette. Du bist ausgeschlossen, lautete die Botschaft, verschwinde! Subpräfekt Walafried, geifernd vor Befriedigung, hatte mir meine Schuhe gereicht, und über kurz oder lang, vielleicht schon morgen, würde die Kutte, die ich getragen hatte, einen anderen kleiden. Ein anderer würde meine Nummer bekommen, am Tisch meinen Platz, im Schlafsaal mein Bett einnehmen. Der Zögling 230 würde weiterexistieren, und mir war klar, dass es mir kaum gelingen würde, mich von ihm zu trennen. Einmal Vase, immer Vase.

Bruder Frieder hatte per Telefon meine Eltern informiert, und so wartete ich nun, an die gewaltige Escorial-Fassade gelehnt, die Hände tief in die Taschen gesteckt, auf meine Maman. Selbstverständlich war mir klar, dass ich vergeblich wartete. Wenn sie tatsächlich losgefahren war, würde sie mit ihren Sommerreifen spätestens in den

Kehren am Klosterberg von der verschneiten Straße rutschen, und zu dieser späten Stunde war es zweifelhaft, dass jemand vorbeikam, der sie, wie seinerzeit bei meiner Einlieferung, aus dem Graben lupfte. Aber ewig konnte ich hier nicht bleiben, es war eisig kalt geworden, nur: Wohin mich wenden?

Ich setzte mich auf den Galizier, und der Turm, zu dem ich hochsah, kam mir vor wie die sinkende Titanic, die mit ihrem Heck in das lautlose Sinken der Flocken ragte.

*

Viertel vor. Viertel nach. Ich begann zu zittern, so sehr fror's mich, und die letzte Hoffnung, dass es Mimi wider alle Erwartung mit dem Wagen bis nach Maria Schnee schaffen könnte, war mit den letzten Lichtern im Dorf erloschen. Viertel nach. Viertel vor. Die volle Stunde schien ich jedes Mal zu verpassen, denn immer häufiger sank mein Kopf auf die Brust, döste ich für einige Minuten ein, war der Schlaf stärker als das Frieren. Im Nacken, wo der Kuttenkragen fehlte, und an den Zehen, die in den zu klein gewordenen Schuhen kaum Platz hatten, begann der Frost zu brennen. Erfrieren, hieß es, sei der leichteste Tod – lang würde es nicht dauern. Die Flocken sanken sanft, sanft und gütig und warm. Ich war nicht traurig, eher heiter, dankbar für ein gutes Leben. Immerhin hatte ich mich bemüht, dem Obersten zuliebe eine männliche Vase zu werden und alles, was von oben kam, demütig in mich aufzunehmen: zuletzt, in dieser stillen Nacht, die Stimme von Rose, einer Stimme voller Liebe (nur leider nicht für mich), und nun die rieselnden Flocken.

Wieder hatte die Glocke geschlagen, wieder ein Viertelschlag, und allmählich begriff ich, dass die volle Stunde der Gong sein könnte, der meinen Kampf beenden würde. Schade, den Galizier musste ich wohl zurücklassen – in die andere Welt durfte man nichts mitnehmen, auch den Körper musste ich abgeben, dieses bereits etwas steife Skelett im Schneegewand, und dann, du Liebste, du Schönste, meine über alles geliebte Rosa tristis, wird meine Seele Flügel bekommen und mich hinübertragen in jenes andere weite Land, das im Glitzern der Schneekristalle auf den flachen Stufen der Treppe bereits zum Vorschein kommt – als würden da lauter Juwelen funkeln, lauter rote Diamanten …

Als ich die vom Frost verklebten Augen noch einmal aufriss, lehnte sich aus einem erleuchteten Fenster der zweiten Etage – es war ein Fenster des Physikauditoriums – ein schmaler Schatten, breitete die Arme aus und schrie: »He, du da unten, steh auf, schüttle den Schnee ab! Du sollst nicht erfrieren, sondern einsehen, was für ein großartiges Gebäude unser Kloster ist. Erhebe den Blick zu den Turmkuppeln, die sich dem Himmel vermählen! Denk an die Säulen, die im Innern die hohen Gewölbe in der Schwebe halten! Verneige dich vor dieser Kunst, die in ihrer Statik weiser ist als jede Wissenschaft. Knie nieder vor diesem Felsen der Ewigkeit, an dem die Satane der Welt jämmerlich zerschellen! Sein Wort, sagt der Herr, ist Fleisch geworden, und Gottesfleisch, das ist unser Escorial, das ist diese Front, vor der du weniger bist als ein pissender Hund. Merk es dir, du da unten: Der Katholizismus *baut*. Er baut, er musiziert, er orgelt, er singt, und dass er malt, versteht sich von selbst. Aber der Katholizismus *schreibt* nicht. Das Schreiben überlassen wir den Juden und den Protestanten. Denn wir, wir sind das wahre Gottesfleisch! Wir sind die Gefäße des Apostels, Bruder Frieder hat recht, hundertmal hat er recht. Eine Vase bringt keine Blumen hervor. Man kann nicht Dichter sein und katholisch«, schrie der Wahnsinnige aus der Fassade und stimmte mit ausgebreiteten Armen und einem steil zum Himmel gereckten Kinn das Salve an, »Salve Regina, mater misericordiae, sei gegrüßt, Königin, Mutter der Barmherzigkeit« … aber war es wirklich unser Mathe- und Physiklehrer, der da sang und lärmte? Oder gehörte der Jubler im erleuchteten Fassadenfenster schon zum Personal der Ewigkeit?

2022

Die digitale Diktatur

Aus »Die Satellitenstadt«

Tiefe Nacht, es war eisig kalt und still. Die Gastwirtschaften hatten ihre Schilder gelöscht, die letzten Schwärmer und Schweifer waren verschwunden. Farblos glänzten die parkierten Autos. Die Schaufenster waren dunkel und sahen aus wie Aquarien voller Müll. Ich verließ die Straßenschlucht und trat hinaus in die weite, nächtlich leere Bühne des Einsiedler Klosterplatzes. Mondlicht stand auf dem Schnee, die Schatten waren hart und tief. Plötzlich ein Gerassel, oben im Turm erklangen die Viertelschläge, und nun, einem Donner ähnlich, schlug es die Stunde, ein Uhr nachts.

Unsere Zeit wird nur noch selten von Glocken geschlagen. Sie ist digital geworden, das heißt, im Digit, in einer Anordnung von Längs- und Querstrichen, zuckt eine Ziffer auf, die, solange sie steht, unsere Gegenwart ist, unser Jetzt.

Früher *strömte* die Zeit. Aus der Vergangenheit floss sie durch die Gegenwart der Zukunft entgegen, heute jedoch, unter der Diktatur des Digitalen, ist jedes Jetzt ein Fixum, ein toter Punkt. Nun wissen wir natürlich, dass eine Ziffer die nächste ersetzt, Punkt folgt auf Punkt, ein Jetzt jagt das andere. Aber keines ist mit seinem Vorher oder Nachher verbunden. Jede Ziffer steht rein und ausschließlich für sich selbst. Die Folge davon kommt einer Katastrophe gleich. Jetzt/Jetzt/Jetzt: Diese Zeit hat den Fluss verlassen, sie japst nach Atem, sie verzuckt. Mit anderen Worten: Im Digit kann die Zeit nicht vergehen, nein, Punkt für Punkt steht sie still.

Früher, als Bernhard Russi die Hänge beherrschte, saß ich fiebernd vor dem Fernseher. Meine Lieblingsdisziplin war die Abfahrt. Heute kann ich diesen Rennen nichts mehr abgewinnen. Kein Wunder, denn mein Auge vermag beim besten Willen nicht zu erkennen, ob der eine Fahrer rasanter zu Tal schoss als der andere. Differenzen von $1/_{100}$-Sekunden entziehen sich unserer Wahrnehmung. Einzig die Elektronik entscheidet über Sieg oder Niederlage. Die Russis von heute – im Digit sind sie verschwunden!

Es sei denn, die Maschine läuft langsamer. Um beim Beispiel zu bleiben: Der Sturz eines Abfahrers kann von der Zeitlupe erfasst werden. Dann zuckt, als handle es sich um eine mechanische Puppe, eine Abfolge steifer Haltungen über den Schirm. Jetzt/Jetzt/Jetzt. Bleibt das Bild stehen, hängt ein verrenkter Körper starr in der Luft.

Man kann die Digitalzeit drehen und wenden, wie man will: Weder in der Rasanz noch in der Verlangsamung gewinnt sie Leben, kommt sie zu Atem, hat sie Seele. Am deutlichsten wird dies in den Kühltruhen der

Supermärkte. Da wird, genau wie in der Zeitlupe, die Gegenwart in die Breite gestampft, in die Dauer. Nichts zerfällt, nichts verfault, nichts verwest. Vergangenheit und Zukunft sind ausgemerzt. Neben dem Fondue findet sich das Sommerdessert; mitten im Januar kann man zwischen den Fischen vom letzten Herbst und dem Frühlingsgemüse aus Israel eine ungefährliche Auswahl treffen. Ja, alles enthalten diese Truhen. Ein ganzes Jahr liegt schön verpackt auf Lager. Aber eben, die Zeit ist digitalisiert. Das Jahr liegt auf Eis. Vergehen kann es nicht.

Ein Uhr nachts. Etwa so viel Zeit, wie Sie zur Lektüre dieser Zeilen brauchten, ließ die Klosterglocke vergehen, um die Stunde zu verkünden. In diesem Schlag stimmte schlicht und einfach die Zeit. Nur ein Schlag, sein Hallraum jedoch war so groß, dass er meine Wünsche und Ängste, meine Träume, Zweifel und Hoffnungen in sich aufnehmen konnte. So verschlug mich die Klosterglocke in den großen, von der Vergangenheit in die Zukunft strömenden Fluss der Zeit. Ich war, ein paar tiefe Atemzüge lang, im Präsens. Ich erlebte, und zwar bei vollem Bewusstsein, das Werden und Vergehen von Gegenwart. Ich befand mich, ein wenig frierend, auf der Höhe der Zeit.

1992

Der Rote Diamant

Auszug aus dem Roman
(Besuch der Kaiserin)

Als der große Tag unmittelbar bevorstand, gab Bruder Frieder den Befehl, das Stift »wie ein Kriegsschiff flottzumachen«. Uniform säubern, Decks schrubben, Öfen einheizen! Die Blasmusik frischte unter der Stabführung von Stiftskapellmeister Pater Maria Isimachus die Kaiserin-Zita-Hymne auf (Worte Baronin Hedda von Škoda, Musik Erich Wolfgang Korngold), und die Küchengesellen hämmerten mit Holzklopfern die sechshundert von der Kaiserin gestifteten Schnitzel platt (150 Gramm, wie gemunkelt wurde). In der Präfektur polierte Subpräfekt Walafried das Linoleum, ohne allerdings die Narbenspur von Mimis Stöckelschuhen tilgen zu können, und auf allen Etagen kämpften sich Wischkolonnen durch die kilometerlangen Gänge. Vorneweg säte ein Lyzeist (7. und 8. Klasse) Sägemehl aus, ihm hetzte mit meterbreiten Besen eine Phalanx von Rhetorikern (5. und 6.) hinterher, so dass das aufgekehrte, mit Lysol getränkte Streugut in kleinen Wanderdünen durch die Trakte eilte. In den Musikzimmern erstrahlten die Flügel und Posaunen in neuem Glanz, und bald wehte durch das Stift der scharfe Geruch eines chemischen Mittels, das die mit

Gasmasken und in Gummimontur ausrückenden Küchengesellen in den Latrinen versprüht hatten.

*

Dann, endlich, war es so weit. Heute, am Vorabend der Seelenmesse, würde Ihre Majestät Zita wie jedes Jahr von Zizers, ihrem Alterssitz, herüberkommen und vom gesamten Stift feierlich empfangen werden.

Bereits am Mittag präsentierte sich Linienschiffsleutnant Hornyak in nahezu aufrechter Haltung in der Uniform seiner jungen Jahre. Stolz trug er den blauen Flottenrock mit den goldenen Knöpfen, und unter der weißen Mütze signalisierte das wettergebräunte Gesicht wie ein Messinstrument aus Messing, dass es tatsächlich etwas wärmer geworden war – als würde das Stift mit voller Feuerkraft südlichen Gewässern entgegendampfen. Im frühen Nachmittag befreiten wir Zöglinge die Anfahrt und den Innenhof der Abtei von den Schneemassen, und die zwei Brüder, die oben in den Türmen hausten – Bruder Wetter sowie, im Glockenturm, der Uhrenbruder –, ließen die langen gelb-schwarzen Fahnen herunterflattern.

Kurz vor fünf stieß der Bruder Glöckner sämtliche Hebel auf volle Kraft, um Ihre Apostolische Majestät mit der jubelnden Gesamtheit der zwölf Glocken willkommen zu heißen – das Automobil der Kaiserin hatte das Dorf erreicht.

Jetzt marschierten die Mitglieder der Gymnasialverbindung auf, alle im Vollwichs, an der Hüfte den Säbel, das Tellerkäppi schräg am Kopf, im Stulpenhandschuh die Standarten mit den Wappen längst untergegangener Adelsgeschlechter. Wir Zöglinge reihten uns im Treppenhaus und im Innenhof zum Spalier auf, jeder zweite mit einer Fackel. Die Glocken verhallten. Subpräfekt Walafried visitierte ein letztes Mal die Reihen, dann nahm er Haltung an und schrie zu den Fenstern des Fürstabts hinauf: »Stiftsschule Maria zum Schnee, angetreten zum Empfang Ihrer Apostolischen Majestät!«

Im Dorf, wo das Volk beidseitig die Hauptstraße säumte, schwoll eine Begeisterungswelle an, und schon zeigte sich im Bogen des Torwegs der Kühler mit der Kaiserstandarte und dem silbernen Doppeladler. Kerzengerade am Steuer saß Graf Erdödy, der letzte Oberchauffeur der Donaumonarchie, und trotz seines hohen Alters gelang es ihm nach einigen Brems-, Vor- und Rückwärtsmanövern, die die Köpfe der Insassen gemeinsam nach hinten, gemeinsam nach vorn kippen ließen, an der Treppe zum Abteiportal anzulegen. Die Hupe tönte wie Ferkelquieken und wurde von Ihrer Majestät höchstselbst bedient – vom Rücksitz aus, mittels Druckknopf und geringelter Elektroschnur. Das Quieken verklang. Stille trat ein. Der Pater Zeremoniar klappte in eine Verbeugung, um die hintere Wagentür aufzureißen, worauf dreihundert Kehlen, die ältesten dunkel wie

Kosaken, die jüngsten hell wie Engel, der Kaiserin den Willkommensruf entboten: »Hurra! Hurra! Hurra!«

Und wieder: Stille. Selbst die Raben, die hoch über dem Abteihof ihre Kreise zogen, verstummten. Nur die Fackeln setzten ein leises Brodeln in die Luft, und dann – der Stock! Aus dem Fond des kaiserlichen Automobils stocherte ein Stock hervor, dem folgte ein zierlicher Schuh und ertastete sich, von schwarzen Seidensäumen umrieselt, das letzte Stück Boden, das den Habsburgern von ihrer tausendjährigen Herrschaft geblieben war. Von den Dächern erschollen Posaunen, ein Trommelwirbel vertrieb die Raben, die Fahnen wurden zum Gruß gesenkt, und Bruder Frieder, Vizepräfekt Maria Servilius sowie Subpräfekt Walafried robbten bäuchlings auf die Kaiserin zu – Benediktiner küssten einer Apostolischen Majestät die Füße.

Zugleich entstieg der Wagenkabine die Entourage: als Erste die Gräfin Kerssenbrock, die Hausdame der Kaiserin, die Büste gewaltig, der Rücken stramm, auf dem hocherhobenen Haupt ein Samtbarett mit flirrenden Adlerfedern, dann Graf Erdödy, der letzte Oberchauffeur, sowie, aus dem Fond: Freiherr Schager von Eckartsau, Oskar Reichel Edler von Erlenhorst und Lajos Fürst Windischgrätz. Diese drei Edlen hatten anno '18 vor den sterbenden Regimentern geschworen, die Kaiserin bis zum letzten Atemzug zu beschützen und sie mit den Insignien des Reichs überallhin zu begleiten.

»Lang wird es die alte Untergangseule nicht mehr machen«, zischte ein Zögling, die Faust mit der lodernden Fackel auf Gesichtshöhe.

»Die will ihren Diamanten wiederhaben«, gab der Nebenmann zurück. »Vorher stirbt die nicht.«

Von ihrer Entourage gefolgt, mit der Rechten auf den Stock, mit der Linken auf den Unterarm von Bruder Frieder gestützt, zog die Kaiserin durch das Fackelspalier langsam das Treppenhaus empor, Stufe für Stufe für Stufe. Ein langer Aufstieg war's, und wie die älteren Zöglinge grinsend flüsterten, wurde er länger von Jahr zu Jahr. Als sie schließlich den Fürstensaal erreichte, legte die Blasmusik schmetternd los, von Pater Maria Isimachus zackig auf Touren gebracht, es bebten die Butzenscheiben, in den Kronleuchtern flackerten Aberhunderte von Kerzen, unten im Hof schwenkten ergriffene Pilger ihre Tirolerhüte, Ordensschwestern sanken schluchzend auf die Knie, und vor dem Fleischteil der Küche, wo die von der Kaiserin gestifteten Schnitzel brutzelten, wedelten die Klosterhunde mit den Schwänzen.

2022

L’esprit de l’escalier

Über die Treppe

Vorlesung, gehalten an der ETH Zürich am 06. 02. 2007

Die Mutter aller Treppen verbirgt sich in Platons Gleichnishöhle. Sie führt aus dem Dunkel der Täuschungen zum wahren, sonnenbestrahlten Sein empor, von der Unter- in die Überwelt. Das bedeutet, auf Platons Treppe kann man nur auf-, niemals absteigen, und ebendies war über viele Jahrhunderte, bis zu Hegel, das vornehme Geschäft der Treppe: uns emporzutragen, uns aufsteigen zu lassen. Selbst wir Heutigen, die Generation Lift, verbinden mit der Treppe eine Schwingung nach oben – unsere Körpersprache verrät es. Wer das Wort Wendeltreppe gestisch unterstützt, wird mit dem Finger immer nach oben spiralen, nie nach unten.

In Platons Höhle ist jedem Bewohner ein fester Platz zugeteilt, eine Art Kinositz, denn im Rücken der Sitzenden brennt ein Feuer, vor dem Figuren auf und ab wandeln, und die Schatten, die sie auf die Leinwand werfen, sieht das Höhlenkinopublikum für die Realität an. Klar, hier könnte man sitzen bleiben, die vermeintliche Realität, die nur Schein ist, kommt einem nie zu nah. Aber die Außenwelt lockt, mit der Zeit wird einem der ewig gleiche Film ein bisschen langweilig, und ohne zu bedenken, was dich erwarten könnte, stehst du plötzlich auf. »Ich wage es«, rufst du den anderen zu. »Ich gebäre mich aus der Höhle ins Leben. Ich nehme die Treppe.«

Mutig gehst du los, das heißt, du hebst den Fuß, aber bevor du ihn auf der ersten Stufe abstellen kannst, wirst du erfahren müssen, dass man einer Mythenhöhle nur als tragische Figur entkommt. Auf einmal hast du einen Klumpfuß wie Ödipus; wie Sisyphos sollst du einen Stein vor dir herwälzen und wie Christus ein schweres, zu deiner Tötung bestimmtes Kreuz nach oben schleppen. Bitte sehr, dann schleppen wir halt, sagst du dir und machst dich an die Erfüllung deiner Aufgaben. Als würdest du flüssiges Blei durchstapfen, hievst du den Fußklumpen von Stufe zu Stufe, rollst den Stein und trägst dein Kreuz. Der Stein poltert immer wieder nach unten, und das Kreuz beginnt auf deiner Schulter wie ein Baum zu wachsen, es treibt Wurzeln, Äste, Blüten und bringt dich, je höher du kommst, desto schlimmer zu Fall. Erst schlägst du dir an den rohen, aus dem Felsen gehauenen Stufen die Knie blutig, dann das Kinn, die Stirn, die Nase, und wenn du, vom Stein überrollt, vom Kreuz begraben, mit deinen gebrochenen Gliedern zum hundertsten Mal auf dem Bauch liegst und hoch über dir einen Lichtriss erblickst, lässt sich der Verdacht, du könntest den falschen Weg gewählt haben, nicht mehr verscheuchen. Ist die Treppe zum Ausgang tatsächlich so lang? Bist du in ein Labyrinth geraten? Lauert der Minotauros auf dich? Wo bleibt Veronika mit dem Schweißtuch, wo der nette

Passant, der dir tragen hilft? Wie sollst du das wissen – bisher hast du mit Täuschungen gelebt, mit Bildern, mit Projektionen, und erst jetzt, im hilflosen Versuch, durch diesen Schacht der Scheinwelt zu entkommen, lernst du allmählich die Wirklichkeit kennen. Tage vergehen, dann Monate, schließlich Jahre, und immer öfter passiert es dir, dass du vergisst, wozu du angetreten warst. Aber die Sehnsucht nach Licht und Luft wirst du nie ganz los, und ohne sagen zu können, ob du die richtige Richtung getroffen hast, machst du dich mit deinem Mythengepäck erneut auf den Weg zu jenem weit entfernten Ende hinauf, wo tagsüber der Riss leuchtet und nachts inmitten der Finsternis eine blaue Blume blüht. Nach weiteren Wochen, Monaten, Jahren ahnst du, dass dein umständliches Steigen, Kreuzschleppen, Steinrollen und Klumpfuß-Hochhieven die Treppe nicht etwa bezwingt, sondern verlängert, und in einer Mittsommernacht, da die blaue Blume in ihrem Kelch einen winzigen Stern erglitzern lässt, kannst du förmlich sehen, wie die letzten Stufen ins Unendliche übergehen. »Aber ich wollte doch in die Wirklichkeit«, rufst du aus, und wie ein irres Gelächter fällt das Echo deines Schreis in die Tiefe. Als es verklungen ist, liegst du zum tausendsten Mal auf dem Bauch, ein nackter, verrunzelter Greisenkörper, und was du für deinen Bart hältst, ist vertrocknetes, über mehrere Stufen lappendes Blut. Hast du dir beim Aufprall eine Gehirnerschütterung geholt? Nein nein, dein Verstand ist vollkommen klar, so klar wie noch nie – du näherst dich mit allmählich versiegenden Kräften deinem Ziel. Umgekehrt, das Ziel nähert sich dir.

»Ein Kaiser kann nicht im Lift fahren«, schreibt der Dichter Reinhold Schneider in seinem Abschiedsbuch *Winter in Wien.* Stimmt, in der Wiener Hofburg transportierten Lifte Speisen und Waren, niemals Ihre Majestäten und deren Entourage. Das hatte einen Grund. Das Geheimnis der Treppe, ihre Verwandlungskraft, war dem Hof stets gegenwärtig: Indem die Herrschaften über die gelassenen Stufen der säulengetragenen Treppenhäuser emporstiegen, fühlten sie am eigenen Leib, wie sie vom Gewöhnlichen ins Außergewöhnliche erhoben wurden.

Die Zeit der Kaiser und Treppen ist vorbei, aber noch in meiner Jugend, als Klosterschüler, habe ich beobachten können, wie eine Kaiserin die Treppe nahm. Richtiger gesagt: wie eine Treppe die Kaiserin nach oben trug.

Es war am Tag vor Sankt Hilarion und der vernebelte Novembernachmittag kurz vor dem Eindunkeln, als das altertümliche Automobil in den Hof des Abteiflügels hereingerumpelt kam. Das Kloster Einsiedeln kannte diesen Wagen, und vor allem kannte es dessen Hupe. Sie wurde nicht vom Chauffeur, sondern vom Rücksitz aus bedient und tönte wie Ferkelgequieke. Dreimal jetzt das Quieken, und den Mönchen, den Brüdern, uns Zöglingen war klar: Zita ist da, die Kaiserin!

Die Kaiserin lebte seit dem Untergang der Monarchie und dem frühen Tod ihres Gatten, des unglückseligen Kaisers Karl, im Schweizer Rheintal im Exil. Sie war eine große Beterin, verehrte die Muttergottes und suchte hie und da den Abt von Einsiedeln auf, Meinradus den Dämmerer, um an dessen ertaubten Ohren lange, schwermütige Beichten abzulegen.

Das Kaisermobil legte an den Stufen zur Pforte an; Graf Gömbös, der letzte Oberchauffeur des untergegangenen Kaiserreiches, öffnete mit einer tiefen Verbeugung den Schlag, und nun begann ein großer, ein langwieriger Aufstieg, dem wir schwarz bekutteten Zöglinge, im Treppenhaus wie Kadetten aufgestellt, jeweils beiwohnen durften. Die Kaiserin, das Haupt tief gesenkt, die Rechte über den Stock geknauft, stocherte sich mit zittrigen Hieben Stufe um Stufe nach oben. Das Hütchen war nach vorn hin gespitzt und ließ schwarzen Tüll hervorschleiern, der sich wie ein Sargtuch über den schier waagrechten Rücken legte. Das Steigen musste für Zitas morsche Knochen, für das gebrochene Herz und die heftig keuchende Lunge eine einzige Qual sein, aber selbst dann, wenn es einen Lift gegeben hätte, würde sie ihn nicht benutzt haben.

Unser Präfekt, der Gütige, und einige seiner Mitbrüder warfen sich flach auf den Boden, um Ihrer Apostolischen Majestät, wenn sie oben ankäme, die Füße zu küssen, und selbst wir Zöglinge, die nachts mit Kopfhörern die Stones hörten, begannen zu ahnen, dass sich im beschwerlichen, jedoch siegreichen Aufgang der Kaiserin eine Metapher enthüllte. Die Treppe hatte sie in eine höhere Sphäre geführt. Oben erwartete sie der alte Glanz der Kaiserkrone.

Als Ministrant war ich häufig Zeuge, wie eine einfache, gar verschmutzte Treppe ihre Benutzer verwandelte. Deshalb wurde das sogenannte Staffelgebet »Introibo ad altare« auf der untersten Stufe gesprochen: Es war die Bitte, den Weg nach oben antreten zu dürfen und jene Staffel zu erreichen, die den Priester mit der Aura des Heiligen versah. Den steinernen Stufen folgten die geistigen – so schuf die Treppe jene Rampe, auf der ein gewöhnlicher Mensch zum Gottesmann werden konnte, zum Messpriester, der aus Brot Fleisch, aus Wein Blut machte.

Noch in den frühen sechziger Jahren ging an Fronleichnam eine Prozession mit dem Allerheiligsten durch die Stadt Zug, die sich an diesem Frühsommertag mit einer ganzen Reihe von Altären schmückte. Die säumten überall dort, wo es Stufen gab, den Weg der Prozession und erhoben die Aufgänge zur Post oder zum Regierungsgebäude, aber auch zu Wohnhäusern und Mietskasernen, mit Teppichen, frischgrünen Birkenzweigen und Kerzentischen ins Erhabene. Im Alltag eilte man achtlos über diese Stufen hinweg, und nur an Fronleichnam wurde sichtbar, dass der wahre Dienst einer Treppe darin besteht, die Überwelt zu erreichen. Fronleichnam ließ die Treppen der Stadt Zug transzendieren. Indem sie einen Vormittag lang Altäre trugen, stiegen diese Stufen über sich selbst hinaus.

Die Ärmsten der Armen haben dies schon immer gewusst und sich mit Vorliebe auf Kirchentreppen angesiedelt. Für den Obolus, den die Passanten fallen ließen, erhielten sie in der Regel keinen Dank, denn nach dem Gesetz der uralten, in der Treppe immer noch wirksamen Hierarchie siedelten die Bettler eine halbe Etage höher als die, die von unten kamen und froh sein mussten, dass die Bettler bereit waren, ihnen an diesem zugigen Ort den Zoll abzunehmen.

Den Begriff »L'esprit de l'escalier« hat Diderot geprägt. In seinem *Paradoxe sur le comédien* erzählt er, wie ihm in einer Diskussion die Schlagfertigkeit fehlte, um seinem Gesprächspartner zu widersprechen. Erst beim Abgang, auf der Treppe, fiel ihm das richtige Wort ein. Daraus zog der Philosoph den Schluss, die Treppe habe Geist und sei imstande, uns zuzuflüstern, was uns vorhin, im Salon, nicht eingefallen war.

Was hat uns der Geist der Treppe zu sagen? Was wird uns in der Dämmernis der Treppenhäuser zugeraunt, wenn wir den illustren, von Gastgebern, Gästen und Meinungen erfüllten Salon verlassen haben?

Es ist eine einfache Botschaft. Die Treppe sagt uns, dass sie sich auf dem Abstieg befindet, dass ihre große Zeit vorbei ist. In der Tat, die letzten großen Treppen haben Hegel und ein gewisser G. B. Ismay errichtet, wobei der Philosoph wie der Reeder mit ihren Bauten derart hoch gegriffen haben, dass es danach nur noch abwärts gehen konnte.

Hegels schwindelerregende Treppe, so Heidegger, »war die erste philosophische Geschichte der Philosophie, die erste angemessene Geschichtsbefragung, aber auch die letzte und letztmögliche dieser Art«. Warum? Ein System, das das Wissen über alle Stufen der Ideen bis zum absoluten Sichselberwissen auftürmt, erst noch in einer Bewegung auftürmt, weniger in Stufen, eher in Wogen, so dass Hegel gleichsam nebenher die Rolltreppe erfunden hat, führt zwar in die Vollendung, kippt aber zugleich in den Untergang: L'esprit absolu de l'escalier, das ist die Treppe auf dem höchsten Höhepunkt, also am Ende ihres Aufstiegs, also am Anfang ihres Abstiegs. Nach Hegel wurde nie mehr in Stufenfolgen gedacht, mit ihm hat sich die Treppe aus der Philosophie verabschiedet.

G. B. Ismay war der Reeder der Titanic, und seinem Hang zu Kitsch und Größe folgend, hatte er im Innern des Dampfers eine über sieben Decks und Etagen in den Speisesaal hinabführende Treppe errichten lassen. Vorbild war die Showtreppe des Broadway, und wie diese war die Titanic-Treppe nur für Auftritte geeignet, für ein Herabschweben der First-Class-Passagiere zum Dinner. Danach nahm man die Lifte. Die Ladys dachten nicht daran, dem Saal ihre Derrières zuzukehren, und die Gentlemen waren zu vollgefressen, um sich über sieben

Etagen hochzukämpfen an Deck oder in die Rauchsalons. So wurde auf der Riesentreppe der Titanic niemals auf-, stets nur abgestiegen, und es war am 14. April 1912, um 23 Uhr 40, auf 41° nördlicher Breite, 30° westlicher Länge, als sich die Treppe zu neigen begann. Mit der Titanic ging sie unter, und zwar nicht nur die Treppe der Titanic, sondern – das war ihr bitterer Witz – die Treppe als Treppe. In dieser Größe gab es sie nie mehr, ihre Zeit war vorbei.

Treppen sprechen, und mittlerweile sprechen sie von ihrem Ende. Dass sie in Hochhäusern oder, um nur ein Beispiel zu nennen, auf dem geplanten Berliner Großflughafen nur noch als Nottreppen vorkommen, spricht zuallererst die Not der Treppe aus. Der moderne Terminal braucht sie nicht mehr, höchstens bei Staats- oder Papstbesuchen, die, ihrerseits zum Anachronismus geworden, die Gangway als museales Requisit enttarnen.

Auch in den Gotteshäusern ist die Treppe und mit ihr der Altar abgeschafft worden. Papst Johannes XXIII., der römische Gorbatschow, und das Vatikanische Konzil nahmen der katholischen Kirche nicht nur die Sprache, sondern ebenso das Geheimnis, die Aura. Der Priester wurde auf die Ebene des Volkes heruntergeholt und dadurch der Wandlungskraft beraubt. Dass die christlichen Kirchen, zumindest in unseren Breitengraden, den Zugang zum Absoluten verloren haben, zeigen auch die Bettler – heutzutage siedeln sie nicht mehr im Aufgang zur Oberwelt des Glaubens, sondern vor dem Einstieg in die Unterwelt der U-Bahn-Systeme.

Aber hallo, werden Sie an dieser Stelle einwenden, wird das Leben für jene, die an Krücken gehen oder in Rollstühlen sitzen, durch das Verschwinden der Stufen nicht angenehmer? Mag sein. Sie bewegen sich leichter. Aber ich fürchte, die eigentliche Absicht hinter solchen Maßnahmen und Vorschriften ist das Nivellement, die Einebnung. Denn vergessen wir nicht: Früher, als es noch Treppen gab, hatten die, die durch das Leid von Gott gezeichnet waren, in der Zwitterwelt zwischen Straße und Altar ihren Ehrenplatz – näher am Absoluten und über uns Passanten um eine halbe Etage erhöht. Die moderne Gesellschaft hat diesen Zwischenraum geschleift. Ob Kaiser, Priester oder Bettler: Unsere Zeit hat alle auf die unterste Ebene gebracht. Plattmachen, lautet die Devise.

Über Jahrhunderte führten Treppen wie in Platons Gleichnishöhle nach oben. Dann kam Hegel, ihm folgte G.B. Ismay, und die Treppe, noch einmal zu ihrer vollen Exzentrizität entfaltet, leitete ihren Abstieg ein. Nun führten Treppen, von einigen Ausnahmen und Anachronismen abgesehen, nach unten – wie auf der Titanic.

Und heute? Heute nehmen wir in der Regel den Lift. Oder die Rolltreppe. Allerdings ist dies eine Treppe, die sich im Sinn ihres philosophischen Anregers zugleich setzt und aufhebt. Auf der Vorderseite sieht das Menschentransportband tatsächlich nach einer Stiege aus; die Stehplätze werden von richtigen Stufen gebildet, auf der Rückseite jedoch nehmen sich die Stufen zurück, die Treppe vernichtet sich selbst. Ein nicht ungefährlicher Vorgang, auch für den Benutzer – ich habe es am eigenen Leib erlebt.

Im Herbstsemester 1996 war ich Visiting-Professor am Dartmouth-College in New Hampshire. Das Leben in der Fremde gefiel mir. Die Atmosphäre war so englisch wie der Rasen, der Glockenturm weiß, die Bibliothek gediegen und die Studenten von einem Fleiß, der mich überwältigte. Die Boys sahen aus wie Eishockey-Cracks, groß, breit, blond und kurzgeschoren, die Girls wie die Bardot, nur größer, viel größer, und die Kinnladen vom ewigen Kaugummikauen etwas ausgeleiert. Nette junge Leute. Dass ich, ihr Dozent, der kleinste und dickste war, störte mich nicht. Im Indian Summer loderten die Bäume, ich machte lange Spaziergänge am Fluss, besuchte Footballspiele und bewunderte in der Mensa etwa fünfzig verschiedene Obstsaftsorten. Und dann geschah's. Die Vorwürfe gegen die Weltkriegspolitik der Schweiz wurden laut, sehr laut – *wie* laut, mag die Beobachtung belegen, dass in den vier Monaten, da ich in den USA war, die amerikanischen TV-Nachrichten Europas Hauptstädte und Regierungen vollständig ignorierten, nie war von London, Bonn oder Paris die Rede, aber nun fuhr Abend für Abend fast auf jedem Sender ein blaues Züri-Tram über den Paradeplatz, und ein von moralischer Entrüstung triefender Korrespondent erklärte Amerika, dass wir Schweizer unseren Wohlstand aus den Gebissen von KZ-Häftlingen gebrochen hätten. Meine Kollegen am German Department zitierten mich vor ihr Gericht. Ich versuchte vergeblich, die historischen Zusammenhänge darzustellen, aber an Fakten waren sie nicht interessiert – unsere Schuld sollte ich bekennen, meine Scham sollte ich gestehen. Es war entsetzlich. Hitler hatte immerhin den Anstand besessen, sich von ihnen, den Amis, besiegen zu lassen, während wir Schweizer, ein einzig Volk von Zahngoldräubern, an toten KZ-Häftlingen reich und fett geworden waren. Fernab der Heimat war ich mittendrin. Ich bekam Fieber. Im Unterkiefer eiterte es. Ein Rückflug, meinte der Zahnarzt, käme nicht in Frage, aber egal, ich musste weg, ich floh, ich flog. Über dem nächtlichen Atlantik meinte ich, meine Kinnlade würde so groß wie die meiner Studenten, die passende Strafe für einen Zahngoldräuber, bei der Landung explodierte mein Schädel, ich näherte mich dem Delirium. Meine Mutter holte mich ab, und zwar mit mehreren Plastiktüten, worin sie das Nötigste für meinen leeren Eisschrank mitbrachte. Eine weitere Tüte enthielt zwei Flaschen Merlot sowie einen vorgekochten Hackbraten. Vielen Dank! Es gelang mir, Mamas Gaben zusammen mit meinen drei Koffern auf das Transportwägelchen zu packen, und mit dem Hinweis, ich müsse sofort zum Zahnarzt, ließ ich meine Mutter stehen. Ich wunderte mich: Was war während meiner Abwesenheit mit dem Flughafen passiert? Der Boden stieg leicht an. Also stemmte ich mich mit voller Kraft gegen den Schiebebügel, erreichte die zum Untergeschoss hinabführende Rolltreppe und purzelte, da ich viel zu viel Schwung hatte, samt Wägelchen, Gepäck und Mamas Plastiktüten über die scharfkantigen Stufen in die Tiefe. Es klirrte, rumpelte, knallte. Schon zerfetzte das messerscharfe, am unteren Treppenende fortwährend die Stufen verschluckende Maul die Plastiktüten, schon zerfleischte es den Braten, schon erwischte es meinen Mantelsaum, und während ich, um dem Eingeschlitztwerden zu entkommen, wie ein verrücktes Kind über die unter mir weggleitenden Stufen aufwärts krabbelte, nein, nicht aufwärts, nur an Ort und Stelle, sah ich über mir eine Gruppe von Herren – Herren im eiligen Rückwärtsschritt, eifrig bemüht, auf der abwärts sausenden Treppe ebenfalls, wie ich, an Ort und Stelle zu bleiben. Sie werden es nicht glauben, ich erzähle es trotzdem: Es waren Herren in langen schwarzen Mänteln, mit großen schwarzen Hüten und Schläfenlocken. Orthodoxe Juden. Einer von ihnen konnte die Treppe schließlich stoppen. Alles erstarrte. Nur noch Mamas Merlot gluckerte. Meine Habe zerfleddert, mein Mantel zerrissen. Über mir entsetzte Blicke. Da kam der vorderste Herr zu mir herab, beugte sich über mich und sagte im breitesten Züritütsch: »Hauptsach, mir sind wieder dihei.«

Früher führten Treppen nach oben, dann führten sie

nach unten, und heutzutage gerät auf den letzten Treppen nicht nur ihr Benutzer in Not – die Treppe selbst ist in Not geraten und im rollenden Transportband oder in den Betonschächten verschwunden.

Aber sonderbar, beim Wort Wendeltreppe spiralt der Finger immer noch nach oben. Warum? Was meint er bloß? *Warnen* will er uns, der erhobene Zeigefinger! Wenn es ernst wird, fallen die Rolltreppen und Lifte aus. Wenn die Erde bebt oder ein Brand aufflackert, wenn beißender Qualm durch die Ritzen dringt und die ersten Böden einbrechen, stürzen wir zu den Notausgängen. Sie sind die einzig mögliche Rettung und geben der Treppe ihre uralte Macht, ihre uralte Würde und die transzendentale Bedeutung zurück. Wo es um Leben und Tod geht, hilft uns nur die Treppe.

2007

V. AFRIKA

Nach der Matura schreibt sich Thomas Hürlimann in Zürich als Philosophiestudent ein, beschließt jedoch bald, die nach acht Jahren Klosterschule ungewohnte Freiheit anders zu nutzen und seinen Traum vom Abenteuer wahrzumachen: Mit drei Kameraden aus der Stiftsschule – Claude Blum, Michael Neidhart und Anton Schärer – bricht er auf und reist mehrere Monate durch Afrika, teilweise durch Kriegsgebiet. Seine Eindrücke erscheinen zusammen mit den Fotos von Claude Blum in Schweizer Zeitungen und füllen die Reisekasse auf. In Südafrika macht er einen Abstecher zu seiner Tante, Sr. Wiborada Duft, Missionsschwester im Homeland Lesotho.

Vierzig Rosen

Auszug aus dem Roman

(Afrika)

Herrlich! Endlich Afrika! Afrika, das gehörte zu ihrer Geschichte, es war der Kontinent ihrer Träume, deshalb flog sie mit, trotz Heimweh nach dem Jungen – seit seiner Geburt waren sie zum ersten Mal voneinander getrennt.

Die viermotorige Maschine brummte durch die Nacht. Die meisten Passagiere schliefen, von Hostessen in Decken eingewickelt, und einzig Fox, der zwei Sitzreihen weiter vorn am Korridor saß, wurde von einem Lämpchen schwach beleuchtet. Sein Kahlschädel trat aus dem Dunkel hervor, und von Zeit zu Zeit hörte Marie, wie er das eintönige Propellergedröhn und die tiefer werdenden Atemzüge der schlafenden Passagiere mit einem leisen, dennoch scharfen Akzent versah: Fox blätterte eine Seite um. Was mochte er lesen: Memoiren, das statistische Jahrbuch, eine philosophische Abhandlung, gar einen Roman? Fox war alles zuzutrauen.

Irgendwann knipste er das Lämpchen aus, der Schädel erlosch, und Marie konnte den Flug wieder genießen. Gab es einen besseren Babysitter als die Gubendorff?

Als es dämmerte, glitt der winzige Schatten ihrer

Maschine tief unter ihnen über einen mondbleichen Planeten, dann kroch wie eine Riesenqualle die Sonne über den Horizont, der Schatten wurde größer, kam näher, sie setzten auf, und wie ein Spiegelbild im Wasser wankte in der Schwüle, die ihnen entgegenstürzte, der Kontrollturm des Flughafengebäudes. Kein Land: ein Aquarium; keine Luft: Wasser. Ihr verschlug's den Atem. Max, sofort patschnass, trat auf die Plattform hinaus und winkte mit beiden Armen. Der Rest der Delegation drängte sich aus der Kabine, aber Max blieb stehen, unablässig winkend grüßend lachend, ließ einen herbeieilenden Fotografen Bilder schießen und schlenkerte mit den Hüften, als unten auf dem Rollfeld ein folkloristisch kostümierter Chor mit Singen und Klatschen nicht aufhören wollte. Die Arme der Sängerinnen wimmelten wie Schlangen nach links klatsch-klatsch, nach rechts klatsch-klatsch, und da hier alles zu fließen, den üblichen Maßen zu entwuchern schien, dauerte es ewig, bis aus dem Riesenmaul eines Hangars ein Schwarm von bewimpelten Staatskarossen heranschwamm. Es war sechs Uhr früh, aber schon brütend heiß.

Irgendwo in Westafrika.

Zwischen Max und einem schwarzen Riesen war sie auf den Rücksitz der Limousine gesunken. Fox setzte sich an die Spitze, und über eine den Wagen und den Magen heftig durcheinanderrüttelnde Wellblechpiste rasten sie unter einem eitrigen Himmel in eine graue Schwüle hinein, die zunehmend drückender wurde. Zu beiden Seiten der Straße zog das Elend in Kolonnen dahin, manche an Krücken, einige mit Flinten; Frauen hatten rostige Kanister auf den Köpfen, und alle waren mit Babys behängt, eins auf dem Rücken, eins an den Brüsten, zwei an den Händen. Ziegen mit hervorstechendem Gerippe knabberten an dornigen Büschen, und vor Blechhütten, die der vorüberrasende Konvoi weißlich bestäubte, kauerten sie wie Gespenster. Du, Max, ich muss mich übergeben.

Durchhalten, Liebling!

Wem sagte er das. Natürlich hielt sie durch. Sie hielt immer durch.

Träge flossen die Tage dahin, träge und breit und schmutzig wie jener Fluss, den sie auf tuckernden Fähren hie und da überqueren mussten, unterwegs zu *Projekten*, die die Parlamentarier im Auftrag der Partei besichtigen sollten. Aber in den meisten Fällen wurden sie durch plötzlich einsetzenden Regen zur Umkehr gezwungen, oder das pompös angekündigte Bauvorhaben, eine Fabrik für Gummi-Sandalen, erwies sich an Ort und Stelle als Phantom. Außer einer Betonfläche, die bereits überwuchert war, und einigen längst verrotteten Lastwagen gab es nichts zu inspizieren. Meier nahm es zur Kenntnis. Fox wies auf Schmetterlinge hin, warnte vor Skorpionen, trank zu viel Gin. Auch zwei Chargen aus der Botschaft waren zur Delegation gestoßen und gaben höhnisch grinsend vor, genau das erwartet zu haben, nämlich nichts. Nichts?

Die Chargen nickten. *Rien*, sagten sie.

Ein Parlamentarier nach dem andern fiel aus. Die beiden Chargen hauten ab. Immer öfter fiel das Stromnetz zusammen; das Gesurr der Ventilatoren erstarb; die Temperatur stieg, die Hitze wurde mörderisch.

*

Als Marie am vorletzten Abend allein an der Hotelbar saß, ließ sich Dr. Fox die Gelegenheit nicht entgehen. Er nahm seinen Tropenhelm ab und fragte, indem er sich neben sie auf den Hocker schwang: Ist es erlaubt?

Bitte.

Was darf ich offerieren?

Einen Gin. Aber ohne Eis.

Ohne? Mir kann es nicht kalt genug sein, versetzte er. Meinen Sie wirklich, dass ich auf das Eis verzichten sollte?

Ja. Auch würde ich Ihnen empfehlen, nur geschälte Früchte zu essen.

Was Sie alles wissen!

Meine Tanten betreiben im Kongo eine Missionsstation.

Ziemlich gefährliche Gegend.

Oh, die schlagen sich schon durch.

*

Es war ein Mittwoch im frühen Oktober. Um elf war Marie bei Percy angemeldet, und spätestens um vier, nach Möglichkeit etwas früher, wollte sie in der Hauptstadt eintreffen, wo sie zur Eröffnung einer BMW-Filiale geladen waren. Als sie das Garagentor hochwuchtete, kam der Postbote angeradelt. Er streckte Marie ein Luftpost-Kuvert entgegen, dessen Adresse unter vielen, teilweise verschmierten Stempeln kaum noch zu entziffern war. Der Bote neigte sein Haupt und gab ihr stumm die Hand, er ahnte offenbar, dass er kein Lebenszeichen, sondern eine Trauerbotschaft überbrachte. Die hauchdünnen Seiten waren bis zum äußersten Rand beschrieben, ähnlich einer Bruckner-Symphonie, die derart mit Noten zugestopft ist, dass das Schöpfungsglück des Komponisten etwas Atemloses bekommt. Sieben Seiten! Sechs davon enthielten die neuesten Nachrichten aus der Mission, und erst im letzten Abschnitt teilten die Tanten mit, dass sie ihr Leben noch heute verlieren würden. In den frühen Morgenstunden, schrieben sie, hätten sich die weißen Söldner abgesetzt. Gegen Mittag sei auch Piet van Wayenberge, der liebenswürdige Schmetterlingsforscher, flussabwärts davongepaddelt. Van Wayenberge habe sie angefleht, gemeinsam mit ihm zu fliehen, doch sei ihr Platz hier, in der Station, so habe es der Herrgott bestimmt. Und wie herrlich würden sie für ihr Ausharren belohnt! Seit Stunden sei aus der Tiefe des Waldes zu hören, wie die Eingeborenen ihren Sieg feierten, wie sie trommelten und sängen, schöner denn je. *Jetzt sitzen wir auf der*

Veranda, endete der letzte Tantenbrief, *eine schreibt, eine vertreibt die Mücken, eine diktiert, und selbdritt gehen wir davon aus, dass wir noch in dieser Nacht heimkehren werden in die Ewige Seligkeit. Deshalb sagen wir Dir nun adieu, herzallerliebstes Mariechen. Trag Sorge zu Dir. Und vor allem: Sei nicht verzagt! Die Gnadenmutter schenkt Dir schon bald das ersehnte Kind – und glaub uns: Er wird zur Freude von Herrn Dr. Meier ein Junge sein, der Stammhalter und Hauserbe. Erzähl ihm von uns und vergiss nicht, ihn rechtzeitig mit dem Klavier vertraut zu machen – sicher hat er das Musiktalent der Katzen geerbt. Sobald es richtig dunkel ist, müssen wir die Madonna vom Altar holen, in Tücher einwickeln und hinter der Station verbuddeln. Dann gönnen wir uns den letzten Tropfen Gin (die Flasche haben wir extra aufbewahrt) und hoffen zuversichtlich, dass wir uns auf dem Heimflug nicht verirren – Deine drei Dich liebenden Tanten.*

2006

Die Unsichtbare Stadt

Fragment aus einem unveröffentlichten Roman

(Auf dem Fluss)

Von Afrika bekamen sie in den ersten Tagen auf dem Kongo nur wenig mit. Nach dem Ablegen in Kinshasa durchquerten sie den Pool Malebo, an dem sich die Ufer ins Diesige entfernten, so dass sich Cuparius (er hatte eine Zeitlang in Süddeutschland die Ferienpensionen abgeklappert) an den sommerlichen Bodensee versetzt fühlte. Dann kamen ihnen die Ufer allmählich näher – hier hatte sich der mächtige Strom sein Bett in die Hügellandschaft gegraben –, aber noch war da nichts Fremdes, nichts Bedrohliches, Schilfgürtel glitten vorüber, Dörfer mit Lehmhütten, kleine Wellblechstädte, ein Sägewerk, ein Hippie-Camp, hölzerne Bungalows mit Veranden, Hütten aus Elefantengras, dann wieder Wälder (der italienischen Art, wie an den Hängen des Lago Maggiore), weitläufige Plantagen, Kautschuk und Bananen, seltener Orangen und Zitronen, die Früchte grün, an diesen Ufern war alles grün, und so ganz allmählich gewöhnte man sich an den verhangenen Himmel, an die immergleichen Ufer, an die Monotonie von Strom und Bordleben. Der weibliche Teil der Reisegesellschaft himmelte die schweißtriefenden schwarzen Stewards an, und der wachhabende Matrose musste immer wieder dazu herhalten, an der Seite einer Lydia oder eines Carlo vor dem Hintergrund einer Sandbank mit Flamingos oder Störchen fotografiert zu werden. Auf dem Steuerhaus war ein schwenkbarer Scheinwerfer montiert, der nachts den Fluss nach Stromschnellen oder Wirbeln absuchte. Hin und wieder streifte der Lichtstrahl das Vorderdeck, wo die dunklen Leiber der einheimischen Passagiere schliefen, ineinander geschmiegt wie Zwillinge im Mutterbauch. Die Einheimischen schienen daran gewöhnt zu sein, dass sich die Zeit auf der gemächlich tuckernden Obongo so leimzäh dahinwälzte wie der Fluss, während die Weißen immer häufiger ausriefen, sie hätten sich von der Reise mehr erhofft. Enttäuscht von der grauen Öde der Tage und der grünen Öde der Ufer, beschworen sie die literarische Vergangenheit des einst berühmten Kongo-River (Stanley, Conrad, Gide) und ließen die Reiseleiterin ihren Frust spüren. Die aufgetischten Speisen, die sie in den ersten Tagen als »exotisch« bejubelt hatten (zerhackte Meerkatzen und Krokodilsteaks) rührten sie kaum noch an. Wenn Cuparius und Madame nicht unter ihren Moskitonetzen in der Kabine lagen, er in der oberen Koje, sie in der unteren, hielten sie sich an Deck auf, wo sie von freundlichen Stewards bedient, aber von aufdringlichen Mücken und den eigenen Innereien belästigt wurden.

Mimi schien sich nicht unwohl zu fühlen, indes ihm, Cuparius, der feste Boden unter den Füßen fehlte. Die

Planken waren von der Schwüle glitschig und zitterten, und vor ihnen lag das weite tropische Land, das der schwarze Käpt'n, den die Reiseleiterin – frei nach Joseph Conrad – Marlowe nannte, in einer nicht ganz nüchternen Begrüßungsansprache als *White Man's Grave* bezeichnet hatte, als Grab des weißen Mannes. Es musste ein gewaltiges Grab sein, denn nach Einbruch der Nacht fuhren ungeheuerliche Blitze in den östlichen Horizont, doch ohne Donner, vollkommen geräuschlos – noch war das Innere so unendlich weit weg, dass es zu einer anderen Welt zu gehören schien.

Cuparius fürchtete sich vor der geisterhaften Ferne und fieberte ihr im selben Atemzug entgegen, eine widersprüchliche Empfindung, die ihm nicht unbekannt war. Der Tag an Bord, ein Tag unter dem grauen tiefen Tropenhimmel, hatte etwas Nächtiges, worin er sich zugleich fremd und heimisch fühlte. Stundenlang lag er auf seinem Deckchair, den Hut auf dem Gesicht, um sich vor den Strahlen der unsichtbaren Sonne zu schützen, und lauschte angestrengt auf die Geräusche von Strom und Boot, auf das Gurgeln und Rauschen des Wassers, das Schlagen von Eisentüren, das Poltern von Gepäck, das Knarren der Spanten, das Dröhnen der Maschine, das Bullern der Kessel und jetzt, hell, schrill, das Klingelzeichen im Maschinenraum, eine Anweisung von oben, vom Alten, an die Heizer.

*

Am schlimmsten war es, wenn die Obongo in einer Bucht vor Anker ging. Dann glaubte er aus den dampfigen Wäldern ein Raunen zu vernehmen, das ihn zugleich ängstigte und auf merkwürdige Weise anzog. War sein Verstand nicht mehr in Ordnung? Raunten und wisperten da drüben Waldgeister? Oder kamen die Töne von einem Fieberanfall? Eines Tages vernahm er sie nicht mehr vom Ufer her, sondern aus der Tiefe, wo mit der untergründigen Strömung eine Drecklawine flussabwärts rollte. Der Kongo, als wäre er ein verkrebster Darm, vermochte den Zufluss aus den Kloaken von Siedlungen und aus zerfallenden Industriekombinaten nicht mehr zu verdauen, musste die giftige Masse aber doch Richtung Meer pressen, sonst erstickte er daran. Über dem verseuchten Geschiebe am Grund lag ein gesünderes Gewässer, das sich oft kaum bewegte, wie ein stiller See, und manchmal sogar die grünen Uferbäume spiegelte. In diesen Bereich hatten sich die Flusstiere und Fische gerettet, hier konnten sie noch atmen, doch sobald sich das Bett verengte, drückte der Strom das Unverdaute nach oben, so dass schwimmende Baumstämme leere Ölfässer gekenterte Pirogen erwürgte Wasserwesen oder grotesk aufgedunsene Tierkadaver gegen die Bordwand rumsten. Weiter flussaufwärts, deuteten die Stewards an, würde man dann den Leichen des Buschkriegs begegnen – oft kämen da halbe Dörfer angeschwommen, von Abdullahi, dem Rebellenführer, oder Van Walcheren, dem Blutkönig, abgeschlachtet. Gewiss, das waren Gerüchte, vermutlich übertrieben, aber mit jedem Tag und jeder Flussmeile wurde es Cuparius unheimlicher. Ihr Ziel, die Karganè-Mine, lag mitten im Kriegsgebiet, mitten in *White Man's Grave*.

*

Erst gegen Morgen hatten sie den Hafen von Mbandaka verlassen, der Tag war trüb, die Regenzeit nahte, schon am frühen Nachmittag war die Luft derart voller Feuchtigkeit, dass Vögel und Schmetterlinge eher Flossen als Flügel gebraucht hätten. Alles klebte. Man badete im eigenen Schweiß. Die gewaschene Bluse trocknete nicht mehr. Obwohl Mimi eine ganze Portion Tabletten schluckte, verweigerte sich ihr der Siesta-Schlaf, und irgendwann in der Flaute des Nachmittags – die Obongo schleppte sich keuchend flussaufwärts – beschloss sie, sich dem seichten tropischen Sein *en grande tenue* entgegenzustellen. Sie klebte zum Schutz vor den Moskitos ihre Hallux-Heftpflaster um die Fußknöchel. Die Handgelenke sowie die Ellbogen schützte sie mit Handschuhen, die bis zu den Oberarmen reichten. Sie schlüpfte in ein rotes, enganliegendes Abendkleid, und ein Steward anerbot sich lachend, ihr am Rücken den Reißverschluss hochzuziehen. Dann legte sie ein Moskitonetz über den breitkrempigen Strohhut und schürzte es unterm Kinn zu einem lockeren Knoten. Der Spiegel im Salon war über ihre Verwandlung frappiert: eine Imkerin! Das Gesicht war hinterm Schleier verschwunden;

nur die Hollywood-Sonnenbrille deutete sich an – ob sie lächelte, jemanden fixierte oder ihren Teint vernachlässigte, man würde es ihr nicht ansehen.

Mimi hatte keine Lust, in der Kabine zu bleiben, wo Cuparius am Fieber litt, noch wollte sie an der Bar einem Passagier begegnen, und so kletterte sie in einem Anflug von Übermut, das lange Kleid bis zum Hüftgürtel hochgezogen, die rostige Eisenleiter zum Steuerhaus hinauf.

Am großen Steuerrad stand ein schwarzer Matrose, und draußen auf der Brücke hockte mit nacktem, schwarz glänzendem Oberkörper in einem zerschlissenen Fauteuil der Alte, in der Linken eine Zigarre, in der Rechten ein Glas.

Sie trat zu ihm hinaus.

»Ein Passagier hat sich in Mbandaka verirrt«, knurrte er. »Mussten länger liegenbleiben. Und natürlich hat der Lotse, dieser Schweinehund, nicht auf uns gewartet. Schwieriges Gewässer hier, müssen Sie wissen. Inseln, auch Stromschnellen. Etwa drei Meilen voraus werden wir den Hauptstrom verlassen. Dann geht's den Ubangui hoch.«

»Ich verfolge unsere Fahrt auf der Karte im Salon«, gab sich Mimi interessiert und hob den Schleier aus dem Gesicht. »Dort vorn, sagen Sie, zweigt der Nebenfluss ab? Dort geht's ins Innere?«

Die Unsichtbare Stadt

Fragment aus einem unveröffentlichten Roman
(Im Kriegsgebiet)

Nachdem sie den Kongo-River verlassen hatten, veränderten die Wälder ihren Charakter. Was eben noch eine monotone, aber fast liebliche Brutlandschaft gewesen war, Fotosujet für verwöhnte Touristen, wurde nun ein bösartiger undurchdringlicher schwarzgrüner Dschungel. Fuhren sie nah am Ufer entlang, wurden sie aus dem Innern von den schrillen Schreien der Fledermäuse erschreckt, und immer wieder kam es vor, dass Stelzvögel direkt vor dem Bug hochflatterten, um über dem Dampfer ihren Kot abzuwerfen. Die Passagiere, von Kopf bis Fuß mit Sonnencrème eingeschmiert, stießen beim ersten Angriff ein fröhliches Kreischen aus, aber so ganz allmählich wurden die roten und bronzierten Leiber auf den Badetüchern seltener. Wer sich noch unter die diffuse Sonne wagte, schüttelte wie irr die Dose mit dem Insektenspray und brachte sich fluchend in Sicherheit, wenn sich wieder eine Wolke von Moskitos näherte. Drinnen, in der ewigen Dämmerung des Regenwalds, tropfte und dampfte und gärte es, während gleichzeitig eine immerwährende Verwesung stattfand. Verflochtene Bärte hingen an den

Autofähre

Riesenbäumen; ihre Stämme und die gigantischen, vielfach verknoteten Wurzeln wurden umschlossen von moosigen Polstern, grauen Schlingpflanzen, saftigen Ranken. Mimi stand oft am Bullauge der Kajüte und ließ die mumiengrauen Riesen an sich vorüberparadieren. Ihr Mitbewohner, dem die obere Koje gehörte, war meist abwesend, irgendwo in seinen Fieberräumen, und sie musste froh sein, wenn er wenigstens für ein paar Stunden bei klarem Verstand war. Schon in wenigen Tagen würden sie ihr Ziel erreichen, die Anlegestelle einer versunkenen Fähre am oberen Lauf des Ubangui, dann würde es auf dem beschwerlichen Landweg wei-

tergehen, und ohne ihren Begleiter käme sie arg in die Bredouille.

2024

Die Unsichtbare Stadt

Fragment aus einem unveröffentlichten Roman
(Die Camions)

Jetzt entstand aus der Stille ein fernes Brummen, im Boden ein Zittern, und bevor sich Cuparius in Deckung bringen konnte, wälzte sich aus der grünen Düsternis langsam ein Konvoi aus schlammverkrusteten Militärlastwagen heran. An der Spitze beschnüffelten Hunde die Piste, und Soldaten tasteten mit pfannenähnlichen Gebilden, die sie an langen Stangen vor sich hertrugen, die Räderspuren nach vergrabenen Minen ab. Cuparius wurde von den kläffenden Hunden umstellt, dann von starken schwarzen Händen gepackt und in die ofenheiße Fahrerkabine eines Lastwagens gestoßen. Der Wagen hielt nicht einmal an, rollte einfach weiter, mit der schweren Ladung hin und her kippend wie ein Schiff bei Wellengang. Es gab keine Sitze in der Kabine, jedoch ein dickes Polster aus Sandsäcken, wohl zum Schutz vor explodierenden Bodenminen, so dass der Chauffeur, ein Schwarzer im Kampfanzug, seine Pedale mit Stecken bedienen musste. Viel zu tun hatte er nicht, der Konvoi bewegte sich ausschließlich im ersten Gang: im Schritttempo des voranmarschierenden Minensuchkommandos. Für ein Gespräch war der Lärm zu laut, und weil kaum Luft hereinkam – die Seitenfenster waren Stahlplatten –, herrschte eine von Öl- und Benzindüften geschwängerte Hitze. Etwa alle drei Meilen wurde angehalten; der von Schweiß triefende Trupp an der Spitze musste durch erholte Kräfte ersetzt werden. Die Fahrer kletterten aus ihren Öfen, auch Cuparius kletterte hinaus an die kühlere Luft und nutzte die Gelegenheit, um sich die Wagenreihe von außen anzusehen.

2024

Im Militärkonvoi durch die Tete-Provinz Moçambiques

»Neue Zürcher Zeitung«, 21. 10. 1973

Der internationale Verkehrsweg von Blantyre (Malawi) nach Salisbury (Rhodesien) geht 270 Kilometer durch Moçambique, durch den Distrikt Tete. Tete, behauptet die Frelimo, die »Befreiungsfront« Moçambiques, sei in ihrer Hand; aber die Portugiesen garantieren nach wie vor für die Durchfahrt. Einmal wöchentlich führt ein Militärkonvoi von Grenze zu Grenze.

Blantyre. Auf einem Parkplatz steht ein Bus: »Caminhos de Ferro de Moçambique«; an der Tür lehnt ein Mann, braun und mit schwarzem Stoppelbart. »Fahren Sie nach Tete?« Der Mann versteht kein Englisch. »Tete?« »Tete! Nachmittags 2 Uhr fahren wir ab.«

Zobue (Moçambique). Am frühen Abend kommen wir an die Grenze. Die Grenzbeamten sitzen gelangweilt hinter ihren Tischen. Draußen fahren Unimogs vorbei: Soldaten kehren von den Patrouillen zurück.

In der Bar der Grenzstation: Am Boden liegen Zigarettenstummel und die Schalen der Erdnüsse, die zum Bier serviert werden. Es ist eine portugiesische Bar, und ein vergilbtes »Fado-Portugal«-Plakat hängt über der niederen Tür. An einem der drei Tische spielen Soldaten in Tarnanzügen Domino; die Soldaten sehen müde aus.

Frühmorgens wird der Konvoi zusammengestellt. Es sind 15 Lastwagen und unser Bus, der ans Ende der Kolonne beordert wird. Den Anfang macht das *Minencommando*: Vier Mann werden mit Holzstöcken, die Eisenspitzen haben, die Piste nach Minen abstochern. »Ja«, sagt ein Soldat, der Claude Fotografieren verbietet, »es kann schon passieren, dass wir eine Mine verpassen.« »Und dann?« »Ja«, sagt der Soldat, »es kann schon passieren, dass es dann einen Lastwagen nimmt!«

Auf das Minencommando folgt ein schwerer Berliet, die Führerkabine mit Sandsäcken geschützt, auf der

Minensuchtrupp

Brücke Infanteristen in Zugstärke: ein zweiter Zug, auf zwei Mercedes-Unimog, deckt, hinter dem Bus, den Treck nach rückwärts ab. Wir fragen nach den Offizieren: »Keine Offiziere«, sagt der Soldat lächelnd, »es gibt nur einen; aber der hat seine Patten abgenommen. Die Frelimos schießen immer zuerst unsere Offiziere ab.«

Der Soldat, der ein Offizier ist, pfeift, und die Soldaten mit den Stöcken marschieren los, und die Motoren der schweren Lastwagen, die alle überladen sind, werden auf Touren gebracht. Wir fahren im Schritttempo. Der Bus ist voll, weil in Zobue viele Passagiere zugestiegen sind: Frauen mit Kindern und Hühnern und mit Bündeln, die nach Käse, Fisch und Feuer riechen.

12 Uhr 24. Der Konvoi stoppt, die Motoren werden abgestellt. Es wird heiß in der stillen Hitze, dann wird ein paarmal geschossen, und die Soldaten des hinteren Begleitwagens springen in Deckung. Wenige Minuten später fährt der Konvoi weiter.

Am späten Nachmittag, beim Kilometer 37. Der erste Tag ist zu Ende; Kilometer 37 ist ein Armeecamp und eine große Buschstadt. Die Armee hat alle Dörfer längs der Strecke abgebrannt und die Leute an dieser Stelle neu angesiedelt; die Stadt wird von 30 Mann kontrolliert. In einem weißen Steinhaus, Kolonialstil, gibt es Bier. Die Soldaten trinken wenig: Ein Soldat erhält 1000 Escudos, was etwa 300 Franken sind, und ein Soldat mit Matura erhält im Monat 7000. Wir handeln uns mit Bier Gespräche ein: »Es ist niemand gerne hier«, sagt ein Siebentausender, »und niemand freiwillig. Aber wir können nicht einfach aufgeben.« »Wird Portugal abziehen?« »Bestimmt, eines Tages, wenn sich unsere Sprache hier durchgesetzt hat, wie in Brasilien zum Beispiel.« »Ist das Wiriyamu-Massaker passiert, wäre es zumindest möglich?« »Nein …«

Vor Tete. Beim Kilometer 37 sind von neuem Leute zugestiegen; der Bus ist überfüllt. 11 Uhr, beim Kilometer 50; der Konvoi hält an. An dieser Stelle trifft er auf den Treck von Tete; die Begleitmannschaften wechseln, übernehmen und fahren je den andern Konvoi an seinen Bestimmungsort. Der Konvoi aus Tete ist fünf Stunden verspätet. Während wir warten, zünden die Soldaten das dürre Gras an am Straßenrand, so dass es den Guerillas nicht mehr möglich ist, sich bis ans Bord anzuschleichen; ein Soldat verteilt Konserven an das Volk: Guerillakrieg.

Der Konvoi von Kilometer 50 nach Tete ist sorgloser. Die Soldaten sind die Strecke heute schon einmal marschiert, sie haben keine Minen gefunden. Die letzten Kilometer vor dem Dorf *Moatize*, der Endstation der Eisenbahn, die Beira mit dem Hinterland verbindet, sind asphaltiert. Um 18 Uhr sind wir am Sambesi. Die Portugiesen haben eine neue Hängebrücke über den Fluss gebaut: Posten kontrollieren Autos und Passanten; denn seit der Grenzfluss zur Frontlinie geworden ist, ist die Brücke nicht mehr nur Verbindung für den internationalen Verkehr von Blantyre nach Salisbury – auch Guerillas, in Tansania ausgebildet, gehen über diese Brücke nach Rhodesien.

Der Konvoi von Tete nach *Changara* geht um 6 Uhr morgens ab. Lastwagen nehmen uns mit. Um 9 Uhr bleiben wir, 30 Kilometer vor der Grenze, hängen. Die einzigen zwei Wagen, die nach Salisbury abzweigen, nehmen uns nicht mit, weil ihre Versicherung in Moçambique keine Gültigkeit hat. Ein Geograph, der von Cabora Bassa herunterkommt, dem großen Staudammbau, 140 Kilometer oberhalb Tetes in den Bergen, lädt uns zum Frühstück ein; es gibt Bier und den süßen portugiesischen Kaffee und wieder Bier. Nach dem zweiten Kaffee steigt ein Comandos-Mann in unser Frühstück ein. Er trägt einen Kampfanzug; die Jacke ist offen, und durch den Reißverschluss baumelt ein Kreuz mit einem silbernen Jesus; an die Mauer ist das Gewehr gelehnt, im Gürtel stecken vier Handgranaten. Die Comandos sind eine Spezialtruppe, besonders geschult und hart trainiert. Der Comandos-Mann stellt eine Flasche Whisky auf den Tisch. »Venceremos, wir werden siegen«, sagt er.

»Venceremos«: Vor drei Wochen waren wir in *Dar es Salaam*, im Büro der Frelimos in Tansania. »Comrade« Chissano, der Vertreter der »Befreiungsfront«, hat in einem düsteren Büro in einem Vorstadtquartier auf unsere Fragen geantwortet. »Der portugiesische Soldat«, hat »Comrade« Chissano gesagt, »ist ein schlechter Soldat, weil er nicht an seine Sache glaubt.« Cabora Bassa werde nicht gebaut. »Cabora Bassa«, sagt anderseits unser Geograph, »wird der größte Staudamm Afrikas und der fünftgrößte der Welt; Cabora Bassa ist bewacht!«

12 Uhr 30. Die Kolonne nach Beira wird zusammengestellt. Obwohl es Sonntag ist, fahren 40 Lastwagen, die meisten leer. Sie haben Material für Cabora Bassa transportiert und holen sich nun im Hafen die neue Ladung. Wir fahren im Jeep des Geographen mit. Neben der Straße laufen die beiden Leitungen, die den Strom vom Damm nach Pretoria führen werden. Die Linie ist 1500 Kilometer lang und die erste Gleichstromanlage der Welt; die Schweiz hat mitentwickelt. »Die Terroristen lassen es zu«, fragen wir, »dass Südafrika seinen Strom aus dem Sambesi holt?« »Manchmal geht ein Mast in die Luft«, sagt der Geograph und lacht heiser. Von Zeit zu Zeit bleibt der Konvoi stecken, einmal stundenlang.

Manica. Die Familie da Malos empfängt den Papa – unsern Geographen –, der drei Wochen in den Bergen war, mit Küssen, Freudentränen und, vor dem Haus, mit allen wichtigen Mitteilungen. Mutter da Malos serviert Aperitifs und ein Essen, Spezialgerichte aus Portugal, Wein aus Portugal, und nach drei Tellern wird uns ein vierter vollgeschöpft. Bis tief in die Nacht hinein diskutiert die Familie dann die Aussichten des Fußballclubs Benfica Lissabon: Der Krieg in Moçambique findet nicht mehr statt …

1973

Reise-Tagebuch

Aufzeichnungen aus Afrika

An der Grenze zwischen Kamerun und der Zentralafrikanischen Republik, den 29. Mai 1973: Wir übernachten unter dem Vordach einer kleinen Missionsstation. Mit der Dämmerung fahren Wolken auf, es wird dunkel, bevor es Nacht ist. Als es Nacht ist, platzt der Regen aus dem Himmel. Es knallt aufs Blechdach, und in den Blättern rauscht es: die Regenzeit.

Wir töten in meinem Schlafsack einen Skorpion, ohne den zweiten zu finden: Skorpione sind immer zu zweit. Claude findet die Lösung: Einzelgänger, emanzipiert, Individualist oder Witwer.

Wir schlafen gut.

1973

Die Unsichtbare Stadt

Entwurf zum Roman

(Der Skorpion)

Vorsicht, flüsterte Père Saïda, auf Ihrem Kissen hockt ein Skorpion!

Saïda hatte mir einen Tee bringen wollen und stand immer noch vor dem Bett, in der Linken die Tasse, in der Rechten eine Laterne, in der eine verklumpte Kerze einen schwachen Lichtschein verstrahlte. Skorpione, diese giftigsten aller Spinnen, treten stets als Paar auf, und sieht man nur den einen, muss der andere in unmittelbarer Nähe sein. Saïda deutete auf die Decke. Der zweite Skorpion, meinte er, könnte sich im Verborgenen an meine Hoden heranmachen. Dann stellte er vorsichtig die Laterne und die Tasse auf dem Ziegelboden ab, den Blick ununterbrochen auf das Kissen konzentriert, wo die eine, die sichtbare Hälfte des Todes sich so wenig rührte wie die andere, die unsichtbare. Ich dazwischen, in starrer Erregung.

Sekunden später war alles vorbei. Der zweite Skorpion hatte unterm Bett gesteckt, war neugierig ins Licht spaziert und dort unter den angehobenen Absatz von Saïdas Sandale geraten, wo er mit einem Knistern endete. Den anderen wischte Saïda vom Kissen auf den Boden und zertrat ihn ebenfalls. Der Regen rauschte herab. Überall begannen Bäche zu gurgeln. Der hagere Schatten mit dem dünnen Laternenlicht strebte an den Gitterbetten entlang aus dem Saal.

2024

Heimkehr

Auszug aus dem Roman

(Warten)

Die schwarzen Menschen mit den großen weißen Augen beantworteten Fragen stets mit Ja. Ja, sagten sie, diese Straße bringt dich zur Grenze. Sie führte in die falsche Richtung, sollte ich später merken, aber dort war ich an die Grenze meiner Kraft gelangt, an die Grenze meiner Geduld, an die Grenze meiner Sinne, denn nach langen Fahrten schien ich wieder in der Hafenstadt angekommen zu sein, wo ich das Flussboot bestiegen hatte. Als wäre ich in die Vergangenheit zurückgekehrt, fing das Warten von vorn an, am selben Ort, die Zeit verlor erst den Sinn und dann den Fluss. Langhalsige Vögel segelten über dem Sumpf, schädelgroße Blüten trieben darin, schlagartig wurde es Nacht, und fragte ich, wann das Flussboot wiederkomme, sagten sie: morgen. War mein Afrika ein langes Träumen? Machte ich eine ähnliche Reise wie die Opiumraucher, die in ihren Höhlen Jahrhunderte durchwandelten? Ob Traum oder Realität, hier konnte ich nicht bleiben, hier herrschte Krieg, die wenigen Kolonialgebäude waren Ruinen, und wer noch gehen konnte, haute ab: Mutter mit kleinen Kindern behängt, volle Körbe auf den Köpfen, die Alten und

Warten auf den Bus

Siechen an Krücken, eine endlose Kolonne. Einen Alten, der sich am Fuß eines gesprengten Betondenkmals auf seinen Stock stützte, fragte ich, ob morgen ein Bus in die Hauptstadt fahre. Ja, meinte er, bei Sonnenaufgang. Der Bus fuhr dann tatsächlich, allerdings bei Sonnenuntergang und nicht in die Hauptstadt. Je heißer die Sonnenluft, desto stärker fror ich, aber je sinnloser mein Herumirren, je verzweifelter mein Warten, desto stärker wurde eine Stimme, die mir einflüsterte, ich sei auf dem richtigen Weg …

2018

VI. KRANKHEIT UND TOD DES BRUDERS

1973 wird Hans Hürlimann Bundesrat, 1979 Bundespräsident. Thomas Hürlimann geht 1974 nach Berlin, wo er die Anonymität genießt, die es für ihn als Bundesratssohn in der Schweiz nicht gäbe. Er studiert einige Semester an der Freien Universität, arbeitet als Regieassistent und Produktionsdramaturg am Schillertheater und bricht das Philosophiestudium schließlich ab. Die Erkrankung seines Bruders Matthias, der 1980 mit zwanzig Jahren an Knochenkrebs stirbt, wird nicht nur zur Zerreißprobe für das Ehepaar Hürlimann, sondern legt auch den Grundstein für das schriftstellerische Werk Thomas Hürlimanns. Er reist zurück in die Schweiz und pflegt den Sterbenden bis zuletzt. In dieser Erfahrung wurzelt sein Schreiben, sein Blick auf die Welt.

Der große Kater

Auszug aus dem Roman
(Kater am Bett des Sohnes)

»Marie«, schluchzte er, »in einer halben Stunde fahren sie vor, wir dürfen nicht zu spät kommen.«

Da knallte es.

Auf dem Bundesplatz marschierte die Ehrenkompanie auf, gestellt von der in Bern stationierten Infanterie-Rekrutenschule 203, und von irgendeiner Schanze schossen sie die 21 Böllerschüsse ab, die Juan Carlos, dem Staatsoberhaupt der Spanier, an diesem Ehrenabend zustanden. Jeder Schuss traf ihn mitten ins Herz. »Marie«, bat er wimmernd, »tu es unserem Sohn zuliebe! Du musst dich umziehen! Marie, ich flehe dich an, lass es nicht zum Eklat kommen, punkt sieben geht's los!«

Die letzten Schüsse. Dann Marschmusik. Und wie von ihm an- und vorausgesagt, tauchte die untergehende Sonne ferne Berge und die regennassen Dächer in ein märchenhaftes Licht.

(Ich spiele in dieser Geschichte nur eine winzige Rolle, möchte aber doch bemerken, dass ich zur Zeit des Staatsbesuchs in Bern war. Da unsere Mutter ihre offiziellen

Pflichten hatte, »das Damenprogramm«, kümmerte ich mich an diesen drei Tagen um meinen Bruder. Er war zehn Jahre jünger als ich. Er wusste, dass er im Sterben lag, wusste, dass die Schmerzen schlimmer würden und dass man nichts dagegen tun konnte. Als unser Vater erschien, befand ich mich, um eine Zigarette zu rauchen, im anschließenden Badezimmer. Ich warf die Kippe ins Klo. Dann stellte ich mich an die Tür und lauschte.)

»Als ich so alt war wie du«, begann der Vater, »habe ich versucht, ein mehrbändiges Lexikon auswendig zu lernen, den Großen Herder. Ich bin über das A nicht hinausgekommen. Ich habe tagtäglich gelernt, aber das A war zu groß für mich, so groß wie Afrika.«

Sein Sohn lächelte amüsiert. »Afrika?«, fragte er.

»Nach dem Afri, antiker Volksstamm um Karthago. Erdteil. Umfasst mit 30 Millionen Quadratkilometern 22 % der Landfläche der Planeten. Erstreckt sich circa 8000 Kilometer von Nord nach Süd und über 7600 Kilometer von Ost nach West. Afrikas Relief wird von Rumpfflächen und Tafelflächen bestimmt, sowie von Beckenlandschaften, wie dem sogenannten Nil-, dem Sahara- oder dem Kongobecken. Den Osten Afrikas, vom Roten Meer bis zum Sambesi, durchzieht das Ostafrikanische Grabensystem mit dem Tanganjika- und dem Niassasee; es ist von Bruchstufen und Vulkanen begleitet, wozu Afrikas größter Berg gehört, der schneebedeckte Kilimandscharo. Du bist der Einzige, wechselte er unvermittelt das Thema, »der mir jetzt noch helfen kann. Ich bitte dich, sprich mit Mama. Leg ein gutes Wort für mich ein. Sag ihr, ich erwarte sie in der für uns reservierten Suite im Bellevue, erste Etage rechts, die zweite Tür. Dort hängt ihr Kleid, sie kann sich umziehen, und Bobo Carluzzi hält sich bereits, um notfalls beim Schminken zu helfen. Leider haben wir nicht mehr viel Zeit *(was für ein Satz am Bett eines Sterbenden, was für ein grausam dummer Satz!)*, um sieben müssen wir vor dem Bellevue auf dem Teppich stehen. Hilf mir. Sorge dafür, dass Mama rechtzeitig im Hotel ist.« Er berührte vorsichtig die lange, weiße, fast fleischlose Hand und schämte sich dafür, dass er gleichzeitig an die eigenen Füße dachte – in denn allzu engen Lackschuhen schmerzten die Zehen. »Heute Nacht wird es vermutlich etwas unruhig sein, das lässt sich leider nicht vermeiden, aber ich lasse dir noch heute Abend ein tolles Lexikon bringen. Da vergeht einem die Zeit *(schon wieder!)* wie im Flug. Schau doch mal nach«, brachte er unter Tränen hervor, »wie der afrikanische Kontinent erforscht wurde. Muss ziemlich spannend sein. Na, du weißt schon, Livingstone, Stanley und all diese Typen! Ciao, mein Lieber. Dein Vater zählt auf dich.«

Er blickte zum Badezimmer und fragte: Ist da jemand?«

Sein Sohn lag mit großen Augen im Kissen. Dann lächelte er. Kater winkte ihm zu und schloff durch die Doppeltür hinaus.

»Stellen Sie für meine Frau einen Wagen bereit!«

»Einen Wagen, verstanden.«

»Plus Eskorte!«

»Eskorte!«

»Und sorgen Sie für eine freie Strecke!«

»Zielrichtung?«

»Bellevue.«

»Bellevue«, bestätigte der Sipomann und zückte dann, um die nötigen Befehle zu erteilen, sein Funkgerät. Ein anderer riss dem Bundespräsidenten die Lifttür auf, sie fuhren nach unten, rannten vors Haus, überall Sipo, Sperren, Gaffer, endlich sein Wagen, er hinein: »Zum Bellevue!«

»Zum Bellevue, Herr Bundespräsident. Wünschen Sie die Hupe?«

Bundespräsident Hans Hürlimann empfängt das spanische Königspaar, Staatsbesuch 1979

Es klopfte zart an die Tür. Wer konnte es sein? Um den Garderobenspiegel brannte der Glühbirnenkranz; auf dem Spiegel stand seine Liebeserklärung, mit Lippenstift aufs Glas geschmiert: »Ich ha di gärn. Kuss, Dein Kater«, und am Garderobenständer hing noch immer das Abendkleid, schön wie ein Brautgewand, weiß wie ein Totenhemd.

Noch einmal klopfte es, zart wie zuvor. Rasch zog er die Frackjacke aus, schlüpfte in einen Morgenmantel, eilte an die Bar, löffelte Eiswürfel in ein Whiskyglas, und jetzt, locker sich zur Tür drehend, das Glas auf Halshöhe, rief er lässig: »Ja bitte?«

Marie.

»Marie!«

Aber Marie schwebte wortlos an ihm vorbei, und bevor Kater ein weiteres Wort hervorgebracht hätte, war sie mit dem weißen, wie ein Engelsflügel flatternden Abendkleid im Badezimmer verschwunden. Er trank das Glas in einem Zug leer, ging dann zum Telefon und bat dringend um einen neuen Frack. »Beeilen Sie sich, in sieben Minuten will ich das Diner eröffnen!«

»Jawohl, Herr Bundespräsident.«

Vorsichtig legte Kater den Hörer auf die Gabel, eilte in Schleichschritten zum Badezimmer, legte das Ohr an die Tür und – kaum zu glauben, aber wahr, aber wirklich – sie sang! Verdammt nochmal, was war mit dieser Frau geschehen? Hatte sie vor lauter Kummer den Verstand verloren? War der Staatsbesuch, das dauernde Lächelnmüssen (während alles in ihr weinen wollte) eben doch zu viel für sie? Er strampelte sich aus der Frackhose, setzte sich in Hemd und Socken auf die Bettkante, betrachtete seine weißkäsigen Beine und fragte sich, ob es am Ende nicht klüger gewesen wäre, das Diner allein zu geben – ohne First Lady.

Unten hielt mit quietschenden Bremsen ein Volvo der Sipo. Kater wartete zwanzig Sekunden ab, dann öffnete er die Tür und ließ den Boten mit dem neuen Frack wie einen sterbenden Krieger ins Zimmer stürzen.

»Wie lange brauchst du noch?«

»Drei Minuten.«

»Sagen wir sieben.«

Lautlos öffnete sich die Badezimmertür, und im engen Abendkleid kam sie nun schlank und weiß auf ihn zu. Weiß auch ihr Gesicht, einer japanischen Maske ähnlich, und wieder, wie schon im Krankenzimmer des Sohnes, ließ dieser blauschwarze Helm, den ihr Bobo Carluzzi um den Kopf gegossen hatte, Katers Lächeln gefrieren. Fünf Schritte von ihm entfernt blieb sie stehen, zu einer Säule erstarrt. Von Angesicht zu Angesicht sahen sie einander an.

»Gehen wir?«, fragte Marie.

»Gehen wir«, antwortete Kater.

1998

Der große Kater

Auszug aus dem Roman
(Das Staatsbankett)

Das Diner zog sich zäh über die Runden und durch die Gänge. Daran war die Verspätung, mit der das Präsidentenpaar die Monarchen an die Tafel geführt hatte, nicht unschuldig, aber fast noch schwerer (im wahrsten Sinn des Wortes!) wog die Tatsache, dass der päpstliche Nuntius, wenn er nicht gerade Salat, Melonenschnitze, spanischen Schinken oder eine geräucherte Forelle in sich hineinschaufelte, das große Wort führte und die arme Königin mit einem endlosen Monolog zum höflich versteckten Gähnen brachte. Ausgehend von Saties »Belle Excentrique«, die er als bizarre Verwertung von Shimmy und Cake Walk bezeichnete, war der Nuntius auf die Krönung der Päpste gekommen und schilderte nun, während er sich vom ersten Gang zum zweiten Mal nachschöpfen ließ, den pompösen Einzug eines neugewählten Pontifex in den Petersdom.

Sofia lächelte müde.

Außer dem Nuntius hatte fast der gesamte Saal den ersten Gang in hungriger Eile weggeputzt, wieder kam die Bellevue-Brigade in V-Form angesaust, pflückte die leeren Teller und füllte die Gläser, nun mit einem Rioja, dessen tiefdunkles, von Sternchen durchzittertes Rot die Rosensträuße, die sich als Girlanden über die Tische zogen, erblassen ließ.

Der Bundespräsident ordnete seine Notizen. Dann erhob er sich, um seine Gäste ein weiteres Mal zu begrüßen.

Sie hörten ihm aufmerksam zu, kein Kellner störte, die Sipo blieb ruhig, er selbst jedoch hatte das ungute Gefühl, wie ein Roboter ins Leere zu schnarren. »Und darum geht es!«, donnerte er plötzlich los, »das möge Ihr und unser Ansinnen sein, unser Anliegen, unsere Anastasis – wir sagen Ja, ein großes Ja zu einem besseren, zu einem glückhaften, zu einem gesegneten Morgen. Wir schreiten, Majestät, auf gerader Avenida als Aventurier voran, auf dass es uns gelingen möge, durch dieses Avancement eine Allianz mit dem Künftigen zu schmieden. Das, Eure Majestäten, sei unser gemeinsames Affedavit, das wir *affetuoso* ablegen wollen, *ad majorem gloriam Dei*, aber auch und vor allem: *ad hominem*. Für die Menschen. Für die Söhne und Töchter unserer in *Amistad*, in Freundschaft, zutiefst verbundenen Länder, salud!«

»Salud!«

Danach sprach der König, und manch ein Kopf drehte sich voller Bewunderung zu Aladin um, der eifrig mitschrieb. Spanisch konnte er also auch, dieser Teufelskerl! Der Bundespräsident grinste ihm zu und sah dann voller Kümmernis auf Marie, deren blauschwarzer Helm reglos

Königin Sofia von Spanien, Bundespräsident Hans Hürlimann

zwischen den nickenden Häuptern schwebte. Noch während der Rede schlich sich eine Dolmetscherin in Katers Rücken und legte ihm den Text in beiden Fassungen vor, spanisch und deutsch. »Señor Presidente«, schloss die königliche Rede, »ante el Consejo Federal expuse ayer con detenimiento cuàles son nuestros sentimientos hacia vuestra nación y lo mucho que valoramos vuestra amistad, salud!«

Kater hätte die Übersetzung nicht gebraucht – »vuestra amistad«, das verstand er auch so, sprang jetzt auf, warf den Kopf in den Nacken, hob den gewinkelten Ellbogen an und trank das Glas in einem Zug leer.

Nach dem Hauptgang sprach der spanische Außenminister, dann sein Schweizer Kollege, der Vorsteher des Äußeren, und es verstand sich von selbst, dass beide Redner noch einmal bekräftigten, was schon Bundespräsident und König beschworen hatten, nämlich die herzliche Verbundenheit Spaniens mit der Schweiz und eine weitere, erfolgreiche Zusammenarbeit auf juristischer und industrieller Ebene. Um zehn schmetterte die Primadonna eine Arie in den Saal und wurde nach ihrem heftig applaudierten Vortrag an die Ehrentafel geführt. Begeistert gratulierte die Königin zur göttlichen Stimme, ihr Versuch jedoch, sich vom Nuntius endlich abzuwenden, misslang. Kaum hatte sich die Primadonna niedergelassen, ergriff der Vatikandiplomat Sofias Hand und bekannte, auch er pflege hie und da zu singen, am liebsten in der Badewanne. Der Tisch zeigte sich über dieses Geständnis gerührt und erörterte nun, wiederum Satie berührend, die Frage, ob dessen Musik heute noch als modern zu gelten habe.

Währenddessen richtete sich der Nuntius erneut an die Königin und fragte: »Trifft es eigentlich zu, Majestät, dass das Lieblingsgericht unseres verehrten Juan Carlos aus Pommes frites und Spiegeleiern besteht?«

»Oh«, entfuhr es der Königin, »Sie sind aber gut informiert!«

Das vom Schweiß gesalbte Rundgesicht lehnte sich lachend zurück, schob die Hände unter der Wampe ineinander (als säße er im Chorstuhl) und versetzte augen-

Von rechts nach links: Königin Sofia von Spanien, Bundespräsident Hans Hürlimann, König Juan Carlos von Spanien, Marie-Theres Hürlimann, 19. Juni 1979

zwinkernd, neben dem Mossad und der Schweizer Sipo zähle der Geheimdienst des Heiligen Vaters zu den weltbesten Organisationen.

»Wie schön«, unterdrückte die Königin ihr Gähnen, legte ihre Hand auf Katers Unterarm und fragte unvermittelt: »Fühlt sich Marie nicht wohl, Señor Presidente?«

Kater war glücklich. Auf diesen Moment hatte er gehofft und gelauert, nun würde er reden, der Königin die Situation erläutern, vom sterbenden Sohn sprechen und von der Programmänderung, die man hinter seinem Rücken durchgezogen hatte. Er war müde, genau wie Sofia, und Sofia, davon war Kater überzeugt, würde seine

Sorgen und Maries unhöfliche Stummheit sofort verstehen. Womit sollte er anfangen? In ihrem Haar blitzte ein Diadem, beide hoben das Glas, tranken sich zu, und obwohl diese Frau einer weltberühmten Dynastie entstammte und Katers Mutter (was niemand wusste) in üblen Gastwirtschaften gekellnert hatte, spürte er, dass die Spanierin Sympathie für ihn empfand. Sie lächelte noch immer, nippte am Glas und wartete geduldig. »Ach, wissen Sie«, sagte er endlich, »es ist nicht leicht, über dergleichen zu reden.«

»Nur zu, Señor Presidente!«

»Danke, Majestät!«

Und wer weiß, wer weiß, wäre Dornröschen nicht erwacht, hätte es Kater geschafft, die leidige Spitalgeschichte noch vor dem Dessert vom Tisch zu wischen. Wirklich, er hätte es geschafft, die Zeichen standen günstig, auch Sofia schien längst gemerkt zu haben, dass der Nuntius unter einer seidengefütterten Soutane und seinem Wabbelpolster ein frauenverachtendes Herz verbarg. Sie hatte vom endlosen Gesabber genug und hoffte sehnsüchtig, mit Kater ins Gespräch zu kommen.

»Trauen Sie mir nicht?«, fragte die Königin.

»O doch«, antwortete Kater, und dann kam er ohne Umschweife auf das diffizile Thema. »Hat man Sie von der Programmänderung unterrichtet, Majestät?«

»Ja«, antwortete die Königin, »vielleicht ist es tatsächlich sinnvoller, der Industrie einen Korb zu geben und diese Kinderklinik zu besuchen.«

»Sicher«, sagte Kater. »Sinnvoller ist es …«

Und da geschah's. Die japanische Maske zersprang, Dornröschen wachte auf, und es dauerte nur wenige Sätze, bis Kater begriffen hatte, weshalb sie doch noch gekommen war.

Marie war gekommen, um Kater zu vernichten.

»Sinnvoll«, rief sie gerade, »Majestät, mein Mann hält diese Welt für *sinnvoll*!«

»Marie«, versuchte er sie zu bremsen, lächelnd natürlich, »ich glaube nicht, dass das unsere Gäste interessiert.«

»Doch doch«, bemerkte der Nuntius.

»Wissen Sie, warum? Weil er an das Gute glaubt. Ja«, fuhr Marie blitzend fort, »die Welt meines Mannes ist von Gott geschaffen, und das heißt natürlich, dass alles, was geschieht, aus Motiven geschieht, die an sich gut sind. Aber hallo, werden Sie denken, gilt das auch für ein Verbrechen? Jawohl, hat er mir mal erklärt, wenn es für jede Handlung gelte, gelte es auch für ein Verbrechen. Beispiel: Ein Mann überfällt eine Bank, klaut einen Wagen, flieht in die nächste Stadt, reißt eine Braut auf, die will nicht, er schon, also drückt er sie in eine Gasse und nimmt sie mit Gewalt.«

»Marie, bitte!«, warf er dazwischen, lächelnd noch immer.

»Warum würden Sie eine Bank überfallen, Exzellenz?«

»Ich?« Der Nuntius legte seine Rechte mit dem Siegelring auf die breit gewölbte Brust. Dann blickte er schelmisch in die Runde und meinte augenzwinkernd: »Um Geld zu klauen, Frau Bundespräsident.«

»Na bravo! Um Geld zu klauen. Das ist es. Nicht um Böses zu tun, im Gegenteil – mit dem geklauten Geld kann der Täter seine Familie ernähren, mit dem geklauten Wagen entkommt er der Polizei, und die arme Frau, die wir selbstverständlich bedauern, befriedigt seine Lust. *En bref*, unser Täter ist nicht auf das Böse aus, vielmehr verlockt ihn das Gute. Oder wollen Sie einwenden, Exzellenz, es sei böse, zu Geld zu kommen, seine Familie zu ernähren, den Trieb zu befriedigen!«

»Marie!«

»Schatz, es sind deine Worte. Ich versuche nur, unseren Gästen zu zeigen, wie du denkst. Zugegeben, die Schändung der Frau ist ein Verbrechen, der Bankraub ein Delikt, aber keine dieser Handlungen, hat er mich gelehrt, entstamme dem Bösen. Wie sagtest du so treffend?«

Wieder lachte sie auf, nahm das Glas und trank einen Schluck. »Da die Schöpfung eine göttliche sei, hast du gesagt, würden die menschlichen Handlungen und Ereignisse im Guten wurzeln.«

Sie hatte vom Französischen ins Deutsche gewechselt, und innert Sekunden, ohne dass jemand ein Zeichen gegeben hätte, war der runde Ehrentisch von einer Schar hübscher Mädchen umringt. Sie beugten ihre Köpfe und begannen hektisch zu flüstern. Der Nuntius wartete, bis die Dolmetscherinnen verstummt waren. Dann sagte er: »Meine Liebe, das ist durchaus richtig – Gott hat alles geschaffen. Gott ist der erste Erzeuger, der oberste Erreger, Mister Urknall und Universum. Aber das heißt doch nicht« – jetzt musste er lächeln – »das heißt doch nicht, liebe Marie, dass der Schöpfer mit seiner Schöpfung *identisch* ist. Sonst wären ja auch wir, Sie und ich, im Zustand der Vollkommenheit, und ich frage Sie, meine Liebe: Sind wir das? Nein. Natürlich nicht. Gott ist mit seiner Schöpfung so wenig identisch wie ein König mit seinem Reich. Oder ein Innenminister mit seinen Autobahnen. Und an diesem Punkt, verehrte Frau Bundespräsident, taucht in der Tat eine heikle, auch uns bedrängende Frage auf. Sie lautet: Wie weit geht die Trennung? Ist sie absolut? Hat der Schöpfer seine Schöpfung ganz und gar von sich abgetrennt?«

Wieder sah der Nuntius in die Runde, dann lehnte er sich zurück, schloss die Arme um die Wampe und verkündete im getragenen Ton des Predigers: »Majestäten, die Konsequenz wäre fatal. Gottfern wäre die Welt, gottfremd das Seiende, und deshalb, sehen Sie, spricht der Doktor Subtilis, einer unserer großen Philosophen, von der Analogie. Wissen Sie, was man darunter versteht?«

»Eine Beziehung«, antwortete Kater fix, »eine Entsprechung.«

»Ganz recht«, lobte der Nuntius, »unter einer Analogie verstehen wir eine Beziehung, eine Entsprechung.

Gewiss, eine Mutter ist etwas anderes als ihr Kind, eine Autobahn etwas anderes als ihr Planer, ein König etwas anderes als sein Königreich. Identisch sind sie nicht, nein, aber dennoch haben sie miteinander zu tun, dennoch stehen sie in einer engen Beziehung. Wie ein Kind auf seine Mutter verweist und das neue Spanien auf unser gesegnetes Monarchenpaar, so verweist die Schöpfung auf den Schöpfer.«

»Salud!«, bedankte sich der König.

Auch Kater hob das Glas und meinte dann, zu Sofia gebeugt, selbstverständlich sei er weit davon entfernt, jede Handlung oder jedes Geschehen gutzuheißen. Allerdings lebe er durchaus im Glauben, das Gute sei stärker als das Böse, und betrachte man die jüngste Geschichte, so zeige sich ja, wie sich vieles zum Besseren verändere, gerade auch im glücklichen Spanien.

War es überstanden? Hatte ihn ausgerechnet Tomaselli, Pfiffs Beichtvater und Ratgeber, vor dem Schlimmsten bewahrt? Es sah beinahe so aus. Aber eben: nur beinahe. Die Schlacht war noch nicht geschlagen, und Kater spürte: Marie war in Form. Sie würde ihr Ziel erreichen. Nun ließ sie den Tisch eine Weile plaudern, und gerade im Moment, da man das heiße Thema verlassen und wiederum auf die Musik zurückkommen wollte – schließlich hatten sie jetzt eine weltberühmte Sängerin am Tisch –, kam der nächste Schlag.

»Ich verstehe«, nickte Marie vor sich hin. »Oh, ich verstehe. Die Schöpfung, meinen Sie, ist mit dem Schöpfer zwar nicht identisch, hat sich aber keineswegs von ihm abgetrennt.«

»Richtig«, bestätigte der Nuntius.

»Und dieser Gott«, bohrte sie weiter, »ist wirklich und wahrhaftig ein *guter* Gott?«

»Allwissend und allgültig.«

»Und lässt es zu, dass unschuldige Kinder qualvoll sterben?«

»Wie kann er denn verhindern, was hienieden geschieht? Ich habe eben erläutert, dass Gott durch und durch gut ist, aber mit unseren Handlungen so wenig identisch sei wie unsere Primadonna mit ihren herrlichen Arien. Oder ein Schuhmacher mit seinem Schuh. Falls er drückt, will ich damit andeuten, ist nicht unbedingt der Hersteller schuld. Es könnte auch sein, dass es an unseren Füßen liegt.«

Beifälliges Gemurmel, und Kater, der die ganze Zeit die Zehen krümmen musste, sagte sich: »Wie wahr! Was kann der Schuhmacher dafür, dass mir die Bundesverwaltung eine zu kleine Nummer geliefert hat.

»Ich denke«, riss Marie das Wort wieder an sich, »ich denke, Gott *weiß*, was hienieden geschieht.«

Und die Dolmetscherinnen, fröhlich nickend: »Penso, su Excelencia, que Dios *sabe* lo que sucede aqui abajo.«

Da hob der Nuntius seine beringte Hand und rief: »Darauf habe ich gewartet. Damit kommen sie immer. Das ist in all diesen Diskussionen ihr letzter, allerdings untauglicher Einwand – die Vorsehung!«

»Nicht unbedingt.«

»Doch, doch«, grinste er.

»Nein«, beharrte Marie. »Mir geht es um die Schlüssigkeit Ihres Analogie-Systems. Wenn der Schöpfer wirklich und wahrhaftig allgütig ist, müsste doch auch in der weltlichen Entsprechung ein Hauch seiner Güte zu fühlen sein – seiner Güte, Herr Nuntius, nicht seiner Grausamkeit!«

»Ich sage ja: Sie reden von der Vorsehung.«

»Tu ich das?«

»Aber gewiss, meine Liebe.«

Auch der Nuntius sprach jetzt deutsch, so dass die Dolmetscherinnen, einer Vogelschar ähnlich, Wort für Wort in einem zwitschernden Spanisch wiederholten.

»Unsere Gastgeberin«, begann er, »ist wie viele der irrigen Ansicht, Gott sei durch die Vorsehung in unsere Taten involviert. Diese Leute verkennen allerdings, dass wir von einer Vor*sehung* und mitnichten von einer Vor*leistung* sprechen. Man muss das Wort wörtlich nehmen, und wenn ich jetzt vorher- oder voraussehe, dass man uns demnächst das Dessert serviert, so habe ich durch diese Äußerung keineswegs den Anspruch erhoben, ich, Tomaselli, hätte die zu erwartende Köstlichkeit angerichtet.«

In diesem Augenblick erreichte die Brigade die Ehrentafel, die Dolmetscherinnen flatterten weg, und alle blickten erstaunt auf die *Mousse au chocolat*, die plötzlich auf ihren Tellern lag.

»Quod erat demonstrandum!«, triumphierte der Nuntius. »Meine Vorsehung hat bestens funktioniert. Ich wusste, was geschehen würde, aber das heißt natürlich nicht, dass ich in der Lage wäre, ein solches Gedicht anzurichten oder auch nur zu servieren. Unserem Herrn geht es in puncto puncti nicht anders. Er weiß alles. Und sieht alles. Und zugegeben, Frau Bundespräsident, er sieht das Kommende kommen. Aber daraus abzuleiten, er habe es ausgeheckt, direkt bewirkt oder gar verschuldet, scheint mir eine unzulässige Interpretation eines alten, schönen Wortes zu sein. Wollen Sie nicht kosten, meine Beste? Es schmeckt *superbe*!«

»Mousse! Dessert! Vorsehung! Das interessiert mich nicht, offen gestanden.«

Und der Reigen der Dolmetscherinnen, wiederum auf den spanischen Schultern landend: Mousse! Postre! Providencia! Francamente no me interesa.«

Der Nuntius schaufelte drei volle Löffel in sich hinein. »Worauf wollen Sie hinaus, meine Beste? Dürfen wir erfahren, was Sie so unversöhnlich stimmt?«

»Gern.«

»Marie!«

»Seine Exzellenz hat mich etwas gefragt, Schatz.«

Jetzt, Kater wusste es, kam der Angriff, der ihn umhauen würde.

»Wissen Sie«, versetzte Marie, »der Bankräuber und Vergewaltiger ist mir durchaus sympathisch. Er hält sich für schlecht, vielleicht sogar für böse, und käme nie auf die perverse Idee, seine Handlungen im Urgrund des Guten zu verwurzeln. Dennoch erweist er Frau und Kind etwas Gutes. Um sie zu ernähren, raubt er eine Bank aus. Aber wie gut, frage ich mich, wie gut ist ein Politiker, der mit seinen Handlungen und Entscheidungen die eigene Familie *zerstört?*«

Am Tisch wurde es schlagartig still.

Die auf den Schultern hockenden Vögel glotzten erstaunt. Die Löffel hingen starr in der Luft. Die Majestäten thronten wie Statuen, und sogar die Primadonna schien in ihren Schweiß- und Parfümgeruch wie in eine Glocke eingegossen zu sein, absolut reglos, ohne zu atmen.

Endlich gelang es dem Nuntius, wem sonst, den Bissen zu schlucken. »Wie müssen wir das verstehen, Frau Bundespräsident?«

Fahrig griff sie nach dem Glas, schwenkte es vor dem Kinn hin und her, und während die Tränen, die sonst nach innen geweint wurden, aus ihren Augen hervorschossen, sagte sie leise und traurig: »Konkret, Exzellenz. Das dürfen Sie konkret verstehen. In Bossis Klinik liegt mein Kind. Und morgen Vormittag, wie Ihnen gewiss bekannt ist, steht der Besuch dieses Kindes auf dem Damenprogramm. Tut mir schrecklich leid, Majestät«, wandte sie sich an die Königin, »aber ich kann mir beim besten Willen nicht vorstellen, inwiefern die Planung eines solchen Programmverlaufs im Urgrund des Guten wurzeln soll! Wurzelt sie nicht eher im Ehrgeiz? Aber nun muss ich Sie bitten, mich zu entschuldigen. Ich fühle mich leider nicht gut.«

Marie lächelte in die Runde. Dann stand sie auf und ging.

»Das wussten wir nicht«, hauchte die Königin. »Señor Presidente, das hat man uns mit keinem Wort gesagt. Ist es wahr? In dieser Klinik liegt Ihr Kind?«

1998

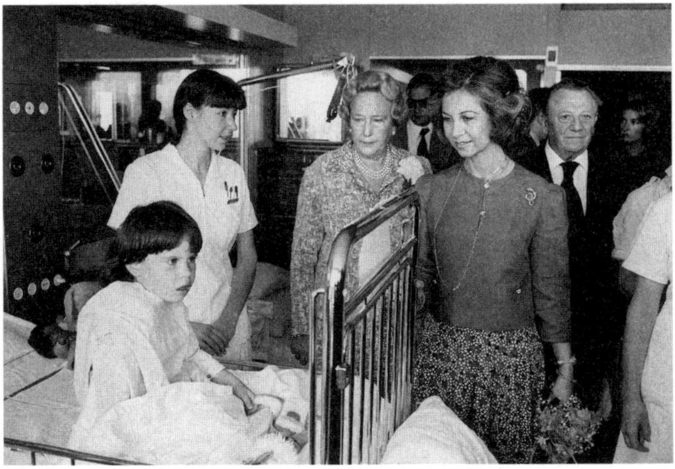

Königin Sofia von Spanien beim Besuch des Inselspitals Bern, 1979

Die Tessinerin

Auszug aus der Erzählung

Wer in einem Sterbehaus an einem Sterbebett jemals gesessen hat, weiß, dass unsere Uhrzeit ihre selbstverständliche Gültigkeit verlieren kann.

Wer in einem Sterbehaus an einem Sterbebett sitzt, wer in seinem Hirn nach Wörtern sucht, um nicht verrückt zu werden und zu grinsen wie ein Blöder, der erfährt, ob er nun der Euteler Lehrer sei am Bett seiner Frau oder ich am Bett meines Bruders (worüber ich schreiben wollte und nicht schreiben kann), dass ein sterbender Mensch einem fremd wird, weil er Stille erzeugt – eine feierliche Stille.

Wer je vor einem Sterbenden anwesend war, der hat, auf seine Weise, die Totenstille – jawohl: gehört!

Man sitzt da, man schaut ab und zu auf die Uhr, und man wundert sich, dass auf dieser Uhr, ohne dass man es gemerkt hätte, Stunden vergangen sind. Oder man ist überzeugt, man habe lange, bittere Stunden am Sterbebett abgesessen, und auf der Uhr sind es nur ein paar kurze Minuten, man schüttelt den Arm, die Uhr, meint man, sei stehengeblieben, man halte, denkt man, diese Stille nicht aus, will schreien, etwas tun, von Sterben und Tod nichts mehr wissen. Man vertue bloß seine Zeit, sagt man sich. Und erschrickt. Das Sterbehaus ist ein Steinhaus – aber in der Wand hört man es klopfen? Ein Klopfen – als poche der Tod an? Man grinst. Man sagt sich, dass man in der Stille Geräusche höre, die der geschäftige Alltag überdecke. Man vermutet, das Pumpwerk der Zentralheizung zu hören, und steigt hinunter in den Keller, um das Ohr an den Heizungskessel zu legen. Oder man schiebt sich die Hände erhoben, einer Wand entlang, horcht sie ab, Schritt für Schritt – man höre nichts, sagt man sich, kein Heizungs- oder Wasserpumpen, und man setzt sich wieder auf den Platz am Bett. Und dann, eines Nachts, hört man das Ticken eines einzigen Weckers. Es wird so laut und so rasend wie das Ticken und Tacken in einem Uhrenladen voller Uhren und Wecker. Man werde damit schon fertig, sagt man sich. Man hält sich die Ohren zu oder beißt krachend in einen Apfel. Obwohl man weiß, was man tut, wird man sich irgendwann die Erlaubnis erteilen, den Wecker aus dem Sterbezimmer zu entfernen. Und wie man bald einmal das Klopfen so gründlich vergessen hat, dass man nicht mehr zu sagen weiß, ob's gerade geklopft hat oder nicht, vergisst man auch das Beobachten der fallenden Tropfen im Infusionsschlauch, man blickt mit Augen, die nichts mehr sehen, auf dieses und jenes.

Es war Nacht geworden. Am Himmel über der Schlucht standen Sterne, kalte, glänzende Punkte. Die Stille, die im Lehrerhaus entstanden war, übertrug sich nun auf das Dorf und auf die Höfe, die noch bewohnt wurden. Man hatte den Pater Cyprian, den Sigristen und den Lehrer nach der Messe über den Platz gehen sehen. Einige von den Alten, den Hut an die Brust drückend, hatten das Knie in den kalten Schnee gebeugt. Im Leuen wurde nur noch selten etwas gesagt. Sie stierten, als seien sie bös zerstritten, in ihre Gläser – die »Frau des Lehrers« sagten sie. Beinah beschwörend und zum ersten Mal seit zwanzig Jahren wurde die Frau des Lehrers ins Leben gerufen – eine Tessinerin, als sei sie schon lange tot, wurde nicht mehr erwähnt.

In der Nacht vom Sonntag auf den Montag schlug ein Frost an, die Temperatur fiel rasch unter null. So geschah es, dass in Eutel die Stille des nahenden Todes sichtbar wurde. Der Kalte zapfte an den Dachtraufen den antauenden Schnee, an den Brunnenröhren das Wasser ab. Noch lange stand das Türkenauto auf dem Platz vor der Kirche, und die Rücklichter, die der Türk hatte brennen lassen, stachen rotglühend in die frostklare Nacht hinaus. Anscheinend wurde ihr Tod vor dem Morgen erwartet.

Jetzt habe sie den ganzen Vormittag verschlafen, sagte die Frau. Sie habe Hunger! Und Durst, was für ein Durst! Sie lächelte müde. Vom Franz habe sie geträumt. Das sei ihr Bruder gewesen.

Es sei doch nicht Mittag, sagte der Lehrer, aberaber.

Er nahm ihre Hand und tätschelte sie. Draußen in der Stube schnarchte die Friedel. Hie und da war noch ein Auto zu hören, ein Skitourist, der mit hoher Geschwindigkeit durch das nachtstille Dorf fuhr, Richtung Unterland.

He ja, sagte der Lehrer, dann sei's halt Mittag. Ihm sei's egal. Er wolle nach etwas Essbarem Ausschau halten, vielleicht ein Süpplein kochen. Dann legte er ihre Hand auf die Decke und ging hinaus. Die Friedel hob den Kopf, machte gähnend: A-bah, die isst nichts mehr!, und der Lehrer war froh, dass die Wut auf die Alte seine Wehmut übertäubte. Die hat einen fetten Leib, dachte er, und ihr Kopf ist so schmal, dass er zwischen die Hörner eines Geißbocks passt. Er schüttete einen Beutel Maggi-Suppe in kochendes Wasser, und da er mit der Kelle, wie es vorgeschrieben war, eine Acht rührte, kam es ihm in den Sinn, dass der Mathematiker als Zeichen für unendliche Zahlen eine flache Acht setze. Die Friedel rief, wie spät es denn sei, sie seufzte und rieb, um dem Lehrer zu zeigen, dass sie friere, ihre Hände und Wangen. Dann äugte sie hinaus, die Nase am schwarzen Fenster. Der Lehrer holte die Schlafzimmertür mit dem Ellbogen ins Schloss. Gelt, wollte er sagen, jetzt magst einen schönen Teller Suppe. Er sagte nichts. Den Teller stellte er auf dem Nachttischlein ab. Er setzte sich in seinen Stuhl zu ihren Füßen, und die Suppe, obwohl er Hunger hatte, ließ er kalt werden. Ihre Hand war von der Decke gerutscht. Später hing sie über den Bettrand hinaus. Die Finger waren weiß und gekrümmt – ein gebrochener Flügel stand in der Luft.

Zug, den 19. Februar 1981

Mein Bruder war tagelang, nächtelang am Verenden. Fast vier Jahre war er krank. Er wusste, dass es die Krankheit zum Tod war. Er hat den Todeskampf, das letzte, grausamste Stück der Sterbearbeit wahrgenommen. Er hat, immer wieder zu klarem Bewusstsein erwachend, über das Verenden gesprochen. Wenn ein Mensch verende, sagte er, verende alles. In allem, was sei, werde das Verenden sichtbar, nur noch das Verenden sei wirklich. In jedem Atemzug höre der Sterbende seinen letzten Atemzug, im Einbrechen der Nacht breche die Nacht herein, wenn er erwache, müsse er sich im Zimmer vorsichtig umsehen. Er könne alle seine Träume, wenn er nachdenke, sofort verstehen. Manchmal stelle er fest, dass er, vielleicht stundenlang, nicht gedacht habe, nichts – was er wiederum einordnen könne in das immer geheimnislosere, immer dichter werdende, sozusagen plumpe Wahnsystem. Sterben sei Wahnsinn. Wie ein Wahnkranker fühle der Sterbende sich verfolgt. Alles, was er denke, träume, fühle, sehe, höre – es sei bestimmt von dieser einen, wahnsinnigen Idee: Du stirbst! Du! Diese Idee mache ihn groß und bedeutend, was niemand verstünde. Niemand anerkenne seine Sterbegröße, niemand vermöge seinen Todeskampf als Bravourstück zu bewundern. Spiele einer am Bett den Mitleider, sei dieser Mensch für ihn gestorben. Zwangsläufig sterbe alles, alles um ihn herum. Sogar die Zeit vergehe, sie zerfalle, er ahne es.

Matthias, 26. September 1959 – 7. Februar 1980

Irgendwann in der Nacht wurde sie wach. Sie hatte wieder geträumt, sie war verwirrt. Schlief sie? Lag sie wach? Da sah sie den Lehrer und hörte sein Schnaufen. Schnarchelnd sog er die Luft ein, blies sie wieder aus, langsam und regelmäßig. Im Schnitt seiner Beine hockte auf dem Stuhl eine Kröte, ein fleischrotes, nassglänzendes Tier. Wahrscheinlich war ihm die Kröte aus dem Hosenlatz geschlüpft.

Es war Mittag geworden und Abend. Heute war nicht mehr Mittwoch, nein, ein anderer, ein neuer Tag. Ja, aber was für ein Tag? Sie überlegte lange, aber es gelang ihr nicht, die Gedanken zu ordnen. Sonderbar – sie hatte vom Klavier geträumt, das der Vater verholzt hatte. Das Holz war in einem der Kriegswinter verheizt worden ... und sie, im Traum, schleppte das Möbel nach St. Gallen zur Vergantung! Sie musste lächeln. Der Vater fiel ihr ein: Der Vater hielt den Finger an die Lippen, und sie alle wurden still und lauschten auf das Sprazzeln des Ofens. Hört ihr, wie es spielt?, sagte er leise, das Klavier spielt noch einmal zum Tanz auf. Unten im Keller hatte noch jahrelang ein Bünde abgekluppter Saiten gelegen, und auf dem Buffet in der Stube verstaubten die Notenhefte. Seit die Mutter tot war, legte sich Staub auf die Dinge, in den Ecken hingen Spinnfäden, und der Palmzweig hinter dem Kreuz wurde am Gründonnerstag nicht mehr ersetzt; er verdorrte zu Papier. Die Kinder zogen aus. Der Vater saß am Stubentisch vor seiner Flasche Fernet-Branca. Manchmal kratzte er sich mit dem Daumen am Kopf. Stundenlang betrachtete er das Etikett auf der Flasche, Adler und Weltkugel, sagte er, Adler und Weltkugel, ja, ja! An der Wand hing ein Bild: Der Heiland schwebte zwei Fußbreit über dem Boden, und sein lanzengeschlitztes Herz, umstrahlt von einem gezackten Sönnlein, brach ihm aus der Kleideröffnung. – Einmal war sie noch auf Besuch gekommen. Sie lebe jetzt im Tessin, hatte sie dem Vater gesagt. Sie habe eine gute Stelle. Auf dem Kopf trug sie das Hütlein, das ihr nicht gehörte. Bist ja eine richtige »Madamm« geworden, sagte der Vater, willst dir einen Stadtfrack angeln und ein vornehmes Leben haben.

Nach dem Tod der Mutter blieben ihre Pantoffeln unter dem Ofen. Wenn der Vater traurig war, stopfte er seine Fäuste in Mutters Pantoffeln hinein und tupfte sich die abgelaufenen Sohlen an die Wangen. Sind noch ganz warm, sagte er dann, als sei sie grad eben gegangen, die Mutter.

Von ihren Geschwistern hatte sie schon seit Jahren nichts mehr gehört. Hie und da noch eine Taufanzeige, die sie im Buffet in der Stube zu einem Bündelchen sortiert hatte, hie und da noch eine Karte von Karl aus Neuseeland, der, wie er einmal schrieb, nicht mehr Karl hieß, sondern Charles, und dann war nichts mehr gekommen. Sie erschrak ein bisschen. Du stirbst, dachte sie – du! Du! Du!

Tagelang und nächtelang hatte er, der Lehrer, auf ein Wort seiner Frau gelauert. Er hatte gehofft und gebetet und Gebet und Hoffnung wieder fahren lassen. Heute, im frühen Nachmittag, war es dann so weit. Er war auf alles gefasst gewesen. Er hätte ihr sogar erklärt, warum er sie nie, nie in all den Jahren, in den Leuen mitgenommen hatte. Früher einmal hatte sie gesagt: Nimm mich mit. Ich möchte gern sehen, wie sie heute den Service machen. Wenn ich den Service gemacht habe, haben mir die Herren einen Kognak spendiert. Dann habe ich Most in ein Schwenkglas gefüllt, und das Glas habe ich den Herren gezeigt. – Ja, auf alles war er vorbereitet, aber nicht auf das, was heute Nachmittag geschehen war. Plötzlich war sie wach gewesen, munter, in richtiger Plauderlaune. Er hatte sich gefreut. Schon mancher, heißt es, hat den Herren von der Wissenschaft ein Schnippchen geschlagen und ist geläutert und lächelnd retourgekommen. Ja, er fand es schön, dass eine Besserung ihres Zustandes eingetreten war. Und dennoch – ihr Erwachen hatte den Lehrer nur halb überzeugt. Noch einmal flackern die Lebensgeister auf, sind Feuer und Flamme, ein Feuerwerk, das platzend und strahlend in die Finsternis emporsteigt, herabfällt, erlischt. Dann ist die Nacht so dunkel wie nie zuvor, der Traum ist ausgeträumt, das Leben verwirkt. Italienisch hatte sie geredet, Italienisch …! Mutter, hatte er gerufen, Mutter! Mit mir kannst du immer noch Deutsch reden, Mutter, hörst du?! Und sie – was sagt sie? Si Signor. Si Signor … als hätte er ein Bier oder einen Grappa bestellt. Die Tessinerin war noch einmal erwacht.

1981

Schreiben

»Frankfurter Allgemeine Zeitung«, 07. 10. 2006

Beim ersten Mal war ich gut, sehr gut sogar, doch wurde ich für meine Leistung nicht belohnt, sondern bestraft.

Damals war ich vierzehn Jahre alt und Klosterschüler im ehrwürdigen Stift zu Einsiedeln. Wir hatten einen wundervollen Deutschlehrer, Pater Erlebald. Er las uns seine Lieblingsgedichte vor und Szenen aus dem *König David* von Reinhard Sorge. Beim Eintritt ins Kloster hatte Pater Erlebald seine Stimme verloren, und noch heute höre ich die schönsten Verse der Menschen, die Gottfried Benn'schen, von seiner fast tonlosen Stimme hervorgekrächzt.

An einem sonnigen Frühlingsmorgen lag Pater Erlebald, wie in letzter Zeit öfter, fieberkrank in seiner Zelle, und Pater Walafried, der Subpräfekt, erhielt vom Gütigen – so wurde der oberste Präfekt genannt – den Auftrag, unsere Klasse zu einem Stundenaufsatz ins Freie zu führen, auf einen Hügel hinter dem Kloster. Dort sollten wir, wie der Ersatzlehrer an Ort und Stelle verkündete, eine Baumgruppe beschreiben. Glücklich, der Steinwelt des Klosters entronnen zu sein, legte ich los. Durch die Blätter blitzte die Sonne, Dunst lag überm Land, und es fiel mir leicht, die sieben Linden als Naturkathedrale zu beschreiben, aus Luft und Licht gebaut, von uralten Säulen getragen. Nach einer Stunde sammelte Ersatzlehrer Walafried unsere Hefte ein und hieß uns Zöglinge, die wir schwarze Kutten trugen, ins Kloster zurückmarschieren. Damit hätte sein Auftrag geendet, Pater Walafried jedoch, der seit Jahren davon träumte, in den Schuldienst eintreten zu dürfen, wollte die Bewertung der Aufsätze nicht dem kranken Erlebald überlassen, sondern selber vornehmen. Während des abendlichen Studiums bestellte er mich in seine Zelle, zeigte auf mein Heft und fragte: »Wo hast du das abgeschrieben?«

»Ich habe nicht abgeschrieben, Herr Walafried«, antwortete ich leise.

Er blieb dabei, bezichtigte mich der Lüge und wiederholte seine Frage. Vorsichtig wies ich den Pater darauf hin, er habe uns das Thema erst auf dem Hügel eröffnet, weshalb es mir gar nicht möglich gewesen wäre, mitten in der Natur ein Buch zu erwischen, um mich daraus zu bedienen. Walafried, seiner Meinung sicher, grinste meinen Einwand beiseite: »Gesteh, Lügner!«

Ich weigerte mich, ein falsches Geständnis abzulegen. Da befahl er mir, ihm die Innenflächen meiner Hände zu zeigen, und während er laut und lauter fragte, wer der Dichter sei, dem ich die herrlichen Sätze gestohlen habe, hieb er mit einem vierkantigen Lineal auf mich ein. Meine Handballen schwollen an, die Haut drohte zu platzen, er schrie, ich winselte, er schlug, ich heulte, doch heulte ich die Wahrheit: »Ich habe nicht abgeschrieben, Herr Walafried, ich habe nicht abgeschrieben.«

So wurde ich mit einem Lineal zum Dichter geschlagen, und wenn ich in späteren Jahren verrissen wurde, dachte ich wehmütig: Wenn wir wirklich gut sind, wird es uns heimgezahlt.

Mit sechzehn schrieb ich mein erstes Stück, stieg aus der Kutte, schlang mir einen Schal um den Hals, kletterte über die Klostermauer, fuhr per Autostopp nach Zürich, betrat die Direktion des Schauspielhauses und erklärte einer verdutzten Sekretärin, hier sei die Dichtung, auf die das Haus seit Jahren warte. Ich bat sie, mir so bald als möglich mitzuteilen, wann die Uraufführung stattfinde, und es kommt mir heute wie ein Wunder vor, dass ich nach einigen Wochen von Dietbert Reich, dem Dramaturgen, zum Gespräch geladen wurde.

Meine Komödie handelte von Adligen, die während der Französischen Revolution ins Innere der Erde geflohen sind. Dort zeugen sie sich fort, und als einer (ich!) nach langer Zeit an die Oberfläche zurückkehrt, stellt sich heraus, dass er nur noch an der Decke gehen kann. Dummerweise verliebt er sich in eine gewisse Gisela, die Frau des Einsiedler Fotografen, und da sie mit ihren schönen Beinen fest auf der Erde steht, bleibt die Liebe des jungen, kopfüber von der Decke hängenden Grafen ebenso unsterblich wie unerfüllbar. Dramaturg Reich erklärte mir, das Theater sei kein Zirkus, und meine

Chance, gespielt zu werden, werde sich beträchtlich erhöhen, wenn ich künftig auf artistische Vorgaben verzichte. Ich fühlte mich verkannt, und wäre Gisela nicht gewesen, die ich vor meinem Freitod ein einziges Mal küssen wollte, hätte ich mich an einem Lindenast meiner Naturkathedrale aufgehängt, natürlich mit den Füßen nach unten. Aber Gisela zog es vor, ihre Ehe und mein Leben zu retten – sie verweigerte mir den Kuss. So schrieb ich, statt den Strick zu nehmen, einen Liebesroman, und aus Gründen, die auf der Hand lagen, der geschlagenen, stand im Mittelpunkt des in Hexameter gegossenen Werks ein gewisser Frunz, voller Pickel, die Nase krumm, vorstehend die Zähne, aber mit dem Talent versehen, sich bei einbrechender Dämmerung in einen Adler zu verwandeln. Frunz wagt es nicht, in einem Fotogeschäft sein Passbild abzuholen, als Adler jedoch landet er nachts auf dem Dach, unter dem die schöne Gisela mit ihrem Fotografen das Bett teilt, stößt wilde Brunstschreie aus, ra raak, ri riik, und bestimmt ist es besser, wenn ich den Rest verschweige (der arme Vogel konnte alles außer vögeln).

Wieder wurde meine Dichtung verkannt, trotzdem schrieb ich weiter, ich musste es tun, ob ich wollte oder nicht, *nulla dies sine linea*, kein Tag ohne Zeile, nur in den Wörtern konnte ich atmen, nur auf einer Seite, die bis zum Rand gefüllt war, ohne jeden Freiraum, wie heutzutage die Gemälde der Sprayer auf Betonwänden, war ich vorhanden. Erfolglos vorhanden. Was ich verschickte, sei's an Theater, an Verlage, an Zeitungen, ging verloren oder kam mit vorgefertigten Absagen retour. Seit ich dreizehn war, führte ich die Existenz eines Dichters, aber ich musste dreißig werden, bis es mir gelang, auf der Bühne und in einem Verlag, erst noch einem neugegründeten, zu landen.

Der mir liebste Mensch war mein Bruder. Er hatte Knochenkrebs und kämpfte vier Jahre gegen den Tod. Sein Sterben verwandelte mich. Ihm zeigte sich alles im Abend- und Abschiedslicht, in den Tönen der Dämmerung, und fast ohne es zu merken, begann ich seine Sicht zu übernehmen. Ich lernte, dass das Schöne, wie Rilke sagt, der Anfang des Schrecklichen ist und das Schreckliche der Anfang des Schönen. Am Bett des Sterbenden schrieb ich erneut ein Theaterstück, und mit wachsender Erregung nahm ich wahr, wie ich zum ersten Mal etwas Eigenes erschuf. Mit neuer Hoffnung sandte ich das Stück, *Großvater und Halbbruder*, an einige Verlage sowie an die Jury des Stückemarkts beim Berliner Theatertreffen – und hatte zum ersten Mal Glück. Eines Abends, es war kurz vor zehn, erhielt ich das schönste Telefonat meines Lebens. Sigrid Wiegenstein meldete sich, die Vorsitzende der Jury, und teilte mir mit, mein Stück sei angenommen. Es wurde von den besten Schauspielern Westberlins gelesen, unter anderen von Fritz Lichtenhahn und Otto Sander, und plötzlich war ich in der komfortablen Lage, Dramaturgen und Verlagslektoren, die mich mit Angeboten köderten, stehenzulassen.

Über Nacht hatte sich mein Lebenswunsch erfüllt, ich hätte jubeln müssen, doch als ich am nächsten Morgen erwachte, hatte ich einen üblen Kater. Subpräfekt Walafried, dachte ich, hat recht behalten. Wie war ich zum Autor geworden? Indem ich etwas Eigenes geschaffen hatte. Aber es war *sein* Eigenes. Das Eigene meines Bruders. Nicht ich, *er* war der Autor. Die Dämmertöne gehörten ihm. Er, nicht ich, hatte das Stück erdacht. Es kam an. Im »Berliner Tagesspiegel«, der wichtigsten Zeitung der Stadt, konnte ich lesen, dass ein neuer Name aufgetaucht sei, ein Name, den man sich merken müsse. Schön. Sehr schön. Dumm war nur, dass es ein Toter war, erst noch mein Bruder, der dieses Bravourstück hingelegt hatte. Der unverdiente Erfolg quälte mich, und er quälte mich so gewaltig, dass ich im Moment des Durchbruchs den Entschluss fasste, mit dem Schreiben aufzuhören.

Da klingelte es. Im Flur des Berliner Hinterhauses, wo ich damals wohnte, stand Egon Ammann, der Leiter der Suhrkamp-Dépendance in Zürich. Die kleine Nihal, eine Türkin, die mit ihrer Familie eine Treppe höher wohnte, hatte ihn zu mir geführt, und zu meinem Erstaunen sprach der Herr aus Zürich mit Nihal fließend Türkisch.

Obwohl mir kein Mensch abnimmt, was sich bei dieser Begegnung ereignet hat, sei sie kurz berichtet. Wir lehnten uns gegenseitig ab. Der Herr aus Zürich gab mir mein Stück zurück (vor einigen Monaten hatte ich es auch an ihn gesandt). »Vergessen Sie das Theater«, meinte er, »schreiben Sie Prosa, dann werden wir Sie herausbringen.«

Ich schlug sein Angebot aus. Wir schüttelten uns die Hände und sagten: »Adieu.«

So stand am Anfang unserer Beziehung deren Ende – oder war es umgekehrt? War dieses Ende jener Anfang, den wir suchten?

Die Szene im Treppenhaus der Kreuzberger Mietskaserne wirkte bei beiden nach. Ich musste immer wieder an den Schweizer Basarhändler denken, der, auf seinen Fersen hockend, mit Nihal gescherzt hatte, und ihm war es zum ersten Mal widerfahren, dass einer Nein sagt, wenn ihm Suhrkamp die Visitenkarte unter die Nase hält.

Meine damalige Freundin hieß Ute und jobbte als Serviererin im »Litfin«, einer Westberliner Gastwirtschaft, deren Eingang direkt an der Mauer lag. Schäferhunde, die im Todesstreifen Hasen jagten, ließen von drüben ihr Gehechel hören, und der Scheinwerfer eines Wachturms gab den Novembernächten eine gespenstische Helle. Als Ammann wiederkam, nun mit Marie-Luise Flammersfeld, seiner Partnerin, führte ich die beiden hierher. Ute brachte uns die Biere, und schon nach den ersten Schlucken deuteten die Besucher aus Zürich an, dass sie einen verwegenen Plan hegten: die Gründung eines eigenen Verlags.

Die letzten Gäste hatten sich davongemacht. Von drüben jaulten die Hunde, und strich der Scheinwerfer über die Fenster, versetzte er uns ins Niemandsland. Ich erzählte von meinem Bruder, dem wahren Dichter, aber die beiden Verlagsgründer hielten mich keineswegs für einen Betrüger, sondern meinten: »Darüber musst du schreiben.«

»Das schaffe ich nie«, wandte ich ein.

»Darum geht's«, sagten die beiden.

Ute, müde vom stundenlangen Servieren, saß nun bei uns am Tisch. Sie war der Engel, der die Verlagsgründung begleitet hat, und zugleich seine erste Gönnerin – die von ihr gestiftete Flasche Wodka tranken wir gemeinsam aus.

Als über der schwarzen Mauer ein aprikosenfahler Himmel erschien, schlossen wir auf einem feuchten Bierdeckel einen Vertrag, und bald danach wurde mein Erstling, *Die Tessinerin*, das erste Buch des neugegründeten Ammann Verlags. Mit der Titelgeschichte konnte ich mich vom Gefühl, ich hätte abgeschrieben, für immer befreien. Es geschieht auf wenigen Zeilen. Mitten im Text steht mit seinen eigenen Worten, mit seinem Namen und seinen Daten, wie ein Grabstein mein Bruder. Indem ich ihn zitierte, war ich zum Autor geworden.

2006

Nachtfahrt auf den Susten

Über Egon Ammann

Chlaus Lymbacher, ein Innerschweizer Geschichtenerzähler, pflegte so zu beginnen: Ihr glaubt es ja doch nicht, ich erzähle es trotzdem.

Eines Tages beobachtete Egon Ammann, ein Reisender in Sachen Literatur, wie ein junger Mann, vermutlich ein Student, auf dem Flughafen Heathrow einen Packen Papier in einen Abfallkübel stieß. Ammann zog den Packen heraus, begann zu lesen und wusste: Das ist Literatur. Weltliteratur. Statt nach Hause zu fliegen, suchte er die Universität auf, von der das Papier stammte, erfuhr den Namen des Autors, der den Text geschrieben hatte, Wole Soyinka, stöberte diesen in Nigeria auf, bat ihn um das ganze Manuskript, und weil auch Marie-Luise Flammersfeld, Egons Frau, den Text für eine Sensation hielt, sorgte sie dafür, dass der Maler Penck den Umschlag gestaltete. Soyinkas Roman erschien, »Aké, die Geschichte einer Kindheit«. Eine Sensation? Weltliteratur? Um das Buch blieb es still. Kaum Rezensionen. Niemand wollte es lesen. Ammanns jedoch, vom Buch absolut überzeugt, behielten 5000 Exemplare am Lager und behaupteten stolz: Das ist unser

Nobelpreis. Der Verwaltungsrat der Ammann-AG begann zu murren. Vom vermeintlichen Nobelpreisträger wurden 14 Bücher verkauft, 14 von 5000 Stück. Aber Ammanns behielten ihren Soyinka am Lager: drei Jahre lang! Es waren drei lange, drei schwierige Jahre, der Verwaltungsrat forderte immer schärfer, den unrentablen Posten abzustoßen. Zurück in den Papierkorb. Nein, sagten Ammanns. Als das Telefon aus Stockholm klingelte, war es ein Uhr nachmittags. Nobelpreis für Wole Soyinka. Muss ich es noch sagen? Um 13 Uhr 30 waren sämtliche Bücher verkauft.

Den jungen Egon Ammann trieb es in die Ferne. Seine gesamte Existenz war, mit Heidegger gesagt, ein »Ek-sistere«, ein Hinaus-Stehen, Hinaus-Ragen, Hinaus-Rasen, ein wildes Träumen, eine sehr tätige Sehnsucht. Er wollte im Leben wiederfinden, was er zuvor als Leser erfahren hatte. Irgendwo im fernen Anatolien, hatte er gehört, suche ein sonderbarer Professor, angeblich Hethiter-Forscher, Studenten und Abenteurer, die ihm bei Ausgrabungen helfen würden. Wie der Papierkorb, aus dem er Jahrzehnte später einen Nobelpreisträger zog, zur Genüge beweist, hat Egon Ammann seine Absicht wahrgemacht, er ist zum Entdecker geworden, er hat unzählige Texte aus dunklen Schubladen ausgegraben, auch meine. Beim Hethiter-Forscher jedoch ist er niemals angekommen, schon in Sofia verlor er sein Geld, schaffte es noch bis Istanbul, hungerte sich durch die Gassen und traf schließlich auf Aaron, einen jüdischen

Emigranten, der im Galata-Viertel davon lebte, dass man in seiner Ladenhöhle internationale Zeitungen lesen konnte. Der alte Aaron, vormals Frackschneider in Wien, knüpfte für den jungen Schweizer ein paar wichtige Verbindungen, Ammann fand eine Stelle in der türkisch-deutschen Buchhandlung von Franz Mühlbauer, konnte im Goethe-Institut einige Stunden geben, und schon bald fand er an Aarons Fäden entlang durch die Geheimnisse der Stadt, durch die Basare und Gassen.

Als ich in Berlin lebte, in einer Kreuzberger Mietskaserne, freute ich mich jedes Mal, wenn Besucher aus der chemisch gereinigten Schweiz eine gewisse Mühe mit meiner Außentoilette hatten. Auch Egon Ammann, damals noch für Suhrkamp tätig, war eines Tages mein Gast. Nach ein paar Bieren verschwand er mit dem Kloschlüssel im Treppenhaus. Verdächtig lange kam er nicht zurück. Schließlich sah ich nach – und glaubte meinen Augen nicht zu trauen. Der Herr aus Zürich hockte wie ein Basari auf seinen Fersen und schwatzte mit türkischen KindernTürkisch! Seither weiß ich, dass Egon als junger Mann am Bosporus gelebt hat. Er hat mit seinen Geschichten nie renommiert, und wenn überhaupt, erfuhr ich sie eher zufällig.

Im Sommer 2000 schlenderten wir durch das Istanbuler Vorabendgewühl. Plötzlich ein Schrei. Ein Fez tragender Türke drückte den überraschten Ammann an den dicken Bauch und rief: »Ahmed, Ahmed!« Im ersten Augenblick meinte ich, der Türke habe Egon mit jemandem verwechselt, aber nein, schon saßen wir in einem fliegenden Koffer, sausten durch die orientalische Nacht und durch Egons Vergangenheit, was sage ich, durch die Vergangenheit von »Ahmed, dem Levantiner«, denn das war der Name, den das Galata-Viertel dem jungen Schweizer seinerzeit verpasst hatte, Ahmed, der Levantiner, und zwar als Ehrenname, als eine Art Orden, den er sich mit einer Großtat verdient hatte. Es war ihm gelungen, für den geldknappen Buchhändler Mühlbauer mehr als 600 Goethe-Gesamtausgaben zu verkaufen, quer durch den vorderen Orient, von Istanbul bis Bagdad, von Beirut bis Alexandria, und wenn man dem dicken Ali glauben darf, so war Ahmed, der Levantiner, auf einer seiner Verkaufsreisen in einem mit Ziegen, Menschen und Goethe zum Bersten vollgestopften Bus eines Nachts sogar überfallen worden und nur dank der Literatur mit dem Leben davongekommen. Jedenfalls habe beim alten Aaron, erzählte Ali, noch jahrelang eine Goethe-Gesamtausgabe gestanden, von Kugeln aus kurdischen Flinten durchsiebt.

Ihr glaubt es ja doch nicht, ich erzähle es trotzdem: Die Liebe rief Ahmed zurück, er wollte bürgerlich werden, bewarb sich als Lektor im Walter-Verlag, wurde angenommen, begab sich in das Büro von Otto F. Walter und wurde unfreiwillig Zeuge – dies hat mir Otto F. Walter wenige Wochen vor seinem Tod berichtet –, wie man Walter, den Verleger und Namensträger, samt seinen Manuskripten aus dem Haus geworfen hat. Damit war

Ammanns Anstellung hinfällig geworden. Er half dem geschassten Otto F. Walter beim Einsammeln der Manuskripte und begleitete ihn aus dem Haus.

Wie sollte es weitergehen? Eigentlich, müsste man sagen, hatte Ammann nun zur Genüge erlebt, wie gefährlich der Handel mit Büchern ist. Im wilden Kurdistan waren ihm Kugeln um den Kopf gesaust und in der braven Schweiz Manuskripte, die die Buchhalter des Walter-Verlages ihrem Chef nachgeschmissen hatten: unter anderen Texte von Jandl und Bichsel. Aber Egon wäre nicht Ahmed gewesen, wenn ihn diese Warnungen abgeschreckt hätten, im Gegenteil, einzig im Verlagswesen sah er die Möglichkeit, auch weiterhin eine levantinische Existenz zu führen. 1968 gründete er in Bern, seiner Vaterstadt, den Kandelaber Verlag und konnte mit Gerhard Meier, Ludwig Hohl, Adolf Muschg und Maurice Chappaz grandios beginnen. Stößt man auf Äußerungen des Verlegers, fällt auf, dass er Bücher gern mit Lebensmitteln vergleicht. Das ist gewiss eine schöne Metapher, Bücher sind das Brot der Seele, allerdings gedeiht das Wort in einem tristen, dumpf nach Linoleum und Aktenstaub riechenden Raum: Das Geld für seine junge Familie – eben ist Sohn Caspar auf die Welt gekommen – und den rasch wachsenden Verlag kratzt Ammann als Redaktor des Schweizerischen Lebensmittelbuches, einer Sammlung von Untersuchungsmethoden zur richtigen Ernährung, herausgegeben vom Eidgenössischen Gesundheitsamt, in mühseliger Tagesarbeit zusammen. So kann er den Kandelaber nur nachts zum Leuchten bringen, und nach dem 50. Titel ist der kleine Verlag am Ende. Tagsüber Statistiker im Gesundheitsamt, nachts Verleger: diese Doppelexistenz schafft nicht einmal Egon Ahmed, der Levantiner aus Bern.

Wieder zieht es ihn südwärts, diesmal nach Spanien, und jetzt, meine sehr verehrten Damen und Herren, müsste ich zu einem Erzählertrick greifen, den Chlaus Lymbacher jeweils anwendete, um aufkommende Zweifel zu ersticken. Wenn er, mit einem Rössli-Stumpen und einem Glas Roten am Stammtisch hockend, seine verrücktesten Stories brachte, zum Beispiel, wie er Rhadana, die Tochter des Maharadschas, in allerletzter Sekunde aus dem brennenden Palast gerettet habe, schlug er die Faust auf den Tisch und rief: »Ihr glaubt mir nicht? Bitte, der Maharadscha hat mir eine Krawattennadel geschenkt, ich kann sofort aufstehen, nach Hause gehen und sie holen!« Das ließen die Zuhörer natürlich nicht zu, Lymbacher musste in seiner Erzählung fortfahren, aber ich darf Sie versichern, meine sehr verehrten Damen und Herren, dass auch Egon Ammann eine solche Krawattennadel besitzt, wenn Sie wollen, kann ich sie holen.

Die Nadel stammt von Niño de la Capea. Niño de la Capea war damals ein aufstrebender Stierkämpfer und hat Ahmed Egon Ammann, seinem Secretarius und Fahrer, nach einer Tournee durch 32 spanische Arenen nicht nur das abgetrennte Ohr eines besonders mutigen

Stiers, sondern eben auch eine Krawattennadel geschenkt, in Gold und mit einem spanischen Krönchen. Aber es kommt noch verrückter. Während Ammann mit einem von Kampf zu Kampf wilder bejubelten Torero durch Spaniens Nachmittage tingelte, setzte ein Maharadscha in Frankfurt, Siegfried Unseld, Himmel und Hölle in Bewegung, um den abgetauchten Kandelaber-Verleger ausfindig zu machen. Man schickte einen Detektiv nach Istanbul, und es wird das Geheimnis von Maharadscha Unseld bleiben, wie es seinem Späher gelang, in den verschlungenen Gassen des Galata-Viertels ausgerechnet auf den alten Aaron zu stoßen, einst Frackschneider, jetzt Zeitungsvermieter und Aussteller einer durchschossenen Goethe-Gesamtausgabe. Wie auch immer, Unselds Späher hat ihn gefunden, und da Aarons Fäden nicht nur bis Spanien, sondern wirklich und wahrhaftig in eine Cantina Canetti reichten, wo der gesuchte Torero-Sekretär gerade dabei war, die Liebespost seines Herrn zu erledigen, war die Verbindung zwischen dem Suhrkamp- und dem ehemaligen Kandelaber-Verleger geknüpft. Zwei Tage später entkam Niño de la Capea um Haaresbreite dem Tod. Der Secretarius nahm's als Zeichen, erhielt Nadel und Stierohr und fuhr stolz wie ein Spanier nach Frankfurt. Es gefiel ihm bei Suhrkamp, es gefiel ihm in der Stadt, doch immer wieder trieb es den Levantiner an die Küste, hin und wieder auch nach Amsterdam, und dort in die Gewölbe alter Antiquariate hinab, er wollte ja Ausgrabungen machen, vergessene

Bücher entdecken, auf große, von den Zeitläuften verschüttete Dichter stoßen. Eines Tages erwischte er eine falsche Treppe und landete in einer Kunstausstellung. Vor einem Bild stand ein Bild von einer Frau. Ammann wusste sofort: Ich habe sie gefunden. Seither sind sie zusammen, die Frau, die von den Bildern kommt, damals Kunststudentin in Amsterdam, und der Mann, der sich der Sprache verschrieben hat. 1975 zogen sie gemeinsam in die Schweiz, wo Egon Ammann bis 1981 als Geschäftsführer den Suhrkamp Verlag, Zürich, leitete. Anfang der achtziger Jahre hockten dieser Geschäftsführer, seine schöne Frau und ich in einer Kreuzberger Kneipe, Litfin war ihr Name, direkt an der Mauer, und da nichts anderes zur Hand war, schrieb ich auf einen Bierdeckel meinen Namen, den Ort und das Datum. »Wenn Sie eines Tages einen Verlag machen«, sagte ich, »dann ist das ein Vertrag.« Mein erstes Buch, der Geschichtenband *Die Tessinerin*, war das erste Buch des am 1. Oktober 1981 von Marie-Luise Flammersfeld und Egon Ammann als einfache Gesellschaft gegründeten Verlages. Inzwischen erschienen über sechshundert Titel, und ob Sie es glauben oder nicht: Die Reise durch all diese Jahre war für Egon und Marie-Luise abenteuerlicher, auch gefährlicher als die Busfahrt des jungen Ahmed durch das wilde Kurdistan.

Ihr glaubt es nicht, ich erzähle es trotzdem.

Eines Nachts fuhr ich mit Egon von Zürich ins Bündnerland. Ich hatte die Novelle *Das Gartenhaus* geschrieben, und er war der Meinung, dass er mir in einer Engadiner Hotelbar mitteilen müsse, wie der Text auf ihn gewirkt habe. Warum mitten in der Nacht, warum im Engadin, warum in einer Bar? Ich sollte es nie erfahren. Je höher wir kamen, umso heftiger schneite es, und erleichtert stellte ich fest, dass die rasante Bergfahrt ein vorzeitiges Ende nehmen würde: Der Sustenpass war geschlossen.

»Mach die Barriere auf«, befahl Egon, »die Sperre gilt nicht für uns.«

Lachend saß er am Steuer, im Habitus eines Playboys, die lockigen schwarzen Haare gegelt, blauer Anzug, weißes Hemd, Krawatte, Gilet, im Mundwinkel die Zigarette, im Revers die Sonnenbrille, im Herzen der nie aufgegebene Traum, das 24-Stunden-Rennen von Le Mans zu gewinnen. Und brauste los. Wie ich nach einigen Kurven merkte: mit Sommerpneus. Die Piste war schneebedeckt, sichtbar nur noch durch ein wildes Blinzeln der Katzenaugen auf den Straßenpfosten, über die unsere Scheinwerfer hinweghuschten, die Flocken größer, die Flut dichter, kein Wald mehr, nur noch Steine Felsen Gebirge, Hochgebirge, aus dem der Wind stäubte, so dass der Fahrer das Tempo, das halsbrecherische, noch erhöhen musste, um durch die Verwehungen hindurchzuschleudern, ich mit beiden Händen an den Sitz geklammert, er lässig zurückgelehnt, hoch- und runterschaltend, jäh auf die Bremse tretend, dann aufs Gas, am Volant wirbelnd, mit blockierten Rädern durch die

Kurven gleitend, das Heck überm Abgrund, knapp geschafft, wieder Vollgas, neue Zigarette, und kaum zu glauben – auf einmal durchstießen wir die Wolkendecke und erreichten die Passhöhe. Hier oben, 2200 Meter über dem Meer, war die Nacht klar und klirrend kalt. Das Gebirge lag im Winter, alles ruht in tiefer Stille, in einem weißen, im Dunkel schimmernden Schweigen. Wir standen sprachlos. Dann fielen wir uns in die Arme und empfanden, fast ein bisschen verschämt, wie zwei Buben, die der Welt einen Streich gespielt haben: Wir ragen hinaus in die bestirnte Unendlichkeit.

2024

Das Gartenhaus

Auszug aus der Novelle

(Anfang)

Jung war sein Sohn gestorben, noch vor der Rekrutenschule. Ein Rosenstrauch, meinte der Oberst, würde schön und bescheiden an das früh verblühte Leben erinnern. Lucienne jedoch, seine Gattin, wollte von einem Strauch nichts wissen – ein Stein musste her, ein Granit. Er schrie, sie schluchzte. Nach langen Tagen in dumpfer Trauer konnten sie endlich wieder Wörter sagen, sie fielen sich in die Arme, sie fühlten sich schuldig, sie waren alt, und ihr Sohn, der einzige Sohn, war vor ihnen gestorben. Der Oberst bestand auf den Rosen, sie auf dem Stein. Er verhandelte mit einem Gärtner, und am selben Tag reiste Lucienne in die Berge, von Ossi Rick, dem jungen Steinmetz geführt. Als sie, spät in der Nacht, nach Hause kam, waren ihre schwarzen Strümpfe mit Lehmspritzern besprenkelt, und der Oberst hätte schwören können, die leidgeprüfte Mutter habe unter der Dusche gesungen. Er wusste, dass er die Schlacht verloren hatte. Es war Winter, und der Boden war bis zur Sargtiefe gefroren – erst im Frühling konnte sein Strauch gepflanzt werden. Da sank er in seine Trauer zurück, in ein tagelanges Dämmern. Lucienne hielt sich in Ricks Atelier auf. Sie wolle zusehen, hatte sie erklärt, wie aus dem rohen Fels das Grabmal hervorwachse. An einem eisigen Nachmittag war es dann so weit. Der Oberst, von seiner Gattin zum Grab bestellt, traute seinen Augen nicht. Hinter der Friedhofsmauer stand ein Kran, Stimmen brüllten, plötzlich erlosch die Sonne, und wie eine freischwebende Liftkabine surrte ein Getüm über die Mauer, schwebte aufwärts, hoch und immer höher, dann kam es, von lauten Rufen dirigiert, vom Himmel herunter, ein knirschender Klang, Gesplitter von Holz, der Grabstein war auf einem Betonsockel gelandet. Drei Männer lösten die Stahlseile ab, warfen sie in die Luft, und Sekunden später schwangen sie über die Friedhofsmauer davon. Eigentlich seien Steine dieser Größe gar nicht erlaubt, erklärte ihm eine weibliche Stimme, nur aus Achtung vor ihm und seinem Regiment habe sie der Friedhofsverwaltung eine Ausnahmegenehmigung abgerungen.

Er sah zum Kranführer empor, er verstand kein Wort.

»Nach dem Tod«, fuhr sie lächelnd fort, »kommen wir alle in den Stein, auch ich, auch du. Aber bei dir, mon cher, stellt sich ein gewisses Problem – du brauchst mehr Platz als unser Sohn oder ich.«

Der Oberst erschrak.

»Dein Rang«, sagte sie, »dein Regiment!«

»Was bleibt davon übrig?«, fragte er.

»Nichts«, sagte sie, »aber hinter deinen Namen und die Jahreszahlen werden wir auch noch deinen Rang und das Regiment setzen müssen.«

Im nahen Wald schrillte eine Motorsäge. Er starrte seine Gattin an. Mehr als eine Zeile, hatte sie noch gesagt, stehe einem Toten nicht zu. Er stopfte die Fäuste in die Taschen seines ledernen Offiziersmantels und sah, wie sich der Kranführer hoch oben aus seiner Kabine hangelte. Aber seltsam – nicht der waghalsige Himmelsturner, sondern er, der doch mit beiden Füßen fest auf der Graberde stand, wurde plötzlich vom Schwindel gepackt. Um eine fahle Sonnenblase herum gerieten Mann, Kran, und Kabine ins Kreisen, immer schneller ins Kreisen, ins Wirbeln und Schwirren und Strudeln, eine Trauerweide wischte vorüber, dann Lucienne und wieder Lucienne und jetzt, schwer, der Schlag. Der Oberst schnaufte. Der Schwindel zog ab. Gott sei Dank, er war auf den Beinen geblieben. Eine unsichtbare Brandung hatte ihn auf den Granitfelsen geworfen, auf den Grabstein seines Sohnes. Wie ein Blinder fuhr er tastend über die Inschrift. »Gute Arbeit«, sagte er heiser, »verdammt gute Arbeit.«

»Danke«, sagte Lucienne und stapfte trotz der Kälte im offenen Persianer auf den Bildhauer zu. Der stand, eine Pfeife im Mund, bei den Arbeitern. Da verließ der Oberst den Friedhof, und er ging, ohne es vorerst zu merken, in ein anderes Land hinaus, in ein neues Leben.

1989

Der Herr des Raumes

Aus »Die Satellitenstadt«

Er ist der Herr des Raumes. Im Mittelalter, als es noch keinen Fortschritt gab und das Weltengebäude, einer Kathedrale ähnlich, groß und düster über dem Menschen errichtet war, hatte seine Macht keine Grenzen. Er konnte schalten und walten, wie er wollte. Er hüpfte als Narr herum, war Priester, war Medikus, und hie und da gefiel es ihm, als Pestratte zu kommen und Tausende hinzuraffen. Seinetwegen haben wir diese Zeit eine finstere genannt, und jene, die die Kathedrale mit der Vernunft zu erhellen versuchten, Aufklärer. »Illuminismo« heißt die Bewegung im Italienischen, im Englischen spricht man von »Enlightenment«, in Frankreich vom »Siècle des lumières«.

Er, der Räumer, mag das Leuchtende nicht. Das merkten sich die Menschen. Von den Aufklärern geleitet, steckten sie Lichter auf, der Fortschritt kam, die Kathedrale zerfiel – die Zeit hatte die Herrschaft übernommen. Sie schuf die Maschine, und schon bald versprühte der Globus, kleiner werdend, Funken wie ein explodierender Stern. Erst wurden die Metropolen elektrifiziert, dann die Dörfer, die Häuser, die Badezimmer – Neuzeit ist Neonzeit.

Die neue, prächtig funkelnde Macht hatte den Räumer vertrieben. Zwar gab es noch die Erinnerung an ihn, die Furcht; und es gibt die Friedhöfe, und hier gibt es den letzten Raum, der uns bleibt, das Grab. Aber die Totenglocken läuten nicht mehr, und wenn heutzutage gestorben wird, so geschieht das fern von uns, auf Alters- und Intensivstationen. Der Tod, so scheint es, ist aus unserem Straßenbild verschwunden.

Es war, glaube ich, der Philosoph Foucault, der als Erster darauf hinwies, dass zwischen dem Weghygienisieren des Todes und dem Aufkommen der harten Drogen ein direkter Zusammenhang besteht. Just am Tag, da die Pariser Stadtverwaltung die Trauerzüge aus verkehrstechnischen Gründen untersagt hatte, wurde inmitten der City ein bis dato unbekanntes Phänomen gesichtet. Er wars. Er hatte einen neuen Namen, die Droge, und ein neues Werkzeug, die Spritze.

Das ist, vermute ich, der Grund, weshalb wir der Droge nicht Herr werden. Wir Idioten haben uns eingebildet, wir könnten den Tod (oder seinen Anblick) unseren Kindern ersparen. Aber der Herr des Raumes lässt sich nicht vertreiben, nicht überlisten, und so kam es, dass sich zum ersten Mal in der Kriminalgeschichte ein verbotener Handel unter den Augen der Polizei und der Passanten vollzieht. Der Tod demonstriert seine Macht, und er tut dies, wie alle Demonstranten, an Plätzen, wo er die Öffentlichkeit am besten erreicht, in Berlin am Bahnhof Zoo, in Zürich erst am Bellevue, dann am Platzspitz. Wir waren der Meinung, man könne dem Tod den Stachel ziehen. So haben wir ihn in die Zentren der Citys geholt.

Eines Tages, ich war knapp fünf Jahre alt, lag mein Großvater in einem Meer von Blumen. Ich hob die Decke und zog ihm eine Wollsocke aus. Die Zehen waren hart, weiß, kalt. Durch die geschlossenen Läden floss schräg das Sonnenlicht, Fliegen summten, und in der Ecke, auf Großvaters Sessel, saß schwarz gekleidet die Großmutter. »Aber Tomeli«, sagte sie kichernd, »was machsch mit dene Zeche!«

Meine Generation ist die letzte, die in früher Kindheit mit dem Tod noch vertraut wurde. Der Jeunesse von heute wird diese Erfahrung verweigert. Nie hört sie ein Röcheln, nie riecht sie eine Leiche. Trotzdem sagen wir ihnen: Drogen enden tödlich. Wie wahr! Aber das Wort hat keinen Geruch für sie, es strahlt keine Warnung aus. So erklärt sich, warum es dem Räumer gelingen konnte, für sein Thanatos-Ballett ausgerechnet die Blüte des Landes zu engagieren. Lernen die Kids den Tod endlich kennen, hängen sie bereits an seiner Nadel.

Machen wir uns nichts vor. Eines Tages legt er auch Sie herein, auch mich. Vielleicht (ein gefährliches Vielleicht) kommen wir irgendwann auf diese Station, wo man heutzutage zu enden hat. Das Bett ist von Geräten umstellt, das Hirn ein Bildschirm, ein Piepston das Herz. Da kommt, ganz unerwartet, der Bruder zum Vorschein. Er nimmt mir die Maske vom Gesicht, er löst die Schläuche, und wenn ich begreife, wer da tätig ist, wird es zu spät gewesen sein für alles. Keine Zeit mehr, ihn zu fürchten; keine Zeit mehr, ihm zu danken. Keine Zeit mehr. Er ist der Herr des Raumes.

1992

Matthias Hürlimann

Nachruf

Am 30. Juni 1979 schreibt Matthias Hürlimann in sein Tagebuch: »Kaum, dass der Sommer begonnen hat, nehmen sie ihn dir wieder weg – als ob der Sommer nur eine Jahreszeit wäre.« Er schreibt dies zur Zeit seiner Matura an der Kantonsschule Zug. Nach den Examina reiste er nach Bern, wo im Inselspital eine letzte Chemotherapie versucht wurde; sie brachte, wie alle Operationen und Bestrahlungen, keine Heilung. Matthias wusste es. Unter dem Datum des gleichen Tages schrieb er: »Sie sprechen von deiner geistigen Reife und wissen nicht, dass du an deine körperliche Fäulnis denkst. Sie sprechen von Etappenziel und offenem Lebensweg und ahnen nicht, dass für dich alles Abschied ist. Und was bleibt zurück? Alles wird bedeutungsvoll, übersteigert und zugleich bedeutungslos, nebensächlich, weil zeitlich begrenzt. Endgültig. Eine Zeit wie Gefängnisurlaub. Du willst deine Freiheit noch nutzen und verbaust sie dir damit. ›Nur leben, leben, leben‹, sagt Raskolnikow in Dostojewskis ›Schuld und Sühne‹. *Meine* Ansprüche sind höher, sie schließen die Frage nach dem ›Wie‹ ein.«

Diese Frage nach dem »Wie« wurde für Matthias grausam beantwortet. Nach der ersten Phase der chemotherapeutischen Behandlung in Bern reist er allein nach Italien.

Am 5. September schaut er, auf einer Wiese über Florenz sitzend, in die Dämmerung. Er schreibt: »Die Farben des Parks, der unter mir liegt, verschwimmen langsam zu einem Schwarzgrün. Die Details verschwinden. Alles wechselt und geht über ins Schattenhafte. Die Wirklichkeit schafft sich ihre stärksten Symbole immer selbst. Die Nacht zu beschreiben ist fast unmöglich. Ich glaube, dass mein Befinden in der Nähe der Heidegger'schen Angst lag.« Wie er im Tagebuch beiläufig erwähnt, ist Matthias in dieser Nacht bis zum Morgengrauen durch Florenz gegangen.

Er schreibt: »Beizukommen wäre der Realität höchstens mit einer Kafkaesken Surrealität: ausgeleuchtete Plätze, die immer weiter, Straßen, die immer länger werden, Uhren die ruckweise und dann überhaupt nicht mehr laufen.« In dieser Nacht ist der Schmerz, gegen alle Versprechungen der Berner Ärzte, wieder aufgebrochen. Matthias schreibt, dass er jetzt die Behandlung aufgeben will, endgültig, und er schließt die Beschreibung seiner Nacht in Florenz, die sich ihm zum Symbol seiner Wirklichkeit verdichtet hatte, mit einem kurzen Satz ab:

»Im Moment fühle ich mich etwas traurig.«

Matthias gab in dieser Nacht die Hoffnung auf. Er war im vierten Jahr krank, wissend, dass es die Krankheit zum Tod war. Aber erst in dieser Sommernacht betrat er, wie er im Dezember rückblickend schrieb, »die Todeszone«. Für ihn galt die Gleichung »Leben ist Hoffen«, und nun, da er die Hoffnung aufgab – »es ist dies eine *Aufgabe* im doppelten Wortsinn«, sagte er im Gespräch – nun, da er die Todeszone betreten hatte, schrieb er in sein Tagebuch: »Ich möchte als Philosoph sterben. Philosophie heißt: ›Sterben lernen‹. Die Überzeugung muss mir gelingen, dass das bewusste Sterben, das Denken des Todes, das Leben erst erleben lässt, das Leben erhöht. Die Frage der Dauer wird nebensächlich.«

Von Florenz reiste er nach Rom, wo er seine Schwester Gabrielle traf, die ihm half, die Schmerzen zu ertragen. Matthias erlebte letzte, heitere Tage im spätsommerlichen Rom; die Hilfe und Liebe seiner Schwester haben sie ihm ermöglicht.

Die Frage der Dauer wird nebensächlich. Matthias hat nur kurz gelebt, doch sagt er selbst, dass wir dieses Leben nicht nach der Uhrzeit messen können. Er hat, bedingt durch das Wissen, dass seine Zeit begrenzt ist, Tiefen und Höhen erfahren, die jenseits unserer Möglichkeiten sind. Er wurde um das Leben betrogen, aber nicht um sein Sterben. Matthias ging bewusst in den Tod.

Sein Leben. Matthias wurde am 26. September 1959 geboren. Er war der Jüngste seiner Familie; seine Schwester war fünf, sein Bruder neun Jahre älter als er. Das Kind war scheu, hielt sich eng an die Mutter und seine Geschwister. In einem Aufsatz während seiner Kantonsschulzeit schrieb er später: »Erinnerung ist Hingabe an die Illusion, einmal glücklich gewesen zu sein.« Er meinte, dass er dieses Glück, diese Illusion von Glück, in der Zeit vor der Schule gehabt hätte; »glücklich«, sagte er, »kann man nur sein, wenn man dieses Wort noch nicht kennt.« In den ersten Primarschuljahren stand er in den Pausen abseits oder kam nach Hause, doch fand er vor seinem Übertritt in die Kantonsschule einen Freund, Stephan, verlor die Scheu und wurde lauter.

An der Kantonsschule fühlte er sich »heimisch«, wie er einmal sagte. Er war, zusammen mit seinen Freunden, in der Klasse tonangebend; er gründete einen Filmclub und beteiligte sich maßgeblich an der Herausgabe der Schulzeitung »Reflex«. Er organisierte Veranstaltungen, die zu den Problemen der Dritten Welt und gegen eine Wohlstands-Schweiz Stellung bezogen, und weil ihm viele seiner Mitschüler zu träge, zu passiv waren, gehörte er zu den Gründern einer »Belebungs-Organisation-Kanti«, abgekürzt Bok, die agitieren und aufrütteln wollte. Er engagierte sich, er war tätig.

Jung hatte er einen Standpunkt gefunden, den er am 8. Januar 1978 im Tagebuch so zusammenfasste: »Absage an jegliche Normen, Formen, Traditionen, Konventionen; Absage an das Bürgerliche, das Gewöhnliche, das Sesshafte, das vorgetäuscht Zufriedene, das Genügsame, das Abgestumpfte; Absage an das Unempfindliche, das man pflegt, um die eigene Situation nicht zu empfinden. Verloren der Glaube an eine Harmonie, eine höhere

Ordnung, einen Schöpfer einer Schöpfung voll Schmerz, Leid, Pestleichen, Judenmorden, Ungerechtigkeiten. Und trotzdem: die Hoffnung, der Glaube an ein Urbild, an eine Idee, an die Vollendung, die die Vergänglichkeit, die Zweiheit, den Widerspruch überwindet; Hoffnung auf eine Vollendung, die Denken und Sinn, Wollust und Schmerz vereint. Konsequenz, sich selbst zu erkennen, zu finden und danach zu handeln. Konsequenz und Mut. Revolution mit und für sich selbst, um den *Traum*, das Urbild, zu begreifen.«

An der Kanti lernte Matthias seine Freundin Barbara kennen. Am 16. November 1977 schrieb er in sein Tagebuch: »Nur die Hand, die Du mir wärmst, erstarrt nicht vor Kälte. Ich spüre den Wunsch, Abstand zu nehmen von allem und mit Dir auf den See hinaus- und hinwegzuschweben.« Trotzdem will er sich in dieser Liebe nicht einwohnen; sein Zimmer, das er sich im Untergeschoss des Elternhauses eingerichtet hat, wird, wenn die Beizen um zwölf schließen, zum Treffpunkt für viele. Nächtelang wurde diskutiert, politisiert, philosophiert.

Der Vater von Matthias musste sich vielen Streitgesprächen stellen. Er hat die oft radikale Haltung seines Sohnes argumentierend in Frage gestellt, aber immer geachtet. So entstand bei Matthias eine Achtung auch für das Denken des Vaters und, noch mehr, eine Liebe zu ihm, die jenseits ihrer verschiedenen Meinungen umso stärker und ehrlicher war.

In diese Zeit gehören auch die Reisen zu seinem Bruder Thomas nach Berlin. Matthias gefielen die Nachtgespräche in den Kreuzberger Kneipen, er lernte Leute kennen, deren Ansichten seine eigenen ergänzten.

Am 31. Dezember 1977 fasste Matthias das vergangene Jahr in wenige Sätze; er schrieb in sein Tagebuch: »Dieses Jahr zerfällt in einzelne, glückliche Momente. Barbara und meine Tramp-Ferien im Sommer, für die der Ausdruck Ferien eigentlich gar nicht mehr passt, vielmehr: eine kurze, befristete Periode vollkommener Selbständigkeit. Im Herbst wieder in Berlin. Im Winter das Theaterspielen an der Kanti, das so etwas wie eine Befreiung war. Dann der Höhepunkt des Jahres: die Fasnacht in Luzern – tanzend im Kreis mit mindestens zwanzig anderen und plötzlich die Gewissheit: Ich bin wieder gesund.«

Matthias stand, als er dies schrieb, bereits im Schatten seiner Krankheit. Er, der, wie er im Tagebuch einmal vermerkt hatte, »sich auflehnen will gegen die Diktatur der Normalität«, muss nun feststellen, dass diese Auflehnung schon begonnen hatte: »Es ist eine pittoreske Vorstellung«, schreibt er, »von innen zerfressen zu werden. Ich muss versuchen, die Krankheit als Normüberschreitung zu verstehen. Anderssein: ja. Aber gerade so?«

Aber gerade so? Sein langes Sterben hatte begonnen. Als der Tumor an der Wirbelsäule im Universitätsspital Zürich operiert wurde, schreibt Matthias, noch nicht siebzehn Jahre alt: »Ich will jetzt nicht mehr tapfer sein, nur um dem Leiden ein positives ›Tapfer‹ entgegenzustellen.« Nun schwankt er jahrelang, bis zu jener Nacht in Florenz, zwischen Hoffnung und Verzweiflung. Er ist tapfer gerade in der Verzweiflung – wenn er sich zu seiner Traurigkeit bekennt. So steht im Tagebuch, ohne Datum: »Leben – wie lange noch? Jahre? Kaum. Angst, zu verpassen und Sehnsucht, das, was bleibt, intensiv zu leben. An die Grenzen stoßen bei jenen, die Zeit haben, denen Jahre bleiben. Zeit haben? Ich muss Zeit konzentrieren, verdichten, also: Zeit überwinden. Allein? Einsam? Wer macht denn noch mit von denen, die Zeit haben?! Die Chance ist vertan. Ich lebe so, wie jene, die glauben, Zeit zu haben, und verliere sie darob. Meine Zeit habe ich verpasst.«

Matthias steht immer wieder vor der Alternative: Fortsetzung der Behandlung oder Abbruch. Jedes Mal will er abbrechen, sich aufgeben, sagt: »Ich will mich verweigern. Krebs ist ein Tier, das rückwärts flieht. Ich will fliehen, mich zurückziehen. Ich bin ein Krebs, ein Verweigerer. Ich bin, auf meine Art, ein Dienstverweigerer.« Und jedes Mal – denn die Hoffnung ist noch da, lässt sich nicht wegdenken – entschließt er sich doch wieder für letzte, schon aussichtslose Versuche.

In dieser Zeit lernt er am Bürgerspital in Zug den Chefarzt Dr. Keiser kennen und schätzen. Der Grund für diese Achtung liegt in der Offenheit, die Matthias von Dr. Keiser fordert und erhält. Matthias sagt: »Ich habe so viele Ärzte gehabt, dass ich sie nicht mehr zählen kann. Das Krankenzimmer ist für mich immer eine Gefängniszelle. Ich bin ans Bett gefesselt und, wenn sie mich künstlich ernähren, an den Schlauch. Der einzige, der mir ein Gefühl von Freiheit gibt, ist Keiser, weil er mich ernst nimmt und mir wenigstens sagt, wie's steht. Der heisst Keiser und ist für mich Cäsar, der den Daumen nach unten hält.«

Je stärker die Krankheit wird, desto mehr bekennt sich Matthias zu ihr; er sagt seinen Eltern und Geschwistern, seiner Freundin und seinen Freunden, dass sie lernen müssten, das Wort »Krebs«, das Wort »Sterben« und das Wort »Tod« auszusprechen. Er ist seiner Schwester Gabrielle dankbar, die als Erste die Kraft hat, ihn als Mensch, als Matthias, zu bewahren und der Versuchung widersteht, ihren Bruder auf seine Krankheit und Hilfsbedürftigkeit zu reduzieren, doch wird es für seine Freundin Barbara, für die Familie und die Freunde immer schwieriger, der bitteren Wahrheit seines Sterbens standzuhalten. Die Schmerzen nehmen zu. Eines Tages sind sie so stark, dass er sich auf den Pausenplatz legen muss und die halbe Schule über ihn hinwegrennt. »Ich habe«, sagt er, »alles von unten gesehen – aus der Grabperspektive.« Er ist jetzt, wie als Kind, in den Pausen wieder abseits.

Matthias will die Krankheit nicht wegdenken, die Schmerzen nehmen zu. Metastasen wuchern in den Hüften und im Kopf. Er sagt: »Die sinnlose Kraft, den Schmerz auszuhalten, ist meine Existenz. Wenn ich solche Schmerzen habe, darf Barbara mich nicht berühren. Es ist wie die Berührung zweier Welten. Im Schmerz ist man allein, das konnte ich nie sein, ich bin ja noch jung. Jetzt kann ich es.« Und einmal sagt er, im Herbst 1979: »Es ist kein Zug, der ankommt, irgendwo. Ich bin schon da, ich bin schon am Punkt, am Ende der Strecke. Dieser Punkt wird jetzt immer intensiver. Man spricht ja zutreffend vom ›bohrenden Schmerz‹, und dieser Punkt ist der Schmerz, der bohrt sich fest. Ich könnte jetzt aus dem Zug nicht mehr herausspringen, das würde der Schmerz nicht zulassen.«

In seinem letzten halben Jahr, da er die Universität, für die er sich noch angemeldet hatte, nicht mehr betreten konnte, liest Matthias Nietzsche und Heidegger. »Aufgehen in Nietzsche«, notiert er im Tagebuch; Nietzsches Denken und dessen Biographie faszinieren ihn. »Die Todeszone«, wie er seinen Ort begreift, setzt er nun gleich mit Nietzsches »gefährlichem Vielleicht« – jenseits von Gut und Böse, jenseits aller Normen und Konventionen, jenseits vom Abgestumpften und Empfindungslosen, gegen das Matthias ja gekämpft hat, kämpfen wollte, ist ein »gefährliches Vielleicht«, das nur im Schmerz, im Zusammenbruch, zu ergründen ist. Er schreibt am 27. November in sein Tagebuch: »Jeder Tag ist ungewiss geworden. Nur noch warten, warten … Trotzdem: Ich mache weiter. Ohne Hoffnung. Täglich Schmerzen, Schmerzmittel. Die Ökonomie des Überlebens, der Schmerzlinderung, wird zum Tagesinhalt. Tränen, aus einer inneren Leere herausgekotzt. Aber, so unbegreiflich es tönen mag: neue Erfahrungen im Schmerz. Die Kraft spüren, überhaupt noch zu *sein*. Schmerz (nach Heidegger) ist Fuge und Riss zugleich. Abends im Bett liegen, mit dem Gedanken: Morgen kannst du nicht mehr aufstehen. Es ist ein Brei aus Unbeweglichkeit, Angst und dauerndem Schmerz.«

Am 7. Dezember schreibt Matthias morgens um vier, in kaum mehr lesbarer Schrift: »Bin auf der Suche nach dem Geheimnis. Es muss ja nicht die Wiederkunft des ewig Gleichen sein. Annäherung an den Tod.«

In dieser Zeit entdeckt er das Gedicht Georg Trakls *Ein Winterabend*. Es spricht ihn an, Matthias entspricht der Sprache dieses Gedichts. Dessen letzte Strophe lautet:

Wanderer tritt still herein;
Schmerz versteinerte die Schwelle.
Da erglänzt in reiner Helle
Auf dem Tische Brot und Wein.

Matthias steht jetzt an der Schwelle und ist, nach vier langen, schweren Jahren der Krankheit und nach diesen letzten Monaten, die für ihn ohne jede Hoffnung waren, für den Übertritt bereit.

Ein Satz, der letzte des Dichters Hölderlin, sagt, dass diese Schwelle nicht zwischen Diesseits und Jenseits steht. Matthias trägt den Satz Hölderlins in sein Tagebuch ein: »Leben ist Tod, und Tod ist auch ein Leben.« – das heißt: die Schwelle ist die Vollendung, wie sie Matthias am 8. Januar 1978 angesprochen hat: die Vereinigung von Denken und Sinn, Wollust und Schmerz, die Aufhebung des Widerspruchs – Leben und Tod zugleich. Dieses Urbild hat er gesucht, dieser Traum war schon da, als er noch nicht wissen konnte, was es heißt, einen solchen Traum zu träumen, das Sterben zu leben.

Am 4. Januar 1980 schreibt er: »Der Ort des Sterbens ist wichtig. Es soll einer sein, wo ich den Übergang antreten kann, wo ich bleiben kann.« Matthias will zu Hause sterben, bei der Mutter. Früher einmal hatte er, nach der Lektüre von Hesses *Narziss und Goldmund*, in seinem Tagebuch festgehalten, dass man die Mutter brauche, um zu lieben und um zu sterben. Jetzt, in seinen letzten Wochen, braucht Matthias die Liebe der Mutter, ihre Nähe, ihre Hand. Alle andern, der Vater, die Geschwister, Freundin und Freunde, traten zurück. Die Mutter bleibt an seinem Bett, Tag und Nacht. Matthias kehrt zurück zur Mutter.

Sein letzter Eintrag im Tagebuch, am 14. Januar 1980, sagt kurz: »Ich war.« Dahinter ist ein Punkt gesetzt. Hinter dem Punkt steht das Wort noch einmal, »wahr« mit h: »Ich war. Wahr.«

Am 7. Februar 1980 hört Matthias auf zu leben und zu sterben.

1980

VII. DER KATER

Eine weitere, für die Wahrnehmung seiner Umgebung und den schriftstellerischen Blick grundlegende Erfahrung wird für Thomas Hürlimann das Zusammenleben mit dem zugelaufenen Kater Mufti. Die Faszination für das Tier, das fortan direkt oder indirekt durch seine Werke spaziert, führt ihn zu philosophischen Erkenntnissen.

Abendspaziergang mit dem Kater

Auszug aus der Essaysammlung

Er kam eine Stunde vor der Dämmerung, strich um meine Beine, miaute und maunzte, und blieb ich sitzen, um einen angefangenen Satz zu beenden, schnellte er lautlos aufs Pult, langte mit der Vorderpfote nach dem Bleistift oder fläzte sich flach aufs Papier, die Botschaft war klar, so oder so: Hör auf zu schreiben, es ist Zeit für den Abendspaziergang.

Der Kater war uns in der Parterrewohnung einer Zürcher Satellitenstadt zugelaufen. Das hatte den Mietvertrag verletzt. Keine Haustiere. Fristlose Kündigung. Wir zogen in die Innerschweiz, in ein Chalet über einem voralpinen Stausee, und da das Revier mit seinen Füchsen Dachsen Raubvögeln für den Stadtkater neu war, nahm er die Gewohnheit an, mich auf meinen Erkundungsgängen zu begleiten. In den ersten Wochen stapfte ich voraus, er taperte hinterher, aber als es zu herbsten begann, kehrte sich das Verhältnis um, der Kater übernahm die Führung, ich hatte ihm – mit einigem Abstand – zu folgen. Von der Route, die wir nun Abend für Abend gingen, duldete er keine Abweichung. Stets zur gleichen Zeit, wenn sich die Sonne dem Horizont näherte, brachen wir auf, und immer berührte er dieselben Punkte: einen Baumstrunk, den Eingang eines Fuchsbaus, eine verlorene Schuhsohle, lauter Dinge, die ich ohne sein geduldiges Schauen übersehen hätte. Er veränderte meine Wahrnehmung, der Gang wurde zum Ritual, in der Wiederholung erfuhr ich eine andere Wirklichkeit. Die Schuhsohle zeigte über Nacht nicht mehr nach Norden, sondern nach Süden, wie eine Kompassnadel. Auf dem Baumstrunk häuften sich die welken Blätter. Beim nächsten Gang waren sie weggeweht, Nebel befeuchtete die Jahresringe und gab dem Holz eine melancholische Zeichnung. Dann wurde es Winter, der Kater und ich blieben im Haus, er schlief, ich las, und immer wieder kam es vor, dass wir gemeinsam hinausstarrten ins irre Sinken der Flocken, er auf meinem Tisch hockend, ich an der Schreibmaschine, aus der stumm das weiße Blatt hing.

Ich nutzte die stillen Wochen, um mich über das Tier, das mein Schauen und mein Leben verändert hatte, kundig zu machen. Pater Gebhard, der Bibliothekar des nahen Klosters, erklärte mir, dass die Katze sowohl aus dem Alten als auch aus dem Neuen Testament verbannt ist, sie kommt in der Bibel nicht vor. Dem Islam hingegen gilt sie als heilig, denn die fünf Streifen, die sie auf dem Rücken trägt, gehen zurück auf die Hand des Propheten. Er soll sie gestreichelt haben – wen wundert's, die Katze ist so sauber, dass sie ihre Nachgeburt verschlingt, mehrmals am Tag unternimmt sie eine Waschung, wie die Gläubigen vor dem Betreten der Moschee, und lautlos lauscht sie der Predigt. Ein Förster, der hie und da hereinsah, um sich am Kirschwasser aufzuwärmen, wies mich darauf hin, dass eine Katze das Vergehen der Zeit negiere – ihre Vorfahren und Nachkommen interessieren sie nicht, sie überlässt sie dem Vergessen. »Geschichte«, sagte der Förster, ein Grinsen im frostroten Gesicht, »das ist etwas für Bäume und Menschen.«

Noch lagen im Wald letzte Schneeflecken, noch war es kalt, und für den Abendspaziergang zog ich Mantel und Stiefel an. Wieder schlug der Kater den gleichen Weg ein, wieder beschnupperten wir die bekannten Punkte: den Strunk, den Ameisenhügel, die Schuhsohle und weiter oben, wo der Hang steil wurde, den Fuß eines steilrechten Felsens. Unsere Fährte folgte uns durch den Wald, meine Stapfen, die Abdrücke seiner Pfoten und hie und da ein Strich seines Schweifs. Ging er heute schneller als üblich? Tupfte er mehr Striche als gestern in den Schnee? Gezielt strebte der Kater auf den Felsen zu, und dort hielt er inne, wie angewurzelt, vollkommen reglos. Ich wartete etwas weiter unten. Die Stämme wurden schwarz, das Licht dazwischen flüssig, gleich würde es einnachten. Der Kater rührte sich nicht. Starrte zum Stein. Was faszinierte, was bannte ihn? Schließlich kraxelte ich auf allen vieren zu ihm hoch, kauerte mich an seine Seite, konzentrierte den Blick wie er auf den Spalt am Fuß des Felsens. Aber da war nichts … nichts als eine winzige, hellgrün im Laubteppich versteckte allererste Knospe. Der Frühling. Der Frühling! Der Kater, der aus der Stadt kam und für den dieser Wald neu und fremd war, wusste, was Platon und Nietzsche gewusst hatten, er wusste um die ewige Wiederkehr des Gleichen. Und hier, unterm Stein, wo tagsüber ein Strahl der Sonne hinreichte, offenbarte es sich: keine Geschichte, ein ungeheuerliches Geschehen. Ein Wunder. Es kommt wieder. Du kommst wieder. Wir sind ewig.

2020

Das Gartenhaus

Auszüge aus der Novelle
(Katzenpassagen)

Und es wurde Sommer, und der Sommer wurde heiß, und täglich um drei, zur Stunde des Karfreitags, tranken sie im Herrenzimmer ihren Tee. Dann befahl der Oberst den Abmarsch, Zielrichtung Grab, Arm in Arm gingen sie los, und von Zeit zu Zeit, wenn Lucienne es für nötig hielt, hängte sich der Oberst seine Golftasche über die Schulter, worin, anstelle der Schläger, ein Kinderrechen und eine Spitzhacke steckten. Hin und wieder war er seiner Gattin beim Gärtnern behilflich. Er ging zum Brunnen und füllte die Spritzkanne mit Wasser. Oder er kniete sich an ihrer Seite in die Blumen und jätete das Unkraut aus. Aber meist saß er auf seiner Bank, die Golftasche oder den Schirm zwischen den Knien, er dachte an dieses und an jenes, halb war er wach und halb wieder nicht. Hatte er geträumt? Der Oberst fuhr auf. Es war ein Abend im späten August. Nein, kein Traum, er hatte geschlafen, eilte jetzt zum Grab, sah zum Brunnen, »Lucienne«, rief er, »Lucienne, wo bist du?«

Sie war nach Hause gegangen. Hilflos stand er da, vielleicht nur Sekunden, vielleicht lange, bange Minuten lang, und hinter dem Grabstein kroch behutsam ein dürres Wesen hervor, knochig, zittrig, und sah ihn mit großen Augen an.

Wie entsteht ein Verhängnis?

Abends saß der Oberst allein am langen Familientisch. Hie und da hörte er aus dem oberen Stock ein leises Wimmern – die Traurigkeit seiner Frau nahm in der Dunkelheit nicht ab, sie nahm zu. Er dachte an seinen Sohn und an längst vergangene Manövertage. Er trank eine Flasche Whisky, rauchte eine Schachtel Zigaretten, er hatte Hunger und keinen Appetit. So nahm er, fast ohne es zu merken, eine alte Soldatengewohnheit wieder auf. Er steckte jeden Morgen etwas Proviant in seine Tasche und verpflegte sich, wenn der Magen nach einem Happen verlangte.

Das Tier schnappte danach und war hinter dem Granitfelsen verschwunden.

Eines Nachts besuchte ihn Lucienne in seinem Zimmer. Der Oberst lachte, und das Licht, damit sie sein Gesicht nicht erkenne, knipste er aus. Es war seit dem Tod ihres Sohnes das erste Mal, dass sie miteinander schliefen, er schnaufend, sie weinend.

Und das Tier wurde zahm, es wurde geduldig, und ließ er die Fütterung einmal ausfallen, schien nichts zu passieren. In den ersten Wochen lief alles glatt. Der Oberst zog eine Gartenschere aus der Tasche und stieg hinter den Grabstein. Er wolle der Schneckenplage Herr werden, hatte er gesagt, aber nicht mit Gift, er hasse Gift, er zwacke die Schnecken entzwei.

»Du mit deinem Schneckenspleen«, sagte Lucienne.

Sie bat ihn, das Töten in ihrer Abwesenheit zu besorgen, setzte sich auf die Bank unter der Linde oder auf den Brunnenrand, und kam eine Witwe hinzu, um ihre Vase zu füllen, bot sie lächelnd ihre Hilfe an. Da gab dann ein Wort das andere, die Witwe beschwor das Leben ihres Gatten, Lucienne das Sterben ihres Sohnes, und der Oberst, hinter dem pompösen Grabmal allen Blicken entzogen, konnte seelenruhig den Nachschub für sein Tier deponieren. Manchmal häufte er etwas Erde darüber, und schließlich grub er die tägliche Ration etwa zwei oder drei Zentimeter unter der Oberfläche in die Graberde ein. Anderntags, wenn er nachsah, war nichts mehr da, und im Lauf zweier Monate war aus der zittrigen Jammergestalt ein gut ernährtes Kätzchen geworden.

Das Fleisch und die Essensreste nahm er aus dem Kühlschrank und schmuggelte sie in seiner Kitteltasche zum Grab. Einmal Troupier – immer Troupier. Er war und blieb frontorientiert, konzentrierte seine gesamte Aufmerksamkeit nach vorn, die im rückwärtigen Bereich spielenden Kräfte jedoch, wie sich alsbald zeigen sollte, bekam er nicht in den Griff. Am Grab ging er umsichtig vor, jede seiner Handlungen bedenkend, hier war die Front, hier konnte ihn nichts überraschen. Sah er die Katze kommen, befahl er den Abmarsch.

»Gehen wir?«

»Gehen wir.«

Aber den haushälterischen Blick seiner Gattin verkannte der Oberst. Unbekümmert schnitt er vom Sonntagsbraten eine Scheibe ab, stopfte eine Wurst in die Tasche, hundert Gramm Leber, etwas vom Schinken, und eines Nachmittags steckte er von einer Portion Hackfleisch, die sie am Vormittag gekauft hatte, die Hälfte ein.

»Isst du rohes Fleisch?«, fragte Lucienne.

Der Oberst verneinte.

»Dann bescheißt uns der Metzger«, sagte sie.

Er nickte. Dem Mann, bemerkte er, habe er nie getraut, und sie beschlossen, ihre Fleisch- und Wurstwaren künftig im Supermarkt zu kaufen – er war noch einmal, wie es in der Kasernensprache heißt, aus der Bratpfanne gesprungen, aber die Lage war kritisch geworden, gefährlicher als zuvor. Denn er brauchte Fourage, und wie konnte er, hinter ihrem Rücken, die tägliche Ration requirieren?

Ich bin ein alter Mann, dachte der Oberst. Ich habe ein gewisses Recht auf schrullige Gewohnheiten. Er ging am Vormittag in die Stadt, trank einen Zweier Roten oder in der City Bar du Bœuf einen Whisky und beschaffte sich auf dem Nachhauseweg die Nahrung, die er brauchte. Seinen Offiziersmantel hängte er in die Garderobe.

»Du wirst alt«, sagte Lucienne, und sie lächelte.

Er sei, sagte der Oberst, im Supermarkt gewesen, habe Zigaretten gekauft. Dann schluckte er, und sein Schlucken hörte sich an wie ein verwürgtes Klopfen. Glänzend pariert – die Packung mit dem Katzenfutter war nur wenig größer als eine Schachtel Gitanes.

Das Zeug habe sie weggeschmissen.

Was für ein Zeug?

Oh nichts, nichts, gurrte Lucienne, und der Oberst musste ihr versprechen, demnächst einen Augenarzt zu konsultieren.

»Muss mich wohl vergriffen haben«, sagte er noch.

Die Tage wurden kühler, der See kochte Nebel aus, und Lucienne bat ihren Gatten, die morgendlichen Gänge aufzugeben. Er gehorchte. Er hatte im Innern des Hauses ein Fleischlager angelegt.

Der Oberst kauerte hinter dem Grabstein seines Sohnes und drückte die tägliche Ration in die feuchte, klumpige Erde hinein. Es war kühl, es war klar und immer noch hell. Lucienne arbeitete auf der Vorderseite des Granitblocks. Offenbar versuchte sie, mit einer Seifenlauge die eingemeißelten Buchstaben sauber zu bürsten; ein Hauch von Grünspan hatte den Namen verschattet. So rasch, dachte der Oberst, begann die Verwitterung. Vor einem halben Jahr war das Getüm vom Himmel herabgeschwebt, und glaubt man unseren Totengräbern, so braucht eine Leiche neun Monate, um alles Vergängliche vergehen zu lassen; diese Zeit war vorbei.

»Kommst du voran, Liebes?«

Sie schrubbte vergeblich, er wusste es. Der leise Zerfall war stärker als Lucienne und ihre Laugen.

Sie sei jetzt an der Neun, rief Lucienne. Das war die Neun des Jahrhunderts. Was bleibt von uns übrig, ein Name, eine Zahl und unter der Erde die Knochen. Er war in den Bergen aufgewachsen. Dort hatten sie die alten Gebeine, die sie aus den Gräbern holten, zu Mehl gemahlen; damit war der Sonntagskaffee gewürzt worden, und ging es ans Sterben, war das Knochenpulver die letzte Medizin. Er lauschte auf das regelmäßige Reibgeräusch ihrer Bürste, er hörte ihr Schnaufen – zwischen ihnen stand der Grabstein, der sie voreinander verbarg. Ob sie da unten, unter diesem Sockel, aufhören würden, voreinander zu fremden? Lucienne war die Tochter eines Textilfabrikanten, eine Mehrbessere, und er war aus den Bergen herabgestiegen, ein ganzes Menschenalter war es her, eine lange Zeit. Heimweh? Er hatte sich gegen die Steingröße gewehrt, aber nun, wie so oft in seinem Leben, wurde er für die erlittene Niederlage auf wunderbare Weise entschädigt. Dieser Felsen, den sie gegen seinen Befehl errichtet hatte, bot ihm den Schutz, den er brauchte. Hier, zwischen der Rückseite des Grabmales und der Friedhofsmauer, konnte er seine Pflicht ungestört erfüllen. Mit dem Handballen drückte er die Erde über dem eingebuddelten Fleisch noch etwas fester, dann erhob er sich, beugte sich über den Stein wie über eine Brüstung und sah hinab auf die kniende, reibende

Gattin. In drei Wochen sei Allerseelen, hatte sie gesagt, zu Allerseelen wolle sie einen sauberen Stein haben.

»Woran denkst du?«

Nichts, sagte der Oberst, er denke an nichts. Seine Katze kam pünktlich. Bei Emilio Hagedorn, Herzinfarkt, tauchte sie auf, ein Schatten, der um den hellen Marmor herumstrich, Sekunden danach glitt sie um das Weihwassergefäß des Kameraden Kessler herum, eine Prostata-Geschichte mit tödlichen Operationsfolgen, und eine halbe Minute später beschien das rote Windlicht auf dem Familiengrab der Zurlauben ein lautlos vorüberziehendes Fell.

Lucienne schrubbte immer noch. Er trat hinter dem Stein hervor und stellte sich auf den Kiesweg.

»Gehen wir?«

Sie schrubbte weiter. Da und dort funzelte feucht ein Licht, rot oder gelb, eine Laterne oder eine Grabkerze, und vorsichtig drehte der Oberst den Kopf. Hatte sie die Höhe Zurlauben schon passiert?

Da sah er sie, sie kam, Alarmstufe eins. Noch drei Minuten, dann hatte sie, via Hagedorn und Zurlauben, den sogenannten Dschungel erreicht, das fleischige Blätterdach über dem Grab der Siegenthaler, er Magen-, sie Darmkrebs, wo die Katze, nur noch drei Armlängen entfernt, zu warten pflegte, zwischen den beiden Urnen an den Boden geduckt, ein nachtschwarzer Knäuel, witternd vermutlich, aber reglos, vollkommen reglos – nur ein geübter Späher vermochte in der Dschungelfinsternis zwei grünliche Schlitze auszumachen – den Widerschein des Dämmerungshimmels in ihren Augen.

Sie war eine Wildkatze, die Schwanzkuppe abgeflacht, ähnlich wie beim Tiger, und ihr Näschen war rosa. Vermutlich war sie aus den nahen Wäldern herabgekommen, das eingesargte, von den Knochen faulende Fleisch hatte sie angelockt. Die Lebenden jedoch schien sie zu fürchten, zu meiden, sie hockte still, sie konnte warten, und erst wenn der Oberst und seine Frau vom Grab sich entfernten, schnellte sie aus dem Dschungel hervor, sprang hinter den Stein und begann zu scharren. Aber war es nicht denkbar, dass sie ihre Scheu eines Tages aufgab? Der Oberst wischte mit dem Handschuh über die schweißnasse Stirn. Es fror ihn. Im Dschungel ein Rascheln, sie war da, der Himmel rot, und wie Funken brannten nah, zum Greifen nah, die Katzenaugen. Irgendwann, er wusste es, würde sie schnurrend herantapern, und im selben Augenblick hatte er seine Frau verloren. »Der tote Sohn«, sagte sie hin und wieder, »hat uns noch einmal zusammengeführt.«

Der Sohn? Nein, dachte der Oberst. Ihn führte die Pflicht zum Grab. Er, der ehemalige Troupier, war im Alter zum Nachschuboffizier für ein streunendes Tier geworden.

In der letzten Novemberwoche fiel der erste Schnee. Der Oberst brach den Nachschub ab. Auch im Krieg sah man sich zu dieser Maßnahme, je nach Frontlage, veranlasst. Aber das erwartete Jaulen und Winseln setzte nicht ein, nicht am ersten, nicht am zweiten, nicht am dritten Abend, und am vierten – Lucienne war gerade damit beschäftigt, das Eis aus dem Weihwasserbecken zu kratzen – ging der Blick des Obersten zum Himmel. Fast hätte er sein Geheimnis verraten. Da! – wollte er rufen, da ist sie ja, sie lebte noch. Sie hatte das verschneite Revier trotz des Hungers nicht verlassen und hockte seelenruhig auf der Mauer, die den Friedhof hinter der Gräberreihe abschloss. Zufällig hatte er drei Scheiben Schinken in der rechten und eine Tüte mit Vogelfutter in der linken Manteltasche. Er nahm die Tüte hervor, stapfte hinter den Granitfelsen, und als sie den Friedhof miteinander verließen – Arm in Arm wie immer –, sagte ihm seine Gattin, er sei zwar ein schrulliger, aber herzensguter Mensch. »Warum schrullig?«, fragte der Oberst.

Sie kicherte kopfschüttelnd vor sich hin. »Ich habe dich beobachtet«, sagte sie schließlich, »du bist hinter den Grabstein gegangen und hast Futter ausgestreut.«

Ob sie etwas dagegen habe?

»Neinnein«, sagte Lucienne und begann ein Kinderlied vor sich hin zu summen – es schneielet, es beielet, es goht en chüele Wind, es früüred alli Vögeli und alli arme Chind.

Seis, dass ihr der feuchte Schnee nicht passte, seis, dass sie ihre Spur nicht verraten wollte – fortan kam die Katze über die Mauerzinne, und wiederum erschien sie so pünktlich und leis wie früher, nach Einbruch der

Dämmerung. Sie hatte vom Land- zum Höhenweg gewechselt. An den schrägen Ziegeln blieb der Schnee nicht haften, und ihr schien es ein Leichtes zu sein, über den spitzen First hinwegzutänzeln. Auf der Höhe von Dossenbachs Grab blieb sie jeweils stehen, ein länglicher Schatten im Zwielicht, und wartete, bis der Oberst und seine Frau sich entfernten.

Die Angst, Lucienne würde die auf der Mauer lauernde Katze eines Tages erblicken, hatte der Oberst inzwischen verloren. Die Gute wurde nicht jünger, ihr Augenlicht schwächer, und es blickt der Mensch, der vor seinen Toten steht, nur selten zum Himmel auf.

Zu Weihnachten erhielt er eine große Packung Vogelfutter – dem Herzensguten von seiner Liebsten. Damit er die Vögel auch im Hochwinter füttern könne, sagte Lucienne, und der Oberst bedankte sich mit einem Kuss.

1989

Die Katze

Aus »Die Satellitenstadt«

Von Zeit zu Zeit begibt sich Ka auf eine seltsame Reise. Sie hat, wie es in der Psychologie heißt, eine Depression. Was in ihrem Innern vorgeht, weiß ich nicht, aber mit den Jahren habe ich die Route ihrer Reise kennengelernt. Nur die Route. Das Ziel nicht. Es gibt keines.

Wie jede Reise, so beginnt auch diese mit Stress und Hektik. Stundenlang dröhnt der Staubsauger, dreht sich die Waschtrommel, es riecht nach Möbelpolitur und Meister Proper. Mit dieser Lust auf Sauberkeit hat die Fahrt ins Dunkel begonnen. Ka bekämpft den Staub, die Vergänglichkeit. Ein sinnloser Kampf. Sie muss ihn verlieren, und sie verlor ihn jedes Mal. Vom Putzen ermüdet, kann sie nicht einschlafen, und das lange Liegen und Wachen – es macht sie schon in der zweiten Nacht zu einem Nervenbündel, das in der Finsternis liegt wie ein Stück Fleisch im Raubtierkäfig. Die bösen Träume fürchtend, zieht sie Tabletten ein, aber die helfen nicht, im Gegenteil, sie nehmen ihr den Appetit. So verliert sie an Kraft, sie wird bleich, matt, alt. Schließlich rutscht sie auf den Knien durch die Zimmer, da ein Haar aus dem Teppich zupfend, dort einen Wachsfleck von der

Schwelle kratzend. Aber der Schmutz ist überall, der Staub ist überall, ihr Waschen, Wischen, Wünschen hilft nichts, weder Meister Proper noch der Weiße Riese können die Mächte der Finsternis aufhalten.

Und ich? Was tat ich? Jahrelang das Falsche. Ich versuchte, Ka wieder auf die Füße und in eine bessere Stimmung zu bringen; ich wollte sie, im doppelten Sinn des Wortes, aufstellen. Es war schrecklich. Sie war den Tränen nahe; ich machte Witze. Sie konnte kaum noch kriechen; ich schlug einen Ausflug vor. Ich hasste sie, und ihr wars egal. Sie hockte vor dem Fernseher und hatte vergessen, ihn einzuschalten. Vergessen? Nein, auf das flache Dunkel der Mattscheibe will sie glotzen, ins Leere.

Dann, kurz vor dem Kollaps, bäumt sie sich noch einmal auf. Sie geht aus dem Haus. Zum Einkaufen, sagt sie. Stunden später kehrt sie zurück, ohne Milch, ohne Brot, das sind *Lebens*mittel, und leben, nein, das will sie nicht mehr, wozu auch, jede Minute eines jeden Menschen ist eine Sterbeminute, jede Milchtüte trägt das Datum ihres Verfalls. Mit leerer Tasche schleppt sie sich nach Hause. Und hat an dieser Leere so schwer geschleppt, dass sie sich übergeben muss. Vielleicht noch ein letzter, hilfloser Versuch, den Kopf zu heben, loszukommen vom Boden, von der Tiefe, vom Dreck, aus dem wir gemacht sind; dann kriecht sie ins Bett, unter die Decken. Sie saugt am Zipfel eines Nastuches, das sie aus ihrer Kinderzeit behalten hat, und wiewohl sie lange und tief zu schlafen scheint, vermögen die Lider ihre Augen nur halb zu decken. Ihr Blick geht ins Leere, auch im Schlaf.

Diesmal lief es anders ab. Sie kauerte am Boden und rupfte am Teppich, gerade so, als pflücke sie eine unsichtbare Blume aus dem Land der Melancholie. Es geht wieder los, dachte ich. Da blickte sie auf, sah hinaus, und wahrhaftig! – aus dem Nebel kam ein Schatten angetigert, eine Katze, huschte weg, verschwand, und schon, helahopp, hockte sie groß, stolz und fremd vor dem Fenster. Es nachtete ein. Katzen sind die Göttinnen der Melancholie. Deshalb fanden sie in der Bibel keinen Platz, weder im Alten Testament noch im Neuen. Katzen haben sieben Leben, kennen keine Erlösung, keine Schuld, sie kommen, sie gehen, allein oder im Rudel, wichtig ist ihnen nur eines: ihre Sauberkeit. Katzen lieben es, sich wieder und wieder zu waschen, zu putzen, zu lecken. Ka lächelte der Katze zu. Ich zog mich zurück – die beiden, dachte ich, wollen nicht gestört werden, von keinem Mann, von keinem Geräusch.

Stille, tiefe Stille, und fast schien es mir, als sei sie vom Himmel herabgesunken und habe die Nacht erhellt. Das war der erste Schnee. Es wuchsen die Hügel, die Berge, die Wälder, und sie wuchsen ohne Lärm. Bei Tagesanbruch sprang die Katze über die weiße Wiese davon, und Ka, ohne Angst vor den wilden Träumen, legte sich ins Bett.

1992

Heimkehr

Auszug aus dem Roman

(Kater Dada)

In einer kalten Novembernacht waren wir uns zum ersten Mal begegnet. Zwischen zwei Abfalltonnen im Innenhof hatte ein Augenpaar geglüht, reglos, ohne zu blinzeln, und statt weiterzugehen, hatte ich mich eine Weile hingekauert, um dem im Dunkel lauernden Tier die Zeit zu geben, die es brauchte, um mich genau zu studieren. Anderntags erfuhr ich, dass der Kater aus dem nahegelegenen Cabaret Voltaire entlaufen war – dort hatte Hugo Ball den Dadaismus ausgerufen, und so tauften wir Mieter diesen seltsamen Tiger, der ausgerechnet das Haus zum Zeisig (so lautete der alte Name der Grauen Gasse 10) zu seinem neuen Revier erwählt hatte, Dada. Dabei war die Lösung des Rätsels einfach. Anderswo wäre der Kater kaum bemerkt, geschweige denn gefüttert worden, im Zeisig-Haus jedoch hatte er sich durch zwei verbissene Feinde, das Ehepaar Weideli, eine ganze Schar von Sympathisanten erworben. Sämtliche Mieter liebten Dada und taten alles, um ihn durch den Winter zu bringen oder gegen die Weidelis zu verteidigen. Der Krieg wurde gnadenlos geführt. Wer Dada heimlich eine Sardine zusteckte, riskierte die Kündigung, und die Weidelis, die Tag und Nacht auf der Pirsch waren, im Winter beide mit Pelzkappen, empfanden den Kater als Terroristen, der seine Pisse gezielt in jeden Winkel schoss, ihnen, den Weidelis, zuleide. Im Lauf der Zeit hatten sie immer spitzere Nasen bekommen und wussten mittlerweile, wie sich ihr Feind bewegte. Doch so listenreich das Ehepaar vorging, Dada war noch listiger, noch gerissener, und offensichtlich gehörte es zu seiner Strategie, den Jägern seine Überlegenheit zu demonstrieren. Er wollte sie demoralisieren. Er wollte ihnen zeigen: Gegen einen Königstiger wie mich habt ihr keine Chance. Wenn er im Hinterhof auf dem Wellblechdach des Veloständers hockte, hörte er sich geduldig an, was die Weidelis zu ihm hochschrien: Verpisstes, verlaustes Stinktier! Katerscheißblöder! Wir erwischen dich! Wir ziehen dir das Fell ab! Wir nageln dich an die Kellertür! Dann hob er lässig die Vorderpfote, als würde er auf die Armbanduhr blicken, und spazierte über die schmale Mauer, die einen hinteren Hofteil abtrennte, davon. Seine Sicherheit bezog er nicht nur aus seiner Intelligenz, sondern bestimmt auch aus seinem Rückzugsort, dem Papierpalast. In dessen Geheimkammern pflegte er sich von seinen Jagden zu erholen, dort konnte er schlafen, ohne dass sein Schnarchen nach außen drang und die Weidelis auf ihn aufmerksam machte. Denn so fromm die beiden waren, so blutrünstig waren sie auch, und es ist ein bekanntes Phänomen, dass sich gerade die scheinbar Harmlosen, die Furchtsamen und Feigen, über Nacht in Ungeheuer verwandeln – Kriege werden mit Familienvätern und braven, von ihren Müttern gesegneten Söhnen gewonnen … wo war ich gerade?

Ach so, ja: beim Kater –

*

»Dada!«, rief ich, »komm!«

Er wollte nicht weiter. Er hockte sich kerzengerade auf seinen Hintern.

»Dada«, wiederholte ich, »so komm schon, die Brücke ist gefährlich!«

Ah, jetzt folgte er mir. Wir machten ein paar Schritte, als ich im erleuchteten Fenster der Villa auf einmal einen Schatten sah. Der Vater. Er musste es sein. Vermutlich mit einem Feldstecher bewaffnet, so dass er mich jedes Mal, wenn ich den Lichtkreis einer Bogenlampe betrat, deutlich erkennen konnte. Unwillkürlich blieb ich stehen und hisste, um ihn zu grüßen, den Schirm. Da blieb auch Dada stehen und reckte den Schwanz. So verharrten wir, und mir fiel ein, dass ich über dieses Zeichen schon einmal mit einem Kater kommuniziert hatte, kurz nach meiner Ankunft in Zürich, in der nächtlichen Gasse, vor dem Galeriehaus der Ypsi-Feuz. Damals hatte ich mit dem gezückten Schirm die an mir vorüberhumpelnde Maureen gegrüßt, und nein, an die wollte ich jetzt nicht denken. Ich senkte den Schirm, Dada den

Schweif, und siehe da, die Verständigung klappte. Wir setzten unseren Weg fort.

Nach einigen Metern blieb Dada erneut stehen, wieder mit einer Schwanzkerze: Achtung, Gefahr! Ich tat es ihm nach, zückte den Schirm, die Augen zum Ufer gerichtet, auf die Villa im Hang über dem Werk, wo im Schlafzimmerfenster der Schatten stand, der Schatten des Vaters.

»Dada«, flüsterte ich (als könne der Senior mich durch seinen Feldstecher hören), »so komm doch endlich! Wir werden beobachtet. Er sieht uns. In seinem Fernglas sind wir so nah, als stünden wir direkt vor ihm.«

Und auf einmal begriff ich, blitzartig: Es war umgekehrt, jaja, umgekehrt, in der Katerwelt trug *ich* den Namen Dada! Für ihn waren meine Aussagen Selbstaussagen, meine Ausrufe Selbstausrufe. Deshalb seine Hochnäsigkeit, sein Überlegenheitsgefühl, seine leichte Verachtung der ach so beschränkten Menschen. Was für eine Erkenntnis, was für eine Einsicht! Dass ich erst jetzt auf diese Idee kam! Es war doch so einfach! Der Mensch hatte auf alles einen Namen geklebt, wie ein Preisschild. Du dort oben, sagte der Mensch, bist der Große Bär. Du, steilrechte Wand, bist der Fräckmont. Du der Gnofer Stock, du die Golzern, der Gorner, die Gufferplangg. Du bist der Fräcktaler Stausee, und du, unsichtbare Dorfruine am Grund, wirst uns im Namen erhalten bleiben wie die lochab gefahrene Übel-Alp. Oben in der Villa erwartet mich der Gummistier, und du, mein lieber Katerfreund, bist Dada. Zumindest glauben wir Menschen, dass du Dada bist. Weil wir dich Dada getauft haben und dich Dada rufen. Ihr Katzen jedoch, klug, wie ihr seid, achtet auf Zurufe so wenig wie auf Befehle. Ihr seid keine Hunde, und ruft man euch einen Namen zu, wundert ihr euch, warum die Menschen dauernd von sich selbst als Dada oder Tiger oder Büsi oder Miezilein sprechen.

»Danke, mein Freund. Endlich habe ich kapiert, wer von uns beiden Dada heißt: ich – nicht du. Hab ich recht?«

Ich atmete durch, atmete durch, atmete so tief wie möglich durch. Ich hatte keinen Sprung in der Schüssel. Mein Schädel hatte sich vom Sturz in die Scheibe erholt, die Gehirnerschütterung war verheilt, die Amnesie praktisch verschwunden. Was ich eben herausgefunden hatte, war keine Wahnproduktion, vielmehr eine fundamentale Wahrheit. Wer immer dem Kater einen Namen gab, gab den Namen nicht ihm, sondern sich selbst …

»Dada!«

Pardon, das war ja ich.

»Kater! Kater Namenlos! Kater Anonymus!«

Der Kater huschte hinter der Leitplanke hervor, richtete die Augenscheiben wieder auf mich und sagte leicht näselnd und mit einem koketten Zittern der Schnauzhaare, er finde den protestantischen Geständniszwang furchtbar langweilig.

War ich im Begriff, den Verstand zu verlieren? Ich schloss die Augen. Ich kniff mich in die Wange. Ich sagte mir: Sprechen kann nur der Mensch, nicht das Tier.

»Wie bitte?«

»Ja«, miaute er, »zum Gähnen. Natürlich ist die Abwartin Weideli ein Stinktier, aber warum muss sie es immer wieder bekennen? Und warum immer so laut?«

Mir verschlug es die Sprache. Du heilige Scheiße, wenn der Vater im Feldstecher mitbekam, dass sein Sohn mit einem Kater redete! Aber ich konnte es beim besten Willen nicht leugnen, wir sprachen miteinander, und endlich verstand ich, weshalb der Kater unbeteiligt auf dem Wellblechdach des Veloständers zu thronen pflegte, wenn die Weidelis ihre Drohungen zu ihm hinaufbrüllten. In seinem Verständnis legte die Abwartin (sie litt seit Jahren an Verstopfung) jedes Mal ein Bekenntnis ab. Stinktier!, schrie sie zu ihm hinauf und meinte damit, wie der Kater glaubte, sich selbst. Sich selbst!

Er nickte degoutiert. »Sie könnte doch etwas diskreter sein«, bemerkte er näselnd. »Etwas zurückhaltender. Weniger Schreie in eigener Sache …«

»Kater Anonymus«, ahmte ich unfreiwillig seinen Ton nach, »ich fürchte, ich bin im Begriff, den Verstand zu verlieren …«

»Nein nein«, miaute er, »ganz im Gegenteil. Du näherst dich der Wahrheit.«

2018

Nietzsches Regenschirm

Vortrag, gehalten am 08. 05. 2011 im Landesmuseum Zürich

Sehr geehrte Damen und Herren,

ich bin kein Experte, und dass ich trotzdem vor Ihnen auftrete, muss ich mit einem Fragment Nietzsches über den »schauspielerischen Instinkt« rechtfertigen; es lautet: »Der Literat ist wesentlich Schauspieler – er spielt nämlich den ›Sachkundigen‹, den ›Fachmann‹.« Sachkundiger und Fachmann in Anführungszeichen.

Um wenigstens als Schauspieler zu bestehen, behelfe ich mir mit einem Requisit aus dem Fundus des Nationalmuseums, einem roten Regenschirm, und ich werde Ihnen eine Figur vorstellen, die sich perfekt für eine Tragödie eignet. Oder für eine Komödie? Die Figur ist der Philosoph Friedrich Nietzsche. *Der Wanderer und sein Schatten* heißt eine seiner Schriften. Sie könnte auch heißen: Der Wanderer und sein Schirm. Aber nicht nur die Tatsache, dass dieser Wanderer mit seinem Schirm unterwegs war, gibt mir das Recht, das Thema Schirm mit Nietzsche zu verbinden – er selbst hat diese Verbindung hergestellt, und zwar in einem Satz, der durch ein Colloquium und einen Text von Jacques Derrida berühmt geworden ist:

»›Ich habe meinen Schirm vergessen.‹«

Wohin der Satz gehört, weiß man nicht. Er fand sich in den ungedruckten Fragmenten und wurde in der großen Nietzsche-Ausgabe von Colli und Montinari unter der Ziffer 12, 175 herausgegeben. Der Satz steht völlig für sich allein, ohne Zusammenhang mit einem Entwurf oder Text, und er ist, was ihn von fast allen anderen Fragmenten/Schnipseln/Splittern unterscheidet, in Anführungszeichen gesetzt. »Vielleicht ein Zitat«, sagt Derrida.

»›Ich habe meinen Schirm vergessen.‹«

Ein vergessener Schirm in einem vergessenen Satz – wir werden darauf zurückkommen. Jetzt wird es allerdings Zeit, sich mit dem Wanderer und seinem Schirm auf den Weg zu machen. Er beginnt im Sommer 1881 in Sils Maria und endet an der Jahreswende 1888/89 in Turin, auf der Piazza Carlo Alberto. Auf dieser Strecke wird der Schirm der Zeiger sein, der mobile, manchmal schwebende Weiser, der uns führt, und sollte sich der Weiser unterwegs zur Entfaltung bringen, hätte ich meine Rolle als Fachmann in Anführungszeichen erfüllt.

Im Sommer 1881 ist Friedrich Nietzsche zum ersten Mal in Sils. Er wohnt im Haus am Waldrand, es geht ihm gut, das Oberengadiner Klima behagt ihm. »Das ist keine Schweiz«, hat er seinem Freund Peter Gast geschrieben, sondern »etwas viel Südlicheres, ich müßte schon nach den Hochebenen von Mexiko am Stillen

Oceane gehen, um etwas Ähnliches zu finden …« Hochebene. Hochgefühl. »Nie gab es einen Menschen, auf den das Wort ›niedergedrückt‹ weniger gepasst hätte«, schreibt er an die Mutter. »Mein Aussehen ist vortrefflich, meine Muskulatur infolge meines beständigen Marschierens fast die eines Soldaten, Magen und Unterleib in Ordnung … mein Nervensystem … prachtvoll.« Sollten im Haus am Waldrand, wo er ein karg eingerichtetes Zimmer bewohnt, mehrere Schirme im Ständer gesteckt haben, wird er seinen nicht suchen müssen: Es ist der rote.

Ja, an diesem Sommermorgen, da über den Bergen die reine Bläue prangt, hat Nietzsche sein Leben im Griff. Obwohl er sich in Basel, wo er eine Professur hat, nicht mehr sehen lässt, erhält er weiterhin sein Honorar; gesellschaftliche Verpflichtungen hat er gekappt; mit den wenigen Freunden verkehrt er per Post; selten erhalten auch Mutter und Schwester einen Brief, meistens ist es der förmliche Dank für ein Fresspaket, Würste aus der Heimat. Jetzt öffnet er die Tür, er tritt auf die Schwelle, und auf der Schwelle schwebt auch seine Existenz. Nietzsche ist bereit, seinen ersten Publikationen ein Werk folgen zu lassen, das, wie er ahnt, wie er hofft, wie er fürchtet, zu seinem Schicksal wird – und zum Schicksal der Menschheit. Ob er in diesem Moment zum Himmel aufblickt?

An dieser Stelle, vor dem Abmarsch, ist es nötig, kurz innezuhalten und zu erläutern, weshalb Wanderer in jener Zeit stets den Schirm mitnahmen und das Haus nicht verließen, ohne einen Blick nach oben zu werfen, zu den Wolken und zu den Göttern.

Für uns ist der Schirm, wenn wir ihn überhaupt noch benutzen, ein Sonnen- oder Regenschutz. Das war er ursprünglich auch, gewiss, seine wahre Bedeutung jedoch, seine eigentliche Funktion war eine andere. Der Schirm stammt aus der Tiefe der Jahrtausende und aus den Weiten Chinas, Indiens und Ägyptens. An seiner Form erkennen Sie, was er nachahmt: die Palme oder das Dach einer Pagode. Ursprünglich wurde dem Mächtigen, dem König, dem Priester oder Medizinmann ein Fächerdach aus Palmzweigen oder Straußenfedern hinterhergetragen, der ihn als höheres Wesen auszeichnete und über die anderen Menschen erhob. Der Schirm war also in erster Linie ein Rangabzeichen, und wie eine Krone mit funkelnden Edelsteinen auf den Sternenkranz verwies, verbanden die frühen Schirme das Haupt der Beschirmten mit dem Wipfel- und Vogelreich, mit anderen Worten: Sie waren nicht nur ein Zeichen des höheren Ranges, sie waren ein Zeichen der Transzendenz, der Metaphysik. Im Reich der Seide, in China, fand dieses Zeichen seine endgültige Gestalt. Man übernahm von den Zweigen die Äste oder von den Federn die Kiele, formte aus ihnen ein Skelett und bespannte dieses mit Seide, die dann innen und außen bemalt wurde, oft mit Vogel- und Sternenmotiven, ähnlich dem Strahlenkranz einer Madonna. So wurde aus dem Schirmdach ein mobiles Himmelsgewölbe en miniature, das den, der unter ihm wandelte, zum einen mit einem Heiligenschein versah (Schirme sind Heiligenscheine, sagte Georges Bataille), zum andern vor den Strahlen und Ergüssen des Himmels in Schutz nahm.

So viel zum Dach, jetzt ein Wort zum Griff und zum Stab.

Sie kennen den Äskulap- oder Bischofsstab. Er symbolisiert den Sieg des Menschen über die Erde. Er ist die Schlange, die der Mensch ihrem Reich entrissen und gebändigt hat. Die Schlange, ehedem sein gefährlichster Feind, muss dem Wanderer nun als Wanderstab dienen, der mit seinem Pochen die noch lebenden Tiere verscheuchen soll. Dass die Schlange kein Gift mehr versprüht, zeigt ihr Haupt, das oben am Stab in eine Rundung gezwungen ist, in einen circulus vitiosus: Die Schlange ist nicht nur gebannt, sie muss in dieser Bannung, in der Senkrechten, andeuten, dass sie sich in den eigenen Schwanz beißt.

Daraus ersehen Sie: Der Schirm ist ein »Mittelwesen«, wie der Philosoph Jacques Derrida sagt. Denn der Schirm schwebt oder spaziert zwischen Himmel und Erde, zwischen dem Firmament und dem Schlangengrund. Insofern hat er all jene Eigenschaften, die Thomas von Aquin den Engeln zuweist. Auch sie sind Mittelwesen. Sie vermitteln zwischen Gott und den Menschen. Sie können wandeln oder schweben. Sie begleiten uns, wie ein Schirm als Stock den Wanderer begleitet, und sie beschützen uns, wie das Schirmdach seinen Träger vor Regen oder Sonne schützt. Manchmal greifen Engel auch tatkräftig in unser Leben ein, genau wie ein Schirm. Der bulgarische Geheimdienst benutzte ihn einmal als Waffe (in der Schirmspitze war eine Giftspritze versteckt); ein Junge im Struwwelpeter wird mit seinem Schirm zum fliegenden Robert, und der kleingewachsene Wanderer angelt mit dem Schirmgriff nach den Äpfeln, die für ihn zu hoch am Ast hängen.

Halten wir fest: Der Zauber- oder Machtstab, ursprünglich aus der Schlange entstanden, trägt ein Gewölbe, das aus dem Sternenzelt kommt. So ist der Schirm eine Vereinigung von Himmel und Erde, von oben und unten, also eine Art Engel: ein Mittelwesen.

Im alten Griechenland und in Rom wurde der Schirm fast nur von Frauen und bei religiösen Prozessionen getragen, was sich bis in unsere Tage, etwa in der Fronleichnamsprozession, erhalten hat – da ist der Baldachin ein mobiler Tempel für das Allerheiligste. Zum allgemeinen Gebrauchsgegenstand wurde der Schirm erst gegen Ende des 16. Jahrhunderts, und schon bald gab es den Schirmsklaven nur noch in den Kolonien und in der katholischen Kirche – der Bürger, auf seine Autonomie bedacht, trägt seinen Tempel selbst. Aber an der vornehmen Form hat sich bis heute nichts geändert. Noch immer steckt im Schirm das Zepter des Regenten oder der Zauberstab des Medizinmannes, und noch immer wölbt sich im Schirmdach der Sternenhimmel.

Damit sind wir wieder bei Friedrich Nietzsche und bei der Frage, ob er vor dem Haus, bevor er losgeht, einen Blick nach oben schickt.

Ich sagte es bereits: Im Sommer 1881 bereitet sich in Nietzsche eine Wandlung vor. Er, der Pfarrerssohn, ist auf dem Sprung, seine Welt, seine Denkwelt zu verlassen. Wie sieht sie aus, diese Welt? Ihre Prägung hat sie von Aristoteles. Der fügte seinen Studien über die physische Welt Studien an, die über diese hinausgingen. Meta heißt griechisch »nach« oder »über«. Die Meta-Physik ist also das, was Platon, der Großdenker vor Aristoteles, das Reich der Ideen genannt hat, das ewige und wahrhafte Sein, das unser irdisches Dasein wie ein Himmel überwölbt. Nietzsche interessiert an diesem Modell hauptsächlich die Teilung. Er kann und will es nicht akzeptieren, dass Denken Unterscheiden heißt, Trennen, Einteilen und Teilen. Mehr und mehr bezweifelt er, wie er sagt, »den Grundglauben der Metaphysiker … an die Gegensätze der Werthe«, und je intensiver er diesen Grundglauben befragt, desto deutlicher zeigt sich ihm der Riss. Denn er ist nicht nur im Gegensatz von Götter- und Menschenwelt, von Transzendenz und Immanenz, nein, der Riss ist überall, vor allem auch in ihm selbst. Er, Friedrich Nietzsche, ist ein Wesen mit hehren Gedanken und animalischen Trieben, das heißt: Er ist ganz und gar die Teilung, nämlich, wie er sich selber charakterisiert, ein »philosophisches Thier«, das »seine Nüstern nach innen hat«.

Diese Entdeckung war zu jener Zeit eine Sensation, und um dies zu verstehen, müssen wir uns klarmachen, dass vor Nietzsche noch kein Philosoph auf die Idee gekommen war, seine Nüstern zu erkennen und mit ihnen nach innen zu wittern. Nicht zufällig hat man das Denken stets mit einem Gebäude verglichen. Fundamental für das Gebäude war die Teilung. Es bestand seit eh und je aus einer irdischen und einer Über-Welt. So war die Teilung für die Philosophie sehr wohl ein Thema, sie war *das* Thema, aber Nietzsche ist der Erste, der sie in seinen »Eingeweiden« aufspürt. Er ist der Erste, der mit Nüstern philosophiert, und zwar mit Nüstern nach innen, und was für ein gewaltiges Unternehmen das war, zeigt allein die Tatsache, dass Nietzsche völlig neue Begriffe in die Philosophie einführte. Ihn interessierte die eigene Verdauung mehr als die Idee der Unsterblichkeit. Er weigerte sich, moralisch über Triebe zu reden. Er leitete die Erkenntnis aus Affekten her und mokierte sich über eine Ethik, die ihren Katechismus aus dem Reich der Ideen deduzierte. Erkennen hieß für Nietzsche: Mit Nüstern nach innen wittern und dort den Riss entdecken, den das Abendland ins Große Ganze verlegt hatte, in eine Teilung von irdischem und überirdischem Reich, in eine Trennung von Götterhimmel und Menschenwelt. Friedrich Nietzsche hat der Philosophie einen neuen Kontinent erobert, und dieser Kontinent war zuallererst er selbst, sein Fleisch und sein Blut, seine Herkunft aus dem Pfarrhaus und der Versuch, im antiken

Griechenland und in den Wagner-Opern neue Götter zu finden. Gottfried Benn wird später schreiben: »Sein Sichversagen … jeden allgemeinen Grundes, seine Aufstellung der Triebpsychologie, des Konstitutionellen als Motiv, der Physiologie als Dialektik – … die ganze Psychoanalyse, der ganze Existentialismus, alles dies ist seine Tat.«

Ja, alles dies ist seine Tat. Weil er dem »Grundglauben an die Gegensätze der Werthe« misstraute, stellte er sich die Frage, wie dieser Grundglaube über die Menschen gekommen war, und die Antwort auf die Frage hieß: Er wurde uns nicht vom Himmel gesandt, er entstand aus uns selbst. Wir sind die Teilung. Ich bin die Teilung. Und so lange das Ich die Teilung im Großen Ganzen vermutet, nicht in sich selbst, hockt es in der Falle seiner Täuschung, seiner Illusion.

Meine Frage war: Blickt er vor der Schwelle zum Himmel auf?

Ja, doch ist es nicht der Blick des Frommen, der seinen Wandel Gott empfiehlt, es ist der Blick des »philosophischen Thiers«, das auf dem Sprung ist, die Falle der Illusion zu verlassen. Insofern, denke ich, gefällt es dem Wanderer, seine Hand um den Schirmgriff zu schmiegen, um das gerundete Haupt der erstarrten Schlange. Das entspricht seinem Machtwillen, seinem Sendungsbewusstsein, seiner Leib- und Lebensphilosophie, seinem Gesundheitsfanatismus: »Aussehen vortrefflich«, »Magen und Unterleib in Ordnung«, »Nervenkostüm prachtvoll«. Er ist gut unterwegs, noch hat der Wanderer sein Denken und sein Leben so sicher im Griff wie den roten Schirm. Aber vergessen wir nicht: Das »philosophische Thier« möchte der Illusionsfalle entschlüpfen, es tigert neuen Ufern entgegen, und dieses Ufer erwarten das Thier, wie wir gleich sehen werden, beim Stein von Surlej am Bergsee von Silvaplana. Dort wird sich etwas Ungeheures ereignen. Nietzsche wird den roten Schirm aufspannen und aufbrechen ins Land Zarathustras.

Sehr geehrte Damen und Herren, ich habe Ihnen viel zugemutet, Sie haben eine kleine Erholung nötig, deshalb erlaube ich mir an dieser Stelle eine Abschweifung – eine Erinnerung an meinen Kater Mufti und dessen Schweif.

Mufti, der Kater, hatte in der Nähe von Zürich auf einer Baustelle gelebt, wo er von Bauarbeitern gefüttert wurde. Aber nun, im dunklen November, war das Haus fertig geworden, die Arbeiter hatten ihre Baracke auf einen Lastwagen verladen und waren verschwunden. Mufti blieb allein zurück. Hungrig. Frierend. Eines Nachts drang er in die Parterre-Wohnung eines Mehrfamilienhauses ein und verkroch sich unter dem Doppelbett eines jüngeren Paars. Manchmal tauchte er auf, um sich etwas zum Essen zu schnappen, und schließlich wurde uns klar, dass dieser Kater sanft entschlossen war, bei uns zu überwintern. Das verletzte den Mietvertrag. Keine Haustiere. Fristlose Kündigung. Wir zogen in die Gegend von Einsiedeln – dort kannte ich mich seit Klosterschulzeiten aus und fand ohne Problem ein Haus für Frau und Kater. Es lag am Waldrand, die Aussicht über den Sihlsee war großartig – der kluge Kater Mufti hatte uns zwar einigen Ärger, jedoch ein neues Leben beschert.

Ähnlich wie für uns, die noch nie auf dem Land gelebt hatten, war das Revier auch für Kater Mufti neu und fremd. Er fürchtete die Wildnis, all die Füchse und Dachse, und so nahm er die Gewohnheit an, mich auf meinen Spaziergängen zu begleiten. Kater Mufti folgte mir wie ein Hund. Eines Tages sah es nach Regen aus, ich nahm einen Schirm mit, und der schöne Zufall wollte es, dass ich das Winken eines Bauern mit dem Schwenken meines Schirms beantwortete. Im Augenblick stand Mufti starr, mit hochgerecktem Schweif, der wie ein Ausrufezeichen »Gefahr!« signalisierte. Fortan hatte ich den Schirm stets dabei, wie einen Spazierstock, denn damit war es möglich, sogar die weiter unten gelegene Sihlsee-Straße zu überqueren. Näherte sich ein Auto, zückte ich den Schirm, Mufti reckte den Schwanz, und beide blieben wir am Straßenrand stehen, bis das Auto vorbeigerast war. Auf sprachliche Kommandos reagierte Mufti kaum, aber mein Schirmsignal hat er kein einziges Mal übersehen. Ich konnte sogar länger warten, als es unbedingt nötig war, denn erst, wenn ich den Schirm senkte, ließ Mufti den Schweif sinken, und ungefährdet wechselten wir auf die andere Seite; Ende der Abschweifung.

Nietzsche ist kurz davor, das Ufer zu erreichen, die

Grenze zum Land Zarathustras. Vom Maloja her jagen schwarze Wolken durchs Tal, der kleine Bergsee schäumt, gleich fallen die ersten Tropfen. Da zückt der soldatische Wanderer, der nicht ans Umkehren denkt, den roten Schirm – und erschrickt: Kieselsteine regnen auf ihn herab. Die Geschichte ist verbürgt. Mein Freund, der Schriftsteller Jürg Acklin, hat sie als Kind von einem Silser Hotelportier erzählt bekommen, und 1967 erwähnt sie Theodor Adorno, ein häufiger Gast des Hotels »Waldhaus«, in seinen *Parva Aesthetica*. Spitzbuben sollen öfter Steinchen in den abgestellten roten Regenschirm des schnauzbärtigen Herrn Professors gefüllt haben, so dass der beim Aufklappen ein Geriesel eigener Art auslöste – sein mobiles Himmelsgewölbe schüttete Steinchen über ihm aus.

Vielleicht dürfen wir diesem lächerlichen Vorgang doch eine gewisse Bedeutung geben. Der Geschichte des Schirms haben wir entnommen, dass sein Dach ursprünglich ein kleiner Himmel war. Insofern könnte der Kieselregen aus dem aufgeklappten Schirm eine letzte Warnung gewesen sein: Pass auf, Nietzsche, wenn du das Gewölbe zum Einsturz bringst, wird es dich erschlagen.

Ob er den Wink beachtet hat?

Auch das wissen wir nicht. Aber wir wissen: Er kehrte nicht um, er ging weiter, trotz Regen, trotz Sturm, mit aufgespanntem Schirm, und dieser Schirm soll uns nun helfen, das Ungeheuerliche, das beim Stein von Surlej geschah, zu verstehen.

Erinnern wir uns: Seitdem der Mensch denkt, steht er in der Teilung. Für Parmenides war es eine Teilung in Sein und Nichts. Platon erkannte in der irdischen Realität einen Abglanz der Ideen, der wahren Wirklichkeit. Der heilige Augustinus und Thomas von Aquin stellten das Reich Gottes über jenes der Menschen. Kant stülpte das transzendentale Subjekt über das empirische.

Und selbst Hegel, der Sein und Bewusstsein in einem dialektischen Prozess einer absoluten Versöhnung entgegentrieb, ging vom uralten Grundglauben aus, vom Gegensatz der Werte. Teilung, dürfen wir sagen, war immer. An dieser Teilung nahm auch Nietzsche teil, der Wanderer im Sturm, doch war er der Erste, der sie in seine Eingeweide verlegte, in seine Existenz. Mit seinen Nüstern nach innen witternd, entdeckte er, dass die fundamentale Teilung nicht aus reiner Erkenntnis kommen kann, sondern umgekehrt: Unsere unreinen Triebe und Affekte haben ein Welt- und Denkgebäude erschaffen, worin wir uns selber eingesperrt haben, wie in ein Gefängnis, wie in eine Falle. Der Grund-Riss sind wir selbst. Ich bin der Grund-Riss. Aus meiner Unreinheit kommt der vermeintlich reine Überbau, aber eben, er kommt aus mir, aus dem Unreinen, und so ist alles, was Überbau ist, sei's bei Augustinus, Thomas, Hegel oder den Marxisten, nichts als Täuschung, Illusion, Wahn.

Und jetzt, lieber Schirm, musst du mir helfen. Lass mich bitte nicht im Regen stehen. Entfalte uns, was beim Stein von Surlej geschah. Eine erste Schirm-Entfaltung überlasse ich Jacques Derrida, dem Meisterdenker. Die zweite werde ich nietzscheanisch größenwahnsinnig selbst unternehmen.

Zuerst Derrida. Er unternimmt den Versuch, das »Schirmsymbol ›psychoanalytisch‹ zu enthüllen«, eine Operation, die dem Psychoanalyse-Erfinder Nietzsche völlig adäquat ist und, drastisch verkürzt, etwa so verläuft:

Derrida nimmt den Begriff »Wahrheit«, einen transzendentalen Begriff, und weist mit vielen Belegstellen nach, dass Wahrheit für Nietzsche ein Weib ist, ein weiblicher Schleier, ein weibliches Segel, das vom Triebreich, von den Affekten, getragen und aufgespannt wird. In diesem Zusammenhang zitiert Derrida Sigmund Freud: »Der Penis ist der normale Prototyp des Fetisch.« Natürlich steckt dieser Prototyp auch im Schirm, im Schirmstab, weshalb Derrida vorschlägt, ihn als den »hermaphroditischen Sporn eines schamhaft in seine Schleier verhüllten Phallus« anzusehen. So wird das Schirmsymbol für Derrida zum Bild eines aufgespießten Wahrheitsbegriffs. Der phallische Stab, sprich der Trieb, der Affekt, entfaltet und durchstößt eine ursprünglich transzendentale Wahrheit, die in Wahrheit ein Schleier ist, schwebende Oberfläche, ein defloriertes Hymen.

Derridas Zentral- und Stichwort habe ich Ihnen bereits genannt. Für ihn ist der Schirm ein »Mittelwesen«, schwebend zwischen Transzendenz und Immanenz, zwischen Himmel und Erde. So vereint er in »gespenstischer Schönheit«, wie Derrida sagt, beide Hälften, beide Welten. Das aber bedeutet: Indem der hermaphroditische Sporn sich enthüllt und den Schleier entfaltet, überwindet Nietzsche den in sich entdeckten Grund-Riss. Seine Wahrheit bildet zwar noch immer das Himmelsgewölbe ab, doch ist sie nicht mehr rein, im Gegenteil, sie wird onanistisch aufgespannt von eigener Hand, aus eigenem Trieb und Affekt, und entbirgt sich in ihrer Entfaltung als Schleier, als Enthüllung, als Defloration einer Illusion.

Jetzt der eigene Versuch. Was Derrida psychoanalytisch enthüllte, möchte ich mythisch verschleiern, und wie Derrida mit der Schirm-Entfaltung in den Kern, in den Riss von Nietzsches Denken vorstößt, hoffe ich mit einer Verschleierung, die Derrida nachahmt und ergänzt, andeuten zu können, was das Ungeheuerliche war, das sich beim Stein von Surlej ereignet hat.

In seinen Schriften beschwört Nietzsche immer wieder die Schlange und den Adler. Sie sind gleichsam seine Wappentiere. Das eine dieser beiden Tiere, die gebannte Schlange, steckt im Stab und im Griff, und so liegt die Vermutung nahe, dass im Schirmdach der Adler seine Flügel ausspannt.

Seit den Anfängen war es der Ehrgeiz der Schirmmacher, das Dach möglichst leicht zu konstruieren, leicht und stabil zugleich, aber auch elastisch, wind- und wettertauglich, weshalb die Schirmdächer früherer Zeiten ein Flügelskelett enthielten, ein Palmengezweig aus

Federkielen. Dieses Gezweig hat die moderne Schirmfabrikation, die dem Handwerklichen fast ganz entzogen ist, durch Drähte ersetzt, aber im Wort Kiel hat sich die schwebende Zugehörigkeit des Schirms zur Vogelwelt bis heute erhalten.

Meines Wissens war Jacques Derrida nie zu Gast im Hotel »Waldhaus« in Sils Maria. Er ist also nie, wie der fünfjährige Jürg Acklin oder der urlaubende Theodor Adorno, einem Hotelportier begegnet, der ihm sagen konnte, dass Nietzsches Regenschirm rot war. Schade, sehr schade, denn das blutrote Dach hätte sich gut in Derridas Schleier-Interpretation eingefügt. Aber auch unsere Interpretation wird durch die Blutfarbe bestätigt. Der Adlerflügel ist aufgespießt. Die Schwinge blutet. Ja, in diesem »Mittelwesen«, das aus der erstarrten Schlange und dem ausgespannten Adlerflügel zusammengesetzt ist, vollzieht sich ein Sterben, das sich mit jedem Aufklappen des Schirmdachs wiederholt. Aischylos fasst das Sterben des Adlers an der Schlange in diese Worte: »So, sprach der Adler, als er an dem Pfeil, der seine Schwinge durchbohrte, das Blut erblickte, so sind wir keinem andern erlegen als der eigenen Schwinge.«

Was für ein Adlerwort, und wahrhaftig, es ist das Nietzschewort, es ist das Wort für das ungeheuerliche Geschehen beim Stein von Surlej, es ist der Aufsturz in das Land Zarathustras.

Noch einmal ein kleiner Sprung zurück.

Nachdem Nietzsche den Überbau, die Oberwelt, das

Transzendente als eine aus den eigenen Affekten entsprungene Illusion erkannt hatte, war er dabei, eine Umwertung der Werte vorzunehmen. Was bisher rein war, die Idee Gottes oder einer höheren Wahrheit, war nun unrein. Und was bisher unrein war, etwa der Egoismus oder die Lüge, kam ihm auf einmal rein vor, das war seinen Eingeweiden gemäß, das empfand er als natürlich. Damit, wie gesagt, hatte er der Philosophie einen neuen Kontinent erschlossen, den Menschen mit seinen Trieben, seinen Lüsten und Schmerzen, sich selbst, Friedrich Nietzsche. Aber bis zu diesem Moment war die fundamentale Teilung noch nicht aufgehoben. Im Gegenteil: Zwischen Rein und Unrein, zwischen Wahr und Falsch, zwischen Gut und Böse verlief noch immer die alte Grenze, nur verlief sie jetzt in ihm selbst, im philosophischen Tier. Das heißt: bis zu diesem Punkt hat er *nach*gedacht, er war hinter dem Denken her. Er wertete zwar um, aber die Umwertung ging vom alten Grundglauben aus, vom »Grundglauben an die Gegensätze der Werthe«. Jetzt geschieht das Neue. Beim Stein von Surlej vollzieht sich die *totale* Umwertung. In diesem Moment, schreibt Nietzsche später, sei etwas geschehen, das ihn »im Tiefsten erschüttert und umgeworfen« habe. Er denkt nicht mehr nach, nein, der Gedanke stürzt aus eigener Kraft auf den Wanderer ein und spricht: In dir, Friedrich Nietzsche, ist die uralte Trennung aufgehoben. In dir gibt es keine Grenze mehr, keine Teilung in eine Götter- und Menschenwelt. Du bist wahrhaft ein

In-dividuum, ein ungeteiltes Wesen, aber das hat Konsequenzen, mein Lieber. Du bist ein Diesseits, das ein Jenseits ist, du bist ein Jenseits, das ein Diesseits ist. Gott ist tot, in dir gestorben. Die Seele ist tot, in dir verfault. Du bist erlegen. Du bist erlegen der eigenen Schwinge, aber du fliegst noch, dein Flügel rauscht, du bist ein lebender Toter. Ja, Friedrich Nietzsche, dein roter Schirm, an dem der Sturmwind von Maloja reißt, enthüllt deine fatale Lage, dein ungeheuerliches Schicksal, deine Schicksalshaftigkeit für die gesamte Menschheit: Du sagst deinen Tod aus und musst dieser Aussage die Tatsache entnehmen, dass dein Totsein Leben ist, ein Nachleben, eine irdische Ewigkeit, die Wiederkehr des ewig Gleichen.

Zweite Abschweifung, wieder mit Kater Mufti.

Nachdem Mufti das Revier zwischen Sihlsee-Ufer und Waldrand kennengelernt hatte, kehrte er die Rollen um. Nun pflegte *er* vorauszutigern, und ich spazierte hinter ihm her. Die Wanderung begann ungefähr eine Stunde vor der Dämmerung. Mufti stieß mich mit seiner Schnauze an oder maunzte, bis ich den Schirm ergriff, dann zog er los, ab in den Wald, und wenn ich jemals im Leben einen konsequenten Lehrer hatte, dann war es dieser Kater. Er führte mich in das Geheimnis der Wiederholung ein. Er lehrte mich, wieder und immer wieder denselben Weg zu gehen. Er, der Schweifträger, erlaubte sich Abschweifungen nur dann, wenn Gefahr drohte, und wie ich bald merkte, wurde die täglich wiederholte Strecke durch die Wiederholung nicht langweiliger, vielmehr spannender von Gang zu Gang. Denn jeder Punkt, der angepeilt und kurz beschnuppert wurde, teilte nicht nur seinen gegenwärtigen Zustand mit, sondern auch das, was sich von gestern auf heute an ihm verändert hatte. Auf den bemoosten Baumstrunk war über Nacht ein welkes Blatt gefallen, und während wir es betrachteten, wohl wissend, dass es der Wind morgen weggeweht haben würde, fiel uns zudem noch ein, dass die Ameisen, die hier einen ganzen Sommer lang eine Heerstraße unterhalten hatten, seit drei Tagen verschwunden waren. Mit anderen Worten: Da wir dem Baumstrunk Tag für Tag begegneten, entbarg er uns sein Leben, seine Geschichte, und so wurden wir beide, Mufti und ich, auf diesen Gängen so müde, wie ich sonst nur in Ausstellungen müde werde, auf Gängen durch Museen. Woher kommt sie, die Museumsmüdigkeit? Ein Bild oder eine Statue enthält konzentrierte Zeit. Picasso malt eine Frau von verschiedenen Seiten, mit mehreren Gesichtern, also müssten wir jahrelang mit dieser Frau leben, immer wieder um sie herum gehen, sie kniend anbeten oder von oben herab verachten, bis wir nur annähernd so viel von ihr wüssten, wie uns Picasso auf einer einzigen Leinwand zeigt. Picasso setzt uns ins Bild. Das Bild nimmt uns wahr. In wenigen Minuten sind wir einer Konzentration ausgesetzt, die wir im Alltag nie oder nur selten erleben, weshalb man beim Schauen und Staunen so müde wird, als hätte man eine gewaltige Leistung vollbracht. Kamen Mufti und ich nach Hause, stellte ich den Schirm in die Ecke, und Kater Mufti, indem er sich zu einem Schläfchen einrollte, legte den Schwanz um sein Schnäuzchen; Ende der Abschweifung.

Friedrich Nietzsche wanderte mit dem Regenschirm weiter, vom Engadin nach Italien, von Italien wieder ins Engadin, ein Buch folgte auf das andere, er schrieb *Jenseits von Gut und Böse* und *Also sprach Zarathustra*, sein Augenlicht nahm ab, sein Gang wurde zum Lauf, zum Sturmlauf, einsamer verzweifelter heimatloser von Jahr zu Jahr ging Nietzsche dahin.

Bei Surlej ist ihm wie ein Blitz der Gedanke gekommen, dass es eine Grenze zwischen den beiden Welten nicht gibt, dass die vermeintliche Oberwelt und unsere Unterwelt dasselbe sind. Deshalb bezeichnet sich Nietzsche als ersten Nihilisten. Die Heimat der Seele ist verloren, das einstmals göttliche Sein ist nun eine trostlose Umgebung, die nur der auszuhalten vermag, der sich seinen Seelentod eingesteht und trotzdem weiterexistiert. Er existiert in der Leere. Ek-sistere, sagt Heidegger, ist das Hinausstehen in die Nacht des Nichts. Es ist ein einsames Stehen. Es ist eine Postexistenz, ein Nach-Leben im tragischen Bewusstsein, dass die Götter gefallen sind und dass der Mensch seine Seele ausgehaucht hat. »So, sprach der Adler, als er an dem Pfeil, der seine Schwinge durchbohrte, das Blut erblickte, so sind wir keinem andern erlegen als der eigenen Schwinge.« Aber eben, der Flügel rauscht noch, und die irdische Welt bleibt bestehen, wie ein Museum, worin wir Nach- oder Übermenschen, wir Pseudogötter das Götterspiel, das Schöpfungsgeschehen, wiederholen müssen: indem wir uns selber erschaffen. »Werde der, der du bist«, sagt Zarathustra. Verwirkliche dich selbst, sagen Therapeuten. In den meisten Fällen haben sie keine Ahnung, was sie damit sagen. Nietzsche hat es gewusst. Du entdeckst dich selbst als himmellosen Engel, als eine einsame Gestalt, die, friedlos und immer unbefriedigt, von animalischen Trieben dazu verführt wird, illusionäre Heimaten zu schaffen.

Es muss mit aller Deutlichkeit gesagt werden: Nietzsches Wille zur Macht oder sein Übermensch waren nie, nicht in einem einzigen Satz, ein politisches oder gar ein rassisches Programm. Der Übermensch als blonder, blauäugiger Germane – das hat mit Nietzsches Denken nicht das Geringste zu tun. Nein, der Übermensch ist der Untote, der den Willen und die Macht hat, weiterzuexistieren in der entgötterten Welt. Es ist ein atemloses Existieren, nun wirft Nietzsche wie wild mit Büchern und Sätzen um sich. Er verhöhnt die Religion als »Karneval großen Stils«, als »höchsten Blödsinn«, und er klagt zugleich: »Weh dem, der keine Heimat hat.« Er kann sich, wie Heidegger sagt, aus der Geschichte der Metaphysik nicht herauswinden. Er wird zum Borderliner der Transzendenz. Sein Hohn beschwört den toten Gott inbrünstiger als der frömmste Gläubige, das heißt: Er kommt vom Kreuz nicht los. Er trägt es vor sich her. Nietzsches roter Regenschirm, meine Damen und Herren, ist ein Kreuz, bestehend aus dem Schlangenstab und dem ewig verblutenden Adlerflügel, und es ist zugleich die Parodie des Kreuzes, seine aristophanische Verspottung, nämlich ein frivoles Theaterrequisit, das das einstmals Heilige Zeichen herunterholt zum Fetisch, zu einem enthüllten, in sein Hymen verspießten Schwanz.

Eine Anmerkung: Inzwischen hat sogar dieses Phalluszeichen abgedankt. Wie die Kreuze fallen, fallen auch die Schirme. Der Sonnen- und Regenschutz ist auf der reinen Nützlichkeitsebene gelandet. Der Schirm hat nach einer mehrtausendjährigen Geschichte sein Ende erreicht. Er begann als Nachahmung des Pagodendachs in China, als Nachahmung der Palme in Ägypten. Er wurde zum mobilen Bürgertempel. Und heute? Heute ist der Schirm wie ein dementer Greis auf seine Lall- und Kriechstufe zurückgefallen. Er wurde zum Knirps. Kein gerundeter Griff mehr, die Stange teleskopierbar, wird hauptsächlich von Frauen benutzt und hat in einer Handtasche Platz. Ende der Anmerkung.

Meine Damen und Herren, wir nähern uns Turin, der letzten Station.

Erich Heller weist in einem grandiosen Essay nach, dass Rilke Nietzsches Übermenschen im Engel gestaltet hat. »Jeder Engel ist schrecklich«, heißt es in den *Duineser Elegien*, und er ist deshalb schrecklich, weil er schrecklich lächerlich ist, nämlich ein Engel ohne Himmel, ein Post- oder Nach-Engel. In der letzten Strophe seines letzten Gedichts dichtet Rilke: »Über dem Nirgendssein spannt sich das Überall.« Ein Adlerwort, ein Nietzschewort. Wenn der »Grundglaube der Metaphysiker an die Gegensätze der Werthe« aufgehoben ist, wenn sich über der irdischen Welt keine überirdische mehr wölbt, spannt sich das Überall über das Nirgendssein. Gewiss, die Falle ist offen, die Teilung ist aufgehoben, aber das heißt in der brutalen Konsequenz, dass der Engel ohne Himmel und der Mensch ohne Seele ist, und es heißt auch, mit Heidegger gesagt: dass sich mit der Ent-Fernung der Grenze zwar die Ferne entfernt hat, aber nicht die Metaphysik – der Prozess des Entfernens gehört noch immer zu ihrer Geschichte. Denn solange wir von der Teilung reden, solange bleibt sie da, solange sind die Teile noch wirksam, und es ist eine gefährliche Wirksamkeit, gefährlich insofern, als die Teile, die nach wie vor in die Mitteilung drängen, im Überall oder Nirgendssein verschwunden sind. In *Jenseits von Gut und Böse* definiert Nietzsche diese Gegend als »gefährliches Vielleicht«, und natürlich war es dem Wanderer zwischen dem Stein von Surlej und der Turiner Piazza stets bewusst, dass es verdammt schwierig ist, ausgerechnet im Vielleicht sich selbst finden zu müssen, ausgerechnet im Ungespurten eine pseudogöttliche Selbstschöpfung hinzukriegen. Wieder mit Heidegger: Es ist das verzweifelte Hinausstehen in die Nacht des Nichts. Unbeschirmte Schirmexistenz.

Ich vermute, dass Nietzsche versucht hat, zur alten

Teilung zurückzukehren. Um den Urgrund der Teilung in sich selbst *wieder*zufinden, war er bereit, zugrunde zu gehen. Aber wie soll einer zugrunde gehen, wenn er schon tot ist? Die absolute Gewissheit, die ihn beim Stein von Surlej überfallen und umgeworfen hatte, ließ sich nie mehr wegdenken. Es war the point of no return. Das Individuum kennt keine Kernspaltung. Also blieb ihm nur eines: Er musste sein Programm mit letzter Konsequenz ausleben und jene Werte, die er als rein, als natürlich erkannt hatte, voll und ganz in die Tat umsetzen. Ohne Scham. Ohne Hemmung. Ohne das, was man bürgerlichen Anstand oder christliche Moral nannte. So schrieb er *Ecce homo. Wie man wird, was man ist* und gab darin seinen Trieben freien Lauf. Die Kapitel-Überschriften lauten: »Warum ich so weise bin.« »Warum ich so klug bin.« »Warum ich so gute Bücher schreibe.« Und schließlich: »Warum ich ein Schicksal bin.« Die letzten beiden Kapitel blieben ungeschrieben, er konnte sie nur noch entwerfen, nur noch leben, ihre Titel sind Fanfarenstöße: »Kriegserklärung« und: »Der Hammer redet«. Im Herbst 1888 hat Nietzsche Turin erreicht. Täglich rennt er mit dem roten Schirm durch die Stadt und den Po entlang, und liest man die Briefe aus jener Zeit, stellt man fest, dass er fast erblindet sein muss. Die Beschreibung von Stadt und Leuten bleibt abstrakt, die Farben verklären sich, und jede Musik, sogar das dumpfe Geschmetter einer Blaskapelle, wird ihm zu einem Ereignis, das ihn zu Tränen rührt. Wie seinerzeit, vor sieben Jahren, im ersten Silser Sommer, bahnt sich im Turiner Herbst etwas an, das ihn überfallen und umwerfen und vielleicht sogar erlösen wird. Auf einmal erfasst ihn eine große Heiterkeit, eine Art Rausch – es muss ein ähnlicher Rausch gewesen sein, wie ihn Rilke erlebte, als er die *Duineser Elegien* schrieb. Beiden, dem Denker Nietzsche und dem Dichter Rilke, widerfährt in der Verzweiflung das Glück, dass der Verlust der Grenze auch ein Gewinn ist. Wenn es keine Teilung mehr gibt, wird man eins mit der Wirklichkeit, mit der der Welt. »Und dabei wird mir immer klarer«, schreibt Rilke (ich zitiere nach Erich Heller), »daß ich gar nicht von den Dingen rede, sondern davon, was ich durch sie geworden bin.« Denken Fühlen Schauen Staunen Dinge Welt alles eins. »Alle Dinge«, heißt es im *Zarathustra*, »kommen liebkosend zu deiner Rede.« Bei Rilke wird »Gesang« zum »Dasein«, Dasein zum Gesang. Keine Teilung mehr, keine Grenze: »Der Abgrund«, singt Rilke, ist verwoben in »das geflügelte Entzücken«.

Gestatten Sie mir, da wir am Ende angelangt sind, eine kurze Rückschau. Nietzsche witterte in sich, im »philosophischen Thier«, die fundamentale Teilung des abendländischen Denkens – das war die erste Station. Am Stein von Surlej wurde ihm der Blitzgedanke zuteil, dass er wirklich und wahrhaftig ein In-dividuum ist, nämlich ein Wesen, das nicht in Leib und Seele geteilt, sondern eins ist. Damit war Gott tot, die alte Heimat verloren, er aber, der Über- und Nachmensch, musste im Unbegrenzten, im »gefährlichen Vielleicht«, weiterexistieren – das war die zweite Station. Und die dritte?

Im Mai 1998 hatte ich auf der Brücke über dem Sihlsee einen Autounfall. Ich kroch aus dem Wrack und schleppte mich ans Ufer. In meiner Schläfe steckte ein Zacken aus der Frontscheibe, ein gläsernes Horn – ich blutete wie ein Schwein. Von meinen acht Litern, stellte sich später heraus, habe ich fast die Hälfte verloren. Mein Hautsack floss aus. Am Dorfrand erreichte ich mit versiegender Kraft ein Mehrfamilienhaus, wo ich sämtliche Klingeln drückte – vergeblich, es war zwei Uhr nachts, die Welt schlief. Ich gab auf, wankte zum nahen Friedhof und setzte mich an dessen Mauer zum Sterben hin. Ich hatte stets befürchtet, in meinen letzten Minuten von religiösen Ängsten aus Kinderzeiten eingeholt zu werden. Aber was ich jetzt erlebte, war nicht Angst, es war die pure Freude, eine absolute Hochstimmung, denn die Dinge luden sich auf, sie begannen zu leuchten und gewannen eine Prägnanz, wie ich sie noch nie gesehen hatte. Ein weißer Straßenpfosten zeigte sich als ideale Form. Ich berührte das taunasse Gras und fragte mich, warum ich nicht mein ganzes Leben auf einer Wiese verbracht hatte. Der schwarz glänzende Sihlsee rührte mich zu Tränen. Das hässliche Mehrfamilienhaus, wo ich vorhin geklingelt hatte, verwandelte sich in ein Schloss. Und erst die Sterne! Die Nacht! Der Himmel! Die laue, süße Maienluft! Danke, Kater Mufti! Danke, Friedrich Nietzsche! So beschränkt er war, euer

Schüler, zuletzt ist ihm alles klar. Er weiß, was geschieht, und er sieht, was geschieht, und er lebt, was geschieht. Die Dinge offenbaren sich, und mein Staunen ist so groß, die Erschöpfung so total, dass es mich auf Flügeln hinüberzieht in den ewigen Schlaf. Die Ränder verfließen – mein brechendes Auge und die Sterne und die Dinge sind nun eins und alles. Die Schöpfung nimmt mich auf, nimmt mich wahr, holt mich heim. Keine Grenze mehr, keine Teilung, »der Abgrund verwoben in sein schwebendes Entzücken«.

Manche sagen, es geschah am 28. Dezember 1888; andere sagen, es geschah am 3. Januar 89. Vielleicht geschah es am 1. Januar, da ein Erdbeben Turin erschüttert hat – wir wissen es nicht. Einige sagen, es geschah am Morgen, andere: am Abend. Verbürgt ist, dass es geschah und wo es geschah. Auf der Piazza Carlo Alberto. Mit dem roten Regenschirm kam Nietzsche von der einen Seite, von der andern wankte ein Pferd heran, es war vor einen schweren Karren gespannt, drohte zusammenzubrechen und wurde vom wütenden Kutscher mit der Peitsche geschlagen. Ich zitiere aus dem Bericht eines Zeugen: »Ein mit Gemüse vollgeladener Wagen fuhr vorbei, gezogen vom Schatten eines wundenübersäten, ausgemergelten Kleppers. Nietzsche warf sich dem Klepper weinend an den Hals, küsste ihn und nannte ihn ›Bruder‹!«

Das philosophische Thier, dessen Nüstern nach innen witterten, presste seine Lippen an die Nüstern eines Pferdes, das zusammenbrach. Außen war innen, innen außen, der tiefste Schmerz die höchste Lust, Gott Mensch Thier Kuss aus.

Aus. Ende. Das Nach- und Fortleben des Verblödeten erfolgte zuerst im klösterlich geordneten Tagesablauf von psychiatrischen Anstalten, dann zu Hause, bei Mutter und Schwester. Seine letzte Schrift hatte er auf eigene Kosten in vierzig Exemplaren drucken lassen. Über die Tatsache, dass er nun weltberühmt wurde, ein Bestsellerautor, war er göttlich entrückt. Gefressen habe er wie ein Tier, wird berichtet. Mit einem Kamm strich ihm die Mutter die Speisereste aus dem Schnurrbart. Keine Worte mehr. Lall- und Kriechstufe. Regression in den Knirps. Wiederkehr des ewig Gleichen. Manchmal haben ihn die Mutter und die Schwester ausgestellt – wie eine atmende Museumsfigur. Die Größen des Reiches kamen, um ihn zu beschauen. Sie wandten sich schaudernd ab, manche mit Tränen.

Wohin gehört sein Schirmsatz? Warum steht er in Anführungszeichen? Wir wissen es nicht. Ich vermute, es ist einer seiner letzten Sätze. Wer sich einem Pferd an den Hals wirft, lässt den Schirm fallen. So wird er auf der Piazza Carlo Alberto liegengeblieben sein – ein vergessenes Requisit, dessen blutrote Färbung offenlässt, ob es eine Tragödie war oder eine Komödie. Vielleicht hat sich Nietzsche an dieses Requisit irgendwann erinnert, vielleicht auf der Fahrt in den Norden, in die Anstalt, nach Hause. Er hat sich in Anführungszeichen daran erinnert. Einem Gott in Anführungszeichen ist in der Umnachtung ein Satz aus seiner Rolle eingefallen: »Ich habe meinen Regenschirm vergessen.«

Eine abschließende Anmerkung. In jener Unfallnacht habe ich an der Friedhofsmauer im höchsten Glücksmoment das Bewusstsein verloren. So erfuhr ich erst hinterher, dass mein Klingeln ein Baby geweckt hatte. Es begann zu weinen, die Mutter nahm es aus der Wiege und trat ins offene Fenster, um ihm die Brust zu geben. Da erblickte sie unten auf der Straße eine im Laternenlicht funkelnde Blutspur. Die Frau war die Tochter eines Försters. Ihr Mann war Metzger. Die Frau weckte ihn und sagte: Da muss irgendwo ein verletztes Tier liegen. Der Metzger nahm ein Messer, verließ das Haus und folgte der Blutspur, um das Tier abzutun.

Als Knabe habe ich gesungen: »Maria, breit den Mantel aus, mach Schirm und Schild für uns daraus«. Weder den Metzger, der mit gezücktem Messer auf mich zukam, noch die Madonna und ihr Kind im Fenster des Prachtschlosses habe ich gesehen. Vielleicht, ein schönes Vielleicht, sind wir beschirmter, als wir ahnen.

2011

Abendspaziergang mit dem Kater

Auszug aus der Essaysammlung

Es war im späten August. Die Blumen rochen stärker, die Wespen surrten lauter, betrunken gaukelten Schmetterlinge durch die Luft, und an den Abenden, wenn der Kater und ich unseren Spaziergang machten, lag mit einer müden Sonne schon der Herbst in der Luft. Hie und da unternahm ich kleine Reisen, und kaum hatte ich meinen Pass parat gelegt oder die Tasche hervorgeholt, wurde der Kater schwermütig. Wir gehörten doch zusammen, signalisierte er mir, du gibst mir meine Portion Brekkies Turkey & Chicken, ich bringe dir Mäuse aus dem Wald. Am Tag vor meiner Abreise schnitt er mich, und es nutzte nichts, dass ich meine Reisevorbereitungen tarnte – lag ein Abschied in der Luft, verkroch er sich im Wald. Bei meiner Rückkehr schnitt er mich dann erst recht, nun zur Strafe. Statt mich zu begrüßen, drehte er ab, mit gerecktem Schweif: Leck mich! Ich schüttelte die Schachtel mit den Brekkies, der Schweif verlor die stolze Haltung, der Kater drehte in Zeitlupe den Kopf und sah mich über seinen langen Rücken mit den starr glühenden Augen an. Ich, als wäre ich der kleine Muck, servierte ihm das Mahl. Er, mich erneut ignorierend, begann mit seiner Waschung. Irgendwann in der Nacht hörte ich es knacken – der Kater war alt geworden, und es fiel ihm schwer, mit den paar letzten Zähnen das begehrte Futter zu kauen. Lag ein Abschied für immer in der Luft?

Den Abendspaziergang machten wir stets gemeinsam, aber oft war er allein unterwegs, und kam er zurück, sprang er auf meinen Schreibtisch, unter meine Nase, um mir mitzuteilen, wo er sich herumgetrieben hatte. Roch sein Fell nach Erde und Harz, war er durch den Wald getigert; stank's nach Jauche oder Kuhstall, hatte er die Katzen auf dem benachbarten Bauernhof besucht; war der Pelz kühl und etwas feucht, kam er vom Forellenfischen am Bergbach.

Es war ein Nachmittag Ende September. Meine Frau, eine Schauspielerin, war früh aus der Stadt gekommen und hatte vor, am freien Abend ihr Pferd zu bewegen. Sie zog sich um, dann hörte ich sie in ihren Reitstiefeln die Treppe hinuntereilen und im Range Rover über Land davonbrausen.

Plötzlich hatte ich den Kater auf dem Pult, unter der Nase – und stutzte. Parfüm? Ja, Parfüm! Als sie sich schön gemacht hatte, war der Kater um ihre Beine gestrichen und musste einen silbrigen Sprühregen abbekommen haben. Im Augenblick war mir alles klar. Pferde mögen kein Parfüm – deshalb geht eine Reiterin niemals gepudert, geschminkt und mit Chanel besprayt in den Stall …

Später saß ich, ein Glas Whisky in der Hand, im Ohrensessel; der Kater lag in seiner gesamten Länge auf der Armlehne, die Vorderpfoten ins Polster gekrallt, sanft den Schweif hin und her schwingend. »Liebling«, fragte ich lächelnd, »betrügst du mich?«

Wir waren seit bald zwanzig Jahren zusammen. Es war Liebe auf den ersten Blick gewesen. Die, hatte ich damals gedacht, keine andere, sie ist es. Jetzt sank sie im Reitdress auf einen Stuhl.

»Du bist mir nachgeschlichen!«

»Nein. Wir waren die ganze Zeit hier. Man hat mich informiert.«

»Dieses Miststück!«, rief sie.

»Wen meinst du?«

»Claire! Die soll mich kennenlernen.«

Meine Frau griff zum Handy, um ihre beste Freundin des Verrats zu bezichtigen, und wir, mein Informant und ich, verließen das Haus. Der Dunst, der über den tiefer gelegenen Wiesen schwamm, sah im Vollmond aus wie Puderstaub. »Sei unbesorgt«, flüsterte ich dem Kater zu, »ich werde meine Quelle schützen.«

Am nächsten Abend gingen wir wieder unseren Weg, vorbei am Fuchsbau, am Baumstrunk, am Ameisenhügel und weiter oben zum steilrechten Felsen, an dessen Fuß ein schwarzmodriger Laubteppich lag. Hier hatte der Kater vor Jahr und Tag im auslaufenden Winter eine allererste, winzige, hellgrüne Knospe und darin den Frühling entdeckt, den Frühling und die Wiederkehr des Ewiggleichen. Jetzt wurde es Herbst, bald würde es schneien. Wie konnte ich es dem Kater sagen? Ich würde verreisen, diesmal für immer, und da er hier alt geworden war, konnte ich ihn nicht mitnehmen.

Als ich drei große Koffer packte, reagierte er zu meinem Erstaunen kaum, alles war wie immer, sogar am letzten Abend – er stupfte mich mit seiner Schnauze an, ich riss das leere Blatt aus der Walze der Schreibmaschine und deckte sie mit der schwarzen Gummihülle zu. Auch sie würde ich hierlassen, wie den Kater. Als es einnachtete, kehrten wir zurück, beide müde und hungrig. Brekkies? Natürlich, alter Knabe!

Er zog sich zurück, um sich ausgiebig zu putzen. Ich legte mich hin, hielt das Ohr an die Stille und wartete darauf, dass er knackend zu fressen begann. Ich wartete vergeblich. Am nächsten Morgen ersparte er mir den Abschied – ich sah ihn nicht mehr, nie mehr.

Viele Jahre später traf ich zufällig den Förster und erfuhr von ihm, dass er im Frühling nach meinem Wegzug oben im Bergwald ein Häufchen abgenagter Knochen entdeckt habe. Vielleicht, ein schönes Vielleicht, war der Kater zum Sterben an den Fuß des Felsens gekrochen, wo er seinerzeit, auf einem unserer frühen Gänge, die allererste, winzige, hellgrüne Knospe entdeckt hatte.

2020

VIII. LEBEN AUS DEM KOFFER

In der zweiten Lebenshälfte führt Thomas Hürlimann ein Wanderleben: Er ist Visiting Professor in Dartmouth, Dozent am Literaturinstitut in Leipzig und lässt sich schließlich wieder in Berlin nieder, wo er an seine Studentenzeit anknüpft.

Kreuzberg

Auszug aus der Novelle
(Toblers Abstieg)

Als Berlin in zwei Stadthälften geteilt und die eine Hälfte, die westliche, von einer Tag und Nacht überwachten Mauer umschlossen war, erstreckte sich am Rand der Weststadt ein Bezirk, der, obzwar er keine auffällige Erhebung vorzuweisen hatte, den Namen Kreuzberg trug.

Tobler, ein junger Mann, reiste nach seiner Matura, die er in einer Schweizer Klosterschule absolviert hatte, mit einem Koffer in die ummauerte Stadt. Er studierte mal dies, mal das, die Semester kamen und gingen, Moden flammten auf und erloschen, und allmählich, ganz allmählich, spülte es Tobler aus der City hinaus, in Wohnungen, dann in Kellerzimmer hinab, die enger wurden von Klippe zu Klippe, dunkler, billiger. Ihm war es recht so. Jede Generation, schrieb er in sein Notizbuch, sei die Korrektur ihrer Vorfahren. Folglich bleibe ihm, dem Sohn aus gutem Hause, nichts anderes übrig als der Abstieg, das langsame Verkommen in der Gosse. Das wurde mit einem silbernen Stift geschrieben, und sei's, dass der Scheck aus der Heimat schließlich ausblieb, sei's, dass er seine Verarmung vor sich selbst darstellen wollte – Tobler suchte ein Leihhaus auf, versetzte den Stift und einen Ring. Sein Notizbuch, das er bisher wie seinen Augapfel gehütet hatte, warf er von einer Brücke in den Kanal. Was jetzt? Wie weiter? Tobler hatte keine Ahnung. Das Notizbuch sank im rostigbraunen Wasser langsam ab.

Eines Nachmittags saß er am Schlesischen Tor als einziger Passagier in der U-Bahn. Der Lautsprecher rief scheppernd, hier ende der Zug. Wie der Deckaufbau eines gestrandeten Ozeandampfers hing die Station hoch über der Straße. Tobler steckte sich an der Reling eine Zigarette an. Bald war er 25 Jahre alt. Er hatte viel zu viel Zeit und kein Ziel, und er verließ nun, den Mantelkragen hochgeschlagen, das Bahndeck, um durch ein gekacheltes Treppenhaus abzusteigen in die Straßen dieses abgelegenen Quartiers. Noch lange flügelte in seinem Rücken eine Pendeltür. Fette Tauben ließen ein verwürgtes Gurren hören. Diese graue, topfebene Gegend hieß Kreuzberg und lag unterhalb einer Untergrundbahn. Mit ihren lichternden Waggonfenstern schellerte sie über die Eisenbrücke davon, Richtung City, wo sie dann in den Tunnel schloff. Tobler, die Hände in seine Manteltaschen gestopft, folgte ein paar letzten Passanten in den Abend hinein. Brenzlig roch's; hier heizte man mit Kohle oder Briketts. Laternen wuchsen schief aus dem Asphalt – gusseiserne Pfosten, die in den mit blauer Dämmerung gefüllten Glashauben ein Flämmchen zischen ließen. Die Straße: eine Sackgasse. Eine geschlossene Kirche, und dann, lange sich hinziehend, eine Fabrikfassade mit zerschlagenen Fensterscheiben – Sterne aus lauter Leere und einer kalten, kellrig riechenden Finsternis. Es war eigenartig: Man vermisste hier, am äußersten Rand der westlichen Welt, nicht die Lichter. Man vermisste nicht das Leben der City, die fern ein dumpfes Mahlgeräusch war, von Sirenen immer wieder zerschrillt. Nein, in diesem dunklen, am eisernen Vorhang auflaufenden Bezirk vermisste man das Fallen des Schnees, das Herabflittern der Flocken aus dem rötlich grauen Himmel. Wie ein Hafen bei Ebbe, wenn alle Schiffe im Morast stecken und das leere Becken seine Kanalisationsrohre enthüllt, so lag SO 36, Kreuzbergs Südosten, in dieser Februarnacht in einem Winter ganz ohne Schnee.

Tobler, immer der Grenzmauer folgend, war eine Nacht lang durch die Höhlen der südöstlichen Quartiere gezogen. Er trank Bier und Korn, dann Wodka, dann Cola-Bacardi. Mal roch es säuerlich nach Schweiß, mal süßlich nach Marihuana. Er fühlte sich absolut großartig und absolut minderwertig. Er träumte davon, unter den Augen der Suhrkamp-Leute sein Notizbuch aus dem Kanal zu fischen. Nennt es Treibgut, würde er bescheiden sagen, macht damit, was ihr wollt. Er schlug die Faust gegen seine Stirn, Quatsch, rief er, alles Quatsch. Er schwor sich, morgen früh mit dem Abschluss seiner Studien anzufangen, und hatte nach einem weiteren Glas vergessen, was er im Hauptfach belegt hatte, Philosophie oder Theaterwissenschaften. Am frühen Morgen traf er drei Säuferinnen, die, wie sie versicherten, früher als Backing Vocals für Iwan Rebroff gesungen hatten. Sie kämen, riefen die drei, mit ihren Stimmen höher hinauf und tiefer hinab als Iwan, und überhaupt, sagten sie, sei der Iwan ein Arschloch. Als sie aus einem tiefen Bass in die höchsten Töne hinauftrillerten, warf sich Tobler der Dicksten an den Hals. Auch er, sagte er unter Tränen, sei ex-in spe.

Der Boden der Kneipe befand sich mehrere schiefe Stufen unter der Straßenhöhe. Hier wollte er ein letztes Bierchen trinken. Er war fertig, und wie, und wusste doch, dass aus diesem Abgrund der Trostlosigkeit schon bald und so steil wie nie zuvor ein Gipfel seiner Großartigkeit aufschießen würde. Mit beiden Händen führte er das Glas an die brennenden Lippen.

Er trank nach dem letzten noch ein allerletztes Bier. Wo sollte er hin? Zur Universität. In diesem Zustand? Ich bin gut, murmelte Tobler, sehr gut, Strandgut.

Hatte er geschlafen? Tobler hatte eine Zunge aus Schmirgelpapier, seine Augen waren geschwollen, und das schräge Licht, das hoch über seinem Kopf von draußen hereinstrahlte, goss ihm Schmerzwellen unter die Schädeldecke. Ging draußen jemand vorbei, wurde der Strahl wie von Scheren zerschnitten. Schattenbeine, Lichtblitze. Ekelhaftes Lokal, dachte Tobler.

1989

Die Lebensflasche

Aus »Die Weltwoche«, 06. 10. 1994

In den Jahren nach 1968 vollzog sich in Westberlin ein seltsamer Prozess. Die geteilte Stadt inszenierte in ihren Mauern eine zweite Teilung. Tagsüber wurde die Welt erhellt, nachts wurde sie verdunkelt. Tagsüber waren überall Gipser und Maler am Werk, und sämtliche Wohnungen, ob groß oder klein, präsentierten sich miteins in jenem Weiß, das durch Botho Strauß zum Zeichen einer neuen Ästhetik werden sollte. Die Aufklärung, im Wortsinn, triumphierte. Hegel steckte den Gang der Geschichte ab, Freud leuchtete die Seelen aus, Marx erklärte das Kapital und die Gesellschaft, kurz: Die Köpfe wurden klar, die Verhältnisse erhellt, die Räume weiß. Aber seltsam! Kaum brach die Nacht herein, begannen sich die Neonsäle der Analyse und die frisch geweißelten Wohnungen zu leeren, ein Licht nach dem andern erlosch, und durch dunkle, von Gaslaternen leis bezischte Straßenschluchten strebten eilige Schatten ihren nächtigen Stationen zu. Sie hießen »Wohnzimmer«, »Jodelkeller«, »Nulpe«, »LSX« oder »Delirium«. Sie waren mit Mobiliar vom Sperrmüll vollgerümpelt, Kerzen flackerten, Musik dröhnte, und hatte sich die Höhle gegen

Mitternacht gefüllt, war der Rauch so dick geworden, dass die schwitzenden Gesichter darin verschwammen, die einen diskutierend, andere schmusend, schweigend, träumend schon, WISH YOU WERE HERE, die Musik wurde leiser, der Lärm verebbte, die Kerzen verglommen, und wie in einer Tauchglocke, deren Seil gerissen ist, schaukelten wir letzten Gäste tief und tiefer hinab. Die rational erfasste Welt wurde zur Oberfläche, das Dunkel wurde dichter, die Verwandlung begann.

Als Buben waren wir Ministranten und fromm. Alles hatte seine Ordnung, und diese war von Gott, nicht von den Menschen gemacht. Im linken Kirchenschiff waren die Frauen versammelt, im rechten die Männer, der Priester jedoch, am Altar stehend und über das Volk erhöht, herrschte über beide Welten – er verwandelte den Wein in das Blut des Herrn.

Die katholische Kirche nimmt die Wandlung wörtlich. *Hoc est enim corpus meum:* Das ist mein Leib, *hic est enim calix sanguinis mei:* Das ist mein Blut, Geheimnis des Glaubens. Zur Wandlung ließen wir Ministranten unsere Schellen bimmeln, und Herr Zünti, der Sigrist, kniete in der Sakristei vor dem Läutschalter nieder.

Die Wandlungsglocke war auch die Totenglocke. Wenn jemand gestorben war, wurde sie geläutet, und es hieß, in früheren Zeiten habe man das Totenläuten benutzt, um einem qualvoll Leidenden hinüberzuhelfen. Habe so einer gehört, dass er schon ausgeläutet werde, sei er der eigenen Totenglocke hinterhergestorben, vom Wandlungsläuten erlöst.

Eines Tages, ich war etwa 15 Jahre alt und Schüler der Stiftsschule Einsiedeln, verlor ich das Geheimnis. Nein, ich konnte beim besten Willen nicht mehr glauben, dass im Kelch des Messpriesters ein süßlicher Veltliner sich wandle, wirklich und wahrhaftig verwandle in das Blut des Herrn. Geheimnis des Glaubens? Hokuspokus, dachte ich, ein überholtes Ritual. Ohne den Zusammenhang zu ahnen, fiel ich vom Glauben ab und landete wunderbar weich bei Frau Korner, in der Gastwirtschaft St. Peter, und von Zeit zu Zeit, wenn der Ausbruch aus dem voralpinen Kessel glückte, im Schauspielhaus Zürich. Was ich in der Messe nicht mehr erleben konnte, widerfuhr mir nun im Theater und im Trunk: das Wunder der Verwandlung.

Mein Großonkel Kaspar war Schnapsbrenner. Er hatte eine blaurote Nase, und an seinem Kinn klebten Warzen, verschrumpelt wie die Kirschen, die er brannte. Großonkel Kaspar lebte vom Kirsch, und seine besten Jahrgänge bot er als vielgesuchte Spezialität an, als Lebensflaschen.

Eine Lebensflasche stand im Buffet und wurde nur selten hervorgeholt: an Jubel- oder Trauertagen. Dann nahm man einen Schluck, nicht mehr als einen Schluck, denn die Lebensflasche, wie der Name sagt, musste ein Leben lang halten. Meist war sie ein Hochzeitsgeschenk, und das erste Glas tranken Braut und Bräutigam. Neun Monate später galt es die Taufe zu feiern, ein Prosit auf das erste Kind, ein Prosit auf alle weiteren, und starb eines weg, griffen Vater und Mutter wieder zur Lebensflasche, diesmal aus Trauer, aus Verzweiflung. So wurden alle wichtigen Daten, Todes-, Geburts- und Examenstage, mit einer Träne aus der Lebensflasche begossen, und viele Jahre lang sah es aus, als ginge der Lebensgeist niemals zur Neige. Plötzlich jedoch ist die Hand, die nach der Flasche greift, alt geworden, zittrig und grau, und in der Lebensflasche gluckst nur noch ein Rest, ein letzter, armseliger Schluck. Ob er noch getrunken wird? Die leere Lebensflasche, hieß es früher, könne mehr erzählen als so manches Buch.

Trinker und Fixer tun das Gleiche: Sie steigen aus der Gegenwart aus, ohne diese zu verlassen. Sie bleiben, oft sogar reglos, an Ort und Stelle, in einer düsteren Kaschemme oder im Elend eines Drogenhofs, gleichzeitig jedoch – und das macht Unerfahrene schwindlig! – lassen sie sich hinaus- und hinüber- und hinabfallen in eine andere Welt. Die ist nicht das Jenseits, natürlich nicht, aber doch ein Raum, der sich jenseits von Gut und Böse, jenseits von Ja und Nein, jenseits von kontrollierender Vernunft und geregeltem Gefühlshaushalt »ausdehnet wie Asien« (Hölderlin). Hier fließt alles, hier strömt es, und das arme Hirn, das gern in festen Zusammenhängen denkt, wird in Bilder hineingestrudelt, in

Wahrheiten und Geheimnisse, die im Jenseits des Rausches ihren Ursprung haben.

»Einmal auf der Welt, und dann ausgerechnet als Klempner in Detmold!«, rief der Dichter Grabbe verzweifelt aus, soff sich Nacht für Nacht unter den Tisch, war ein armer, verlauster Hund – und in seinen Räuschen und Stücken wurde er zu Hannibal, zu Napoleon, zu Faust und Don Juan. Lauter grandiose Verwandlungen! Vom Hund zum Herrn. Vom Herrn zum Bettler, zum Genie, auf die Bühne, in die Gosse, ins Delirium und ab in die Nacht.

Natürlich ist der Detmolder Wandlungskünstler eine Ausnahme. Weiter als er – in der Dramaturgie und im Suff – kann man nicht gehen. Wir andern jedoch wissen, dass nur wenige Gläser genügen, um für kurze Zeit über sich selbst hinauszuwachsen. Transzendenz im Trunk. Plötzlich ist man geil. Und verliebt. Und ein Kraftkerl. Und einer, der hasst. Und schwört, morgen noch einmal anzufangen, noch einmal von vorn. Morgen! Morgen bestimmt! Man haut auf den Tisch, ist zu allem entschlossen, zu allem fähig, und ein Letztes, sagt man sich, kann nicht schaden. »Milly, zapf mir noch ein Bier!«

Die Wandlung, die der Trinker immer wieder zelebriert, ist ein Übungsstück mit dem Titel Tod. Saufen heißt Sterbenlernen, heißt den Tod erleiden und anderntags, ein bisschen verkatert, die Auferstehung. Mit anderen

Worten: Das Ritual der Wandlung (ob man nun säuft oder drückt oder malt oder schreibt) ist ein Hereinholen des Todes ins Leben. Man macht die Grenze zur Schranke. Einmal hinüber und zurück: »Milly, zapf mir noch ein endgültig Allerletztes!«

Großonkel Kaspar, der Lebensflaschenverkäufer, starb in einer Winternacht im Wald. Nach einer langen Zeche, die gleichsam ein metaphysischer Anlauf gewesen war – von der »Eintracht« über den »Sternen« in den »Engel«! –, kam Kaspar vom Weg ab, ging zwischen die Bäume und erfror im Schnee. Ach, hatte er bei seinem letzten Besuch zu meiner Mutter gesagt, so manche schöne Frau habe er mit einem Tropfen aus der Lebensflasche verabschieden müssen. Er habe lang gelebt und gut. Nun sei das Feuer erloschen und auch der Durst. Großonkel Kaspars Lebensflasche war ausgetrunken. Sie enthielt nur noch Leere, das sichtbare Nichts, die getrunkene Zeit. Der Wein war Blut geworden, die Verwandlung war geglückt, und wer weiß, wer weiß – vielleicht geht diese letzte und schwerste Reise, für die wir armen dummen Säufer exerzieren, aus der Düsternis unserer Cantinas hinüber und hinauf ins Licht.

»Wohin?«

»Am Ende der Nacht, meine liebe Milly, ist es hell. Zapfst du mir noch ein absolut endgültig Allerletztes?«

1997

Herr Grünbaum

Erzählung

Herr Grünbaum und ich trafen uns hin und wieder an den Briefkästen. Er ging auf die Achtzig zu, und es hieß, er lebe schon seit Jahrzehnten in dieser Mietskaserne im Berliner Stadtteil Friedrichshain. An einem Vormittag im vergangenen Oktober blinzelte er mich von der Seite an, dann stopfte er einen Brief vom Sozialamt in die Hosentasche und lud mich ein, bei ihm einen Kaffee zu trinken. Gern nahm ich die Einladung an, und als er in Pantoffeln das düstere Treppenhaus hochschlurfte, folgte ich ihm in seine Wohnung in der obersten Etage. Moshe Grünbaum, stand auf dem Schild. Seinen Vornamen sah ich zum ersten Mal.

Früher, noch vor dem Weltkrieg, erzählte mir Herr Grünbaum am schmalen Küchentisch, hatte die Wohnung in der vierten Etage der Witwe eines Kommerzienrats gehört, einer vermögenden Dame. Eigentlich war sie gegen die Roten, also für die Braunen, aber es missfiel ihr, dass Nachbarn mit Lastautos abtransportiert wurden. Eines Nachts polterte eine SA-Rotte durch das Treppenhaus, und bei der Kommerzienrätin klingelte es Sturm, eine junge Frau war's, die ihr weinendes Kind an sich drückte. Ohne lang zu überlegen, ließ die Rätin die Fliehende eintreten. Wohin mit den beiden? Na, am besten in den großen Schrank im Herrenzimmer!

Die Rätin kredenzte den SA-Männern einen Likör, während die junge Frau Grünbaum zitternd vor Angst im Dunkel kauerte, zwischen aufgehängten Mänteln und alten Uniformhosen, und ihrem Kind, dem dreijährigen Moshe, die Hand auf den Mund presste. Glück gehabt! Die Stiefel entfernten sich, und wie die tapfere Rätin hoffte auch die Grünbaum, dass der braune Spuk bald vorüber sei. Die Rätin räumte die nach Kampfer riechenden Kleider weg, und die Grünbaum richtete sich im Schrank häuslich ein. Für die nächsten paar Tage, dachte sie. Und aus den Tagen wurden Wochen, aus den Wochen Monate, aus den Monaten Jahre. Zwar durfte der kleine Moshe nachts im Wohnzimmer herumkriechen, aber da war es so finster wie im Schrank – die Fensterläden waren geschlossen, die Vorhänge zugezogen.

Das Essen kam in einem Napf, wie für einen Hund, und erst, wenn die Schritte der Kommerzienrätin über den Parkettboden des Herrenzimmers verklungen waren, durfte Mutter Grünbaum kurz die Tür öffnen, Moshe holte den Napf herein, und gierig verschlangen die Eingesperrten das Essen. Schob sich die Mutter den Topf unter den Hintern, hielt sich Moshe die Nase zu, und wie froh war er, dass der Topf einen Deckel hatte. Unter ihnen wohnte die Starotzke, eine fanatische Nazisse, und solang die in ihrer Wohnung war, mussten sie sich absolut still verhalten. Ging die Starotzke aus dem Haus, erklang das Klopfzeichen, und Moshe stellte den Topf vor zwei bestrumpfte Beine. Die gehörten der Rätin, aber nie fiel zwischen ihnen ein Wort, sie verkehrten stumm miteinander, sie haben sich in all den Jahren nicht kennengelernt. Leer und sauber kehrte der Topf zurück, und nach Stalingrad, als es im Wohnzimmer eisig wurde, trug die Rätin erst dicke Wollstrümpfe, dann die langen Männerhosen des verstorbenen Kommerzienrats. Das Essen wurde mit jedem Tag schlechter, oft bestand es nur aus einer wässrigen Kohlsuppe und einem Stück Brot, das nach Holz und Kleister schmeckte. Moshe hätte den Schrank und den Napf am liebsten für sich allein gehabt. In seinen Angst- und Wunschträumen erwürgte er die Mutter, der der Hunger den Bauch aufblähte, dann schmiegte er sich, vom schlechten Gewissen gepeinigt, an ihre Wülste.

In der frühen Schrankzeit war es ihm unangenehm gewesen, wenn die Mutter ihn abgetastet und liebkost oder mit ihrer Spucke sein Gesicht gewaschen hatte, doch nun rührte sie sich kaum noch, und wenn er wissen wollte, wie es ihr ging, musste er die knochendünnen Arme der Mutter berühren oder ihr in den Mund greifen, worin immer weniger Zähne steckten (Moshe fand sie auf dem Schrankboden oder im Napf). Auch ihre Stimme begann die Mutter zu verlieren, und wenn sie Moshe wieder einmal vom grünen Wald, vom blauen Himmel, von den Blumenwiesen, vom Fluss und von den Seen erzählte, konnte er das Krächzen kaum verstehen. Was lässt der Frühling durch die Lüfte flattern? Ein blaues Band, stieß sie hervor.

Fast jede Nacht fielen Bomben, alles floh in den Keller, nur sie beide nicht, Mutter Grünbaum, die im Schrank blieb, und Moshe, ihr Sohn, der beim Jaulen der Sirenen lachend um den Esstisch hüpfte. Er freute sich, wenn die Einschläge in den Klaviersaiten ein schwingendes Singen erzeugten, und gaben die Sirenen Entwarnung, schlüpfte er geschwind in die Finsternis zurück, in den Schrank. Die Mutter war inzwischen völlig apathisch, und die Stimme, die früher die Schönheit der Welt vor Moshe ausgebreitet hatte, war erloschen. Es machte ihm nichts aus, denn in der ewigen Nacht hatte er gelernt, die Welt mit den Ohren zu erleben – er sah sie mit den Ohren. Oh, und was haben die nicht alles gesehen, diese großen, vom Kopf abstehenden Radare: eine in ihr Loch fliehende Maus, eine durch leere Zimmerfluchten tappende Katze, den mit lauter ängstlichen Mädchen überfüllten Luftschutzkeller oder die aus dem Sternenhimmel herabschwebenden Bomben.

Eines Nachts drang von einem brennenden Nachbarhaus ein Flammenschein durch die Läden, und vor einem glänzenden Spiegel stellte Moshe amüsiert fest, dass das Wesen, das ihn anstarrte, nicht er war, sondern der kleine Muck, dessen Geschichte ihm die Mutter in den ersten Schrankjahren erzählte hatte. Nun war sie schon seit längerem verstummt, und je tiefer ihr Schweigen wurde, desto besser konnte Moshe mit seinen Segelohren die Welt betrachten. Er hockte an der Seite des reglosen Körpers, richtete die Ohren nach draußen, nach oben und nach unten, und kaum zu glauben – lauschend durchdrang er Mauern und Trümmerhaufen, er gelangte sogar in den Dachboden und über diesen hinaus in die Pilotenkanzel eines viermotorigen Bombers, der sich brummend der brennenden Stadt näherte. Moshe entging nichts. Er hörte besser als eine Katze. Er war über alles informiert, und das Tollste war: Hinter seinen geschlossenen Augen wurden die Geräusche zu Bildern. Selbst die Stille, die eines Tages entstand, vermochte Moshe zu sehen. Verstörte Soldaten irrten durch rauchende Trümmer, aus den brandgeschwärzten Fenstern hingen rote und weiße Fahnen, und als es endlich wieder Wasser gab, bildete sich vor der Pumpe eine lange Schlange von zerlumpten mageren Menschen mit Kübeln und Eimern.

Als Moshe befreit wurde, war er über den Himmel ein bisschen enttäuscht. Seine Ohren hatten ihn glanzvoller geschaut, schöner, blauer. Die Etagenwohnung wurde in vier Einheiten unterteilt, und Moshe musste froh sein, dass man ihm und seiner Mutter einen Platz einräumte: im ehemaligen Herrenzimmer, wo der Schrank stand. Die Mutter, die sich nicht mehr bewegen konnte, wurde in ein Bett gelegt. Sie starb, ohne die Augen noch einmal zu öffnen.

Moshe Grünbaum wurde ein hochgeschätzter Tontechniker. Er liebte es, Tag und Nacht in der Kabine des Studios auszuharren und die Tonwellen jedes einzelnen Instruments nicht nur zu hören, sondern zu sehen. Das Angebot eines berühmten Dirigenten, mit ihm in den Westen zu fliehen, lehnte er ab. Er war von der Roten Armee befreit worden, Stalin verehrte er wie einen Vater, und es erfüllte ihn mit Stolz, seine Radarohren dem »ersten Friedensstaat auf deutschem Boden« zur Verfügung zu stellen. Dabei war er sehr erfolgreich – der Genosse Grünbaum brauchte weder Kopfhörer noch Wanzen, ihm genügte sein Gehör, um zu registrieren, was in den Mietskasernen gesprochen und geflüstert wurde. Wie der liebe Gott – aber zum Leidwesen von Herrn Grünbaum ließ sich die göttliche Eigenschaft niemals abschalten. Das Ohr ist ein selbstständiges Organ, es hat einen eigenen Willen und horcht sogar dann, wenn wir schlafen. Ein Ohr horcht immer, tagsüber und nachts, und auf einmal wurde mir bewusst: Herr Grünbaum bekommt alles mit, was im Haus geschieht.

Durch die offene Küchentür sehe ich ins anschließende Zimmer, wo dunkel wie ein Grabmal der Schrank steht. Herr Grünbaum folgt meinem Blick und lächelt mit seinen Stummelzähnen ein scheues Lächeln. Horcht er manchmal in den Schrank hinein? Vernimmt er aus dem Innern die abenteuerlichen Weltreisen des kleinen Moshe?

Als ich nach unten gehe, knarren die Treppenstufen unter meinen Schritten. Der Schlüssel schabt ins Schloss, die Tür klickt zu, das Feuerzeug faucht, die Zigarette knistert. Ich setze mich an den schmalen Küchentisch. Im Teller klirrt der Löffel. Herr Hürlimann isst eine Suppe, würde Herr Grünbaum jetzt denken.

2019

Das Motorrad

»Sinn und Form«, November / Dezember 2009

1971 lag ich in Pisa in der Jugendherberge, konnte nicht schlafen und hörte irgendwann in der Nacht ein Motorrad durch die Gassen brausen. 1974 übernachtete ich in Florenz, konnte nicht schlafen, und gegen Morgen raste ein Motorrad an der Pension vorbei. 1983 war ich in Rom, ich wohnte in einem kleinen Hotel, lag schlaflos im Bett und lauschte einem Motorrad, das unter meinem Balkon die Piazza umkreiste.

1998 befand ich mich im südsizilianischen Pozzallo. Es war eine warme Maiennacht, ich konnte nicht schlafen, horchte ins Dunkel hinaus und hoffte, das Motorrad möge endlich kommen. Die Ohren wurden gieriger, vernahmen aus dem Nebenzimmer ein Schnarchen, aus der Gassenschlucht Gelächter, hie und da Stimmen, eilige Schritte, aus der Ferne Gebell, von einer Basilica den Stundenschlag, und dann wurde es still. Die Stadt wie ausgestorben, die Pension im Tiefschlaf. Das Gesetz, wonach ein Motorradfahrer, vermutlich stets derselbe, mindestens einmal pro Nacht durch alle Städte und Dörfer Italiens donnert, schien hier nicht zu gelten. Halb zwei. Ich wurde wacher, wälzte mich hin und her, las ein paar Seiten, Falter flatterten, Mücken sirrten, ich löschte das Licht und beschwor mich, das Motorrad zu vergessen. Ganz ruhig bleiben. Nicht nachdenken. Was ging es mich denn an, das von mir entdeckte Gesetz? Es war doch gut, dass der wahnsinnige Motorradfahrer heute Nacht darauf verzichtete, auf seinem Feuerstuhl durch die Gassen zu reiten. Vielleicht wollte er mal schlafen. Oder er war anderswo unterwegs. Viertel vor. Im offenen Fenster ein mondfahler Himmel, das Laken wurde feucht, die Stille tief, und aus dem Wandschrank, der mich an einen Beichtstuhl erinnerte, roch es nach Naphthalin, nach giftiger Sauberkeit, aber kein Beichtvater vernahm meine Klage, keine Hand hob sich zum Segen. Das Warten wurde fiebrig, der Raum größer, auch mein Lauschen, die Aufmerksamkeit des Körpers, der jetzt mit tausend Ohren an der Stille sog, vergeblich sog, denn die Stille behielt alles für sich, sie gab nichts mehr preis, weder wollte die Glocke schlagen noch jaulten die Hunde, und hinter den verschlossenen Türen im Labyrinth von Korridoren und Treppenhäusern waren die Schlafenden verstummt. Mir wurde eng. Der Atem ging schwer. Alles entzog sich ins Uferlose, in ein Nachtmeer, worin irgendwelche Einzelheiten trieben: der Toaster aus Chromstahl, die Wandtafel mit der mathematischen Formel oder Elenas Hand, die meinem Bruder, der krank im Bett liegt, das verschwitzte Haar aus der Stirn streicht, sein Lächeln, unser Segelboot, gekentert im Föhnsturm, auf dem Gartentisch ein umgestülptes Glas, darin eine surrende Wespe, und auf einmal hätte ich tausend Augen gebraucht, um die herandrängenden Bilder und Szenen aus der Vergangenheit aufzufangen: Elenas verheulte Augen und das schwarze Röntgenbild mit dem milchigen Schädel des Bruders, vom Arzt gegen die Fensterhelle gehalten … aufhören! wegschauen!, aber wie kann ich Augen schließen, die keine Lider haben? Irgendwann, Motorradfahrer, musst du doch kommen, lass mich nicht verrecken! Vier Viertelschläge. Dann drei volle. Dumpf und schwer und dröhnend: MO-TOR-RAD. Nein, heute nicht. Der Wahnsinnige hat beschlossen, dieses Kaff zu meiden. Die Schläge verhallen. Du Tor, verfluche ich mich, dich rädert ein Rad, das nicht kommt.

Sage mir bitte niemand, in einer schlaflosen Nacht habe man interessante Gedanken. Man hat überhaupt keine Gedanken, das ist ja das Schlimme, man zerwartet die Zeit und sich selbst, nervöser von Minute zu Minute, schließlich weiß man, weiß es aus leidvoller Erfahrung, dass diese wachen, überwachen Minuten Folgen haben werden, schlimme Folgen, peinliche Folgen.

Paradox, aber wahr: Uns Schlaflose erkennt man daran, dass wir tagsüber dauernd wegpennen, in Museen, auf Parkbänken und immer wieder, meist kurz vor der Haltestelle, da wir aussteigen müssten, in der U-Bahn, im Zug, in der Tram. Wir geben uns ja Mühe. Stets wollen wir wach bleiben, aber sterbensmüde von der vergangenen Nacht, von den wach durchlittenen Stunden, werden wir im Lauf des Tages vom Schlaf übermannt.

Ausgerechnet wir, die Schlaflosen, haben tagsüber Lider aus Blei. Und es hilft uns wenig, dass die Bahnhöfe, die Untergrund- und Tramstationen ausgerufen werden. Das Bleifleisch quillt uns nicht nur über die Augen, es verstopft uns auch die Ohren. So verpassen wir regelmäßig unsere Station und werden im Schlaf an die Stadtränder gekarrt, nach Hönow, nach Rudow, nach Hellersdorf, oder im Bus weit über Budapest hinaus, wo wir von einem Chauffeur in einer unverständlichen Sprache, die wir dennoch verstehen, geweckt werden: Aufwachen, aussteigen, Endstation. Ja, wir Schlaflosen zeichnen uns dadurch aus, dass wir im nachgeholten Tiefschlaf immer wieder Endstationen erreichen.

Einmal, es war in München, bin ich sogar ins Depot eingefahren worden, wo ich dann in einem leeren dunklen U-Bahn-Wagen erwachte, wunderbar ausgeschlafen, allerdings eingeschlossen, so dass ich nach zwei oder drei Stunden in der kühlen, menschenleeren Unterwelt plötzlich von der Angst erfasst wurde, dieser Zug sei stillgelegt für immer. Eine Putzkolonne hat mich schließlich befreit, und erst hinterher, als ich im Hotelbett lag, fiel mir ein, was für eine großartige Chance ich verpasst hatte. In einem U-Bahn-Depot verkehren nur U-Bahn-Züge. Dort unten hätte ich einschlafen können, ohne auf das Motorrad warten zu müssen, und damit ist es gesagt: Was vor Jahren in Italien begonnen hat, hat sich längst über den ganzen Planeten ausgeweitet. Irgendwann in der Nacht, lautet das inzwischen überall gültige

Gesetz, zerreißt der Wahnsinnige auf seinem Motorrad die Stille. Und ich, vermutlich als Einziger, habe auf dieses Zerreißen zu warten. Schlaflos. Fiebrig. Mit den Nerven am Ende. Natürlich hält man das auf Dauer nicht aus, natürlich sinnt man auf Abhilfe, und so bin ich in Gegenden gereist, die keine Straßen haben, zum Beispiel in die Berge. Hier brauchst du nicht zu warten, habe ich mir gesagt, hier oben gibt es keine Motorräder, hier wirst du problemlos einschlafen können, aber nein, das Gesetz ließ sich nicht überlisten, kein einziges Mal. Entweder habe ich nach schwerem Aufstieg eine Passhöhe und dort eine Hütte erreicht, wo ein Motorrad-Club übernachtete, oder ich habe unmittelbar vor dem Einschlafen, allein im Zelt, am Gipfelhang des Rheinwaldhorns, plötzlich ein Knattern vernommen – der Motorradfahrer hatte sich in einen Helikopterpiloten verwandelt.

Was tun? Wie dem Gesetz entrinnen? Mit einem Freund fuhr ich in die Sahara. Auf dem Motorrad. Als Sozius. Wenn ich selber ein Teil des Motorrads bin, habe ich mir gedacht, überliste ich das Gesetz – auf sich selber kann man nicht warten. Es war eine grandiose Nacht im sogenannten Meer des Schweigens, einer Ebene von etwa 900 Kilometern Länge, damals ohne Straße, die Piste nur von Pfählen markiert. Die Sterne kamen uns nah, ein Himmel voller Klumpen, glänzend wie Gold, groß wie Melonen. Und erst die Stille! Jeder Schritt erzeugte ein Krachen im Sand, und der eigene Atem hörte sich an wie ein tierisches Geschnaube. Wir legten uns in die Schlafsäcke, und mein Freund schlief sofort ein. Ich war sicher, ebenfalls schlafen zu können, im Hinüberdämmern jedoch fiel mir ein, dass man uns einige Tage zuvor in einer Karawanserei erzählt hatte, die Chauffeure der Tanklastwagen, die nachts die Sahara durchqueren, würden eine Art Autopilot einschalten. Da sie auf ihren schnurgeraden Fahrten am Steuer immer wieder einnickten, würden sie es mit einem Seil fixieren und einen Stein auf das Gaspedal wälzen. Im Augenblick war ich wach, hellwach. Was für ein kurioser Tod, dachte ich. Da hätte mich der ewig rieselnde Sand endlich einmal einschlummern lassen – und dann wäre ich von einem Lastwagen mit einem friedlich schlafenden Chauffeur überrollt worden. Ich lauschte in die unendliche Stille und betrachtete eine geschlagene Nacht lang das Hitze abstrahlende, nach Öl und Benzin riechende Motorrad. Seither weiß ich: Dem Gesetz kann ich nicht entkommen, weder im Meer des Schweigens noch am Gipfel des Rheinwaldhorns, noch sonst wo auf der Welt. Also liege ich wach und warte, warte auf das Motorrad, und wenn es, wie so oft, wie meistens, wie eigentlich immer, bis in die Morgenstunden auf sich warten lässt, entsteht aus den Schlägen der Turmuhr und aus dem großen Raum der Nacht eine Basilica, die Basilica meiner Schlaflosigkeit, die das Bett zu einem Sarg, das Zimmer zu einer Gruft und meinen Leib zu einer Leiche macht. Klar, wer tot ist, kann nicht schlafen. Tote sind wach, ewig wach. Sie haben Augen ohne Lider und über sich das vergangene Leben in abertausend formlosen Einzelheiten, Elenas Hand, die schweißnasse Stirn des sterbenden Bruders, den nächtlichen Gipfel des Rheinwaldhorns oder den ungarischen Buschauffeur, der mich am Stadtrand von Budapest an der Schulter rüttelt: Aufwachen, aussteigen, Endstation.

Fünf Uhr. Schon graut der Morgen, die Basilica löst sich auf, der Beichtstuhl wird wieder zum Wandschrank, aber horch! – auf einmal schlagen draußen in der Ebene die Hunde an, sie haben das seit Stunden erwartete Motorrad als Erste gehört, und wenn ich Glück habe, gelingt es mir, noch ein paar Atemzüge lang wach zu bleiben und zu erfahren, ob sich das Gesetz auch in dieser Nacht erfüllt. Seitdem ich älter bin, halte ich mich am liebsten in Italien auf. Auch wenn sie jeden Zug bestreiken, jeden Bus, jeden Flughafen: Auf den wahnsinnigen Motorradfahrer kann man sich verlassen. Irgendwann kommt er bestimmt, mal früher, mal später, donnert heran und fährt vorbei.

2009

Applaus für ein Pferd

Aus »Die Satellitenstadt«

Es hatte geregnet und geschneit, nun graute der Abend, ein Abend im März, aber hier oben, im Fraecktal, waren die Winde kalt, die Nebel feucht, und der einsame Wanderer, der zum Pass hin und nach Süden strebte, war ein Komödiendichter, den die Kritik wenige Tage zuvor übel verrissen hatte. Er stapfte vor sich hin, stets und ständig an seine Niederlage denkend, an die Buhschreier und die hämisch grinsenden Freunde, er ballte die Faust und schüttelte den Kopf, er war fest entschlossen, mit dem Dichten aufzuhören für immer.

Plötzlich ein Pfiff, im nahen Sägewerk setzte das Fräsen und Schrillen aus, dann kamen Arbeiter von allen Seiten auf den Vorplatz, stellten sich zu einem Halbkreis in die Reihe und begannen zu applaudieren. Was war da los? Gleichzeitig hatte einer von ihnen ein Grammophon aufgebaut, kurbelte – O MEIN PAPA schepperte es in die nasskalte Dämmerung hinaus.

»Das ist ja unglaublich!«, entfuhr es dem Komödiendichter.

Ein Wiehern, und jetzt, wahrhaftig, tänzelte aus einem dunklen Verschlag ein Schimmel hervor, der Applaus schwoll an, »Bravo!«, schrien die Sägewerksarbeiter, »Bravissimo!«, und in der Arena, die ihr Halbkreis bildete, trabte der Schimmel, schnobernd vor Stolz, seine Runden.

O MEIN PAPA WAR EINE WUNDERBARE CLOWN, O MEIN PAPA WAR EINE GROSSE KINSTLER, sang es laut und wackelig, die Sägewerksarbeiter klatschten im Takt, und der Schimmel, nachdem er einen Knicks angedeutet hatte, stolzierte aus der Arena, zurück in seinen Verschlag.

Der Applaus verebbte; alle lauschten gespannt, und einer mit glatzigem Schädel, offenbar der Vormann, schlich an die Tür, dann gab er ein Zeichen, »er frisst!«, rief er gedämpft. Da lösten die Sägewerksarbeiter den Halbkreis auf, nickten dem Vormann einen Gruß zu und kletterten in einen Kastenwagen, der sie nach Fraeck hinunterbrachte, in ihre Baracken.

Der Komödiendichter ging auf den Vormann zu, gab ihm die Hand und erfuhr diese Geschichte: Im letzten Herbst war ein kleiner Zirkus talauf gekommen, ein Traktor mit zwei Wagen, von einem blauschnäuzigen Direttore gesteuert. Sie wollten über den Pass, aber die Straße ist steil, der Traktor war alt, er pufte, knatterte, alles, was gehen konnte, musste ausgeladen werden – die Nonna, ein siamesisches Zwillingspaar, ein uralter Löwe und der wiehernde Lipizzaner. Indes hatte der Schneefall eingesetzt, Wind und Nebel stäubten, und der Direttore, gestikulierend und heulend, war plötzlich entschlossen, seinen über alles geliebten Neapolitano, den Lipizzaner, für ein paar Tage im Sägewerk unterzustellen.

Der Zirkus verschwand im Geflocke. Tags darauf brachte ein Wanderer die Nachricht, man habe den Direttore auf der anderen Seite des Passes, vermutlich an der Zollstation, verhaftet. Der Lipizzaner schien es zu wittern. Er legte sich in die Streu, er fraß nicht mehr, er wollte sterben.

»Neapolitano«, erklärte der Vormann, »ist ein Künstler. Ihm hat der Zirkus gefehlt, die Luft zum Atmen. Also haben wir das Grammophon installiert und den Platz mit Sägemehl überstreut. Er frisst kein Gnadenbrot, verstehen Sie? Er will auftreten. Er will seine Runden drehen und die Musik hören und den Jubel der Zuschauer.«

Indes hatte sich der Vormann dem Verschlag genähert, der Lipizzaner sah kurz auf, dann fraß er weiter, mit mahlendem Kiefer. Der Vormann tätschelte seine Kruppe. Dann goss er sich einen großen Schluck Schnaps in die Kehle. »Er braucht Applaus«, sagte er noch, »den geben wir ihm.«

»Und Ihre Leute machen Abend für Abend mit, ohne zu murren?

»Klar«, meinte der Vormann, »sonst frisst er ja nicht.«

Der Trichter des Grammophons stand als große, finstere Blume in der Nacht. Da die Platte immer noch kreiste, ließ sie ein Rauschen hören, ein heiseres Singen.

Im Verschlag glomm eine Funzel auf, der Vormann begann seinen Lipizzaner zu striegeln, und der Komödiendichter schritt lachend bergan.

1992

IX. UNMÖGLICHE HEIMKEHR

Im Berlin der 1970er Jahre befasste Thomas Hürlimann sich erstmals intensiv mit Gottfried Keller. Nach längeren Lebensphasen in Deutschland macht er die Erfahrung, die er aus Kellers »Der grüne Heinrich« und »Martin Salander« kennt: »In der Fremde wird einem die Heimat unheimlich.«

Nachtwanderung durch Zug

»Luzerner Neueste Nachrichten« – Magazin, 1981

Zug, meine Heimatstadt, ist mir fremd geworden. Wenn ich heute durch diese Stadt gehe, scheint sie mir, auch am helllichten Tag, eine Nachtstadt zu sein, ein Albtraum aus Hochhäusern und Beton. Wirklicher, saftiger als die Stadt, die ich sehe, ist die Erinnerung an diese Stadt, die in der Erinnerung keine Stadt ist, sondern eine Metzgerei, und weil ich ein kleiner Bub bin, ist sie sehr groß, weiß und kalt, und der Metzger ist ein Riese, der einen blutroten Fleischlappen in den Trichter einer Maschine knetet und laut mit meiner Mutter redet, die »Aha« sagt, »Soso« und »Ja-ja«, und die Maschine wringt das Fleisch als einen Wurmknäuel wieder heraus, der Metzger klatscht es auf die Waage, packt es ein, und mir wird über den marmornen Ladentisch hinweg ein Wursträdli herabgereicht.

Maul auf, Augen zu … und es riecht, plötzlich, nach Weihrauch und Kerzenwachs, die Stadt ist eine Kirche, St. Oswald und St. Michael zugleich, ich höre die Flüstergebete des Priesters, der jetzt knisternd die Hostie bricht, höre das Läuten der Glocke und hin und wieder das Gurren einer Taube.

Aber diese Stadt, die den Geruch einer kühlen Kirche und den Geruch einer kalten Metzgerei in meiner Erinnerung immer behalten wird – sie ist untergegangen, und was heute noch vorhanden ist, ist eine fremde Stadt, anderen fremden Städten so ähnlich, dass man etwas Besonderes, beispielsweise den Zytturm, wie ein Tourist bestaunt; und die Altstadt, geschmackvoll renoviert, für Fußgänger eingezont, ist ein Museum geworden, das an unsere versunkene Heimatstadt angemessen erinnern soll.

Wenn man einen Weg nicht täglich geht, soll man sich an jemanden halten, der seine Strecke kennt: In der Stadt Zug und ihrer Umgebung reviert der Nachtwächter Scheuber, zu Fuß und per Auto. Ein Nachtwächter, sagte ich mir, kennt sich in der Nachtstadt bestens aus, und so haben wir uns, an einem Sonntagabend um zehn, gemeinsam auf den Weg gemacht.

Einmal in dieser Nacht gingen wir durch eine Halle, die mir größer erschien als die ganze Stadt: ein Endlager. Dux, der Boxer des Nachtwächters, täppelte in der Finsternis voran, wir schritten hinter ihm her, an hoch aufgestapelten Waren vorbei, über eiserne Treppen hinauf und hinunter, und wenn Dux stehen blieb, waren wir an eine Schiebetür gelangt, die die Höhe des Hallenraumes hatte und, in Schienen eingefügt, trotz ihrer Wucht und ihrer Masse, sich aufschieben ließ. Wie zwei Taucher standen wir im Dunkeln vor einer versunkenen Welt. Mit der Taschenlampe suchte der Nachtwächter den Raum ab – unsere Silhouetten spiegelten sich in der

Scheibe. Er habe einmal, sagte der Nachtwächter, die Tür zu einem Mode-Atelier geöffnet. Für eine Modenschau hätte man an allen Wänden Spiegel aufgestellt, und da er, eintretend, die Spiegel nicht erwartet hatte, habe er sich von Killern und Abrechnern umzingelt gesehen, getroffen vom Blitzstrahl ihrer Taschenlampen: »Das bin ich gewesen, der Scheuber!«, und der Nachtwächter lachte.

»Ja«, sagte er, »ich kenne meine Objekte. Wird etwas, beispielsweise eine Maschine, von einer Nacht zur anderen umgestellt, nehme ich die Verschiebung sofort wahr.«

Um das Endlager herum schien die Wiese zu brennen. Eine Kolonne von Lastern, auf dem Gelände in einer Reihe abgestellt, erinnerte mich an Kriegsfilme, an Angriffe, die kurz vor Tagesanbruch stattzufinden haben, an dröhnende Motoren und das ferne Einschlagen von Granaten; und da wir schon eine Zeitlang stumm auf der Rampe standen, wollte ich dem Nachtwächter mit einer gezielten Frage kommen: »Haben Sie manchmal Angst in diesen Nächten?«, aber der Nachtwächter sog an seinem Stumpen, den er, obwohl er nur noch ein Stummel war, wieder in Brand gesteckt hatte, und ging weiter.

»Angst«, sagte er später, »was ist das?« Er dürfe sich taktisch halt niemals überrasseln lassen, sagte er. Er müsse vorsichtig sein. Ein Lift zum Beispiel könnte stehenbleiben. Also meide er den Lift. Er meide schlicht und einfach alles, was ihn verseckeln könnte. Und zweitens habe er seinen Dux, den Guten. »Vorsicht«, sagte der Nachtwächter, »ist noch lange keine Angst!« Dux, ein lautloser Schatten, setzte in Sprüngen zum Auto. Wir stiegen ein und fuhren weiter.

Wir gingen jetzt über das Gelände einer Großgarage. Plötzlich hatte ich den Geruch von früher wieder in der Nase. Ich dachte an die kalte, weiße Metzgerei, an das kühle, dämmrige Kirchenschiff. Es war kühler geworden, aus dem See und den abgelegenen Feldern stieg Feuchtigkeit empor, eine dünne Nebelbank, die sich in die Stadt hineinschob. Die Scheiben der Autos waren beschlagen, und die Plätze und Straßen dunkelten ein, als steige nun die eigentliche, die tiefste Nacht aus dem Erdinnern an die Oberfläche. Mit lautlosen Schritten hatte sich der Nachwächter entfernt. Irgendwo klingelte sein Schlüsselbund, dann ein Pfiff, aber Dux, ein Bündel Kraft und Schnelligkeit, war schon im Ansprung, schnellte hoch, schlug, im letzten Augenblick von einem zweiten Pfiff getroffen, seine Schnauze, die hatte schnappen wollen, wie eine Faust in meinen Oberarm. Dux, rief mir der Nachtwächter zu, sei so scharf wie sein Alter, »raubmündig«, was man im Blut und Wesen haben müsse. Wir stiegen ins Auto und fuhren weiter.

Wir überquerten einen Bauplatz. Vor uns, in der Dunkelheit, das Betonskelett eines Hochhauses. Wie ausgebombt, dachte ich. Wände und Fenster fehlten. Aus einer Mauer wuchsen Stahlrohrbündel, die abgebogen waren. Es roch nach Mörtel und frischen Brettern; in einer Lache schwamm öliges Straßenlampenlicht. Der Nachtwächter pfiff dem Hund, stieß die Tür zu einer

Baracke auf, und Dux, die Ohren hochgestellt, strich nüsternd hinein.

Und weiter ging's, von Bauplatz zu Bauplatz, von Bürohaus zu Bürohaus, Dux voran, wir hinter ihm her. Aber es war in diesen langen, glatten Fluren, die unsere Schritte durchtappten, niemals still, die leeren Büroräume waren tätig – elektronische Uhren ließen ihre Ziffern fallen, Schaltuhren tickten, und in den Eingangshallen ging die Zeitmessung der Stempeluhren zackig und laut voran. Im Innern der nächtlichen Gebäude wird der Betrieb nicht eingestellt, tief unterm Boden tönt die Heizungsmaschine, und ich habe – heute noch! – von all den Uhren und Apparaten ein Knistern und Ticken und Tacken im Ohr.

Einmal, in einem dieser tickenden Häuser, ließ mich der Nachtwächter an der Türe stehen. Er knipste das Licht nicht an und schlich sich, als wollte er einen Einbrecher auf frischer Tat ertappen, hinein. Da sich meine Augen an die Dunkelheit gewöhnt hatten, sah ich, wie er sich über einen Blumentopf beugte, und ich hörte ihn leise sprechen. Hier, sagte er dann, würde er Nacht für Nacht sein Mäuslein treffen. Aus dem Unterteller des Blumentopfes trinke es Wasser; auch habe er ein Möcklein Brot dabei. Sein Mäuslein komme immer, sagte er und lächelte, »es ist angefüttert«.

Die Stadt, als würde man tatsächlich einen Angriff erwarten, war jetzt leer. Keine durchfahrenden Autos mehr, keine Menschen. Ich stellte mir die Schlafenden in ihren Betten vor, ihre offenen Münder und verschwitztes Haar. Schlaflose würden vielleicht im kalten Licht eines Badezimmers stehen, in der flachen Hand eine Tablette, die sie lange betrachten. Dann schlagen sie die Hand an den Mund. Sie werfen den Kopf hinüber, und die geschluckte Tablette wird nicht helfen. Sie würden am Stubentisch in einer gestrigen Zeitung blättern, lange in den beleuchteten Kühlschrank blicken, mit den Zehen einem Teppichmuster entlangfahren. Und hin und wieder zählen sie die Zigarettenkippen, die sich häufen. Wie viele Menschen, dachte ich, liegen jetzt, um drei Uhr morgens, auf den Stationen des Kantonsspitals und der psychiatrischen Kliniken Meisenberg und Oberwil wach in der Dunkelheit und wagen es nicht, noch einmal nach der Nachtschwester zu rufen?

»Nein«, sagte der Nachtwächter, »jetzt kommt wahrscheinlich keiner mehr. Um diese Zeit verdrücken sich auch die Pensionierten, die nicht schlafen können.« Wir standen wieder am See. »Es war letzten Winter«, sagte Herr Scheuber, »da ist mir einer begegnet. Nur seinen Kittel hatte er an, trotz der eisigen Nacht.« Es habe sich um den Insassen eines Altersheims gehandelt, was er am Kragen des Hemdes habe feststellen können. »Er wisse halt nicht mehr, sagte der Mann, wo er daheim sei. Er habe es vergessen.«

»Das kann ich verstehen«, sagte ich.

1981

Gottfried Keller kommt nicht nach Hause

Festvortrag, gehalten am Jahresbott der Gottfried Keller-Gesellschaft am 29. 10. 2017 im Rathaus Zürich

Keller sei nicht nach Hause gekommen? Was für ein Unsinn! 1840 war er zum ersten Mal ausgezogen, nach München damals, um ein Maler zu werden, und kehrte drei Jahre später zurück. 1848 reiste er nach Heidelberg ab, zwei Jahre später ging es weiter nach Berlin, in das Prosabergwerk des *Grünen Heinrich*, und im November 1855 steht er wieder vor der »Sichel«, dem Haus seiner Kindheit, wo jetzt im Estrich die Därme des Bratwursters Dietrich hängen – an ihn ist das Haus verkauft worden. Als Richard Wagner, der Kapellmeister, dem Heimkehrer über den Weg läuft, erkennt er in ihm den Dichter des *Grünen Heinrich* und ruft: »Sie sind's!« Darauf Keller: »Ich kann es nicht bestreiten.«

Keller kam zweimal aus der Fremde nach Hause, wie später sein Martin Salander, und er kam früh genug, um hier die zweite Hälfte seines Lebens zu leben und im Amt des Ersten Staatsschreibers ein Vermögen zu erwerben. Am Vorabend seines einundsiebzigsten Geburtstags ist er in seiner Vaterstadt gestorben, und ein

Trauerzug, wie ihn Zürich vorher und nachher nie mehr gesehen hat, folgte dem weißen Tannensarg: Vertreter des Bundesrats, die Zürcher Regierung in corpore, die Studentenschaft von Universität und Polytechnikum, die akademischen Verbindungen im Vollwichs, alle Vereine und Gesellschaften von Stadt und Kanton, auch Abordnungen anderer Kantone und Universitäten, ein Wald schwarzumflorter Banner, eine unzählbare Menge, die Männer mit entblößten Häuptern. Das Volk in den Gassen hielt ehrfürchtig inne, und Tausende stimmten im Gotteshaus und davor Kellers Heimatlied an: »O mein Heimatland! O mein Vaterland!«

Was für ein Heimgang! Trotzdem bleibe ich bei meiner Behauptung: Gottfried Keller kam nicht nach Hause.

1

Als das Abendland zu denken begann, dachte es nicht aktiv, sondern passiv. Die griechische Philosophie ist ein einziges Staunen, ein Empfangen der Dinge, die sich dem Menschen offenbaren. Psyche hieß ursprünglich Hauch, Atem, Wind, Spiritus. Das Seiende wurde von den Göttern beatmet. Von ihnen kam der Geist, und der Mensch nahm an, nahm hin, empfing und erlitt, was ihm gegeben, geschenkt, an Schicksal aufgebürdet wurde. Auch Aristoteles und Thomas von Aquin waren der Überzeugung, dass alles Seiende inspiriert ist. Das Tier, lehrt Thomas, ist beseelter als die Pflanze, der

Mensch beseelter als das Tier, die Engel sind beseelter als wir Menschen, und der Geist an und für sich, die allumfassende Seele, ist Gott. Ich muss gestehen: Dieser Gedanke gefällt mir. Ich liebe es, mit Kellers *Abendlied* ausgedrückt, »auf dem Abendfeld« zu wandeln und durch die »Augen, meine lieben Fensterlein«, »Bild um Bild« hereinzulassen. Ich liebe es, passiv zu werden, die Dinge als Phänomene zu erleben und zu trinken, »was die Wimper hält / Von dem goldnen Überfluss der Welt«. Allerdings glaubt heute kaum noch jemand an Seelensterne. Wir haben uns ganz und gar in unser Subjekt eingesperrt, und was einst Seele war, Hauch der Götter, Atem des Absoluten, halten wir mit Sigmund Freud für ein System von Trieben und Affekten. Besoffenheit durch den Überfluss aus dem Unendlichen – das ist vorbei.

Vor Descartes war die Wirklichkeit im Allgemeinen, im Universellen (das waren die berühmten Universalien der Scholastiker); wirklich waren die Götter, die mit ihren dicken Backen die Schifflein der armen Menschen vor sich hertrieben, etwa Odysseus und seine Gefährten an die Felsenküste Siziliens. Mit Descartes verschwanden die Universalien. *Cogito ergo sum*, lautet sein Dictum, ich denke, also bin ich. Was wirklich war, kam nun nicht mehr von außen, schon gar nicht von oben, sondern aus dem Innern: aus dem menschlichen Verstand – wieder mit Keller gesagt: Die Läden vor den Augenfenstern wurden geschlossen.

In der *Kritik der reinen Vernunft* bezeichnet Kant den Verstand als eine Insel. Diese Verstandesinsel, schreibt er, »ist durch die Natur selbst in unveränderliche Grenzen eingeschlossen. Es ist die Insel der Wahrheit, umgeben von einem weiten und stürmischen Ozeane, dem eigentlichen Sitze des Scheins, wo manches bald wegschmelzende Eis neue Länder lügt, und in dem es den herumschwärmenden Seefahrer unaufhörlich mit leeren Hoffnungen täuscht.« Eine symptomatische Aussage! Kant, der Königsberger, hatte das Meer vor der Tür, die Eisbänke, die Stürme, den Nebel, und dachte nicht im Traum daran, in diese Scheinwelt hinauszufahren. Er war so sehr auf seinen Verstand konzentriert, dass er es sogar vermied, den eigenen Körper zu berühren und sich von seinem Diener Lampe im Dunkeln an- und auskleiden ließ. Für Kant war selbst der eigene Leib ein Sitz des Scheins und, wie das böse Meer, ein Abgrund voller Ungeheuer und Tiefenwesen. Einzig die klare Vernunft erhob sich aus dem brodelnden Chaos der ffekte, der Lügen, der Illusionen, und indem er, der kritische Philosoph, den Verstand beim Denken beobachtete, hat er diese seine Insel vermessen und kartographiert.

Tausende von Seemeilen von Königsberg entfernt geschah draußen im Pazifik genau das Gleiche. Robinson, ein »herumschwärmender Seefahrer«, erreichte nach einem Sturm einen unbekannten Strand, erklärte sich zum König und zum einzigen Untertan und begann, das

Eiland zu vermessen, zu kartographieren. Kant ist der Robinson der Philosophie, Robinson der Kant der Kolonisation.

Robinson Crusoe gilt als erste *novel*. Das Neue an der *novel*: Die Welt ist entgöttert, der Mensch bezieht sein Sein und seinen Sinn nicht mehr aus dem Himmel, sondern aus dem eigenen Verstand, aus dem eigenen Gewissen. Alles andere ist Vorstellung. Anschauung. Projektion. *Cogito ergo sum* – ich denke, also bin ich Robinson, der Alleinherrscher und Alleinuntertan meiner Verstandesinsel.

2

Im Oktober 1848 geht Gottfried Keller zum zweiten Mal auf große Fahrt – nicht in die Weiten des Pazifischen Ozeans, aber doch bis Heidelberg am Neckar. In den Jahren zuvor hat er intensiv E. T. A. Hoffmann gelesen, einen Protagonisten der Romantiker, und ich nehme an, dass er sich nicht zufällig für jene Stadt entschieden hat, die zwischen 1806 und 1815, in der Zeit der Napoleonischen Kriege, zum Zentrum der romantischen Bewegung geworden war. Die Romantik hat gegen das rigide Programm der protestantisch geprägten Aufklärung rebelliert und liebte es, sich mittelalterlich und katholisch zu dekorieren. Während Napoleons Heere brandschatzend durch die Lande zogen, träumten die Romantiker von diesseitigen und jenseitigen Vaterländern. Clemens

Brentano, Achim von Arnim, Görres, Eichendorff und viele andere sahen durch die Fenster der Heidelberger Schlossruine ergriffen in jene Nacht hinaus – Novalis hat sie in seinen Hymnen besungen –, deren Sterne beseelt waren wie bei Aristoteles in der Antike oder bei Thomas von Aquin im Mittelalter. Das heißt, nach der Reformation und nach der Aufklärung, die den Menschen auf sich selbst verwiesen hatten, auf sein Inneres, auf Gewissen und Verstand, richteten die Romantiker ihre Antennen wieder nach außen, nach ganz außen, auf das Metaphysische. Mit Hölderlin drängten sie ins Offene, denn ihre Wahrheit entstand nicht, wie bei Descartes und Kant, aus dem reinen Verstand, vielmehr kam sie aus der Ferne, aus der Tiefe, aus den Abgründen, aus der Nacht. »Manches bleibt in Nacht verloren«, flüstert Eichendorff und beobachtet dann, wie in seinem Turmgemach auf dem mondscheinfahlen Blatt die unsterblichen Verse der nach Hause fliegenden Seele entstehen. Die Romantiker haben die Fensterläden wieder aufgestoßen, aber ihr Zuhause ist nicht die Schlossruine, wo sie sich aufhalten. »Wo gehen wir denn hin?«, fragt Novalis und verweist mit seiner Antwort in die unerreichbare Ferne, »immer nach Hause«. Immer und überall nach Hause, das heißt: das wahre Schloss erhebt sich auf dem Abendfeld, auf den Traumwiesen der blauen Blume, und um dort wandeln zu können, müssen wir zurückfinden zum Staunen, zum Glauben. »Religion«, heißt es in Friedrich Schlegels Fragment, das zum

Glaubensbekenntnis des Heidelberger Kreises wurde, »ist Sinn und Geschmack fürs Unendliche.«

Dieses Wunderreich, das das Gemeine ins Märchen erhöhte und das Gewöhnliche in die Poesie verklärte, hat Gottfried Keller magisch angezogen. Aber als er in Heidelberg eintraf, war die Hohe Messe der Romantiker gelesen, und hoppla! – der verspätete Alt-Student aus Zürich landet in den Vorlesungen und am Kneipentisch des radikalen Antireligionsphilosophen Ludwig Feuerbach. Es war eine Bruchlandung. Keller, der noch vor kurzem gegen Feuerbach polemisiert hatte, fiel aus allen Wolken seines Kinderglaubens und bekannte in einem Brief an Wilhelm Baumgartner: »So viel steht fest: Ich werde *tabula rasa* machen (oder es ist vielmehr schon geschehen) mit allen meinen bisherigen religiösen Vorstellungen, bis ich auf dem Feuerbachschen Niveau bin.« Er bemühte sich, den »Gedanken des wahrhaften Todes« zu denken und den religiösen Zweifel zur Leugnung des Absoluten zu verhärten. Mit Feuerbach gewann Keller die Überzeugung, Gott sei eine Projektion des menschlichen Verstandes. Der Mensch hat Gott erschaffen – nicht umgekehrt. Die universelle Wirklichkeit, an die Keller bisher geglaubt hatte, verwarf er nun als Schein, als Illusion, oder, wie Nietzsche wenig später höhnen wird, als »höchsten Blödsinn«. Es war eine Konversion zum Neu-Heidentum – und zugleich der Start seines Romanprojekts. Man kann sogar sagen: Der Prozess des Umdenkens bildete sich auf dem Papier nicht nur ab, vielmehr hat er ihn dort vollzogen. Während seiner Robinsonade in den Atheismus entstand Bogen für Bogen jenes neue Ich, das sich beim Wachsen und Werden genauso akribisch und kritisch zusah, wie Immanuel Kant dem Verstand beim Denken zugesehen hatte. Indem Keller beschrieb, wie er wurde, was er war, wurde er, was er beschrieb, nämlich die Hauptperson, die seinem Buch den Namen gab: *Der grüne Heinrich. Novels* heißen in der Regel nach dem Ego, von dem sie berichten – Defoe hat diese Tradition mit dem *Robinson* begründet. »Madame Bovary, c'est moi«, behauptete Flaubert, und ein Gottfried Keller hätte es nicht einmal nötig gehabt, diesen Satz zu sagen. Wagners Ausruf »Sie sind's!« meinte selbstverständlich beide, den Autor und seinen Helden – da würde mir Keller wohl zustimmen: »Ich kann es nicht bestreiten!«

3

Aber! Aber Kellers Ich-Erzählung hat in der ersten Fassung einen Bruch. Während Flaubert der strenge Cartesianer bleibt, der die Haut seiner Bovary Quadratzentimeter für Quadratzentimeter kartographiert und sogar die Kitschromane referiert, die ihr Liebesempfinden geprägt haben, hört Keller plötzlich auf, *Henry vert, c'est moi* zu sagen. Im dritten Kapitel des dritten Bandes kippt das Ich in ein Er um, und das ist ein so gewaltiger Einschnitt, ein so schmerzhafter Riss, dass wir nach seiner Ursache fragen müssen. Klar, nur in dieser Erzählform lässt sich die Titelperson begraben, und tatsächlich hockt sich der neue, nun auktoriale Erzähler dem armen Heinrich auf den Buckel und treibt ihn auf einem langen Umweg in den Tod. Doch lang vor Heinrichs Begräbnis stirbt das Ich, und es stirbt, ähnlich wie der Romantiker Novalis, der seiner Sophie hinterherstarb, mit Anna, seiner Liebsten.

Vielleicht ist es die schönste Stelle in Kellers Werk. Am Kopfende von Annas Sarg ist eine Glasscheibe eingefügt, die man einem Bilderrahmen entnommen hat. Das Bild, drei Engelknaben, hat auf der Scheibe seinen Abdruck hinterlassen, und als die Sargträger die Kuppe eines Bergs erreichen, wird der zart farbige Abdruck durch die Sonne ins Sichtbare gestrahlt – drei Engel umschweben das Haupt der auf dem Sargkissen ruhenden Toten. Der Ich-Erzähler legt Wert darauf, die Erscheinung *»objektiv«* erlebt zu haben. Ein wichtiges Bekenntnis, denn es bezeugt, dass Keller die cartesianische Position, die alles aus dem *Subjekt* heraus erfasst, verlassen hat. Im Zusammenspiel von Sonne und Glasscheibe fließt durch das Sargfenster eine Botschaft auf ihn zu, dass die Augen, seine lieben Fensterlein, nur staunend trinken können – da hat die stolze Behauptung einer Welt als Wille und Vorstellung ein Ende. Das Antlitz der jungen Toten, die Strahlen der Sonne und die geflügelten Himmelsboten verschmelzen zu einer Offenbarung des Absoluten. Wenn je einer Engel gesehen hat, dann war's der grüne Heinrich. Die Epiphanie wird ihm auf einem Berg zuteil, auf einem frühen Gipfel seiner Lebensbahn, und da ein Sarg das Zentrum des Geschehens bildet, begreift der ergriffene Leser, dass das mühselig erarbeitete Ich diesen Augenblick nicht überleben wird. »Ende der Jugendgeschichte« lautet der Abspann des Kapitels lapidar, und was danach noch folgt, ist trotz der weiten Ausfahrt in die Fremde ein einziger Heimweg. Besser gesagt: Es ist der Versuch, die verlorene Heimat wiederzufinden. Der auktoriale Erzähler möchte seinem Heinrich Flügel verleihen, damit er wie Eichendorffs Seele nach Hause fliegen kann.

4

Eine kurze Rückschau. Der grüne Heinrich liebte es, im Estrich des Elternhauses an einer Fensterluke zu hängen und »freundlich Bild um Bild« hereinzulassen. Zu diesen Bildern gehörte sogar Gott, der sich ihm in einer Dämmerstunde als Turmhahn gezeigt hat. Dass das Imaginäre wirklich sein kann, bewies ihm auch der früh verstorbene Vater. Obwohl abwesend, war er da, anwesend in der Erinnerung. Und ausgerechnet in Heidelberg, wo er diese Erinnerung im Roman beschwören wollte, war er bei Feuerbach gelandet, dem radikalen Jenseitsleugner, der den »goldnen Überfluss« als überflüssig abtat. Fensterläden zu! Abendfeld ade! Aber während der Heidelberger Alt-Student, Neu-Heide und Jungdichter seinen Heinrich in der Erzählung von dessen Jugendgeschichte zum Ich machte, beschlichen ihn erste Zweifel. An Pfingsten 1849 muss er sich eingestehen, »die schöneren unter den christlichen Festtagen, wie Ostern und Pfingsten, doch zu lieben«, besonders bei strahlendem Wetter. Er bemerkt dies nebenbei, fast verschämt, leicht ironisch, und doch belegt das Geständnis, dass sein poetisches Gemüt trotz der philosophischen Radikalkur spürt: Das Pfingstfest macht den strahlenden Tag in den Wäldern Heidelbergs zu etwas Besonderem. Er bekommt, würde Schlegel sagen, jene »Färbung«, die ihm das Ich niemals verleihen könnte. »Färbung«: das Wort ist wichtig, denn auf der Glasscheibe, die am Kopfende von Annas Sarg eingefügt ist, »färbt« sich durch die Einstrahlung der Sonne der vorher unsichtbare Abdruck der Engel und zeigt dem objektiven Beobachter, wie Imaginäres und Reales verschmelzen können. Es ist ein Augenblick der Beseligung, der Beatmung durch eine Tote. Es ist tiefste Trauer und höchste Liebe, und damit, das hatte der Schüler Feuerbachs bald gerochen, wusste sein Lehrer nichts anzufangen. Feuerbach war ein »Cyniker«, wie er in der ersten Fassung des *Grünen Heinrich* porträtiert wird, »ein eitler Verächter der Frauen« – und mit der »komischen Blasphemie« des nihilistischen Aufklärers konnte Keller nicht von Liebe erzählen.

5

Den Bruch erlebten sie alle. Wagner, ursprünglich ebenfalls Feuerbachianer, baute sich in Bayreuth einen Operntempel, den er den germanischen Göttern weihte. Nietzsche wird am Silvaplaner See von einer Inspiration übermannt. »Der Begriff Offenbarung«, gesteht er in *Ecce homo*, »beschreibt den Thatbestand.« »Man hört, man sieht nicht; man nimmt, man fragt nicht, wer da giebt« – eine höhere Macht reißt die Läden auf, und die Augen, die lieben Fensterlein, können nur noch trinken, »was die Wimper hält«. Nietzsche, der radikalste aller Gottesleugner, schreit verzweifelt »Weh dem, der keine Heimat hat!« und verwandelt sich in eine unheilige Dreifaltigkeit von Dionysos, Zarathustra, Christus. »Singe mir ein neues Lied«, telegraphiert er am 4. Januar 1889 aus Turin an seinen Freund Peter Gast, »die Welt ist verklärt und alle Himmel freuen sich.« Unterschrift: »Der Gekreuzigte«. Retour à Dieu. Der Rest ist Wahn. Und Gottfried Keller?

Keller geriet ins Zwischen von Immanenz und Transzendenz. Er konnte seine Freude nicht verhehlen, wenn er als Dichter einer atheistischen Weltanschauung gefeiert wurde, aber sein *Abendlied* stand mit sämtlichen Worten und Metaphern in der Tradition der gottgläubigen Romantiker – selbst die »lieben Fensterlein« verweisen auf jenes ferne Haus, auf das wir laut Novalis immer und überall zugehen. Doch ach, es wohnten zwei Seelen in Kellers Brust, präziser: eine fromme Seele und ein kritischer Geist. Er fühlte jenseits der Welt noch eine andere, eine unsichtbare Wirklichkeit und stellte fest, wie sie in seinen Werken *abfärbte*, wie sie ihnen den Glanz gab, aber eine Konversion wie Wagner oder Nietzsche vollzog Keller nie. Er blieb der nüchtern wägende Zürcher Protestant, eingesperrt in seine Innerlichkeit, worin er keine Erlösung fand, sondern seiner Schuld begegnete.

6

In Franz Kafkas Roman *Das Schloss* hat die Hauptfigur keinen Namen, nur noch einen Buchstaben. K. ist Landvermesser, also einer wie Kant oder Robinson. Aber dieser K. kommt dort, wo er vermessen soll, präziser: wo er *vielleicht* vermessen soll, niemals an. Er ist der »Unwissende«, wie es wörtlich heißt, und im Unwissen, ob das Schloss imaginär oder wirklich ist, bleibt bis zum Schluss auch der Leser. Das Schloss ist zugleich phantastisch und realistisch, es ist transzendentales Heidelberg, von Hollywood nachgebaut, und so berichtet dieser Jahrhundert-Roman, der zugleich eine *novel* ist, von einer Heimkehr ins Unheimliche. Gewiss, das Haus des Novalis ist *da*. Schon im Titel. Vom geduckten Dorf führen Wege zum Schloss hinauf, und die Tore und Fensterläden stehen offen. Allerdings lässt sich eine Heimat, die zugleich an- und abwesend ist, zugleich Transzendenz und Realität, zugleich kakanisches Heidelberg und dessen Parodie, nicht vermessen. Er hat keine Chance, dieser K. Wer hier nach Hause kommt, kommt nicht nach Hause.

Gottfried Kellers letztes Werk, *Martin Salander*, hat bereits etwas Kafkaeskes. Salander kehrt nach einer siebenjährigen Robinsonade aus der südamerikanischen Fremde nach Münsterburg zurück, ebenfalls als »Unwissender«, wie K. Sein Vermögen, das er vorausgesandt hat, ist verloren, und statt gleich zu Frau und Kindern zu eilen, verhockt er im Wirtshaus, wie K. Und wie K. das Schloss fremd bleibt, bleibt Salander Münsterburg fremd – es hat sich während seiner Abwesenheit bis in die Sprache der Kinder hinein in eine neue Stadt verwandelt. Von den ersten Kapiteln ist der Leser fasziniert, aber der Roman blieb Fragment, trotz der Publikation, und nach dem furiosen Anfang, zu dem die zweite Abreise und die zweite Heimkehr gehören, verfranst er sich in den Schicksalen der »seelenlosen« Nachkommen.

Gewiss, Keller hatte mit der missglückten Heimkehr den Schlüssel in der Hand, um seine Zwischenlage, sein Hin-und-her-gerissen-Werden zwischen romantischer Gläubigkeit und einem Feuerbach'schen Nihilismus zu gestalten. Er war eine Art Kafka ante portas. Kafkas Schloss und Kellers Münsterburg, das ist unheimlich gewordene Heimat. Doch hat der alternde Dichter nur den Anfang hinbekommen, nur das Tor aufgeschlossen, in den vielen folgenden Kapiteln gelang es ihm nicht mehr, das hereinscheinende Abendlicht auf dem Papier abfärben zu lassen. Der alte Romancier verlor sich im Gesellschaftskritischen. Er, der so lebensprall erzählen konnte, wurde zum grauen Prediger.

Wie lässt sich das Desaster erklären? Vielleicht mit den zahlreichen Räuschen. Er war ja oft in den Gastwirtschaften unterwegs – als wollte er seiner Unbehaustheit einen konkreten Ausdruck geben. Aber der Hauptgrund war ein anderer. Keller hatte bereits zweimal, in beiden Fassungen des *Grünen Heinrich*, auf großartige Weise erzählt, wie einer heimkehrt, der an das heimatliche Haus nicht mehr glaubt.

In der ersten Fassung heißt es: »Es sollte uns übrigens nicht wundern, wenn der dünne Feldweg dieser Geschichte doch noch in eine frömmliche Kapelle hineinführt.« In der Kapelle ist der grüne Heinrich nicht angekommen, allerdings fast, und wie er sie verpasst hat, ist wiederum ein kafkaesker Vorgang. In den Kapiteln »Heimatträume« und »Weiterträumen« der zweiten Fassung nähert sich Heinrich der Vaterstadt, ohne sie erreichen zu können. Er gerät auf eine Brücke, die bei der Ausfahrt aus Holz war, wie ein Sarg, und ihn nun, bei der Rückkehr, als eine ausgemalte Heimathalle empfängt. Die Figuren treten »aus den Bildern heraus und wirken unter den Lebendigen mit«. Alles ist Übergang, alles ist Strömen, ist Fließen, selbst die Brücke, die sich vom Fluss, den sie überquert, kaum noch unterscheidet, so dass sie im Wortsinn zu jenem »goldnen« Über-Fluss wird, der sich vom jenseitigen Ufer her in die Augenfensterlein ergießt. Einem dozierenden Pferd, dem der Heimgeher auf der Brücke begegnet, »laufen im Mund sämtliche Widersprüche herum«. Das Pferd trifft mit seinen Gegen-Sätzen genau die Zwischenlage, die diese Brücke, dieser Übergang bedeutet. Sie reicht bis zur Kapelle – doch führen die Stufen nicht ins Innere, nicht zum Altar oder, wie bei Wagner, zum Gral, sondern in die Realität zurück: hinunter nach Zürich. Abbruch der Heimkehr. On ne revient jamais. Wer über so eine Brücke geht, ist ein verfrühter K. Ein K. namens Keller. Er überquert zwar den Fluss, aber das andere Ufer erreicht er nicht.

7

An Gottfried Kellers Sterbebett saß sein Freund Arnold Böcklin, der Maler der *Toteninsel*. Ihm hat Keller, bereits in den letzten Zügen, seinen letzten Traum erzählt. Auch im Traum, wie in der Realität, liegt Keller im Sterben – da öffnet sich über ihm das Dach, er möchte auffahren in den Himmel, der sich schon freut, wie bei Nietzsche, aber auf halber Höhe misslingt die Levitation – er sinkt zurück auf sein Lager. So hat Gottfried Keller noch auf dem Sterbebett erfahren müssen: Ich komme nicht nach Hause.

2017

Heimkehr

Auszug aus dem Roman
(Der lebende Tote)

Da sah ich ihn. Etwa zehn Meter entfernt. Im Dunkel einer Seitengasse. Ohne zu blinzeln, glühten die beiden Augen, starre Scheiben. Am liebsten wäre ich in die Hocke gegangen, um ihn heranschleichen zu lassen, aber in diesem Augenblick bog ein Mädchen im Latexmäntelchen um die Ecke und humpelte die Gasse herab – mit einem Cowboyhut.

Es war Maureen, keine andere als Maureen, meine Ex, ebenfalls auf dem Weg zu Ellen. Auf ihrem Hinkefuß schob sie sich auf mich zu.

Ich riss den Schirm in die Höhe: »Hallo, Maureen!«

Ohne Reaktion zog sie vorüber – als wäre ich ein Gespenst. Ich erstarrte mit dem Schirm – und konnte, meiner Ex nachglotzend, trotzdem wahrnehmen, dass Dada mich nachahmte. Wie ich den Schirm hisste, hisste er den Schwanz. Maureens Schritte entfernten sich ins Dunkel. Dann senkte ich den Schirm, Dada senkte den Schweif, und beide gingen wir aufeinander zu.

»Ich bin von einer längeren Reise zurück«, sagte ich. »Hast du den Lachs gefunden?«

Ein lautloser Satz, ein huschender Schatten – und die

Gasse war leer, auf den Pflastersteinen ein finsterer Glanz. Dada war verschwunden. Man steigt nicht zweimal in denselben Fluss, sagt Heraklit. In eine verlassene Heimat kehrt man nie zurück.

Zwei späte Gäste teilten sich einen Joint: Bruno, der griesgrämige Malatesta-Ober, und der Kunstkritiker des Tagesanzeigers. Dass sie sich gut verstanden, war mir von früher bekannt, und ich wusste, dass beide ihren Job nicht ausstehen konnten. Der Ober musste einen Schwätzer wie Quassi bedienen; der Kritiker sah sich infolge linker Solidarität gezwungen, Ellens Werke zu preisen. Kiffend unterhielten sie sich über Traxel & Moff, über den Pudel des Feuilletonchefs der NZZ, über die Götter der nationalen Sendeanstalt … und dann kamen sie doch tatsachlich auf Übel junior zu sprechen! Oder täuschte ich mich? Produzierte ich ihre Stimmen selbst? War alles Einbildung?

Nun mache er seinen Drecksjob seit vierzig Jahren, schimpfte der alte Bruno, und im Lauf der Zeit habe er schon so manchen Frosch erlebt. Eigentlich seien die meisten Malatesta-Gäste Frösche. Kaum auszuhalten. Und doch gebe es Unterschiede. Quassi sei noch schrecklicher als alle anderen – dass der eines Tages über die Mattscheibe flimmern werde, liege in der Natur der Sache. Je weniger Hirn, je größer die Klappe, desto sicherer lande man in der Sendeanstalt.

Der Kunstkritiker kicherte, und der Ober sagte kopfschüttelnd: »Aber der erbärmlichste aller Frösche war der Junior vom Verhüterli-Übel. Abend für Abend hat Quassi auf den eingequatscht, hat ihn als Herrensöhnchen und als Krüppelficker verhöhnt, und wer, glauben Sie, hat am Schluss bezahlt?«

»Der Verhüterli-Frosch«, gluckste der Kunstkritiker.

»Ja, der Verhüterli-Frosch. Immer und ohne Ausnahme der Verhüterli-Frosch!«

Der Kritiker, wiederum kichernd: »Hat man eine Ahnung, was aus ihm geworden ist?«

Bruno deutete auf die riesigen Gemälde und meinte: »Mir wird schlecht von dem Geschmier.«

»Ellens Seerosen-Phase«, sagte der Kritiker und klappte über den dunklen Tränensäcken die Augenlider zu. Eine Weile blieb es still. Ellens Seerosen hingen wie abgehackte Elefantenohren an den Wänden, triefend von Blut.

»Der Verhüterli-Frosch ist bei einem Autounfall ums Leben gekommen«, bemerkte schließlich der Ober, worauf der Kritiker mit einem somnambulen Grinsen hinzufügte, für Frösche sei es ein typisches Schicksal, auf ihren Wanderungen plattgefahren zu werden.

»Aber kein Wort zu Ellen! Sonst kratzt sie die Frösche von der Piste und patscht sie hier an die Wände.«

»Zu ihren Seerosen«, sagte Bruno mit Kennermiene, »würden plattgefahrene Frösche passen.«

Ich ging mit offenem Regenmantel auf die beiden zu, und kaum zu glauben, aber wahr, aber wirklich: Sie zeigten keine Reaktion. Waren die zu bekifft, um mich wahrzunehmen? Oder hatte ich mich tatsächlich in ein Phantom verwandelt? War ich nicht mehr Materie, nur noch Geist? Nein, in der faltigen Visage des alten Griesgrams Bruno tat sich was. Seine Nüstern weiteten sich. Der verkniffene Mund formte das Wort »Fisch«. Pause. »Verdorbener Fisch!« Beide sogen sich am Joint die Lungen voll, hielten den Rauch möglichst lang zurück, und als sie ihn schließlich ihren Nasenlöchern entströmen ließen, übertraf die süßliche Graswolke den Gestank aus meiner Manteltasche. Ich drehte auf dem Absatz um und verzog mich.

Ich war schon auf der Straße, als ich sie sah: Maureen, meine Ex.

»Hallo Liebling«, sagte ich aus dem Mundwinkel, in dem eine Fluppe klebte, und trat dann etwas zur Seite, um sie mit ihrem Cowboyhut und im schwarz glänzenden Latexmäntelchen an mir vorbeihumpeln zu lassen. Das Klopfen der Plateausohle hallte durch die Gasse. Dann begann im Galeriehaus ein Staubsauger zu röhren, und … da!

»Dada!«

Ich machte einen Schritt auf ihn zu – und kniete dann mit dem stinkenden Lachs in der nächtlich leeren Gasse. Dada war verschwunden. Auch für ihn, wie für Maureen, schien ich Luft zu sein … Wahrhaftig, on ne revient jamais. Man kehrt nie zurück. Nie

2018

Kurze Story meiner Auferweckung

»Die Zeit«, 26. 03. 2015

Als ich auf der Intensivstation erwachte, bin ich furchtbar erschrocken. Ich war sehr viel dicker als am frühen Morgen, da sie mich in den Operationssaal geschoben hatten, so dick, dass ich nicht über den Horizont meiner Wampe sah. Wie mochten meine Füße aussehen? Hing vielleicht ein Zettel am großen Zeh?

Ich lag, umstellt von Apparaten, in einem weißen Zelt, und so ganz allmählich begann ich zu erfassen, dass man mir nach Art der Schlüsselloch-Chirurgie die verkrebste Prostata herausgeschnitten hatte. Sie hatten mich mit Gas oder Luft vollgepumpt, um dem Roboter genügend Platz zu verschaffen. Das Herz, als fürchtete es weitere Angriffe, hämmerte, raste, toste, und so wurde ich von flatternden Weißkitteln in die nächste Intensivstation gekarrt, in jene der Kardiologie. Was für ein Trip, was für ein Flug! Ich landete auf dem Untersuchungstisch, hörte das Schrillen von Alarmglocken, sah Lampen aufblinken und Bildschirme flackern, der Raum wurde groß, immer größer, ich schwebte hoch, immer höher, und nahm mit Erstaunen wahr, wie in der Tiefe unter mir eine Schar von Ärzten einen Notfall behandelte.

Ein Gesicht beugte sich über mich. »Wir haben Sie unmittelbar vor einem Herzinfarkt abgefangen. Lüscher ist mein Name. Möchten Sie einen Espresso?«

Als ich mit meinem Köfferchen vor das Unispital trat, koste mich eine lieblich frische Luft. Freu dich, sagte ich mir, sie haben dir das Leben gerettet. Aber so richtig wollte sich das Glücksgefühl nicht einstellen – ein Teil von mir war irgendwo im Innern des Spitals verlorengegangen. An der Tram-Haltestelle löste ich ein Billet und empfand die studentische Jugend, die telefonierend und lachend einstieg, als laut und schrecklich.

*

Lazarus lebte in Bethanien, hatte zwei Schwestern, wurde krank und starb. Dann, nach vier Tagen im Grab, wurde er von Jesus zum Leben erweckt, und seither ist er berühmt und präsent, etwa im Wort Lazarett. Ohne dass er je einen Finger gerührt hätte, erhob ihn die Kirche zur Ehre der Altäre. Lazarus ist der Heilige ohne Eigenschaften, ohne Verdienste, und so erstaunt es nicht, dass er dem protestantischen Kulturraum suspekt blieb. Noch in meiner Jugend nannte man katholische Südländer, die dem Herrgott den Tag stahlen, Lazzaroni. Liebenswürdige Faulpelze. Saßen am Bahnhof und sahen den Zügen nach, die Richtung Gotthard fuhren, in die Sonne, in die Heimat. So sitzen sie am Mittelmeer noch heute, träumen den auslaufenden Schiffen nach und hoffen, dass ihre Wirtschaft von selbst oder mit Hilfe der EU zum Leben erwacht.

Aktiv in Lazarus' Familie waren die Schwestern, Maria und Martha. Maria bat Jesus, den erkrankten Bruder zu heilen. Aber Jesus verspätete sich, und nun war es Martha, die ihm mit der Trauerbotschaft entgegeneilte: »Unser Bruder ist tot.« Jesus weinte. Dann, so steht es beim Evangelisten Johannes geschrieben, ließ er sich zum Grab führen und sagte: »Hebt den Stein!«

»Herr«, widersprach Martha, »er riecht schon.« Jesus hob die Augen zum Himmel. Bisher hatte er Heilungen bewirkt, die auch anderen Rabbis nachgesagt wurden – jetzt würde er die Grenze überschreiten. Wer über den Tod gebot, war der Messias. Sie hoben den Stein, und Jesus »schrie mit lauter Stimme: ›Lazarus, hierher, heraus!‹«

*

Wie bei Maria, die in den Evangelien nur wenige Sätze hat, blieb zwischen den Zeilen der Lazarus-Geschichte vieles offen, und natürlich eignete sich ein Heiliger ohne Eigenschaften hervorragend dazu, von Theologen, Dichtern und Malern mit Eigenschaften versehen zu werden. Lazarus ist weniger eine Gestalt der Bibel, vielmehr eine Legende der abendländischen Kultur.

Im Mittelalter hatte der verdienst- und gesichtslose Heilige ein eigenes Genre: die Lazarus-Spiele. Am Beginn saßen die Hinterbliebenen weinend zusammen, da kehrte der Verstorbene ins Leben zurück, und – Musik! – aus dem Trauermahl wurde ein Freudenfest. Nun sollte er berichten, was er im Jenseits geschaut hatte, aber Lazarus schwieg. Kein Wort, kein Lächeln, nichts. Die Zentralfigur war, wie es im Theater heißt, »eine stumme Jule«, das Zentrum des Stücks ein Loch. Darum herum ein komödiantischer Tanz, lustig und obszön, denn der neugierigen, von der Trauer in die Freude gekippten Gesellschaft war jedes Mittel recht, um den Verstummten zum Reden zu bringen. Sie kitzelten und küssten und schlugen ihn – umsonst. Sein Schock war zu groß. Der Heilige ohne Eigenschaften war ein Heimkehrer ohne Worte.

Die russische Literatur hat die Lazarus-Figur der mittelalterlichen Mysterienspiele übernommen, und es war vor allem der zu seiner Zeit hochberühmte Leonid N. Andrejev, der in seiner Erzählung *Lazarus*, geschrieben 1906, dem Wiedergekehrten ein Gesicht gab, ein grässlich entstelltes Gesicht. »An den Schläfen und unter seinen Augen schattete dichte, erdige Bläue; am Leib und an den Lippen war die im Grabe aufgequollene Haut zerplatzt, und an diesen Stellen blieben kleine rötliche Risse, die glänzten wie durchsichtiger Glimmer. Und dick war er geworden.«

Bei Andrejev entsteigt ein mit gasigen Verwesungsgerüchen gefüllter Ballon dem Grab, und so wie das griechisch-orthodoxe Christentum im Heiligen ohne Verdienste die mediterrane Beschaulichkeit feiert, beklagen die Russisch-Orthodoxen im Toten, der wider seinen Willen reanimiert wird, die grausame Rückkehr in die Bitternis der Existenz. Lazarus, meint Andrejev, wäre lieber drübengeblieben. Und tatsächlich, nach der Lektüre dieser Novelle versteht man, weshalb Jesus »mit lauter Stimme schrie: ›Lazarus, hierher, heraus!‹« So geht man mit einem Hund um. Aber der Hund will nicht. Er hat Angst, Angst vor dem Herrn und vor dem Leben, denn er ahnt, dass er in ein ungeheures Geschehen verwickelt wird. An seinem ins Licht taumelnden Leichnam enttarnt sich ein Gott. Von jetzt an – es ist der Samstag vor dem Palmsonntag; Bethanien liegt vor Jerusalem – weiß die Welt, dass Jesus mehr ist als ein Rabbi, der Blinde sehend, Lahme gehend machen kann. Ein Jubelruf rast durch die Lande und verkündet immer mächtiger anschwellend die Ankunft des Messias. Doch die alte Ordnung wittert die Gefahr und versteht es, ihren Einsturz zu verhindern. So endet die Verletzung der Naturgesetze für beide, für den Wundertäter und dessen Opfer, fatal. Indem Lazarus vom Tod ins Leben zurückkehrt, beginnt für Jesus das Sterben. Aber der Schrei in die Grabhöhle, meint das fromme Russland, ist nicht nur der Anfang der Passion des Herrn, er ist auch der Anfang der Passion des Lazarus. Man stirbt nur einmal. Lazarus ist der Hund, der ewig leben muss.

*

Nein, diese Menschen! Sie sind verrückt. Lärmverrückt. Alles, was sie tun, hat den einzigen Zweck, den Geräuschpegel in die Höhe zu jagen; Früchte verkaufen sie, um Preise ausrufen zu können; Auto fahren sie, weil sich die Hupe mit der Faust bearbeiten lässt; am Bartresen stehen sie, um die unablässig quäkenden TV-Apparate zu überschreien, und sollte mich je einer fragen, weshalb ich IHN dafür hasse, dass er mich zurückgeschrien hat ins Leben, würde ich ihm antworten: weil es drüben, in der andern Welt, so schön still war. Diesen Lärm halte ich nicht aus, und das Schlimme ist: Er nimmt zu von Jahrhundert zu Jahrhundert. Irgendein Esel brüllt immer, irgendein Radio plärrt in jedem Winkel, und wo, außer in einem Grab, könnte ich, der unfreiwillig Auferstandene, Ruhe finden? Ah, wie ich die Fische beneide! Auf improvisierten Tischen sterben dicht gedrängt ihre silbern glänzenden, blau schimmernden Leiber, schutzlos ausgesetzt dem Anschwärmen der Fliegen, den Griffen der Käufer, dem Messer des Händlers, der laut lachend einen blutroten Querschnitt aufklaffen lässt, »nimm die Hälfte«, schreit er, »zum halben Preis!«, und klatscht den mit roten Augen glotzenden Fischkopf auf ein Fettpapier in seiner gewaltigen Pranke. Ich drücke mich gern in der Gasse der Fischhändler herum, denn hier fällt der Gestank meiner Geschwüre kaum auf, hier kann ich in einem Hauseingang hocken, der mich an mein Grab erinnert, und hochblicken zum Himmel, der zwischen den Dächern nur ein Rinnsal ist, stechend grell zur Mittagszeit, nachts durchschwommen von Sternen, und so immer weiter, so immer fort, mittags das Licht, nachts die Sterne und unablässig das Jucken, das Brennen meiner Haut, von der eitrig der Schleim der Verwesung tropft. Was für ein Durst könnte mich verdorren lassen? Wo ist das Messer, das mich erlöst? Helft mir. Bitte. Habt Erbarmen mit dem ewigen Lazarus.

*

»Der Tod ist überlebbar«, sagte mir Prof. Dr. Thomas F. Lüscher bei einer Routinekontrolle. Wie alle bedeutenden Ärzte ist Lüscher auch Philosoph und beobachtet besorgt, wie sich der Wunsch nach Unsterblichkeit mehr und mehr vom Religiösen ins Medizinische verlegt. In seinem Werk *GedankenMedizin* (Springer, Heidelberg, 2010), erläutert er, wie es der Medizin gelang, die tödliche Rhythmusstörung des Herzens durch einen geringen Stromstoß zu beenden. Dem Patienten wird ein Defibrillator implantiert, kaum größer als eine Zündholzschachtel, wodurch die Auferstehung zur klinischen Routine geworden ist. Lüscher: »Nicht nur lesen die Defibrillatoren das EKG wie ein Facharzt für Kardiologie, sie reagieren differenziert mit schnellem Pacing oder einem Elektroschock – entsprechend der Diagnose, die sie gestellt haben.«

Es ist höchste Zeit, dass auch die überalterten Nationen des Nordens Lazarus zum Top-Heiligen küren. Gerade in der Schweiz wimmelt es von Gerontopolen, worin moderne Lazzaroni mit implantierten Gebissen und implantierten Defibrillatoren durch gepflegte Parkanlagen joggen, um in den Reformhäusern die tägliche Saft- und Früchteportion zu erwerben. Kippen sie um, berechnet das Herzimplantat die Stärke des Stromstoßes und jagt sie wieder auf die Beine. Dann rennen oder radeln sie weiter, ohne den Kurztod bemerkt zu haben. Wir sind fit, sagen die blitzenden Zahnleisten der mehrfach gelifteten, sonnengebräunten Greisengesichter.

Ich bin kein Freund des Fortschritts. Dass die neue Welt schöner sei, halte ich für eine Lüge. Aber! Aber natürlich habe ich im Moment, da ich mit dem Krebsbefund konfrontiert worden war, alle Skepsis fahren lassen und mich ganz der Hochtechnologie-Medizin anvertraut. O ja, da war es mir nur recht, dass es eine Operationsmethode gab, die nach dem ersten, von Leonardo da Vinci erdachten Roboter benannt ist – ursprünglich entwickelt, um Astronauten in ihren Raumstationen von Houston aus operieren zu können. Gut so, dachte ich. Helft mir. Rettet mich. Und musste dann doch merken, dass ich noch für längere Zeit im Innern der Kapsel blieb, sinnlos durchs finstere All kreisend, unfähig zur Rückkehr ins alte Leben. Inzwischen meine ich zu wissen, warum. Alles hat seine Zeit, auch der Mensch und sein Körper – nicht ungestraft greift man über sein Verfallsdatum hinaus.

Ja, Lazarus ist der Heilige der Stunde, nicht nur bei den schwermütigen, am Leben leidenden Russen; nicht nur bei den heißblütigen, auf Wirtschaftswunder setzenden Griechen: auch bei uns. In der Leere dieser Gestalt wird die Leere einer Zukunft sichtbar, die alle Grenzen verwischt, die Grenze zwischen Jugend und Alter, zwischen Leben und Tod.

Und er selbst, der ewige Lazarus? Wo mag er sein? Wie hält er seine Endlosigkeit aus? Man weiß es nicht. Man kann nur spekulieren. Vielleicht hockt er bei den Fischern am Meer, vielleicht döst er mit Onkel Wanja auf einem russischen Sofa, vielleicht zieht er mit seinem Infusionsständer durch Spitalkorridore. Thomas von Aquin gestand dem Eigenschaftslosen die Eigenschaft zu, die Auferstehung von den Toten vorweggenommen zu haben. Was uns am Ende aller Tage widerfahren wird, Lazarus hat es bereits hinter sich. Frohe Ostern!

2015

Der Kosmopolit wohnt im Kosmos

Vortrag, gehalten am 13. 11. 1994 vor der Freien Akademie der Künste zu Leipzig

Das erste Europa müssen wir in der Gegend des alten Griechenland vermuten. Damals waren Götter und Menschen eins mit der Natur. In jedem Haus, jedem Fluss, jedem Hain war das Heilige anwesend. Der Kosmos war zum einen das Große Ganze, und zum andern war er das Kleinste, nur ein Wassertropfen, nur ein Punkt. Peter Sloterdijk gibt die Wortwurzel von Kosmos mit »Kleinod« an, die Wortwurzel von mundus, Welt, mit »Mundgrube«, und allein aus dieser ursprünglichen Bedeutung der Wörter lässt sich erahnen, dass die Alten nicht in die Breite dachten, sondern in die Höhe. Ihr Kosmos war der Zusammenhang von Punkt und All, von Hain und Gott, von Mensch und Natur. So legten sie auch ihre Polis an: Athen und Sparta verbanden sich nicht miteinander, wohl aber sahen sich beide Stadtstaaten mit dem Großen Ganzen konfrontiert – sowohl die Athener als auch die Spartaner verstanden ihre Polis als ein Abbild des Kosmos. Wer sich als Bürger richtig verhalte, als Polit, so ihre Überzeugung, der verhalte sich auch als Kosmopolit richtig, als Bewohner und Bestandteil des Universums.

Der moderne Kosmopolit fühlt sich in der Ebene heimisch, überall auf der Oberfläche des Planeten. Der Kosmopolit der Antike jedoch bewegte sich weniger in der Fläche, sondern, um es auf eine Formel zu bringen, in der Vertikale, zwischen Erde und Himmel, zwischen dem einen kleinen Punkt und dem Ganzen des Universums. Nicht in die Breite, in die Weite reiste er, in die Höhe.

*

Anno null ist die Kosmosfrömmigkeit vom Christentum zerstört worden. Der christliche Gott war nicht mehr in der Natur, im Kosmos, vielmehr steht er, als absolute Wahrheit, außerhalb des Irdischen. Dadurch entfremdet sich auch der Mensch der Natur. Er begann sich seiner Natürlichkeit, seiner Triebe, zu schämen und suchte, anders als die Griechen, deren Götter, Faune und Böcke im Morgenlicht fröhlich getanzt, gesoffen und gehurt hatten, das Heilige fortan im Geistigen, im Absoluten, in der Abtötung von Lust und Fleisch. So entstand über uns Menschen, wie Hegel sagt, »der Himmel der Wahrheit«. Die Distanz zwischen Himmel und Erde jedoch, zwischen Geist und Fleisch, zwischen Gott und Natur war auf einmal so groß, dass die natürliche Verbindung zwischen dem Punkt und dem All zerriss. Hier unten wir Menschen mit unseren dunklen Trieben, den finsteren Gedanken und dem grauen Alltag – und dort oben das einzig Wahre, das höchste Gute, ein großes und stilles

Leuchten. Zwar gab es nach wie vor die Analogie zwischen den beiden Welten, aber eine Anwesenheit des Göttlichen hienieden oder des Menschlichen im Götterhimmel war nicht mehr denkbar. Das heißt, bei dieser großen Wende, die ja auch zur Zeitenwende geriet, wurde das bisher Vermischte getrennt. Hier das Irdische, hieß es nun, dort das Absolute. Hier das Dunkel, dort das Licht.

Die nächste große Zeitenwende brachten die Aufklärer. Sie haben die christliche Lichtmetapher usurpiert und machtvoll in ihr Gegenteil umgedreht. Von nun an war die Religion die Finsternis, und ganze Brigaden von Beleuchtern machten sich ans Werk, mit ihren Scheinwerfern den Himmel abzuleuchten und dem dumpf gläubigen, gottesfürchtigen Volk zu beweisen, dass über den Köpfen kein Gott sei, sondern die Atmosphäre, das Nichts. Die Abwrackung der Metaphysik begann; der Himmel wurde geschlossen, und das war möglich, weil ihn die Menschen als Seinsgeber nicht mehr brauchten. »Cogito, ergo sum« ist das Schlagwort der Aufklärer. Damals, im 17. Jahrhundert, war das eine revolutionäre und befreiende Behauptung. Sie machte den Menschen selbständig. Weil ich denken kann, sprach er nun, bin ich existent, habe ich Sein. Die Aufklärer hatten das Licht der Vernunft angezündet, und das Volk, das bisher in kalten, düsteren Domen vor dem Herrn gezittert hatte, erwärmte sich daran.

*

Traten in meiner Kinderzeit die Erwachsenen aus dem Haus, schauten sie sofort auf, zum Himmel. Mein Großvater, er starb anno 57, ist alle seine Wege mit einem schwarzen großen Schirm gegangen, auch im Sommer, schließlich gab es noch keine Satelliten, das Wetter war wendisch, und so ging der Blick immer wieder nach oben, wird es regnen oder nicht? Nach Großvaters Tod wurde sein Sarg von einem Pferdefuhrwerk zum Friedhof gebracht, und ich erinnere mich gut an meine zwiespältigen Gefühle, als ich hörte, dieser Gang zum Friedhof sei auch für den Gaul, der so manche Leiche gekarrt hatte, der letzte gewesen; ein schwarzer Mercedes-Kastenwagen hat ihn ersetzt. Der Gaul tat mir leid, aber noch viel größer war meine Freude über den Leichenwagen, den das ganze Dorf als Triumph des Fortschritts bejubelte, der Pfarrer hat ihn eingesegnet, und freiwillig sich meldende Ministranten putzten ihn so lange mit Sigolin, bis sein Schwarz zu gleißen begann.

Zu Großvaters Zeiten ging man, auch im übertragenen Sinn, unter dem Himmel. Dann wurde der Regenschirm durch das Auto ersetzt, und verzeihen Sie bitte, wenn ich so etwas Plattes sage: Die Scheinwerfer eines Autos zielen nach vorn, sie leuchten geradeaus, in die Fläche. Mit anderen Worten: Von jetzt an schien der Blick nach oben nicht mehr nötig zu sein, wichtig war nur noch die Orientierung in der Ebene, auf der Straße – willst du sie überqueren, sagen wir den Kindern, musst du erst nach links, dann nach rechts schauen.

Das Auto, dieser mobile Scheinwerfer, ist die Fortsetzung der Aufklärung im Flachland. »Autos« kommt aus dem Griechischen und heißt »selbst«. Wer heutzutage Ich sagt, meint meistens sein Auto. Wir sind, was wir fahren, und wer mir nicht glaubt, spitze bitte sein Ohr! »Ich stehe vor der Oper«: Dieses Sätzlein wird in knapp fünf Minuten, am Ende meines Vortrags, mehrfach fallen. Die Personen, die es äußern, werden allerdings im Innern des Hauses stehen, nicht davor. »Ich stehe vor der Oper«, das besagt nichts anderes als: Mein wahres Ich ist mein Auto. Der Mensch hat sich aus metaphysischen Sphären verabschiedet, er ist zum selbstbestimmten Einzelnen geworden, und dieser Eine, hinter das Steuer seines Wagens geklemmt, schaltet, waltet, leuchtet und rast, wie es ihm beliebt.

*

Bis zum Jahr null, zur ersten großen Wende, war der Mensch zugleich gut und böse gewesen, die Natur göttlich, der Gott menschlich und manchmal sogar ein Tier. Dann wurde das Gemischte gesondert: Ab sofort war das Licht bei Gott, und die Finsternis war bei den Menschen. Er, der Höchste, war der Geber, der Herr und der Hüter allen Lebens, allen Seins. Dagegen lief Cartesius mit seinem Cogito Sturm. Wer denkt, ist: Punkt. So weit, so gut. Für den Menschen begann eine bequemere, freiere Epoche. Für alle anderen Lebewesen jedoch erwies sich die Cartesianische Formel als Vernichtungsurteil, und leider gilt sie immer noch, Tag für Tag sterben mehrere Arten aus, wen wunderts, Tiere, so Cartesius, haben keine Vernunft, also haben sie kein Sein und müssen, der Begriff ist von Cartesius, unter die »Automaten« gerechnet werden.

»Die vollends aufgeklärte Erde«, schreiben Adorno und Horkheimer 1947, »strahlt im Zeichen des triumphalen Unheils.«

Dieser Punkt ist erreicht. Die Städte werden hell und heller; die Autobahnen, die Straßen, die Häuser, alles leuchtet, alles strahlt. Wir sind zur Aufklärung angetreten, und das heißt ja wohl: Nicht das Licht haben wir zu fürchten, sondern das Dunkel. Die Aufklärung nahm dem Menschen die Furcht, und das war gut so; sie gab ihm eine Existenz, da wurde es schon problematisch; nun jedoch, da die Kuppeln längst eingestürzt und alle Kathedralen zerfallen sind, strahlt diese Aufklärung weiter, sie zischt in der Ebene herum wie eine defekte, am Boden abbrennende Weltraumrakete.

Leider orientiert sich auch das neue, von allen so heftig bejubelte Europa an Cartesius und seinem Seinsbegriff, wonach der *Mensch*, wie früher der Gott, Geber, Herr und Hüter allen Lebens, allen Seins ist. Mit dem ausdrücklichen Segen der Eurokratie wird in die Genesis von Mensch, Tier und Pflanze eingegriffen, der achte Schöpfungstag hat begonnen, und zwar überall, nicht nur in den Laboratorien der Trusts. Was für ein Triumph für Descartes! In den Stationen der sogenannten Intensivmast ist das Licht auf die Tageszeit fix und für immer eingestellt, da die Tiere so am meisten fressen, ebenso die Temperatur, und was geschieht? Die armen Hühner und Schweine und Kälber und Kühe, von ihren Instinkten geleitet, degenerieren tatsächlich zu Automaten, zu stets und ständig sich mästenden Fressmaschinen, die ihr Schlachtgewicht in knapp einem Drittel der natürlichen Wachstumszeit erreichen. Dann werden sie, was nicht nur ökologisch, sondern auch ökonomisch kompletter Unsinn ist, quer durch den Kontinent zur preisgünstigsten Fleischbörse transportiert, dort in ihre Bestandteile zerlegt, in Plastikfolie eingeschweißt, in Kühlhallen gelagert, und sollte dem Elektriker, der in der Intensivmaststation Temperatur und Licht regelt, der Appetit nicht vergangen sein, kann er in einem zwar fensterlosen, aber grell ausgeleuchteten Supermarkt in eine gleißend helle, weiß vereiste Kühltruhe greifen und sich ein Stück des von ihm produzierten Fleisches herausholen: Quer durch den Kontinent ist es im luftverpestenden und lichtversprühenden Großlastwagen an den Ort seines Ursprungs zurückgekehrt.

Licht Licht Licht, wohin man auch greift, aber ist das die Helle der Vernunft?

*

Vermutlich denken Sie jetzt: Aha, da spricht ein typischer Schweizer, ein Tresorist, der von Europa nichts wissen will und gern im Safe hockt, wo ihm die Fluchtgelder der Mafia- und Drogenbosse den Arsch wärmen. Diesen Vorwurf kenne ich, seit ich mich im Schweizer Abstimmungskampf gegen einen Beitritt zu Europas »Konsumverein« (Pannwitz) ausgesprochen habe. Vorsicht! Heutzutage wird, gerade in Deutschland, der Supranationalismus genauso pompös zum Fetisch erhoben, wie das im 19. Jahrhundert mit dem Begriff »Nation« geschehen ist, und Transnationalisten, mögen sie Helmut Kohl heißen oder Adolf Muschg, sind mir ähnlich suspekt wie Nationalisten. Beide brauchen eine Flagge, die Transnationalisten sogar zwei, die nationale und die europäische, und die Zeit der Flaggen, tut mir leid, ist passé. Nein, ich rede nicht der Nation das Wort. Ich meine vielmehr, dass wir uns in eine Falle hineinmanövriert haben, nämlich in die Falle der totalen Ebene, und die, glauben Sie mir, ist weder mit nationalen noch mit europäischen Mitteln zu einem bewohnbaren Ort zu machen.

*

Im August 1881 wanderte Friedrich Nietzsche, wie oft in jenem Sommer, um den kleinen Bergsee von Silvaplana herum. Da, plötzlich, kam ihm, wie er später schrieb, ein neuer, gewaltiger Gedanke. Es ist der Gedanke einer ewigen Wiederkunft, und wiewohl die Weise, wie der Gedanke kam, nämlich als Blitz, als Offenbarung, fast wichtiger ist als sein Inhalt, möchte ich zuerst in aller Kürze auf den Kern dieser Wiederkunftslehre eingehen. Sie ist der Antike entlehnt und führt zurück in kosmische Zusammenhänge, in jenes »gefährliche Vielleicht«, wie Nietzsche sagt, das Gott und Mensch, All und Punkt, Gut und Böse, Ja und Nein zusammendenkt. Nietzsche will die zweiwertige Logik aufheben, die Klärung in eine irdische Welt und eine absolute der allgemeingültigen Wahrheiten. Da aber die Aufklärer, wie er sagt, genau wie die Priester, an dieser grundsätzlichen Teilung des Kosmos in Licht und Finsternis, in helle Wahrheiten und dunkle Triebe festgehalten hätten, zerschlägt er auch deren Positionen mit dem Hammer in Stücke.

Das, um seine berühmteste Formel zu zitieren, soll seine Umwertung aller Werte sein, die große Wende: Nietzsche geht es um eine neue Form des Denkens, um eine neue Weise des Sehens, und diese neue, andere Sicht der Dinge hat er nicht etwa erdacht, nein, wie ein Blitz hat sie ihn überfallen, und, im wahrsten Wortsinn, umgehauen. Am See von Silvaplana lag für Nietzsche Damaskus. Hier ist sein Denken verwandelt worden: Incipit Zarathustra! »Mit unsäglicher Sicherheit und Freiheit«, erzählt er in *Ecce homo*, sei »Etwas hörbar und sichtbar« geworden, »Etwas«, das ihn, wie er schreibt, »im Tiefsten erschüttert und umgeworfen« habe.

Die Erschütterung ruft zum einen der Gedanke selbst hervor, der Ewige-Wiederkunfts-Gedanke, und fast noch mehr erschüttert den einsamen Wanderer die Tatsache, *wie* der Gedanke kommt. Bis zu diesem Punkt hat er *nach*gedacht. Nun meldet sich das Denken selbst, das heißt, eine andere und größere Welt stürzt aus eigener Kraft auf den nichtsahnenden Wanderer ein.

*

Betrachten wir noch einmal das Modell, nach dem wir seit zweitausend Jahren denken und sehen. Es ist das Subjekt/Objekt-Denken, also ein Denken und Sehen, das rein und ausschließlich von unserem Ich ausgeht. Cartesius hat es auf das Cogito, auf den einzelnen Menschen reduziert und ein für allemal für verbindlich erklärt. Subjekt/Objekt sind lateinische Wörter und eine römische Schöpfung. Die Römer nämlich, imperialistisch und kolonialistisch, wie sie waren, konnten mit der griechischen Vertikale nichts anfangen. Sie walzten alle Grenzen platt und rollten ihren Limes bis zu den Rändern der damaligen Welt.

Die Griechen standen dem römischen Eigen- und Flachsinn perplex gegenüber. Sie waren, wie ich am Anfang angedeutet habe, in ihrem Denken und Sehen anders gepolt, gerade umgekehrt. Für sie, die Kosmosfrommen, war der Verstand nicht absolut und an alle Anfänge gesetzt, sie erfuhren die Welt nicht, im Gegenteil, sie ließen die Dinge kommen. Der Anfang konnte folglich im Ding sein, in seiner Bewegung, oder er konnte im Ich sein, in dessen Verstand oder Auge, festgesetzt war das nicht. Für sie war das Phänomen wirklich und wahrhaftig ein Phänomen, nämlich eine Offenbarung, Epiphanie. φαινεσδαι übersetzt Heidegger mit: das aus-sich-heraus-Erscheinen.

*

Eine der letzten Notizen Friedrich Nietzsches lautet: »Ich habe meinen Regenschirm vergessen.«

Jacques Derrida rät in einer wundervoll kryptischen Schrift, den lapidaren Satz als Botschaft aus den weiten Räumen des Wahns zu lesen, als letzte Nachricht an uns, die im Flachland zurückbleiben müssen.

Nietzsche, der Pfarrerssohn, ist einen weiten Weg gegangen. Er wetterte wie kein zweiter gegen Gott und Götter, gegen absolute Wahrheiten und reine Ideen. Auch er war ein Aufklärer, ein Erheller, beim Stein von Surlej jedoch, am Bergsee von Silvaplana, wurde ihm blitzhaft klar, dass … Ja, was? Was jetzt? Wie weiter? In diesem Blitzmoment, schrieb Nietzsche später, »wendete sich das Schicksal meiner Seele«. Da vollzog sich tatsächlich eine Wendung, eine gewaltige Umwertung, von diesem Augenblick an war Nietzsche ganz Auge, ganz Ohr, ganz Wunde, schmerzlich geöffnet dem gefährlichen Vielleicht. So konnte »Etwas« in ihn einströmen, das noch nicht vom Ich, vom Verstand, vom Cogito zerkaut und zerteilt war, kein Ja und kein Nein, sondern – vielleicht – das Vielleicht, das zugleich der kleinste Punkt und das Ganze des Universums ist oder war oder sein könnte, Gott und Mensch und Tier, nämlich ein Pferd, das vom Kutscher gepeitscht und von Nietzsche umhalst wurde. Das Subjekt war zerschlagen, die Dinge kamen heran: Ihm, dem wahnheiteren Philosophen, war alles zum Phänomen geworden, sogar der Himmel – der Gaul war Gott, Gott ein Gaul. Auf der Postkarte an den besten Freund steht die Nachricht: »Torino, Ferrovia, 4.1.89. – 4 Uhr Morgens. Meinem maestro Pietro. Singe mir ein neues Lied: die Welt ist verklärt und alle Himmel freuen sich. Der Gekreuzigte.«

Die Umwertung war gelungen. Ein neues und zugleich uraltes Denken hatte ihn erfasst, der Himmel war wieder da, das Gesonderte gemischt, die Ferne entfernt.

*

Was ist unsere Lage? Auf einer Kugel, sagt Ernst Jünger, ist jeder Punkt Mittelpunkt. So etwas wie Mitte kann es infolgedessen auf dem Planeten, in der Fläche, gar nicht geben; auf halbem Weg zwischen dem Punkt und dem All jedoch, zwischen dem Kleinod und dem Kosmos, könnten wir Menschen eine neue, uralte, eine natürliche Mitte finden. Kosmopoliten wohnen im Kosmos.

1994

Heimkehr

Auszug aus dem Roman
(Schlussfahrt)

Ich stutzte. Da stand ja Quassis Chevi – sie hatten ihn repariert, mit neuen Gummireifen versehen, die kaputte Frontscheibe ersetzt. Und wer saß am Steuer?

Der Kater!

Es war kein großer Fehler, nur ein kleiner, aber ich war derart froh, meinen lieben Freund Anonymus gefunden zu haben, dass ich mich auf den Beifahrersitz schob.

»Hallo«, maulte er, »ging es nicht ein bisschen früher?«

»Woher sollte ich wissen, dass du auf mich wartest?«

»Ich dachte, wir waren verabredet.«

Er drehte die Zündung, und der Motor begann zu brodeln. Ich hatte nicht vor, mit dem Kater irgendwohin zu fahren, doch als ich ihm das mit aller Deutlichkeit mitteilen wollte, erkundigte er sich liebenswürdig, wie ich mit dem alten Herrn zurechtgekommen sei.

»Erstaunlich gut. Als ich mit der Schelle geläutet habe« … ich zog sie aus der Tasche … »hat er mich wiedererkannt.«

Mit seinem eleganten Lederstiefel gab er Gas, und leider merkte ich zu spät, erst im Nachhinein, dass wir an der Pforte vorbeigeschossen waren.

»Lass mich aussteigen, ich muss wieder in die Halle, alle warten auf mich!«

Er stieß, einen Joint im Mundwinkel, ein dreckiges Lachen aus und erhöhte das Tempo.

»Anhalten! Halt endlich an, du verrücktes Tier!«

Im Scheinwerferstrahl flitzten Urwaldbäume vorüber, dann ein hartes Geratter über die Bohlen einer Brücke, Nebel, ein Fluss, Menschen – waren das Soldaten, hatten die Gewehre, schossen die auf uns? Je länger die Nachtfahrt dauerte, desto schwerer schwüler wässriger wurde die Luft und würgte mir trotz des pfeifenden Fahrtwinds den Atem ab. Ich krallte mich mit beiden Händen am Sitz fest, drückte immer wieder die Augen zu, konnte jedoch nicht verhindern, dass ich bei den Sprüngen spitze Schreie ausstieß – »anhalten, anhalten!«. Vergeblich. Der bis unter die Hirnrinde bekiffte Kater dachte nicht daran, den Stiefel vom Gaspedal zu nehmen, gierig sog er am Joint, sein Blick wurde glasig, an der Scheibe zerspritzten Falter und Käfer und Fliegen, ein blutiges Schneegestöber, in das wir blind hineinschossen.

»Wo fliegen wir hin, alter Knabe?«

»Auf die andere Seite, Herr Doktor, vom Tod ins Leben!«

Jetzt ein Sprung und ein Schweben und Steigen und Fallen ... und tief unten ein Punkt, ein Blinken, ein Zwinkern, ein Stern, ein Satellit oder ein Flugzeug ...

2018

Es geschah mitten im Indischen Ozean

»Neue Zürcher Zeitung«, 03. 02. 2020

Im Spätsommer 1974 überquerte ich auf einem alten Dampfer der Peninsular and Oriental Company den Indischen Ozean. Die Passage von Durban via Mombasa und Karachi nach Bombay dauerte mehrere Tage, und jeweils zu ihren Gebetszeiten kamen alle Muslime an Deck, entrollten ihre Teppiche und verneigten sich gegen Mekka, wobei ihnen ein Schiffsoffizier mit gezücktem Kompass jeweils die Richtung angab.

Während des Gebets wurden die Bordspiele auf dem Oberdeck unterbrochen, und ich lernte unterm weißen Sonnensegel eine junge Inderin kennen, Majandra. Majandra war in Durban, Südafrika, aufgewachsen und reiste mit ihrer Familie der ursprünglichen Heimat entgegen. Standen wir an der Reling, vermischte sich Majandras Wehmut mit der Wehmut des alten Oceanliners, denn dies war seine letzte Fahrt, seine Tour d'adieu – noch ein letztes Mal würde er das ferne Yokohama anlaufen, um danach irgendwo in Asien verschrottet zu werden.

Verliebt in die Vorstellung, dass uns der alte graubärtige Kapitän verheiraten würde, natürlich unter tropischen Sternen, hätte ich Majandra beinah einen Antrag gemacht, aber Claude Blum, mein Reisebegleiter, ein Freund aus Klosterschulzeiten, der später ein weltweit tätiger Anwalt wurde, hat mir die Romanze ausgeredet.

In Karachi war die Schwüle unerträglich. Alles klebrig, die Haut, das Haar, das Deck. Endlich lösten sich von den Pollern die Taue, und für den todgeweihten Kahn, der hier seit Jahrzehnten vorbeigekommen war, begann die letzte Ausfahrt aus diesem Hafen. Auf der Brücke bildeten der Kapitän und seine Offiziere eine stolze Reihe, in weißen Galauniformen, mit schwarzen Sonnenbrillen, die Hand am Mützenschirm.

Die Menschenmassen auf den Quais, die Kräne, die Lastwagen, die Roller – alles sah empor zum langsam und lautlos vom Pier sich lösenden, mit allen Lichtern leuchtenden Schiff. Damals habe ich es zum ersten Mal erlebt: *Es wurde still.* Es?

Es. Die Bergler, erzählt Eduard Renner in »Goldener Ring über Uri«, erstmals erschienen 1941, später im Ammann Verlag wieder aufgelegt, kennen dieses Es. In ihrer kargen Sprache taucht es immer wieder auf, häufig in Zusammenhang mit dem Wetter. Es regnet. Es schneit. Es kommt bös. Es git Gpängster und Ughiir, es gibt Gespenster und Ungeheuer.

Der Urner Spitalpfarrer und Sagensammler Josef Müller berichtet von einem Senn, der unter einem hohen Felsen stand und sprach: »Lach s la chu, lass es kommen!« Es begann in der Stille zu rumoren, und in der herabdonnernden Gesteinslawine begrub der Berg den Senn, seine Herde und die Alp. Aus den »stillen Dörfern im Innern« (Renner) war *es* hervorgebrochen, und um sich mit den Geistern und Toten, die diese Dörfer bewohnen, zu verständigen, sprechen die Bergler bis auf den heutigen Tag eine Sprache, die sie im Innern verstehen: den Jodler, den Jauchzer, den Betruf.

Aber auch der Umzug mit den Kuhglocken, das Treicheln, oder das wilde Schwingen der Peitschen, das Kläpfen, sind der uralte Versuch, sich ans Es zu wenden, ans Unfassbare, ans Übermächtige, ans Numinose. Renner vermutet, dass viele dieser Bräuche aus dem Alltag stammen, etwa aus der Zeit, als man die Reisenden noch auf kleinen Einspänner-Schlitten über den verschneiten Gotthard geführt hatte. Da war stets einer vorangestapft, der sacht mit der Peitsche knallte, um eine fällige Lawine vor dem Passieren der Karawane zum Niederfahren zu bewegen.

Für die Bergler war beides numinos: die tiefe Stille und der gewaltige Donner, mit dem sich der Gletscherbach in den Abgrund stürzt. Im Donner und in der Stille sprach es zu ihnen: *Es*. Und bald geht die Fasnacht los, und für ein paar Tage nehmen all die Bewohner der inneren Dörfer draußen bei uns laut und lärmig Gestalt an: de Stelzäma, de Dräckpätscher, de Baubauzi, die Hur Kathry, die Stegkatzen, de Toodoli und d Teetälä, dessen Frau (oder Tochter oder Großmutter).

Eines Abends kam ich auf einer Flanke über dem

Urnersee, unter der steilrechten Wand des Fronalpstocks, zu einem einsamen Gehöft. Die Bäuerin stellte gerade eine Laterne vor das Haus. Man wolle die armen Seelen, die nachts einen Unterschlupf suchten, nicht »im Eigenen haben«, erklärte sie mir, lieber hier draußen, bei der Kerze.

Während wir uns über die »stillen Dörfer im Innern« unterhielten, tat sich über dem Hauseingang das niedere Küchenfenster einen Spalt weit auf, und eine Hand wie Pergament stellte ein kleines Gefäß auf das Fensterbrett. Das sei die Großmutter, meinte die Bäuerin mit einem verschämten Lächeln, die gehöre noch zur Generation, die nachts kein Tintenfass im Haus haben wolle.

Vielleicht hat die Alte gar nicht so unrecht. Es kann auch aus der Tinte kommen. Es steht geschrieben. Es war einmal.

Ihr glaubt es ja nicht, pflegte ein alter Innerschweizer Geschichtenerzähler einzuflechten, ich erzähle es trotzdem. Ich erzähle es trotzdem.

Es war am letzten Tag des Jahrs. Der Gipfel der Rigi ragte über dem alpenweiten Nebelmeer in eine Abendglut hinauf, die in allen Farben schillerte – Mitternachtsblau, Föhngrün, Goldgelb und schließlich in einem das ganze Gewölbe überfließenden Flammenrot. Die Terrasse des Kulm-Hotels hing wie ein schmales Deck ins Leere hinaus, und dort, ganz vorn, sah ich eine Frau an der Reling stehen, ins Abschiedslicht der schon versunkenen Sonne gegossen, schön wie Majandra, damals auf dem Oberdeck des Oceanliners der Peninsular and Oriental Company.

Ob ich es wagen durfte, an ihre Seite zu treten? Alles war jetzt rot ringsumher. Ein Firn nach dem andern erlosch, und die weite Alpenkette wurde zu einem schwarzen, scharf gezackten Schattenriss. Da und dort drang von den versunkenen Städten ein schwaches Schimmern herauf, fahle Inseln im tiefer gelegenen Nebelmeer, und auf einmal erfasste mich ein Schwindel, wie am offenen Abgrund. War die Schöne vor der aufkommenden Nacht ein Höhenrausch? Oder ein Traum? Oder eine wirklich gewordene Erinnerung an die Morgendämmerung des Lebens, da man ganz und gar Erwartung gewesen war, gelingender Entwurf, unendliche Zukunft?

Es war stärker als ich. Es zog und trieb und führte mich zu ihr hin, und als die Musik aus dem Speisesaal des Hotels verklang, als vor uns die Sterne heraufglitten und der lautlose Wind stärker wurde, kam es uns vor, als würden wir mit unserem Planeten rasch und immer rascher hinabrollen in die Tiefe des Alls. Durfte ich meine Rechte auf ihren schmalen, um das Geländer geklammerten Lederhandschuh legen? Sollte ich – aus dem Nichts heraus – den Antrag nachholen, den ich seinerzeit, auf dem Indischen Ozean, nicht gewagt hatte?

Einer der näheren Berge war jener Fronalpstock, auf dessen Flanke ich seinerzeit gewandert war, und ich konnte nur hoffen, dass mich die Siebenschöne an der Reling der Rigi nicht für den Baubauzi hielt, den Popanz, dem es in gewissen Nächten gelingt, das Tintenfass auf dem Fensterbrett vor dem Küchenfenster zu verlassen.

2020

Lesen

»Schweizer Monatshefte«, März / April 2007

Als Leser war ich mir stets voraus, und schon in frühen Kinderjahren, kaum hatte ich das Alphabet erlernt, sah ich vom Gipfel meines Bücherbergs herab auf die ganze Welt, auf Wüsten Meere Länder, auf Paläste Götter Untergänge, auf Zerstörungen und Zukünfte. Das hat mir in späteren Jahren das Reisen nicht verleidet, im Gegenteil. Gewisse Landschaften, etwa die schädelkahlen Hügel Griechenlands oder eine Stadt wie St. Petersburg, lockten mich an, weil ich sie durch Erhart Kästner oder Dostojewski bereits kannte. Enttäuscht wurde ich nie. Die Dichter hatten mich in die Schönheiten und Abgründe dieser Orte eingestimmt.

Nur als ich in New York ankam, hatte ich ein schales Gefühl. Die erwartete Sensation wollte sich nicht einstellen, und ich meine den Grund dieser Enttäuschung zu kennen. New York hatte ich nicht als Leser, sondern im Kino kennengelernt. Kein Déjà-lu, ein Déjà-vu-Erlebnis!

Als Marie, die Hauptfigur in meinem Roman *Vierzig Rosen*, von der Bücherverbrennung hört, beginnt sie gierig zu lesen. Sie verschlingt Romane aus der Bibliothek ihrer Mutter, die, an Tuberkulose erkrankt, bestimmte Seiten mit Blutspritzerchen vollgehustet hat. Marie merkt bald, dass die Lungen ihrer Maman stets die »richtigen« Stellen bezeichneten. »Da wurden *billets* abgeschickt, Küsse ausgetauscht, und auf Schlosstreppen und Bahnhöfen kam es zu erschütternden Abschiedsszenen.«

Wie lernt Marie ihren Max kennen? Indem sie ihm ein *billet* schickt. Es kommt zu einer ersten Begegnung, und dann verabschieden sich Max und Marie aufeinander zu, natürlich an Orten, die die junge Leserin aus ihren Romanen kennt: auf dem Perron, im Park und in einer schäbigen Pension. Lesend hat sich Marie entworfen, und zu ihrem Bedauern gelingt es ihr nur in Ansätzen, die erhabenen (manchmal auch kitschigen) Romangefühle nachzuleben. Hie und da aber schon. Dann schlüpft ihr ein »Kurios!« über die Lippen. Das Wort hat sie aus einem Roman, und vielleicht, wer weiß, benennt es das wundervolle Gefühl, die Lektüre mit dem Leben eingeholt zu haben. Kein Déjà-vu, ein Déjà-lu-Erlebnis!

Verändern Bücher die Welt? Was für eine dumme Frage! Bücher richten sich nie an die Welt, das überlassen sie Predigten, Manifesten, Lehrmitteln, Kommuniqués und Fahrplänen. Wissen Sie, was ich damit sagen möchte? Natürlich wissen Sie's, sonst würden wir nicht miteinander reden – Sie und ich, dieses Buch. Wir führen ein Zwiegespräch, und das könnte Ihre Welt, nur Ihre, tatsächlich ein wenig verändern.

Eines Tages empfahl mir der Berliner Buchhändler

Brockmann – er hatte seinen vollgestopften Laden unter der Eisenbrücke vom Bahnhof Zoo – Musils *Mann ohne Eigenschaften*. Der ist gerade dreißig geworden, heißt Ulrich und gibt sich ein »Ulrich-Jahr«, ein Sabbatical, wie man heute sagen würde, um seine Möglichkeiten auszuloten und in der Wirklichkeit anzukommen. Die Lektüre krempelte mich um, ich schenkte mir ein »Thomas-Jahr«, und siehe da, an dessen Ende war mein Leben ein anderes, nicht nur verändert, sogar verwandelt, die Ammanns verlegten mein erstes Buch, und Werner Düggelin inszenierte am Zürcher Schauspielhaus *Großvater und Halbbruder*. Ohne Musil hätte ich es nie geschafft. Sein *Mann ohne Eigenschaften* entdeckte meine Möglichkeiten.

Lesen ist Transzendieren. Wenn Sie das Buch öffnen, trägt sie der fliegende Koffer über Städte und Wüsten und Meere hinweg zu einem geheimnisvollen Palast. Wer Sie dort erwartet? Verraten Sie's niemandem! Es ist Scheherazade, die Schönste der Schönen. Sie liegt im Mondschein auf den Samtkissen und erzählt gerade von einem Kofferpassagier, der aus der blauen Nacht durch das Spitzbogenfenster in ihr Turmgemach hereinschwebt.

2007

14

Quellenhinweise

Die einzelnen Texte dieser Sammlung wurden zu verschiedenen Zeiten und in verschiedenen Publikationsorganen, teilweise als Reden oder Zeitungsartikel veröffentlicht. Sämtliche Texte wurden durchgesehen und überarbeitet.

Die Tessinerin. Geschichten, Zürich 1981.
Das Gartenhaus. Novelle, Zürich 1989.
Die Satellitenstadt. Geschichten, Zürich 1992.
Der große Kater. Roman, Zürich 1998.
Fräulein Stark. Novelle, Zürich 2001.
Himmelsöhi, hilf! Über die Schweiz und andere Nester, Zürich 2002.
Vierzig Rosen. Roman, Zürich 2006.
Der Sprung in den Papierkorb, Geschichten, Gedanken und Notizen am Rand, Zürich 2008.
Nietzsches Regenschirm, Frankfurt a. M. 2015.
Heimkehr. Roman, Frankfurt a. M. 2018.
Abendspaziergang mit dem Kater, Frankfurt a. M. 2020.
Der Rote Diamant. Roman, Frankfurt a. M. 2022.
Spurensuche in Galizien. Erstmals in: »Sonntags-Zeitung«, 16. 09. 2001.
Mein Lieblingsbuch. In: »Tages-Anzeiger«, 19. 05. 2019.
Was ist Wahrheit? Erschienen als »Quid est veritas?« in: »Die Weltwoche« Nr. 14, 04. 04. 1991.
Der Seemüüggel. Verfasst zum 175-Jahr-Jubiläum der Schmiede von Walchwil für die Festschrift *Heimliches und Unheimliches*

vom Zugersee, herausgegeben von Tobias Hürlimann, Zug 2009.

Brief an meinen Häuptling. Erstveröffentlichung.

Mein Appenzeller Kinderland. Als »Ein Bündel Dollarscheine aus der Bibel« in: »Neue Zürcher Zeitung«, 28.09.2023.

Die Erst-August-Rede

Der Vestiaribruder

Die digitale Diktatur

Der Herr des Raumes

Die Katze

Applaus für ein Pferd

Alle in: *Die Satellitenstadt. Geschichten*, Zürich 1992.

Familienalbum. In: »NZZ Geschichte«, Juli 2015.

Nachruf auf meinen Vater Hans Hürlimann. Erstveröffentlichung.

Nachruf auf Marie-Theres Hürlimann-Duft. Erstveröffentlichung.

Wir vom Club der Atheisten. In: »Die Zeit«, 31.03.2010.

Die Stiftsbibliothek St. Gallen. In: »5plus«, Magazin der 5plus-Buchhandlungsgruppe, Februar 2021.

Johannes Duft, *Bemerkungen und Berichtigungen zum Buch »Fräulein Stark« von Thomas Hürlimann*, St. Gallen 2001.

Wer könnte das Eine nicht lieben? 14 Stationen. Als »Die Reise in der Röhre. Berührungspunkte von Theologie und Literatur« gehaltene Rede zur Verleihung des Ehrendoktortitels der Theologischen Fakultät Basel, 24.11.2016. Erstmals in: *Der große Niemand. Religiöse Motive im literarischen Werk von Thomas Hürlimann*, herausgegeben von Jan-Heiner Tück, Freiburg/Basel/Wien 2018.

Der Zellensaal. In: »Help 3b«, Schülerzeitung Stiftsschule Einsiedeln, Januar 1966.

Die Schwarze und die Weiße Madonna. Als »Berliner Madonna« vorgetragen am 11.10.2011 im Bode-Museum, Berlin. Erstmals in: »Communio«, März/April 2017.

L'Esprit de l'escalier. Vorlesung, gehalten an der ETH Zürich am

06. 02. 2007. Erstmals in: *Der Sprung in den Papierkorb. Geschichten, Gedanken und Notizen am Rand*, Zürich 2008.

»Die Unsichtbare Stadt«. Fragmente aus einem unveröffentlichten Roman. Erstveröffentlichung.

Im Militärkonvoi durch die Tete-Provinz. In: »Neue Zürcher Zeitung«, 21. 10. 1973.

Reise-Tagebuch. Erstveröffentlichung.

Schreiben. Erstmals in: »Frankfurter Allgemeine Zeitung«, 07. 10. 2006, und im Magazin des »Tages-Anzeigers« Nr. 41, 2006. Außerdem in: *Das erste Buch. Schriftsteller über ihr literarisches Debüt*, herausgegeben von Renatus Deckert, Frankfurt a. M. 2007.

Nachtfahrt auf den Susten. Über Egon Amman. In dieser Form erstmals hier veröffentlicht.

Matthias Hürlimann. Ein Nachruf. Erstmals in: Thomas Hürlimann, *Abendspaziergang mit dem Kater*, Frankfurt a. M. 2020.

Nietzsches Regenschirm. Vortrag, als *Was Nietzsche in Turin vergaß. Über den Regenschirm* gehalten am 08. 05. 2011 im Landesmuseum Zürich. Erschienen als *Nietzsches Regenschirm*, Frankfurt a. M. 2015.

Kreuzberg, erstmals in einer Anthologie zum Berliner Literaturpreis 1992.

Die Lebensflasche. Erstmals in: »Die Weltwoche«, 06. 10. 1994.

Herr Grünbaum, erstveröffentlicht in: 20/21 Synchron. Ein Lesebuch zur Literatur der mehrsprachigen Schweiz von 1920 bis 2020, hrsg. v. Charles Linsmayer, 2. Aufl., Glarus 2022.

Das Motorrad. In: »Sinn und Form. Beiträge zur Literatur«, herausgegeben von der Akademie der Künste, Berlin, November/Dezember 2009.

Nachtwanderung durch Zug. In: »Luzerner Neueste Nachrichten«-Magazin Nr. 41/235, 1981.

Gottfried Keller kommt nicht nach Hause. Festvortrag, gehalten am

Jahresbott der Gottfried Keller-Gesellschaft am 29. 10. 2017 im Rathaus Zürich, erschienen als Nachwort in: *Gottfried Keller. Das große Lesebuch*, herausgegeben von Thomas Hürlimann unter Mitarbeit von Fedora Wesseler, Frankfurt a. M. 2019.

Kurze Story meiner Auferweckung. In: »Die Zeit«, 26. 03. 2015.

Der Kosmopolit wohnt im Kosmos. Vortrag, gehalten am 13. 11. 1994 vor der Freien Akademie der Künste zu Leipzig innerhalb der Reihe »Kulturort Mitte Europa«.

Es geschah mitten im Indischen Ozean. In: »Neue Zürcher Zeitung«, 03. 02. 2020.

Lesen. Erstmals in: »Schweizer Monatshefte«, Zeitschrift für Politik Wirtschaft Kultur, März/April 2007.

Bildnachweise

S. 15, 523 Schweizerisches Literaturarchiv
S. 71 © Isolde Ohlbaum
S. 78, 83, 86, 87, 89, 90, 92, 93, 95, 97, 98, 99, 101, 103, 105, 106, 107, 122, 131, 226 Familienarchiv Hürlimann
S. 290, 291, 294, 296, 305 © Claude Blum
S. 312, 317, 319, 329 Keystone-SDA

Ich danke Thomas und Gabrielle Hürlimann, Claude Blum, Frau Dr. Irmgard Wirtz und Kristel Roder vom Schweizerischen Literaturarchiv und dem Lektor Jürgen Hosemann für die Unterstützung.